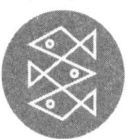

AF179043

»Der Sturm würde laut den Vorhersagen erst in drei Tagen enden. Bis dahin war keine Verstärkung zu erwarten. Niemand würde ihnen zu Hilfe kommen.«

Inishmore, eine windumtoste Felseninsel im Atlantik. Die wenigen Bewohner sprechen Gälisch miteinander und beäugen Fremde skeptisch. Hier sind Cara und ihre Freunde aufgewachsen. Einst waren sie unzertrennlich, nun treffen sich die drei Frauen und drei Männer zum ersten Mal nach zehn Jahren wieder – um einen Todestag zu begehen. Die Feierlichkeiten haben kaum begonnen, da erhält Cara die Nachricht, dass eine Leiche gefunden wurde. Als Inselpolizistin hat sie wenig Erfahrung mit schweren Verbrechen, Verstärkung vom Festland kann sie nicht bekommen. Denn ein heftiger Schneesturm hat die Insel komplett von der Außenwelt abgeschnitten. Es gibt keine Fähre, keinen Strom, keine Telefonverbindungen – keinen Ausweg. Und der Mörder oder die Mörderin ist noch auf der Insel. Ist es einer von ihnen?

Tríona Walsh liebt es, Krimis und Thriller zu lesen und zu schreiben, ist im wirklichen Leben aber ziemlich gesetzestreu. Die zweimalige Gewinnerin des Wettbewerbs »Irish Writers Centre Novel Fair« lebt mit vier Kindern, drei Katzen und einem Ehemann in Dublin. Ihr erster Thriller »Schneesturm« eroberte direkt die Bestsellerlisten in Großbritannien, Irland und Deutschland.

Der neue Thriller von Tríona Walsh: »Nachtwald«

Weitere Informationen finden Sie auf www.fischerverlage.de

Tríona Walsh
SCHNEE STURM

Thriller

Aus dem Englischen
von Birgit Schmitz

FISCHER
TASCHENBUCH

Die Arbeit der Übersetzerin am vorliegenden Text wurde im Rahmen des Programms NEUSTART KULTUR aus Mitteln der Beauftragten der Bundesregierung für Kultur und Medien vom Deutschen Übersetzerfonds gefördert.

Erschienen bei FISCHER Taschenbuch
Frankfurt am Main, 2024

© Tríona Walsh
Die Originalausgabe erschien 2023 unter dem Titel
»Snowstorm« im Verlag Storyfire Ltd/Bookouture

Für die deutschsprachige Ausgabe:
© 2023 S. Fischer Verlag GmbH,
Hedderichstr. 114, 60596 Frankfurt am Main
Die Nutzung unserer Werke für Text- und Data-Mining
im Sinne von § 44b UrhG behalten wir uns explizit vor.

Redaktion: Ilse Wagner

Zitatnachweise:
Kapitel 14 »Die letzte Rose des Sommers«
(Originaltitel: »'Tis the last rose of summer«), Volkslied,
übersetzt von Sophie von Reinhardt, zitiert nach
The LiederNet Archive Juni 2023
Kapitel 31 »Molchesaug und Unkenzehe«:
William Shakespeare, *Macbeth*, 4. Akt, 1. Szene.
Übersetzt von Dorothea Tieck. Zitiert nach: William Shakespeare
(Deutsche Volksbibliothek Sonderreihe), Aufbau-Verlag Berlin 1962, S. 377
Kapitel 36 »Milch der Menschenliebe«:
William Shakespeare, *Macbeth*, 1. Akt, 5. Szene.
Übersetzt von Dorothea Tieck. Zitiert nach: William Shakespeare
(Deutsche Volksbibliothek Sonderreihe), Aufbau-Verlag Berlin 1962, S. 343

Satz: Dörlemann Satz, Lemförde
Druck und Bindung: CPI books GmbH, Leck
ISBN 978-3-596-70900-7

Für Dan, der nicht ein einziges Mal gefragt hat,
wann ich mir einen richtigen Job suche.

PROLOG

Jeden Sommer kommen die Klippenspringer.

Sie stehen Schlange, um sich furchtlos von dem vorübergehend aufgestellten Sprungturm in die Tiefe zu stürzen. Sie wirbeln herum und schrauben sich durch die Luft wie verirrte Feuerwerkskörper, die statt in den Himmel zur Erde herabfliegen. Sie springen von einer über den Klippenrand hinausragenden Plattform. Nacheinander gleiten die mutigen – oder verrückten, je nachdem, wen man fragt – Männer und Frauen hinab, um voller Anmut und Selbstvertrauen in die Serpent's Lair einzutauchen. Dieses Felsenbecken wurde nicht von Menschenhand, sondern von der Natur in den Kalksteinfelsen gemeißelt; über Jahrtausende formten Wellen und starke Stürme den genau rechteckigen Pool. Ihm wohnt ein Zauber inne, der einstmals durch Geschichten von einem schlafenden Ungeheuer, einer Schlange, die dort hause, wegerklärt wurde. Durch unterirdische Kanäle schwillt Meerwasser in das breite, tiefe Becken und zieht sich wieder zurück. Nun ist es begierig, die Kunstspringer zu empfangen.

Von ihren Logenplätzen aus beobachten die Kliffbewohner – Kormorane, Lummen und eifersüchtige Tölpel –, wie diese seltsamen, federlosen Vögel in den hungrigen Schlund der Schlange stürzen.

Es erklingen Jubelrufe von Inselbewohnern und Touristen, die sich versammeln, um das Schauspiel zu verfolgen und dabei den Seewind und die Sonne auf ihren Gesichtern zu spüren. Eine wunderbare Art, einen Sommertag auf dieser Insel am Ende der Welt zu verbringen. Einer Insel, die an ihrer Westküste keinen anderen Nachbarn hat als den endlosen, einsamen Atlantik. An dem äußersten Rand Europas, dem Tor zur Neuen Welt. Sie picknicken und halten Smartphones hoch, um die spektakulären Sprünge einzufangen. Ein Ausflug für die ganze Familie.

Die Zuschauer spüren den adrenalinbefeuerten Nervenkitzel, wenn ein Wettkampfteilnehmer nach vorn auf das Brett tritt und seine Zehen um dessen Rand krallt. Sie halten kollektiv den Atem an, wenn er den Sprung ins Ungewisse wagt, sich hinabstürzt wie ein Lummenküken und durch die Luft fällt, voll Vertrauen auf die Magie des Flugs und einen freundlichen Empfang in den Wellen unten.

Wellen, die jetzt, in der Düsternis einer Wintermorgendämmerung, weniger freundlich wirken. Das Tageslicht hält Winterschlaf wie die eisige Schlange dort unten, müde, ausgemergelt. Durchgefrorene Möwen, die einzigen verbliebenen Zuschauer, kauern gelangweilt und dicht gedrängt in der Felswand, um einander zu wärmen und vor dem erneut einsetzenden Schneefall zu schützen. Ein paar schrecken hoch bei dem Lärm: dem angestrengten Stöhnen, den gemurmelten Flüchen aus dem Schatten. Und dem Geräusch von etwas Schwerem, das über den Boden schleift. Doch die meisten Vögel bleiben, wo sie sind, desinteressiert, mehr damit beschäftigt, die Böen und Blizzards dieses Unwetters zu überstehen und nicht in den grenzenlosen Ozean geweht zu werden. Sie merken erst auf, als eine andere Art von Springer über den Klippenrand geworfen wird. Während zuvor schwache Böen auffrischen und der Morgen einfach nicht anbrechen will, fällt dieser Springer anderer Art nicht pfeilförmig mit ausgestreckten Armen hinab, um die Wellen zu zerteilen. Seine Handgelenke sind gefesselt. Seine Augen nicht aus Furcht, Anspannung oder Konzentration geschlossen, sondern durch den Tod. Plump und ohne jede Anmut kracht er in die Schlangenhöhle. Höchstwahrscheinlich bricht er sich beim Aufprall das Genick, doch das macht es jetzt auch nicht mehr schlimmer. Er knallt so laut ins Wasser, dass die überraschten Vögel auffliegen, in der Falle zwischen Angst und Schutzsuche. Oben beugt sich ein Schatten über den Klippenrand und wünscht sich mit aller Macht, dass die Strömung die Leiche durch die unterirdischen Kanäle aufs Meer hinausträgt, weit weg von hier. Und keine Spur zurücklässt. Nach einem letzten Blick dreht er sich um und geht zurück, kämpft gegen den Schneesturm an wie die verängstigten Vögel.

KAPITEL 1

»Verdammter Mist!«, sagte Cara atemlos und zog die Tür hinter sich zu. Sie schüttelte sich wie ein nasser Hund. Auf dem Weg vom Polizeirevier bis zu ihrem Auto war sie vom Wind herumgeschubst worden wie ein unbeliebtes Kind im Schulflur. Sie blickte durch die Windschutzscheibe über den im Dämmerlicht liegenden Hafen. Es war erst halb fünf Uhr nachmittags, aber die Sonne war schon fast untergegangen. Die funkelnden Weihnachtslichterketten an den Laternenmasten entlang der Küste zappelten und zuckten wie von Stromstößen geschüttelt. Cara sah riesige Wellen gegen den Pier krachen und Fischerboote, die in der Bucht hin und her geworfen wurden wie Spielzeug bei einer Schaumschlacht in der Badewanne. Das Unwetter war über die Insel hereingebrochen, als hege es einen persönlichen Groll gegen sie, und hatte sie vollkommen eingehüllt. Seit dem frühen Nachmittag reichte die Sicht nicht mehr bis zum Festland. Es war, als hätte der Sturm ihre kleine Insel weiter auf den Atlantik hinausgeweht. Weiter weg von der Welt.

Und als Nächstes war Schnee vorhergesagt.

Cara hoffte, dass er ausblieb.

Sie fuhr los und folgte der Hauptstraße durchs Dorf zum *Derrane's*, Daithís Pub. Der Ort war wie leergefegt. Die Inselbewohner nahmen die Warnungen ernst und blieben zu Hause, in Sicherheit. Da wäre Cara auch gern gewesen. Doch sie war die einzige Garda hier, die einzige Polizistin auf Inishmore. Sie hatte Verpflichtungen. Verglichen mit den Kollegen auf dem Festland, führte sie auf einer Insel mit neunhundert zumeist rechtschaffenen Seelen normalerweise ein ruhiges Leben. Aber wenn ein Unwetter die Insel von der Umwelt abschnitt, musste sie zeigen, dass sie ihr Geld wert war. Den ganzen Tag lang hatte sie den Alten und Schwachen auf der Insel geholfen, sich für den Sturm zu rüsten.

Cara hielt vor dem Pub und atmete tief ein, um sich für ihre nächste Konfrontation mit dem Starkwind zu wappnen. Dann stieg sie aus und rannte den Weg hoch. Durch die mit Lametta-Girlanden geschmückten Fenster fiel das weiche Licht des brennenden Kaminfeuers. Der Raum schien sich schützend um die wenigen unerschrockenen Insulaner zu schmiegen, die es riskiert hatten, auf ein Bier hier einzukehren. Cara drückte die Tür auf und stolperte in den Gastraum.

Alle im Pub erstarrten.

Gläser verharrten auf halbem Weg zum Mund, Gespräche verstummten. Über die Einheimischen senkte sich Stille. Cara kam sich vor wie der neue Sheriff im Ort. Nur die schwingenden Saloontüren fehlten. Dabei war sie schon zehn Jahre hier. Außerdem verstand sie nicht, warum die Leute nicht einfach weiterredeten. Denn selbst wenn, wäre Cara ebenso ausgeschlossen gewesen wie durch dieses Schweigen. Die erste Sprache der Inselbewohner war Irisch, und das beherrschte Cara bekanntlich nicht. Wie die Mehrheit ihrer Landsleute hatte sie keinen rechten Bezug zu der Sprache. Was nicht gerade zu ihrer Beliebtheit bei den Insulanern beitrug.

»Sergeant«, murmelten ein oder zwei der Anwesenden, als sie vorbeiging, begleitet von einem kaum wahrnehmbaren Nicken und noch knapperem Blickkontakt.

Cara marschierte zum Tresen, wo Daithí sich mit einem der Stammgäste unterhielt, einem alten Iren mit Schiebermütze. In der Ecke saß eine Gruppe fröhlich plaudernder Fremder. Touristen, selbst zu dieser Jahreszeit. Dank ihrer mystischen Vergangenheit, ihrer Ruinen und ihrer Lage am Ende der Welt zog die Insel unablässig Leute an.

Am Tresen blieb Cara stehen und stützte ihre Ellenbogen auf die polierte Eichentheke. Sie unterbrach Daithí und den Mann nicht. Sosehr das Irische auch ein Stein des Anstoßes zwischen ihr und den Menschen war, denen sie diente – wenn sie nur zuhörte, waren die lyrischen Klänge, die über Daithís Lippen kamen, wie Musik in ihren Ohren. Cara warf verstohlen einen Blick über die Schulter, um zu sehen, ob die Einheimischen sie endlich nicht mehr beachteten. Mehr als ein Kopf fuhr herum. Sie wusste, dass die Leute sie nicht nur wegen der Sprache ablehnten. Sie war noch dazu eine Zugezogene. Sicher, ihr Vater war ein Einheimischer gewesen, und sie selbst wohnte seit einem Jahrzehnt hier – bei ihrer mamó, ihrer Großmutter, die von der Insel stammte, eine von ihnen. Aber Caras Lungen hatten nach ihrer Geburt zunächst verpestete Stadtluft geatmet anstelle der eisig-reinen Atlantikbrise. Und das ließen die Leute sie hier immer wieder spüren.

Manchmal jedoch, wenn sie im Bett lag und ihre Kinder und ihre mamó schliefen, hörte sie die Wellen gegen die Küste schlagen und fragte sich, ob das Problem in Wahrheit womöglich weder mit der Sprache zu tun hatte noch damit, dass sie nicht hier geboren war. Vielleicht hegten die Leute ja auch wegen des Unfalls eine Abneigung gegen sie. Vielleicht gaben sie ihr die Schuld an dem, was Cillian zugestoßen war.

»Hey, alles okay? Du siehst so ernst aus.«

Daithís Stimme riss sie aus ihren Gedanken. Cara schaute hoch und lächelte.

»Ich war nur gerade ganz weit weg. War ein langer Tag.«

»Alle freuen sich schon riesig auf dich.«

Caras Lächeln wurde noch ein bisschen breiter.

»Ich kann's auch kaum erwarten.«

Weil Daithí groß und kräftig war wie ein Fischer, brauchte er keinen Türsteher vor seinem Pub. Und wenn es mal Ärger gab, was selten vorkam, musste er nie die Stimme erheben. Ein Blick genügte. Er war ein ruhiger, umsichtiger Mann. Und einer ihrer besten Freunde. Zusammen mit Maura Conneely, der örtlichen Grundschullehrerin, bildeten sie ein eingeschworenes Trio. Sie waren Freunde, seit sie sich als Achtjährige im weißen Sand des Kilmurvey Beach zum ersten Mal getroffen hatten. Das Stadtkind Cara verbrachte gerade die Ferien auf der Insel und lernte so die wilde Maura und den vernünftigen Daithí kennen. Drei glorreiche, jedes Jahr gemeinsam verbrachte Sommermonate hatten ein Fundament gelegt, das bis heute hielt.

»Sind das Gäste von dir?« Cara wies mit dem Kopf auf die Gruppe in der Ecke.

»Ja, ich bin ausgebucht.«

»Hübscher kleiner Zuverdienst um die Zeit.«

»Kann ich definitiv gebrauchen. Übrigens, toll, dass du da bist«, fuhr Daithí fort. »Wir hatten schon Sorge, dass du bei dem Wetter gar nicht aus Galway wegkommst.«

»Ja, und ich erst! Stell dir vor, nach Ewigkeiten sind endlich mal wieder alle hier, und ich hänge auf dem Festland fest.«

Daithí schüttelte den Kopf.

»Das war ja auch das letzte Schiff. Ich hatte riesiges Glück.« Die Fährfahrt vom Festland hierher am Morgen war riskant gewesen. Es hatte sich so angefühlt, als könnte der Wind das Boot jederzeit zum Kentern bringen. Bei der Ankunft im Hafen hatte der Kapitän seine grüngesichtigen Passagiere doppelt so schnell wie sonst von Bord gescheucht und dann sofort den Heimweg angetreten, um nur ja nicht wegen des Sturms bis Neujahr auf Inishmore zu stranden.

»Jetzt sind wir uns selbst überlassen, bis das Unwetter vorbei ist.«

»Wie üblich.«

Cara hasste es, wenn der Fährbetrieb eingestellt war. Und auch der kleine Flieger mit den zehn Sitzen konnte seinen zehnminütigen Überflug nicht mehr machen. So nah und doch so fern. Fakt war, dass sie, obwohl sie im 21. Jahrhundert lebten, genauso von allem abgeschnitten waren wie die Mönche, die hier vor einem halben Jahrtausend zu Hause gewesen und deren kalte, steinerne Klosterruinen noch immer über die Insel verstreut waren. Cara glaubte nicht, dass sie sich je daran gewöhnen würde. An diese Verwundbarkeit. Daran, dass sie auf sich allein gestellt waren, wenn etwas Schlimmes passierte. Vielleicht war das der wahre Unterschied zwischen ihr und den Einheimischen. Sie kannten diese Isolation von Geburt an. Sie war ihnen in Fleisch und Blut übergegangen. Zugezogene wie Cara würden das nie wirklich begreifen.

»Wie geht's denn allen so? Maura hat mir gestern Abend ein Video geschickt. Ihr saht aus, als hättet ihr kein Problem, euch auch ohne mich zu amüsieren.«

»Vermisst haben wir dich trotzdem, keine Sorge.« Daithí lächelte. »Anfangs war's schon ein bisschen komisch. Seamus hat inzwischen einen leichten amerikanischen Akzent. Und Ferdy und Sorcha haben sich zwar nicht sonderlich verändert, aber sie bilden sich schon ziemlich was drauf ein, dass sie jetzt in London leben.«

Seamus, Ferdy und Sorcha. Der Rest der Truppe aus jenen glorreichen Sommern. Der, der nicht auf der Insel geblieben war, als sie erwachsen wurden. Nach dem Unfall.

»Mich wundert ja, dass du nicht total verkatert bist«, sagte sie.

»Ich stand die meiste Zeit hinterm Tresen. Außerdem war's auch nur halb so wild, wie man nach dem Video meinen könnte.«

»Ihr hättet die Sperrstunde ignorieren können. Wo die einzige Inselpolizistin doch nicht da war?«

»Ha, auf keinen Fall! Ich kenn doch deine Spürnase. Du hättest es trotzdem sofort gewittert.«

»Ich hätte ein Auge zugedrückt.«

»War aber gar kein Thema. Maura hat gegen halb zwölf schlappgemacht und beschlossen, dass sie nach Hause muss.«

»Echt? Sieht ihr gar nicht ähnlich.«

»Ja, das fand ich auch. Darum hab ich sie nach Hause gebracht. Sie meinte zwar, es ginge ihr gut, aber ich wollte lieber auf Nummer sicher gehen.«

»Vielleicht wird sogar die wilde, verrückte Maura Conneely langsam alt.«

»Vierunddreißig ist jetzt noch nicht *so* alt, Cara.«

»Stimmt, fühlt sich aber manchmal so an.«

Daithí wischte um sie herum die Theke ab. »Hast du die anderen schon gesehen, seit du heute Morgen angekommen bist?«

»Nein. Ich bin zwar gleich von der Fähre zum Haus gefahren und hab geklingelt, aber es hat niemand aufgemacht.«

»Wahrscheinlich schlafen sie ihren Rausch aus.«

»Schöner Rausch, wenn der Abend um halb zwölf zu Ende war … Vielleicht werden wir doch alt.«

»Sie haben bestimmt noch einen Absacker getrunken, als sie nach Hause gekommen sind. Seamus hat erzählt, die Heizung funktioniert nicht. Wenn sie einen Vorwand brauchten, um sich vor dem Schlafengehen noch ein, zwei Gläschen Jameson zu genehmigen, dann hatten sie einen.«

»Ja, könnte durchaus sein.«

Cara schaute auf die Uhr über dem Tresen. »Wie lange musst du denn noch?«

»Courtney ist schon unterwegs. Sobald sie hier ist, kann ich los.«

»Super. Gut, dann warte ich im Auto. Komm raus, wenn du fertig bist.«

»Ach was. Such dir lieber einen Tisch, und ich bring dir was.«

Cara schaute zu den Einheimischen hin.

»Ignorier sie, Cara.«

»Das fällt schwer.«

Der ältere Ire mit der Kappe drehte sich um und starrte sie über den Tresen hinweg an, sein Blick wirkte etwas unfokussiert. Er zeigte auf Cara.

»*Féach ar do chuid gruaige rua*«, sagte er, »*ní maith líom on piseóg seo ag an am seo!*«

»Für Sergeant Folan auf Englisch, Liam«, sagte Daithí.

Es dauerte einen Moment, bis der Alte verstand, dann grinste er und räusperte sich.

»Tschuldigung.« Er hustete noch mal. »Ich hab gesagt, Ihre roten Haare gefallen mir nicht. Wegen dem *piseóg* ... ach, äh, *Volksglauben*«, wiederholte er.

Cara erwiderte nichts darauf.

Der Mann stieg mit einem selbstvergessenen Lächeln von seinem Hocker und wankte Richtung Herrentoilette davon.

»Dieser verdammte *piseóg*. Blöder Scheiß-Aberglaube«, fluchte Cara und wandte sich wieder Daithí zu. »Das nervt echt total. Ich fand das schon immer schräg: In einem Land voll von Rothaarigen glauben die Leute, dass es für den Rest des Jahres Pech bringt, wenn sie an Neujahr einer Rothaarigen begegnen. Dann dürfte an dem Tag doch eigentlich keiner aus dem Haus gehen!«

»Das hat sich bestimmt einer ausgedacht, der nach Weihnachten keinen Bock mehr auf Leute hatte«, sagte Daithí. »›Tut mir leid, aber ich kann heut nicht raus. Was, wenn mir eine Rothaarige über den Weg läuft? Gib mal die Bonbons und die Fernbedienung rüber.‹«

»Da könnte was dran sein«, erwiderte Cara lachend und seufzte dann. »Ich freu mich schon drauf, wenn die Leute in den nächsten Tagen wieder einen extragroßen Bogen um mich machen.«

Daithí betrachtete Cara.

»Ich weiß, ich hab's dir schon mal gesagt, aber warum versuchst du nicht doch noch mal, Irisch zu lernen? Vielleicht wissen sie das ja zu schätzen?«, sagte er sanft. »Ich könnte mir vorstellen, dass es bei solchen Sachen helfen würde.«

»Wenn ich die paar Vokabeln ausprobiere, die ich kenne, scheint sie das wenig zu beeindrucken. Ich hab einfach keine Lust, Daithí.«

Daithí zog die Augenbrauen hoch, sagte aber nichts mehr.

»Also«, fuhr Cara fort, »ich warte draußen im Wagen. Komm raus, wenn Courtney da ist.«

»Dauert höchstens zehn Minuten, okay?«

In dem Moment ging die Tür zum Pub auf, und ein sturmzerzauster Stammgast wurde hereingeweht. Der Windstoß, der ihn begleitete, ließ die Bilderrahmen an der Wand erzittern. Besonders einer schaukelte hin und her, bis er krachend herabfiel und die Glasscherben sich über den Holzboden verteilten. Das leise Gemurmel der Gespräche erstarb. Zum zweiten Mal senkte sich Stille über den Pub. Alle Blicke wanderten zu der Stelle, wo das Bild gehangen hatte.

»Oh, das ist auch kein gutes Omen«, sagte der Alte, als er von der Toilette zurückkam, und holte tief Luft. »Ganz schlechter *piseóg*«, wiederholte er kopfschüttelnd und schnalzte mit der Zunge.

Daithí kramte einen Kehrbesen hervor.

»Was bedeutet es denn?«, fragte Cara und ärgerte sich, dass es sie überhaupt interessierte.

»Wenn ein Bild von der Wand fällt? Das bedeutet, dass jemand stirbt.«

KAPITEL 2

Cara drückte die Pubtür auf und trat auf die Straße hinaus. Es konnte ihr gar nicht schnell genug gehen. Mit Aberglauben und angeblichen schlechten Vorzeichen wollte sie nichts zu tun haben. Sie hatte schon genug Erfahrungen mit dem Tod gemacht und musste sich solchen Unsinn nicht anhören.

Ein plötzlicher Windstoß riss ihr die Kappe vom Kopf und warf sie einer komplizenhaften Bö zu, die sie hochhob und in einem der Bäume am Straßenrand ablegte.

»Gib sie zurück!«, schrie Cara in den Abendhimmel. Hier war die einzige geschützte Stelle auf der Insel, an der überhaupt Bäume wachsen konnten. Überall sonst überlebten nur wenige verkrüppelte Exemplare den Kampf gegen die Winde, die gnadenlos vom Atlantik her bliesen. Zu neunundneunzig Prozent war die Insel ein chaotischer Flickenteppich aus mit Kalkstein durchsetzten Wiesen. Flach und nichtssagend. Das hier war der einzige Ort, an dem sie ihre Kappe nicht zurückholen konnte.

Cara starrte zu ihr hoch. Sie hing zwischen den Ästen fest und war vor dem dunklen, verhangenen Himmel gerade noch zu erkennen. Seufzend ließ Cara ihre Kappe dort zurück. Falls der Sturm sie wieder losriss, würde sie den Weg zu ihr schon finden. Jeder hier wusste genau, wem er sie bringen musste.

Sie setzte sich ins Auto und betrachtete sich im Rückspiegel. Die wenigen Sekunden ohne Kappe hatten ihrer Frisur schwer zugesetzt. Zahlreiche Strähnen ihres vollen rotbraunen Haars hatten sich aus dem Knoten im Nacken befreit und schlängelten sich nun medusenhaft in alle Richtungen. Cara strich sich mit den Händen über den Kopf, um sie zu bändigen, und schaute sich dann noch mal genauer im Spiegel an. Sie fuhr mit den Fingern über ihre Wange und berührte ihr Kinn. Sah sie noch wie die Cara aus, die ihre Freunde vor zehn Jahren gekannt hatten?

Sie kramte ihr Handy heraus und öffnete das Video, das Maura ihr am Vorabend über WhatsApp geschickt hatte. Cara war auf Dienstreise in Galway gewesen, und während sie lustlos in ihrem billigen, nicht eben hellen und freundlichen Hotelzimmer saß, hatte der Clip sie aufgemuntert. Und auch ein bisschen neidisch gemacht, wenn sie ehrlich war. Sie tippte auf den Start-Button. Lautes Stimmengewirr und traditionelle irische Musik erfüllten das Innere des Wagens. Die Kakophonie eines guten Kneipenabends.

»Du feeehlst, Sergeant Cara-ra-ra-ra!«, rief Maura über den Lärm hinweg in die Kamera, ihr Gesicht hüpfte auf und ab. Sie hatte ihr langes braunes Haar hinter die Ohren gestrichen, in ihren großen Kreolen hatten sich einige lose Strähnen verfangen. Kurz abgelenkt von ihrer Erscheinung auf dem Display, rückte Maura einen Träger ihres schwarz-weiß gestreiften Tops zurecht. Ihre blauen Augen waren geweitet, ihre Wangen leicht gerötet. Alles Belege dafür, dass sie einen vergnüglichen Abend verbrachte. Sie grinste übers ganze Gesicht. Dann wackelte die Kamera heftig und zeigte vorübergehend die Decke, bis Maura, jetzt mit einem Drink in der Hand, wieder in Sicht kam. »Ups, sorry, wo war ich? Ach ja, wir vermissen dich, cailín! Schade, dass du im doofen Galway bist und nicht hier bei uns im Derrane's, mit ... Trommelwirbel ... der Clique!« In dem Moment schwenkte die Kamera so plötzlich herum, dass Caras Magen einen Satz machte, und vier weitere Gesichter gesellten sich zu Mauras auf dem Bildschirm, alle ebenso erhitzt und glückstrahlend wie ihres. Ferdy, Sorcha, Seamus und Daithí.

Ferdy war im letzten Sommer schon mal kurz da gewesen.

Er war auf die Insel gekommen, um die Asche seiner Mutter zu verstreuen. Aber davor hatte sie ihn neun Jahre nicht getroffen. Und inzwischen waren fast zehn Jahre vergangen, seit sie die anderen beiden zuletzt gesehen hatte. Zehn Jahre seit dem Unfall. Danach war die Gruppe zerbrochen. Bande, die alle für unlösbar gehalten hatten, erwiesen sich als zart und zerbrechlich wie die Flügel eines Schmetterlings. Bei ihrem letzten Zusammentreffen hatten sie alle Schwarz getragen – und sich dann, von Trauer auseinandergetrieben, in alle Winde zerstreut.

Doch als Cillians zehnter Todestag näher rückte, rückten auch die Freunde langsam wieder zusammen. Zuerst war die E-Mail von Sorcha gekommen, in der stand, sie und Ferdy hätten geredet und wollten gern nach Hause zurückkehren, um den Tag zu begehen. Dann ein Anruf von Seamus, der erste seit sehr langer Zeit. Und auch er hatte sein Kommen angekündigt. Nach und nach hatte sich alles zusammengefügt, und jetzt blickte sie in ihre verschwitzten, fröhlichen Gesichter. Sie alle waren älter geworden, nicht mehr ganz so jugendlich-frisch wie die Freunde ihrer Jugend, sondern richtige Erwachsene.

»A Chara! Tar ar ais anois!« Sorcha plapperte in die Kamera und verfiel dabei betrunken in ihre Muttersprache. Cara! Komm sofort her! Sie strahlte, ihr Blick wirkte ungerichtet. Obwohl Daithí sie als etwas eingebildete Londonerin beschrieben hatte, trug sie weiterhin den Look, den sie so liebte: unordentlich blond gefärbtes Haar mit einem gut sichtbaren dunklen Ansatz. Ihre Begeisterung für die Madonna der frühen Achtziger hatte Sorcha offensichtlich noch nicht abgelegt.

»Airímid uainn thú, a stór!« Du fehlst uns, Schätzchen!

»Englisch, Sorcha, Englisch!«, ermahnte Ferdy seine Frau in einem näselnden Ton. Sorcha schaute mit großen Augen zu ihm hoch, und ihre Haare fielen über die Schultern nach hinten; der Alkohol machte sie begriffsstutzig. Ferdy schüttelte den Kopf. Dann klinkte Seamus sich ein.

»Bis morgen, Cara! Schade, dass du heute nicht hier sein kannst!« Nur sein leichtes Lallen verriet, dass er ebenso viel getrunken hatte wie die anderen. Er sah großartig aus. Der kalifornische Sonnenschein und Lebensstil bekamen ihm eindeutig gut. Sein hellbraunes Haar war zurückgekämmt und an den Seiten kurz geschnitten, seine blauen Augen funkelten – die meisten von ihnen hatten blaue Augen – und dann diese Sommersprossen! Genau wie sein Bruder. Seamus sah seinem Bruder fast schon zu ähnlich. Es fiel Cara schwer, ihn anzuschauen. Dann schwenkte Maura die Kamera herum. Daithí kam ins Bild und winkte lächelnd. Anschließend füllte wieder Maura das Display aus, mit glänzenden Augen und rosigen Wangen. Von der Hitze in der lauten Kneipe klebten ihr feine Haarsträhnen auf der Stirn.

»Bis morgen, Cara!«, flötete sie und streckte den Arm aus, um noch einmal die ganze Clique aufs Bild zu bekommen: Da standen sie, die Arme umeinander gelegt, inmitten von fröhlichem Stimmengewirr. Im Hintergrund spielten eine Fiddle, eine Bodhrán und eine irische Flöte, und die bunten Weihnachtslichterketten hinter ihnen funkelten wie farbenprächtige Heiligenscheine.

»Bis morgen, Cara!«, riefen alle unisono, selbst Daithí stimmte von hinten mit ein, und Maura warf Cara mit großer Geste eine Kusshand zu. Das Video endete damit, dass sie mit den Lippen stumm »Hab dich lieb« formte, dann kam ihr Finger näher, bis er das Bild ganz ausfüllte und die Aufnahme stoppte.

Cara blickte hoch, als der erste Schneeregen mit einem verräterischen Klatschen auf die Windschutzscheibe fiel. Es ging los. Seufzend legte sie das Handy neben dem Schaltknüppel ab. Der Schneeregen wurde stärker, das Klatschen lauter. Durch das Fenster erspähte Cara Courtney, Daithís Angestellte. In einen übergroßen Steppmantel gehüllt, kämpfte sie sich gegen den Wind die Straße hoch. Cara kurbelte die Scheibe herunter.

»Hallo, Courtney!«, rief sie. Schneeregen landete im Inneren des Wagens, schmolz auf Caras marineblauer Uniformhose und hinterließ feuchte Flecken.

Die dunkelhaarige junge Frau schaute auf und lächelte.

»Officer Cara!«, rief sie mit ihrem auffälligen New Yorker Akzent zurück und näherte sich dem Wagen. »Ich muss zu meiner Schicht. Daithí kommt bestimmt sofort raus.« Cara hörte, wie sie Daithís Namen aussprach. *Daaaay-hie.* Gar nicht schlecht. Zumal es einer der irischen Namen war, die alle Fremden verwirrten. Die richtige Aussprache war nur etwas weicher, *Dahh-hie.* Weich und sanft wie der Träger des Namens selbst.

»Danke, Courtney! Und danke, dass du den Laden heute Abend allein schmeißt.«

»Kein Problem. Ich komm schon klar. Bei dem Wetter bleiben die Leute eh zu Hause.« Sie schaute in den Himmel hoch. »Wird bestimmt ein ruhiger Abend. Das krieg ich hin!«

»Solltest du uns trotzdem brauchen: Wir sind bei Seamus Flaherty. Jetzt sieh zu, dass du aus dem Mistwetter rauskommst!«

»Danke! Ich wünsche euch viel Spaß. Tschüs!«

Sie lächelte und eilte dann winkend davon. Cara kurbelte das Fenster wieder hoch. Fünf Minuten später kam Daithí dick eingemummt angerannt und sprang ins Auto.

»Hallo«, sagte sie.

»Hi«, erwiderte er. »Du hast die Haare schön.«

»Ach, hör auf.« Cara betrachtete sich im Rückspiegel und

strich sich noch einmal über den Kopf. »Dieser verdammte Wind! Wahrscheinlich kannst du sie nicht sehen, aber meine Kappe hängt da oben im Baum.«

»Oje.«

»Ich schreibe dem Superintendent, dass er mir eine neue schicken soll. Holen wir Maura ab, oder treffen wir uns dort?«

»Keine Ahnung. Sie hat gesagt, sie ruft mich an, hat sich aber nicht gemeldet.« Daithí holte sein Handy heraus und schaute noch mal nach. »Nein, immer noch nichts. Aber da fällt mir ein: Ihr WLAN ist ausgefallen.« Es gab praktisch nirgendwo auf der Insel Handy-Empfang. Entweder man hatte WLAN oder gar nichts.

»Im Ernst, sie hat kein WLAN?«

»Ja, Ferdy und Sorcha waren gestern Morgen kurz bei ihr, um hallo zu sagen, als sie ankamen. Da ging es wohl schon nicht mehr.«

»Dieses Jahr repariert ihr das auch keiner mehr.«

»Nope, keine Chance. Das sind die Freuden des Insellebens.«

Cara lächelte. »Okay, das heißt, sie kann uns gar nicht Bescheid geben. Also sollten wir auf dem Weg zu Seamus bei ihr vorbeifahren.«

Cara ließ den Motor an, schaute in den Spiegel und setzte den Blinker. Obwohl es auf der Insel nur insgesamt dreihundert Autos und so gut wie keinen Verkehr gab, konnte sie sich das Blinken einfach nicht abgewöhnen. Sie schaltete das Licht und die Scheibenwischer ein und fuhr los. Gleich außerhalb der Ortschaft erspähte sie einen tapferen Fußgänger. Sie hielt an und kurbelte das Fenster herunter.

»Seien Sie vorsichtig, Tomás! Dieses Wetter ist gefährlich.«

Der Mann blieb stehen und schaute Cara an.

»Ich hab wahrscheinlich schon mehr Stürme überlebt, als

Sie warme Mahlzeiten bekommen haben, Sergeant. Machen Sie sich um mich mal keine Sorgen.«

Cara verzog das Gesicht zu einer Grimasse.

»Ich wollte nur helfen, Tomás. Schönen Abend noch!« Cara kurbelte das Fenster langsam wieder hoch. »Slán!«

»Auf Wiedersehen!«, antwortete der Mann und lief weiter durch Wind und Schneeregen. Cara wandte sich mit einem angestrengten Lächeln Daithí zu.

»Siehst du, Daithí. Ich verabschiede mich auf Irisch, und er antwortet auf Englisch.«

»Du kannst nicht von diesem Griesgram auf alle schließen.«

»Tu ich auch nicht. Aber ich glaube, ich brauche keinen Crashkurs in Irisch, ich brauche eine Zeitmaschine. Eine, die meine Mutter hierherbringt« – Cara schaute auf eine imaginäre Uhr –, »und zwar exakt in die Zeit vor vierunddreißig Jahren, fünf Monaten und, äh, zwei Tagen. Das könnte helfen.«

»Da werden wir uns wohl nicht einig, Cara.«

»Nein, werden wir nicht«, erwiderte sie.

Kurze Zeit später hielten sie vor Mauras kleinem Cottage, doch es war offensichtlich niemand da. Das Haus lag komplett im Dunkeln.

»Ich klopf trotzdem mal an, nur zur Sicherheit«, sagte Daithí und stieg aus.

Cara sah, wie er beim Warten von einem Bein aufs andere hüpfte. Dann kam er allein wieder zurückgelaufen. Er sprang ins Auto, knallte die Tür hinter sich zu und rieb sich die Hände, um sie zu wärmen.

»Okay, hier ist sie nicht«, sagte Daithí. »Sie wird schon dort sein.«

»Gut, dann auf zum Haus der Flahertys!« Cara setzte rückwärts aus der Einfahrt und fuhr dann nach Westen, bis sie auf die Küstenstraße kam. Sie schwiegen, denn das Fahren erforderte ihre ganze Konzentration. Hier draußen waren sie noch exponierter, und die Böen, die vom Meer kamen, rammten ihr Auto wie Nashörner im Kampfmodus. Cara musste das Lenkrad mit aller Kraft festhalten, um nicht von der Straße abzukommen. Die Insel um sie herum duckte sich vor dem Sturm. Normalerweise wurde das ewige Inselgrau – die Farbe der sich überall durch die Erde bohrenden Kalksteinfelsen, des Labyrinths aus Steinmauern und der verstreuten prähistorischen Ruinen – zumindest von den weiten blauen Flächen des Himmels und des Meeres gekontert. Doch heute nicht. Heute dehnte sich das Grau nahtlos von der Erde himmelwärts aus. Es gab keinen Horizont und keine Auflockerung. Cara hatte das Gefühl, von allen Seiten umstellt zu sein.

Sie fuhr weiter am Meer entlang. Gewaltige Wellen schlugen an die Küste, als wollten sie die Insel verschlingen. Der Schneeregen, der vor dem *Derrane's* eingesetzt hatte, ließ nach, und aus seinem Schatten trat richtiger Schneefall hervor.

Bald kam das Haus der Flahertys in Sicht. Schneller, als es Cara lieb war. Es sah aus wie jedes beliebige andere Wohngebäude auf der Insel, nichts stach daran besonders hervor.

Und doch war es lange her, dass Cara zuletzt einen Fuß hineingesetzt hatte. Heute Morgen hatte sie das erste Mal seit zehn Jahren wieder in dieser Einfahrt gestanden. All die Jahre hindurch hatte sie immer verbissen geradeaus geschaut, wenn sie hier vorbeigekommen war. Und ein Haus auf einer derart kleinen Insel zehn Jahre zu meiden, das war eine lange Zeit.

KAPITEL 3

Cara hielt in der Einfahrt des unauffälligen kleinen Hauses. Wie die meisten anderen Häuser auf der Insel war es einstöckig und hatte ein Schieferdach und geweißte Mauern.

Cara sah Daithí an, der regungslos geradeaus schaute. Selbst im Schutz des Hauses schaukelte der Wagen noch im Sturm hin und her.

»Geht's dir gut?«, fragte Cara.

»Ja. Alles gut ... Ich hab die drei ja schon hergebracht, nachdem ich sie von der Fähre abgeholt hatte.«

»Was sehr nett von dir war.«

»Aber ich glaube, du solltest dich ein bisschen wappnen ...«

»Wappnen? Wogegen?«

»Das Haus ist ...« Er seufzte und holte dann tief Luft. »Du weißt ja, wie schnell hier alles verkommt, wenn sich keiner kümmert. Wegen dem rauen Klima und allem. Da drinnen ist es kalt und feucht, die Heizung geht nicht. Alles wirkt ziemlich marode.«

»Ich werd's überleben, Daithí, mach dir keine Sorgen. Sie haben einen riesigen Kamin. Dann versammeln wir uns eben um ihn herum.«

»Das ist noch nicht alles.« Daithí dachte einen Augenblick nach, und Cara schaute ihn neugierig an. »Ich glaube, Seamus hat nach der Beerdigung einfach die Tür hinter sich zugemacht und ist weg. Er scheint seitdem nichts angerührt zu haben. Da drinnen ist die Zeit stehengeblieben. Das ist das eigentliche Problem. Er hat nichts weggeräumt oder weggeworfen. Wahrscheinlich hat er's nicht übers Herz gebracht. Im Haus sieht es noch exakt genauso aus wie vor zehn Jahren. Die Bilder an den Wänden, die Bücher in den Regalen, und auch alles andere.«

»Oh.« Cara senkte den Kopf.

»Kommst du damit klar? Wir müssen da nicht reingehen. Wir können uns auch einfach im Pub treffen. Ich kann eine Ecke für uns abtrennen.«

Cara blickte auf. »Nein, ich schaff das.«

»Sicher?«

»Ich hab schon zu lange einen Bogen um das Haus gemacht. Seamus ist nicht der Einzige, der den Tatsachen nicht ins Auge sieht.«

Daithí starrte sie an.

»Ehrlich, Daithí. Ich schaff das schon. Und wenn nicht, hauen wir hier ab und gehen in den Pub. Abgemacht?«

»Abgemacht.«

Cara zog ihre Kapuze über den Kopf, öffnete die Autotür und trat in das dichte Schneegestöber hinaus. Die Flocken flogen ihr ins Gesicht und stachen ihr in die Augen. Die Temperatur war noch weiter gesunken, jetzt herrschte eine beißende Kälte. Den Vorhersagen zum Trotz hoffte Cara, dass nicht so viel Schnee fallen würde.

Sie lief zum Eingang und wollte gerade anklopfen, als die Tür wie von selbst aufflog.

»CARA!«, schrien mehrere Stimmen euphorisch im Chor. In der Türöffnung erschien ein Wesen mit drei Köpfen und zahlreichen ausgestreckten Armen und griff nach ihr. Dahinter fiel Cara eine längst vergessene grüne Velourstapete ins Auge. Seamus, Ferdy und Sorcha zogen sie begeistert ins Haus.

»Da bist du ja!«, rief Sorcha und drückte sie an sich.

Daithí trat, von niemandem beachtet, über die Schwelle und schloss die Tür hinter sich.

»Ach, ist das schön, dich zu sehen, Cara!«, jauchzte Sorcha, schob sie auf Armeslänge von sich weg und schaute sie an. »Tut mir leid, dass ich so lange nicht hier war, aber es war so … schwer. Von hier wegzugehen war schwer, aber zurückzukommen irgendwie noch schwerer.«

Cara nahm ihre alte Freundin näher in Augenschein. Sie hatte sich so gut wie gar nicht verändert. Ihr blondes Haar war zu einem unordentlichen Knoten hochgebunden. Sie sah müde aus, aber sie war am Vortag auch lange im Pub gewesen, und so ein Kneipenabend ging an niemandem spurlos vorbei. Alles in allem war sie so hübsch und zierlich wie eh und je.

»Ja, das glaub ich«, sagte Cara, und Sorcha zog sie wieder in ihre Arme.

»Lass sie auch mal Luft holen, Sorcha.« Ferdy trat vor. Er war genauso groß wie Daithí, ansonsten aber ein komplett anderer Typ. Er war schlank, blass und hatte etwas sympathisch Verruchtes an sich. Seine braunen Haare waren fast schwarz und die Augen offiziell grün-braun, da Iris und Pupillen jedoch miteinander verschmolzen, wirkten sie dunkel und unergründlich. Sorcha legte die Hände auf Caras Schultern und studierte ihr Gesicht. Dabei fiel Cara auf, dass er noch die Lederarmbänder trug, die er in seiner Rockerphase als Jugendlicher für sich entdeckt hatte. Die ausgefransten Ränder blitzten unter den Manschetten seiner Hemdsärmel hervor.

»So gut gealtert wie ich bist du nicht«, sagte er grinsend. »Ist mir letzten Sommer schon aufgefallen, aber ich wollt's dir nicht gleich unter die Nase reiben.« Seine dunklen Augen funkelten.

»Na, vielen Dank!«, erwiderte Cara lachend.

»Aber ich muss schon sagen: Diese Garda-Uniform hat's mir angetan. Echt heiß!« Er lachte und zog Cara an sich, als sie in gespielter Verärgerung nach ihm schlug.

»Pass bloß auf, sonst nehm ich dich fest«, sagte sie an seiner Brust und schlang die Arme um ihn.

»Ganz ruhig, Sergeant!«

Jemand löste Caras Finger und zog sie von Ferdy weg. Seamus verlangte ihre Aufmerksamkeit. Sie blieben schweigend voreinander stehen und schauten sich an. Seit er nach Amerika gegangen war, hatte sie ihn kein einziges Mal mehr gesehen. Doch nun stand er hier und strahlte mit jeder Faser seines Körpers den Glanz Hollywoods aus. Sie lächelten nur und fielen sich dann um den Hals. Cara spürte seine Wärme, und es war, als hätte er den goldenen Sonnenschein Kaliforniens mitgebracht. Sie beugte sich zurück.

»Beim nächsten Mal lässt du dir aber nicht so viel Zeit«, sagte sie.

»Tut mir leid, ich ...«

»Nein, hör auf! Du brauchst mir nichts zu erklären.«

Seamus nickte. Cara sah, dass auch er mit den Tränen kämpfte. Seine blauen Augen glänzten. Sie legte ihm eine Hand an die Wange, und er lächelte.

»Los, kommt! Es ist kalt hier im Flur!«, rief Ferdy.

»Ja, ab in die Küche, ins Warme!«, stimmte Cara ihm zu. Wo sie standen, war es fast so eisig wie draußen, aber sie konnten ihr Wiedersehen am Kamin weiterfeiern.

»Ist Maura schon da?«, fragte sie Seamus, als sie zur Küchentür gingen.

»Nein.« Er schüttelte den Kopf. »Wir dachten, sie ist vielleicht bei euch.«

»Nein, ich hab sie nicht gesehen.« Cara spürte das Gewicht ihres Handys in der Hosentasche, betastete es durch den Stoff und überlegte, es rauszuholen.

»Sie kommt sicher bald«, sagte Seamus. »Ist jedenfalls beruhigend, dass sie sich offenbar in den letzten zehn Jahren kein Stück verändert hat!« Er lachte. Cara grinste und nahm die Hand von dem Telefon. Vermutlich hatte sie hier ohnehin keinen Empfang.

Sie drängten alle in den großen Raum. An der Wand neben der Hintertür stand eine Küchenzeile aus den Siebzigern. Die Schranktüren waren senfgelb mit weißem Rand, und eine hing schiefer als die andere in den Angeln. Gegenüber teilte ein Tresen die Küche vom Rest des Raums ab. In der Luft lag ein muffiger Geruch. Cara schaute sich um. Diese schreckliche Küche war schon hoffnungslos veraltet gewesen, als sie sie als schüchterne Vierzehnjährige zum ersten Mal betreten hatte.

Der Rest des Raums sah etwas besser aus. Cara strich über die raue Oberfläche des rustikalen alten Eichentischs im Essbereich. Alle Kerben und Schrammen darin erzählten eine Geschichte. Dann fiel ihr Blick auf den wuchtigen Kamin in der Mitte der gegenüberliegenden Wand. Er war hoch und breit, wie in den alten Cottages auf der Insel üblich – groß genug, um als Kochstelle zu dienen und den gesamten Raum zu heizen, denn in früheren Zeiten hatte dieses Zimmer als Wohnraum für die ganze Familie gedient. Cara wurde ein bisschen schwummerig. Die vielen Jahre, die plötzlich vor ihrem inneren Auge vorbeischwirrten, machten sie schwindlig. Sie wusste nicht, ob sie lachen oder weinen sollte, als sie das alte Sofa und die Sessel sah, die um den Kamin herumgruppiert waren. Ihre braunen und senfgelben Bezüge waren allenfalls sehr entfernt mit Naturfasern verwandt und die Muster so scheußlich und altmodisch, dass sie vermutlich schon wieder modern waren. Ein einfacher furnierter Couchtisch mit schrägen Beinen komplettierte das Bild. Auf der Insel sahen viele Wohnungen so aus. Es war sehr teuer, große Möbelstücke, die man nicht selbst tragen konnte, anliefern zu lassen, so dass die Leute selten etwas Neues anschafften. Solange ein Einrichtungsgegenstand seinen Zweck erfüllte, blieb er stehen.

Als Cara ihre Hand auf das Sofa legte, erwartete sie, eine gewischt zu bekommen, einen ähnlichen Schock wie durch die Wiederbegegnung mit diesen Räumen. Daithí hatte sie zu Recht vorgewarnt.

Sie ließ den Blick auf der Suche nach den bekannten Fotos über die Wände gleiten. Nach Fotos von Cillian.

Dann spürte sie einen Arm auf der Schulter.

»Alles okay?«, flüsterte Daithí ihr leise ins Ohr.

Cara nickte.

»Du hattest recht«, sagte sie. »Alles ist noch da. Als wäre die Zeit stehengeblieben.« Sie lehnte sich gegen Daithí.

»Sag Bescheid, wenn's dir zu viel wird.«

»Danke.«

Seamus ging mit einem Korb voller Torfklumpen um das Sofa herum.

»Ich hab im Schuppen zehn Jahre alte Briketts gefunden. Glaubt ihr, sie brennen noch?« Er warf eines davon in den Kamin, und die Flammen züngelten daran hoch, um zu testen, ob es sich entzünden ließ. Dann tat es plötzlich einen lauten Knall, wie bei der Explosion eines Feuerwerkskörpers, und der feuchte Torf versprühte einen Funkenregen.

»Scheiiiße!«, rief Ferdy. Ein seltsamer Gestank deutete darauf hin, dass sich einer der Funken in den Teppich hineinfraß. Der Staub, die Feuchtigkeit und der Brandgeruch ergaben eine ekelerregende Mischung.

»Verdammt!«, rief Seamus und trat den Funken schnell aus. »Alles gut, Leute! Keine Sorge, ich hab ihn erwischt. Ich hab uns alle gerettet.«

»Danke, Seamus!«, trällerte Sorcha von der Arbeitsfläche in der Küche aus.

»Unser Held«, stimmte Cara mit ein.

»Ob ich noch einen riskiere?«, fragte er, einen zweiten großen Torfklumpen in der Hand.

»Na los, trau dich!«

Seamus legte ihn ins Feuer, und ähnlich viele Funken stoben auf. Seamus vollführte einen Tanz, um sie alle auszutreten.

»Hat irgendwer Lust, mir beim Gemüseschneiden zu helfen?«, fragte Sorcha.

»Klar«, sagte Daithí. Er drückte Caras Arm und gesellte sich zu Sorcha in den Kochbereich. Cara beobachtete die beiden, und als Daithí ein Bund Möhren und ein Messer nahm, erschien vor ihrem geistigen Auge plötzlich Mrs. Flaherty neben ihnen. Caras Gedächtnis ergänzte die Szene durch Bilder aus der Vergangenheit. Cillians und Seamus' Mutter stand neben dem Herd und nahm Teller aus den senfgelben Schränken. Die Türen hingen damals noch nicht ganz so schief in den Angeln.

»Weißt du, wann Maura kommt?«, riss Ferdy sie aus ihren Erinnerungen. Er setzte sich auf einen der Sessel und schaute Cara an.

»Maura? Nee, keine Ahnung. Die ist irgendwie verschollen.«

Seamus gesellte sich mit zwei Weingläsern in der linken und einer Flasche Rotwein in der rechten Hand zu ihnen.

»Hier, nimm.« Er hielt Ferdy ein Glas hin und goss es anschließend viel zu voll. Dann wandte er sich Cara zu.

»Du auch? Oder willst du dir erst was anderes anziehen? Ich nehme an, du hast Sachen dabei und bleibst über Nacht?«

Cara schaute an ihrer Uniform herab. Nach Party sah sie wirklich nicht aus. Sie hätte zwar vorhin erst nach Hause fahren und sich umziehen können, aber da sie schon den ganzen letzten Abend mit der Clique verpasst hatte, wollte sie keine weitere Minute versäumen.

»Ja, ich auch«, sagte sie, zog ihre Jacke aus und hängte sie über die Rückenlehne eines Stuhls. Dann nahm sie ihr Glas entgegen. »Und ja, ich bleibe hier. *Mamó* kümmert sich um die Kinder. Mir ist schon genug entgangen.«

»Prima.« Seamus strahlte sie an. »Setz dich! Wir haben dich gestern Abend vermisst. Es gibt noch so viel zu erzählen.«

»Allerdings«, erwiderte Cara und entschied sich für den nächstbesten Sessel. Als sie sich darin niederließ und ein muffiger Geruch aufstieg, steckte sie einfach ihre Nase ins Glas und sog den angenehmen Duft des Weins ein.

»Wie geht's deiner *mamó* denn?«, fragte Seamus. »Und den Kindern? Was machen meine Nichte und mein Neffe? Ich bin ein schrecklich schlechter Onkel. Es ist so toll, dass du mir immer Fotos und Updates geschickt hast, und ich hab auf ganzer Linie versagt.«

»Mach dir keine Gedanken. Uns geht's allen gut. Wir leben unser Leben wie du auch. *Mamó* ist mein Fels in der Brandung. Sie ist jetzt achtundsiebzig und immer noch fit und gesund. Saoirse und Cathal haben sich großartig entwickelt. Du siehst sie ja bestimmt noch.«

»Ja, ich freu mich schon. Sie müssen inzwischen groß geworden sein.«

»Du wirst geschockt sein. Sie sind schon halb erwachsen.« Cara lächelte. »Und wie geht's dir? Wie ist Hollywood so?«

»Es ist ein Traum, Cara. Mein Leben findet nur noch auf dem roten Teppich statt.« Seamus lachte, und seine Augen funkelten. »Nein, das nicht, aber es ist wirklich toll. Ich liebe das Drehbuchschreiben. Rate mal, wie viel mein letzter Film eingespielt hat?«

»Sag's mir.«

»Hundertfünfzig Millionen Dollar! Kannst du dir das vorstellen?«

»Um ehrlich zu sein, nein.« Cara machte große Augen.

»Angeber!«, rief Ferdy.

»Neidhammel«, erwiderte Seamus grinsend.

»Soweit ich weiß, werden Drehbücher doch immer von einer ganzen Gruppe von Autoren geschrieben, oder?«, sagte Ferdy. »Dann ist es also gar nicht ›dein‹ Film.«

Seamus schüttelte den Kopf. »Was du meinst, sind Fernsehserien. Da sitzt ein ganzes Team von Leuten zusammen an einem Tisch. Aber meine Drehbücher schreibe ich ganz allein. Na ja, manchmal holen sie auch noch jemanden dazu, der mein Script ein bisschen aufpoliert. Wie's aussieht, sind die Enden meiner Storys nicht so super. Aber neunzig Prozent sind trotzdem immer von mir.«

»Das ist echt so cool«, sagte Cara.

»Na, so cool auch wieder nicht«, widersprach Ferdy. »Wie jeder weiß, sitzen die Autoren in Hollywood am Ende der Nahrungskette.«

»Du bist ja bloß neidisch«, sagte Cara lächelnd. »Dabei lebt ihr in London bestimmt auch in Saus und Braus, oder?«

»In Saus und Braus? Na ja. Aber wir kommen klar.«

»Und was machst du so?«, fragte Cara.

»Ach, so dies und das.«

»Sehr aufschlussreich.«

»Ich bin gerade, nach einer ganzen Weile, mal wieder dabei, einen guten Deal klarzumachen. Kann also nicht klagen. Da geht's zwar nicht um hundertfünfzig Millionen, aber schließlich können nicht alle so ein Glück haben wie Seamus, was?« Ferdy streckte Seamus die Zunge raus.

Seamus sah aus, als wolle er etwas sagen, verkniff es sich aber und wandte sich wieder Cara zu.

»Wie kommst du denn mit dem Inselleben klar? Sind die Leute nett zu dir?«, fragte er.

»Na ja …«, setzte sie an. Jetzt war nicht der richtige Zeitpunkt, um sich auszuheulen. Aber sie wusste nicht recht, was sie antworten sollte. Ferdy rettete sie, indem er sie unterbrach.

»Haben sie denn schon mit diesem Quatsch angefangen?«, fragte er und rutschte voller Erwartung nach vorn an die Sesselkante.

»Wer hat mit was angefangen?«

»Na, der Sache mit den Rothaarigen an Neujahr, dem Aberglauben?«

»Ich fass es nicht, dass du das noch weißt«, sagte Cara.

»Wie könnte ich das je vergessen? Es war immer mein Highlight des Jahres, wenn alle weggerannt sind, weil sie Angst vor dir hatten!«

»Freut mich für dich, dass du das lustig fandest.«

»Weißt du noch, wie wir dich und Cillian kurz vor Mitternacht in ein Zimmer gesperrt haben, damit er das ganze Pech anzieht und nicht wir?«, rief Ferdy lachend.

Seamus' Lächeln verschwand.

»Herrgott, Ferdy, schalte dein Hirn ein«, zischte Sorcha aus der Küche.

»Ach herrje«, sagte Ferdy, als er seinen Fauxpas bemerkte. »Entschuldige! Tut mir wirklich leid.«

Cara senkte den Blick. Sie schwieg eine Weile und schaute dann zu ihm hin.

»Ja, das weiß ich noch. Dummerweise hat er's wirklich geballt abgekriegt.«

KAPITEL 4

»Und dann hab ich zu ihm gesagt: ›Sie werden sehen, dass das mein Platz ist, Mr. DiCaprio!‹«

»Das hast du nicht gesagt!« Sorcha hielt mit ihrem Löffel auf halbem Weg zum Mund inne.

»Red doch keinen Scheiß!«, sagte Ferdy, und Sorcha stieß ihn mit dem Ellenbogen an.

»Was willst du?«, giftete er sie an.

»Ich bitte dich, Ferdy. Es ist echt nicht nötig, hier so rumzupöbeln.« Sorcha sprach mit gesenkter Stimme, obwohl sie alle um den Tisch saßen und es ohnehin jeder hören konnte.

»Dein Tiramisu ist ein Gedicht, Sorcha. Ich brauche unbedingt das Rezept für den Pub«, sagte Daithí und kratzte mit dem Löffel die letzten Reste vom Teller.

»Oh, vielen Dank«, erwiderte sie, dankbar für die Ablenkung. »Bietest du jetzt auch Essen an?«

»Wir machen alles, was ein bisschen Kohle bringt.«

»Darum kommt montags jetzt immer eine Stripperin«, sagte Ferdy lachend.

»Ich glaube, dann würde vielen von meinen Gästen das Herz stehenbleiben.« Daithí musste lächeln, als er an die Alten dachte, die sich, komme, was wolle, sieben Tage die Woche bei ihm einen hinter die Binde kippten.

Seamus sprang auf, nahm die nächste Weinflasche von der Anrichte und goss allen nach.

»Vergiss dein eigenes Glas nicht«, sagte Cara, als sie sah, dass es leer war.

»Ach, ich vertrag irgendwie nichts mehr.«

»Nie und nimmer!«, rief Ferdy. »Nicht der trinkfeste Seamie! Was haben die Amis nur aus dir gemacht?«

»Genauer gesagt die Kalifornier. Da ist es nicht wie hier – da geht man joggen, nicht auf ein Bier.«

»Klingt trostlos, wenn ihr mich fragt«, sagte Ferdy und nahm einen kräftigen Schluck Wein.

»Und alle gehen zu den Anonymen Alkoholikern.«

»Du auch?«, fragte Sorcha mit großen Augen.

»Nur wegen der Kontakte, die man da knüpft!«, lachte Seamus.

»Ha!«, sagte Daithí.

Cara stand auf und legte vorsichtig noch ein Torfbrikett nach. Auf dem Rückweg zum Tisch blieb sie am Regal stehen, und ihr Blick verharrte auf einem Buch mit schwarzem Rücken. Beim Herausnehmen bemerkte sie Stockflecken auf dem Schnitt. Seamus gesellte sich zu ihr.

»Meinst du, du schreibst noch mal eins?« Cara schaute ihn an.

Er zuckte mit den Schultern.

»Keine Ahnung. Das war die Geschichte, die ich erzählen musste. Ich weiß nicht, ob ich noch eine in mir trage.«

Cara betrachtete das Buch und las stumm den Titel: *Ich bin die Insel. Erinnerungen. Von Seamus Flaherty.* Diese Erinnerungen basierten auf Seamus' Tagebuch und waren ein Riesenerfolg gewesen, ein Volltreffer. Dass sie derart gut verkauft wurden, hatte jeden überrascht, einschließlich des Verlags, der damals hastig eine neue Auflage drucken ließ. Und noch eine. Und noch eine. Bis es einem so vorkam, als könnte es auf diesem Planeten keinen Haushalt mehr geben, in dem Seamus' Buch nicht stand. Es erzählte davon, wie es gewesen war, auf einer kleinen Insel am Rand des Atlantiks aufzuwachsen, mit einem trinkenden Vater, einer Mutter, die für ihre Kinder kämpfte, und einem geliebten Bruder, der ums Leben kam. Cara schlug das Buch auf und las die Widmung. *Für Cillian. Für alles.* Dann blätterte sie, obwohl sie wusste, dass sie es lassen sollte, instinktiv zum Ende vor. Zu den Seiten, die von jener Silvesternacht vor zehn Jahren auf einem Fischtrawler handelten. Von ihnen beiden, den Brüdern Seamus und Cillian. Von einer Sturmbö und einer teuflischen Welle, davon, dass Cillian über Bord ging und im Meer verschwand.

Cillian, ihr Mann.

Aus ihrem Leben verschwand. Und aus dem der Kinder. Für immer. Cara hatte diese Erinnerungen gelesen. Seamus hatte Cillian in seiner feinfühligen Sprache wieder zum Leben erweckt. Aber es war zu hart gewesen. Denn in Wahrheit brachte ihn gar nichts zu ihr zurück. Nach der Lektüre hatte sie das Buch weit weg gelegt. Auch jetzt schlug sie es, ohne genauer hineinzusehen, wieder zu und stellte es ins Regal zurück.

»Ein tolles Buch. Auch in der englischen Fassung. Wahrscheinlich war's gut, dass du es selbst aus dem Irischen übersetzt hast.«

»Danke. Und ja, ich glaube auch, dass das viel ausgemacht hat. *Is Mise An tOileán* wird immer die authentischere Version sein. Ich wünschte, die Leute könnten sie lesen. Aber wenn ich die veröffentlicht hätte, hätte sie nur sehr wenige Leser und Leserinnen gefunden.«

Sie setzten sich aufs Sofa, und Seamus lehnte sich bei Cara an.

»Tut mir leid, dass das Haus in diesem Zustand ist«, flüsterte er. »Ich hätte jemand herschicken sollen, der vorher klar Schiff macht.«

Seamus hatte nicht so leise gesprochen, dass niemand mithören konnte, und Ferdy schaltete sich ein. »An diese Bruchbude hättest du höchstens ein Streichholz halten können.«

»Ferdy!«, rief Sorcha. »Eine Bruchbude brauchst du das Haus ja nun nicht gleich zu nennen.«

Seamus schaute schulterzuckend zu den beiden hin. »Na ja, er hat ja recht.«

»Du brauchst dich nicht zu entschuldigen«, sagte Cara. »So schlimm ist es doch gar nicht.«

Seamus ließ den Blick durch den Raum wandern und senkte erneut die Stimme. »Ja, aber die ganzen *Sachen* hier. Ich hätte einfach ein paar Tage eher kommen und irgendwas machen sollen. Nur damit es hier nicht so aussieht wie ... wie hieß noch dieses Geisterschiff, das verlassen auf dem Meer trieb?«

»Die *Mary Celeste*?«

»Ja, genau, das meinte ich. Damit es hier nicht so gespenstisch aussieht. Ich weiß ja, wie es für mich war, hier reinzukommen und all den Kram zu sehen ... haargenau wie damals. Dann wird es dir nicht viel anders ergehen.«

»Ja, es fühlt sich komisch an, das will ich gar nicht abstreiten. Aber du brauchst dich trotzdem nicht zu entschuldigen. Als ich heute Morgen vorbeischaute, um zu sehen, ob vielleicht einer von euch wach ist, musste ich mich richtig zwingen, die Einfahrt hochzugehen. Da kann ich dir schlecht vorwerfen, dass es dir ähnlich schwerfiel, hierher zurückzukommen.«

»Du warst heute Morgen hier?«

»Ja, gleich, als ich von der Fähre kam. Ich wär gestern Abend so gern dabei gewesen.«

»Dann warst du also schon hier drin?«

»Nein, nur draußen. Ich hab geklopft, aber es hat niemand aufgemacht. Nach dem Video von gestern Abend dachte ich mir schon, dass ihr alle verkatert seid und erst mal ausschlafen müsst. Ihr habt mich nicht gehört.«

»Ja, tut mir leid, ich hab nichts mitgekriegt. Wie unhöflich von uns.«

Seamus schaute zum Tisch.

»Hört mal, Leute. Cara war heute Morgen hier, aber keiner von uns ist wach geworden und hat sie reingelassen! Wir sind echt das Letzte.«

»Oh, nein! Tut mir leid, Cara!«, rief Sorcha.

»Mir auch, Cars«, sagte Ferdy.

Die beiden und Daithí standen vom Tisch auf und gesellten sich zu Cara und Seamus auf das Sofa. Cara schaute ihre Freunde lächelnd an.

»Hört auf, das ist kein Problem, echt nicht. Macht euch keine Gedanken. Ich hätte eh nicht lange bleiben können.«

Es klopfte an der Hintertür.

Die Unterhaltung verstummte, und alle schauten wie die Erdmännchen zur Tür. Hinter der Milchglasscheibe zeichnete sich undeutlich eine Gestalt ab. Die Außenbeleuchtung warf einen unheimlichen Lichtschein auf den Ankömmling.

»Das wird Maura sein.« Ferdy machte Anstalten aufzustehen, aber Sorcha legte ihm die Hand aufs Bein und hielt ihn zurück. Ferdy verdrehte die Augen. Stattdessen erhob sich Daithí.

Er ging zur Tür, schloss auf und murmelte: »Schön, dass du's noch geschafft hast.«

Aber anstelle von Maura, von der alle erwarteten, dass sie fröhlich und energiegeladen wie ein Duracell-Häschen hereingesprungen kommen und wortreich erklären würde, warum sie so spät dran war, stand da ein kleiner, bärtiger Mann mit einer Baseballkappe. Er trug eine Jacke, in der er fast unterging wie ein Polarforscher.

Er schaute zu Daithí hoch und strahlte ihn an.

»Hallo, Mr. Derrane, schön, Sie wiederzusehen!«, rief er mit einem starken amerikanischen Akzent.

»Mr. Jackson?« Daithí runzelte die Stirn, ließ ihn aber herein. Cara erkannte ihn aus dem Pub wieder. Die Touristen in der Ecke.

»Gibt's ein Problem mit dem Zimmer?«, fragte Daithí. Seine Verwunderung war ihm deutlich anzumerken.

»Nein, nein, überhaupt nicht. Das Zimmer ist top! Ich bin wegen Seamie hier.« Der Amerikaner schaute zu Seamus, der bereits aufgesprungen war und auf ihn zukam.

»Noah!«, sagte Seamus, schüttelte ihm überschwänglich die Hand und klopfte ihm auf die Schulter. »Freut mich, dass euch das B & B im *Derrane's* gefällt, mein Freund ist ein guter Gastgeber.«

Daithí blickte zwischen Seamus und dem Amerikaner, der heute Morgen eingecheckt hatte, hin und her.

»Ihr kennt euch? *Cad atá ar súil*, Seamus?« Was geht denn hier ab, Seamus?, fragte Daithí, der bewusst ins Irische wechselte.

Seamus ignorierte ihn.

»Noah, komm mit, ich möchte dir Cara, Ferdy und Sorcha vorstellen. Maura ist leider noch nicht da. Und Daithí hast du ja schon kennengelernt.«

Cara schaute Sorcha und Ferdy an, und beide erwiderten ihren fragenden Blick mit einem Schulterzucken.

Der Besucher ging mit ausgestreckter Hand zum Sofa.

»Cara, Ferdy und Sorcha! *Die* Cara, Ferdy und Sorcha? Wow!«, rief er begeistert.

Cara blickte Seamus über die Schulter des verrückten Amerikaners hilfesuchend an, und ihr Schwager überspielte seine Nervosität mit einem extrabreiten Lächeln. Doch Cara kannte Seamus seit seinem siebten Lebensjahr und wusste, wann er mit Blicken um Vergebung statt um Erlaubnis bat.

»Wer ist denn dein Freund, Seamus?«

»Cara, alle miteinander ...« Seamus legte eine Hand auf

Noahs Rücken. »Darf ich vorstellen: Das ist der berühmte Arthouse-Regisseur Noah Jackson.«

Noah betrachtete das Trio auf dem Sofa.

»Ich freue mich sehr, Sie endlich kennenzulernen.«

»Endlich?«, fragte Ferdy gereizt. »Wovon reden Sie, wenn ich fragen darf?«

»Noah und ich arbeiten an der Verfilmung meines Buchs! Ist das nicht aufregend?«, verkündete Seamus. »Es wird eine erstklassige, authentische Umsetzung, ein bisschen experimentell, weil nicht-linear erzählt. Und ein paar Fantasy-Elemente wird's auch geben.«

»Darüber reden wir noch, Seamie«, sagte Noah.

»Ja, ja«, wischte Seamus die Worte des Regisseurs beiseite. »Klar, einiges ist noch nicht ganz ausgereift. Aber ich produziere den Film, ist das nicht super? Und die Jungs sind den weiten Weg hierhergereist, um mit den Dreharbeiten anzufangen. Es ist alles wahnsinnig aufregend ...«

»Du verfilmst deine Erinnerungen? Hier auf der Insel? Jetzt?«, fragte Cara.

»Ja, genau ... richtig.« Seamus schaute sie mit großen Augen zustimmungsheischend an.

»Ich weiß nicht, was ich sagen soll«, sagte Cara.

»Zum Beispiel, dass du dich für mich freust?«

Cara rang sich ein dürres Lächeln ab, denn seinem erwartungsvollen Blick konnte man nur schwer widerstehen.

»Und, äh, ich sollte wohl noch erwähnen, dass die Filmleute – Schauspieler und Crew – sich diese Woche ein bisschen hier umtun werden.«

»Hier?«, fragte Daithí.

»Ja, aber nur ein bisschen. Unser Zusammensein wird dadurch nicht beeinträchtigt, versprochen.«

Das schien niemanden zu überzeugen.

»Darf ich Ihnen ein Glas Wein anbieten, Mr. Jackson?«, fragte Daithí.

»Danke, nein. Ich bin mit dem Wagen gekommen. Da rühre ich am besten nichts an.«

»Ja, stimmt.«

»Ich bin auch gleich wieder weg. Seamus hatte vorgeschlagen, dass ich kurz reinschaue und mich vorstelle. Also wollte ich bloß schnell hallo sagen. Ich weiß, dass Sie ein paar besondere Tage miteinander verbringen, und möchte nicht stören.«

»Danke, Noah«, sagte Seamus.

»Es war toll, Sie zu treffen. Ich freue mich, Sie alle in den nächsten Tagen ein bisschen besser kennenzulernen.« Der Regisseur winkte in die Runde, dann ging er mit Seamus zur Tür und verschwand ebenso schnell, wie er gekommen war.

Seamus kehrte zu seinen Freunden am Kamin zurück.

»Tut mir leid, dass ich euch so überfalle. Ich wollte euch eigentlich vorwarnen, aber irgendwie war nie der richtige Moment.«

»Opportunist«, grummelte Ferdy.

»Ich finde, das klingt echt spannend, Seamus«, sagte Sorcha. »Gibt es auch jemanden, der mich spielt?«

»Klar«, antwortete Seamus strahlend. Er war froh, dass wenigstens eine von ihnen kein Problem mit dieser Überraschung hatte. Er setzte sich aufs Sofa. »Sie heißt Ari und ist sehr nett. Du wirst sie mögen. Aber ganz so hübsch wie du ist sie natürlich nicht.«

»Ach, hör doch auf«, erwiderte Sorcha grinsend.

»Gibt es auch eine Maura-Darstellerin?«, fragte Ferdy. »Dann könntest du sie nämlich herholen. Die echte scheint uns ja zu versetzen.«

Seamus verrenkte sich den Hals, um einen Blick auf die Küchenuhr werfen zu können, die wundersamerweise noch funktionierte.

»Vielleicht kommt sie ja noch«, sagte er. »Kann es sein, dass sie uns falsch verstanden hat und nicht weiß, dass wir uns heute Abend treffen? Wir haben ja gestern ziemlich gebechert.«

»Bei Miss Conneely ist alles möglich«, sagte Ferdy. »Aber vielleicht hat sie auch ein besseres Angebot bekommen!«

Bei diesem Kommentar flog Caras Blick zu Daithí, und Sorcha schnappte ihn auf.

»Was ist?«

»Wieso? Was meinst du?«

»Na, ihr zwei gerade. Was hatte dieser Blick zu bedeuten?«

Cara schaute wieder Daithí an. Er zuckte mit den Schultern.

»Hmm. Ich weiß nicht, ob ich das erzählen darf. Aber, na ja, Maura hat eine geheime Affäre. Wir wissen nicht, wer es ist oder wo er wohnt, wir wissen gar nichts über ihn. Sie verschwindet nur hin und wieder und sieht glücklich aus, wenn sie zurückkommt, aber sie sagt kein Wort über ihn. Alles sehr mysteriös. Vielleicht ist er gerade da, und sie hat wirklich ein besseres Angebot bekommen.«

»Oh«, sagte Sorcha. Ihre fröhliche Miene verschwand. »Sie versetzt uns? Wegen irgendeinem mysteriösen Unbekannten? Na toll.«

KAPITEL 5

Cara stellte die Teller zusammen. »Ihr habt gekocht, also mache ich den Abwasch.«

»Ich helfe dir«, sagte Ferdy und stand auf.

»Im Ernst?«, sagte Cara. »Es geschehen noch Zeichen und Wunder.«

Sie trugen das Geschirr zusammen in die Küche, und Cara schaltete den Kocher ein, um Wasser heiß zu machen. Ferdy lehnte sich an die Arbeitsfläche, holte sein Handy heraus und schaute auf das Display.

»Der Empfang hier ist eine Katastrophe. Das kann einem die Inseln echt verleiden. Meine Londoner Freunde würden die Krise kriegen. Hast du Empfang?«

»Ich hab nie Empfang, Ferdy. Kein Mensch hat hier Empfang.«

»Warum hast du kein WLAN, Seamus?«, fragte Ferdy in Richtung Sofa.

»Ich wohne nicht mehr hier, Ferdy. Für ein Wochenende richte ich mir doch kein WLAN ein.«

»Du bist ja ein schöner Gastgeber.«

»Vielleicht würde es dir ja guttun, mal ein paar Tage abzuschalten«, sagte Seamus grinsend.

»Und vielleicht würde es dir ja guttun, mal die Klappe zu halten.«

Cara kratzte die Essensreste von den Tellern. Als das Wasser heiß war, goss sie es in die Spüle und tauchte das Geschirr hinein.

»Schnapp dir das Handtuch da hinten, ja?«

Ferdy schaute hoch.

»Nein, lass mal. Ich bin sicher, du schaffst das auch hervorragend allein.« Damit wanderte er wieder um den Tresen herum und ging zurück zum Sofa.

»Na toll, vielen Dank«, grummelte Cara.

»Cara«, rief Sorcha. »Was möchtest du am Sonntag machen? Wenn wir auf den Friedhof gehen?«

Cara hielt, die Hände mit Schaum bedeckt, über der Spüle inne und überlegte. Genau darüber hatte sie sich in den letzten Wochen viele Gedanken gemacht. Sie senkte den Blick und beobachtete, wie die mit regenbogenfarbenen Schlieren durchzogenen Schaumbläschen zerplatzten.

»Am liebsten was Schönes«, begann sie, aufblickend. »Traurig waren wir lange genug, jetzt möchte ich, dass wir feiern.« Daithí stand vom Sofa auf, kam zu ihr und griff nach dem Geschirrtuch. Während Cara ihre Hände wieder ins warme Wasser tauchte, wartete er auf den ersten gespülten Teller. »Ich hab mir überlegt, dass wir ein paar von seinen Lieblingsliedern spielen könnten. Und einer könnte was vorlesen – vielleicht Seamus, aus den Erinnerungen, aber eher die fröhlichen Stellen.«

»Davon gibt's ja nicht so viele«, murmelte Ferdy.

»Klar!« Seamus ignorierte ihn. »Schöne Idee.«

»Und du könntest was singen, Sorcha. Was meinst du? Würdest du das tun?«

»Natürlich. Wäre mir eine Ehre. Was soll ich denn singen?«

»Kennst du *My Love Returns*?«

»O ja, das ist schön. Begleitest du mich auf der Fiddle, Cara?«, fragte Sorcha.

»Machst du immer noch diese schreckliche Katzenmusik?«, fragte Ferdy.

»Ja, hin und wieder«, erwiderte Cara.

»Wartet mal kurz!« Seamus stand unvermittelt auf und ging

aus dem Zimmer. Alle am Tisch schauten erst auf den Platz, an dem er gesessen hatte, und dann zu Cara.

»Ich weiß auch nicht, was er hat«, beantwortete sie die stumme Frage.

Wenige Augenblicke später tauchte Seamus mit einem Geigenkasten unterm Arm wieder auf.

»Hier, ich hatte komplett vergessen, dass wir die haben. Als ich zehn war, hat Mam sich in den Kopf gesetzt, dass ich Unterricht nehmen soll. Dadó muss früher wohl mal ein guter Fiddler gewesen sein. Keine Ahnung, ob die noch in einem brauchbaren Zustand ist. Aber falls ja, würdest du dann für uns spielen?«

»Au ja, Cara, bitte!«, rief Sorcha.

Ferdy beugte sich vor und goss sich Wein nach.

»In Ordnung.« Daithí reichte Cara das Geschirrtuch, damit sie sich die Hände abtrocknen konnte. Dann ließ sie sich mit dem Kasten in einem der Sessel nieder, klappte ihn auf und hob eine schöne, fast makellose Geige heraus.

»Es hat also auch sein Gutes, dass du dir das Haus noch nicht vorgenommen hast«, sagte sie lächelnd zu Seamus.

Daithí kam herüber und setzte sich. Sorcha stellte die offene Weinflasche neben den Kamin und hockte sich im Schneidersitz auf den Teppich davor. Cara rückte auf die Sesselkante vor. Sie legte das Instrument nicht wie die klassischen Geiger unters Kinn, sondern an die Schulter, wie die Fiddler es taten. Sie zupfte an den Saiten, spielte ein paar Noten an und drehte die Wirbel am Ende des Griffbretts, um die alte Geige zu stimmen. Anschließend hielt sie den Bogen über die Saiten und ließ mit zarten Strichen die ersten Töne erklingen. Sorcha richtete den Oberkörper auf und stimmte ein melancholisches Lied an. Liebliche, wehmütige Klänge erfüllten die Luft. Der reine, klare

Gesang erhob sich, verwoben mit Caras schön-trauriger Musik, gen Himmel. So trugen die beiden ein Klagelied vor, das allen, die sich auf diesen Inseln in Trauer versammelten, seit Generationen vertraut war. Cara spürte, wie ihr verräterische Tränen die Wangen hinabliefen.

Nachdem die letzten Töne gespielt waren, ließ sie die Fiddle und den Bogen in den Schoß sinken. Keiner aus der Gruppe sagte etwas. Cara wischte ihre Tränen weg und rieb sich die Augen. Als sie ein Schniefen vom Sofa hörte, wandte sie den Blick. Seamus' Augen waren gerötet, Daithí starrte in die schwarze, verschneite Nacht hinaus, um niemanden anschauen zu müssen.

»Verdammt«, sagte Ferdy auf dem Sessel gegenüber, »das war gar nicht übel.«

Sorcha drehte sich, selbst noch ganz ergriffen, um und schaute ihren Mann an. Cara sah, wie sich ihre Augen verengten und ihre Unterlippe zitterte.

»Kannst du nicht ein einziges Mal ernst sein, Ferdy?«

Ferdy ignorierte sie.

Seamus beugte sich vor und drückte Sorchas Schulter.

»Wunderschön. Einfach wunderschön.« Dann wandte er sich lächelnd Cara zu. »Toll, Cara! Du hast ja schon immer gut gespielt, aber das jetzt ... das war echt besonders.«

Cara strahlte ihn an. Sie spürte, wie ihr die Röte ins Gesicht stieg.

»Ich hab auch fleißig geübt. Schließlich hab ich hier meistens viel Zeit für mich. Sagen wir so: Die Anzahl meiner Verehrer unter den Einheimischen ist eher überschaubar.«

»Selbst schuld, wenn sie dich nicht zu schätzen wissen.«

»Danke, Seamie.«

Ferdy sprang auf und griff über Sorcha hinweg nach der

Weinflasche. Er füllte erneut sein Glas auf, stellte die Flasche dann neben seinen Füßen ab und lehnte sich zurück.

»Nein, danke, sehr freundlich«, sagte Seamus gereizt.

Ferdy grinste ihn an, machte aber keine Anstalten, ihm nachzuschenken.

»Spiel uns noch was vor, Car«, befahl er dann. »Aber diesmal was Fröhliches.«

Cara schaute Sorcha an.

»Das kennst du garantiert«, sagte sie.

Cara klopfte mit der Fußspitze auf den Boden und legte die Fiddle wieder an die Schulter. Schon nach wenigen Tönen begann Sorcha lächelnd zu singen, und alle stimmten mit ein. Sogar Ferdy musste grinsen und schmetterte den Refrain voller Inbrunst mit. Seamus sprang auf, zog Sorcha auf die Füße und wirbelte sie herum. Sorchas Miene hellte sich sichtlich auf. Laut singend und kichernd hüpften sie über herumstehende Weingläser und tanzten im Kreis.

»Mehr!«, rief Seamus, als Cara zum Ende kam. Und Cara tat ihm den Gefallen. Sie spielte noch ein Lied, und kurze Zeit später zog Daithí schüchtern wie aus dem Nichts eine Tin Whistle hervor und begleitete sie. Ferdy holte, den Tanzenden ausweichend, die nächste Flasche aus der Küche. Seamus hielt Sorcha an den Händen und drehte sich beim traditionellen Ceilí-Tanz in schwindelerregendem Tempo mit ihr. Diesmal schenkte Ferdy allen nach und schmunzelte sogar, als Sorcha und Seamus albern kichernd und mit geröteten Gesichtern gegen den Tisch stießen. Die beiden rissen um ein Haar die gerahmten Fotos von der Wand, während sie atemlos weiter herumwirbelten und sich vor Vergnügen beinahe ohnmächtig tanzten. Cara sah die Bilder hin und her schaukeln, dann aber langsam wieder zur Ruhe kommen, und war erleichtert, dass sie nicht herabfielen.

Seamus warf noch einen Brocken uralten Torf auf das herun-tergebrannte Feuer, um es wieder anzufachen. Das Kaminfeuer und die einzige noch funktionierende Zimmerleuchte tauchten den Raum in ein warmes Licht. Die Vorhänge hatten sie den ganzen Abend nicht zugezogen. Da es ohnehin keine unmit-telbaren Nachbarn gab, die hereinschauen konnten, hatten sie sich für das Schneetreiben draußen als Hintergrundkulisse ent-schieden. Daithí sammelte einen Arm voll leerer Flaschen ein und brachte sie in die Küche.

»Hey, bring eine zurück!«, rief Sorcha ihm nach, setzte sich wieder auf den Boden und lehnte den Kopf an Ferdys Beine. Ferdy strich ihr mechanisch übers Haar und wickelte sich lose Strähnen um den Finger, während er gedankenverloren aus dem Fenster blickte.

Daithí kam mit einer leeren Flasche in der Hand zurück und reichte sie an Sorcha weiter.

»Was hast du denn damit vor?«, fragte er.

»Wisst ihr noch, wie wir als Kinder Wahrheit oder Pflicht und so gespielt haben? Und unser aller Lieblingsspiel war ... Fla-schendrehen!«

Mit einem beschwipsten Lächeln legte sie die leere Flasche auf den Teppich. »Ach, ich weiß nicht«, sagte Daithí und ließ sich neben Seamus aufs Sofa fallen.

»Cara, Seamus, los, kommt, das wird lustig!«

Seamus, der Nüchternste von ihnen allen, lächelte sie an. »Sind wir nicht ein bisschen alt für so was?«

Sorcha drehte die Flasche, und einige Resttropfen verteilten sich über den Teppich.

»Ups.« Kichernd drehte sie sie noch einmal. »Jetzt kommt schon, das macht doch Spaß!«

Die Flasche kam zum Stillstand. Ihr Hals zeigte in Daithís

Richtung. Sorcha krabbelte über den Teppich zu ihm hin und blieb auf allen vieren vor ihm hocken. Seamus lachte nervös auf. Ferdy schaute seine Frau an, als wäre er gerade aus einem Traum erwacht. Sorcha legte ihre Hände auf Daithís Beine und richtete sich auf die Knie auf.

»Hallo, Daithí«, sagte sie und zwinkerte ihm zu.

Daithí schob seine Hand auf Sorchas und blickte sanftmütig auf sie hinab.

»Vielleicht war Wahrheit oder Pflicht doch die bessere Idee.«

»Herrgott, Sorcha!«, herrschte Ferdy seine Frau an. »Was hast du vor, du besoffene Kuh? Hör auf, dich lächerlich zu machen.«

Sorcha fuhr herum und schaute ihn an.

»Mich lächerlich zu machen? Von wem hab ich das wohl gelernt?«, giftete sie zurück. Dann wandte sie sich wieder Daithí zu. »Tut mir leid, Daithí, aber ich glaub nicht, dass wir Wahrheit oder Pflicht spielen können. Hier gibt's nämlich jemanden, der ein gestörtes Verhältnis zur Wahrheit hat.«

»Sehr witzig. Du bist echt irrsinnig komisch«, gab Ferdy zurück. »Steh vom Boden auf, ja? Zeig, dass du noch einen letzten Rest Selbstachtung hast.«

Sorcha kam unsicher auf die Füße und wies mit wutverzerrtem Gesicht auf Ferdy.

»Du ... du bist so ein blöder Pisser!« Sie unterdrückte ein Schluchzen und rannte aus dem Zimmer, nicht ohne dabei den Tisch und den Tresen zu rammen.

Ferdy rieb sich übers Gesicht und seufzte. Dann schaute er zu Seamus, Daithí und Cara hoch.

»Tut mir leid. Wir haben zu viel getrunken.« Er stand auf. Mit seinem Gleichgewichtssinn war es auch nicht mehr weit her. »Ich gehe und rede mit ihr. Gute Nacht, Leute!«

Damit verließ er das Zimmer. Cara sah Seamus und Daithí an.

»Oje, das war nicht gut.«

Daithí und Seamus schüttelten den Kopf.

»Sie liegen sich schon in den Haaren, seit sie angekommen sind«, sagte Seamus. »Traurig.«

»Und unangenehm«, sagte Daithí.

»Hoffen wir, dass sie sich wieder zusammenraufen«, sagte Cara. »Ich frage mich, wie lange das wohl schon so geht? Seamus, hast du noch regelmäßig Kontakt zu Ferdy?«

Seamus schüttelte den Kopf, sein Blick war melancholisch.

»Nein, nur sehr selten.«

»Ach, Mensch, wie schade. Es hat sich so viel verändert. Das sollte einen wohl nicht überraschen. Aber die zwei waren früher so glücklich miteinander. Und du und Ferdy, ihr standet euch doch sehr nahe.«

»Ich weiß. Aber wir sind eben keine Kinder mehr. Dinge ändern sich nun mal.«

»Ja, kann man wohl sagen.« Cara seufzte und dachte an die alten Zeiten zurück. An Ferdy und Seamus als Kinder. Damals hatten die beiden zusammengehalten wie Pech und Schwefel.

»Früher wolltet ihr immer so sein wie die beiden Freunde aus dieser alten Legende. Das war eine richtige Obsession«, sagte Daithí.

Cara schaute grinsend zwischen Daithí und Seamus hin und her. »O Gott, ja, stimmt!«, rief sie. »*Setanta und Ferdia*.« Die Geschichte zweier befreundeter Krieger. Ferdys Hippie-Mutter hatte ihren Sohn nach der einen Hälfte dieses legendären Duos benannt.

»Ich weiß gar nicht mehr, warum wir das damals so toll fanden«, sagte Seamus lachend. »Dass die beiden sich am Ende einen tödlichen Zweikampf liefern, haben wir offenbar einfach ignoriert.«

»Klar, sonst wäre es ja nicht cool gewesen!«, erwiderte Cara und grinste.

»Ich hab mir damals echt gewünscht, meine Mutter hätte mich Setanta genannt.« Seamus schüttelte den Kopf.

»Einen Sommer lang mussten wir dich auch alle so nennen, weißt du nicht mehr?«, fragte Daithí, und Seamus stöhnte auf.

»O Gott, wie peinlich«, erwiderte er und lachte. »Doch, leider erinnere ich mich noch.«

»Das kommt mir alles so ewig her vor«, sagte Cara.

»Weil's das auch ist. Es sind zwanzig Jahre vergangen, Cara.«

»Ja, muss wohl. Aber das heißt ja nicht, dass ihr nicht immer noch befreundet sein könnt. Nimm dir ein Beispiel an Daithí, Maura und mir. Woran liegt es denn, dass du und Ferdy nicht mehr miteinander redet?«

Seamus zuckte mit den Schultern.

»An der Distanz? Daran, dass wir erwachsen geworden sind? Keine Ahnung. Nach der Sache mit Cillian ... Ich glaube, ich wollte alles, was mich an ihn erinnert hat, von mir wegschieben. Und dazu gehörte eben auch Ferdy. Außerdem hatte er sein neues Leben mit Sorcha in London. Ihm ging's bestimmt genau wie mir. Er wollte auch neu anfangen.«

»Was macht er denn eigentlich? Weißt du irgendwas darüber? Mir gegenüber hat er sich ziemlich vage ausgedrückt«, sagte Daithí.

»Ich glaube, Sorcha erwähnte was von Gigs und Bands?«, sagte Seamus.

»Klingt toll«, erwiderte Cara.

»Nach dem, was man zwischen ihm und Sorcha so mitbekommt, hab ich allerdings den Eindruck, dass es vielleicht doch nicht so glamourös und einträglich ist, wie es klingt«, sagte Daithí.

»Oje«, sagte Cara.

»Vielleicht ist die Stimmung deshalb so angespannt«, sagte Seamus.

»Möglich«, erwiderte Cara, ließ sich zurück gegen das Sofa sinken und gähnte herzhaft. Dann schüttelte sie den Kopf und rieb sich die Augen.

»So, Jungs, das war ein toller Abend – na ja, bis auf den letzten Teil. Aber ich glaub, ich muss jetzt ins Bett.«

»Natürlich«, sagte Seamus.

Cara stand auf und reckte sich. Dann bückte sie sich, um die Weingläser aufzuheben, die Sorcha und Ferdy hatten stehen lassen. Auf dem Weg in die Küche ging sie auch nicht mehr ganz tadellos geradeaus und stellte die leeren Gläser übertrieben behutsam auf der Arbeitsfläche ab.

»Wo hast du mich denn einquartiert, Seamus?«

Seamus erhob sich.

»Ich fand, am sinnigsten wär's, wenn du Cillians altes Zimmer nimmst. Es sei denn, das ist dir nicht recht.«

Cara nickte. Es wäre wirklich seltsam gewesen, wenn jemand anders sein Zimmer bekommen hätte.

»Seamus. Es ist so schön, dass du mal wieder da bist.«

Seamus ging zu ihr, breitete die Arme aus und zog sie an sich.

»Es ist auch wunderschön, dich mal wieder zu sehen. Ich hab das alles zu lange aufgeschoben, das wird mir jetzt erst klar.«

Cara berührte ihn an der Wange.

»Mach dir keine Vorwürfe. Es war eine schwierige Zeit, für uns alle.«

»Danke, du bist ein Schatz.«

»Nacht, Daithí!«, rief Cara Daithí zu, der auf dem Sofa geblieben war.

»Schlaf gut.«

Cara ging zur Küchentür.

»Du weißt ja, wo du hin musst«, sagte Seamus.

Cara lächelte.

»Yep, ich kenn mich aus.«

KAPITEL 6

Seamus hatte recht, sie konnte sich in diesem Haus nicht verlaufen. Ihre Füße sanken tief in den dunkelgrünen Teppich ein, als sie den vertrauten Flur entlang- und an der Eingangstür vorbeiging. Cillians Zimmer war das erste auf der linken Seite. An der Tür hingen noch immer die kleinen Holzbuchstaben, die seinen Namen bildeten. Mit einem bittersüßen Lächeln auf den Lippen ließ Cara einen Finger über die glatte Oberfläche und die rauen Kanten des Holzes gleiten. Cathal hatte zu Hause auch solche Buchstaben an der Tür. Seamus' altes Kinderschlafzimmer lag direkt gegenüber von Cillians. An seiner Tür wies ein Schild mit einem durchgestrichenen roten Kreis darauf hin, dass der Zutritt verboten war. Jetzt, wo Cara eigene Kinder hatte, verstand sie, warum Cillians und Seamus' Mutter diese Erinnerungsstücke nie abgenommen hatte. Selbst dann nicht, als ihre Söhne bereits erwachsen waren und nicht mehr zu Hause wohnten. Es war nicht leicht, die Kinder ziehen zu lassen, wenn sie groß geworden waren. Cara konnte ihr das nachfühlen. Außerdem hatten Mrs. Flaherty und sie selbst noch einen weiteren Grund, der anstehenden Nestflucht ihrer Kinder mit Unbehagen entgegenzusehen und sich an die Vergangenheit zu klammern. Wenn es irgendwann so weit war, wartete auf Cara eine einsame Zeit als Witwe. Und Mrs. Flaherty hatte es sogar noch schlimmer getroffen, denn sie war allein mit einem gewalttätigen Ehemann zurückgeblieben. Cillian hatte versucht, seine Mutter dazu zu bewegen, ihren Mann zu verlassen, oft sogar, doch sie hatte es nie fertiggebracht. Am Ende führte der körperliche Verfall ihres Mannes durch den Alkoholmissbrauch – eine Art Spiegelbild der Verheerungen, die er in seinem persönlichen Umfeld anrichtete – dazu, dass er kurz nach Cillians und Caras Hochzeit gestorben war. Und das war eine Erlösung für alle gewesen.

Nach Seamus' Zimmer folgte das Bad. Und hinter der letzten Tür am Ende des Flurs lag das Elternschlafzimmer, in dem nun Ferdy und Sorcha untergebracht waren. Das leise Schnarchen, das durch die Tür drang, deutete darauf hin, dass zumindest einer der beiden schon schlief. Und es erleichterte Cara, dass sie sie nicht streiten hören musste.

Als sie Cillians Zimmer betrat, wurde sie zwanzig Jahre zurückkatapultiert. Die Arme gegen die Kälte um sich geschlungen, drehte sie sich langsam auf der Stelle, um alles in sich aufzunehmen. Es sah noch genauso aus, wie sie es in Erinnerung hatte: Die Nirvana- und Eminem-Poster, die eine ältere Dinosauriertapete verdeckten. Das schmale Bett an der Wand (das Seamus dankenswerterweise frisch bezogen hatte – sie hatte schon befürchtet, dass nicht). Der Schreibtisch unter dem Fenster. Cillians Bücher – aus Kindertagen bis zu den Schulbüchern aus seinem letzten Schuljahr –, die sich den Platz auf den leicht durchgebogenen weißen Regalbrettern teilten. Und die Lamellentüren des Einbauschranks. Cara zog an den kleinen Messinggriffen und öffnete ihn. Er war nicht voll, aber es hingen noch Kleider darin. Sachen von Cillian, an die Cara sich erinnerte. Sie strich sanft über die Armeejacke, die er als Sechzehnjähriger geliebt hatte. Auch der hässliche Pulli, den seine mamó für ihn gestrickt und den er darum pflichtschuldig getragen hatte, lag noch dort. Cara berührte auch ihn. Er fühlte sich kratzig an, und sie musste lächeln bei der Erinnerung, wie Cillian gelitten hatte, um die Großmutter glücklich zu machen. Ihre Finger stießen auf Mottenlöcher, und ein paar Motten flatterten überrascht aus dem Schrank. Seamus musste hier wirklich dringend aufräumen. Und sie hätte ihm schon vor Jahren ihre Hilfe anbieten sollen. Sie waren beide gleichermaßen schuld daran, dass das Haus so verwahrlost war.

Sie schloss den Schrank wieder, ging zum Schreibtisch, der am Fenster stand, und zog einen der Vorhänge auf. Schockiert registrierte sie, wie hoch der Schnee schon lag. Von hier aus konnte sie die Einfahrt sehen, und ihr Auto verschwand allmählich unter einer dicken Flockenschicht. Es war, als rieselte der Schnee aus dem Weltraum zur Erde, als fiele die Milchstraße auf sie herab. Cara konnte sich nicht erinnern, wann es auf der Insel zuletzt derart heftig geschneit hatte. Vielleicht ja zu der Zeit, als der jugendliche Cillian diese Poster aufgehängt hatte.

Sie schloss den Vorhang wieder und wandte sich dem Bett zu. Daithí hatte ihre Reisetasche aufs Bett gestellt. Sie zog den Reißverschluss auf und holte ihren Fleece-Pyjama heraus. Cara befürchtete, dass sie trotzdem frieren würde. Nach einem kurzen Ausflug ins Bad kroch sie unter die Decken im Kinderzimmer ihres verstorbenen Ehemanns. Nun lag sie in dem Bett, in dem sie als Jugendliche oft gefummelt hatten. Auf dem sie gesessen und Musik gehört, Händchen gehalten und geplaudert hatten. Sie schaltete die Nachttischleuchte aus und wartete bibbernd darauf, dass sich ihre Augen an die Dunkelheit gewöhnten und die Erinnerungen verflogen. Doch die Düsternis verlieh dem Raum eine bizarre Atmosphäre. Die Dinosaurier auf der Tapete wirkten plötzlich blutrünstig und die Lamellen an der Schranktür wie Gucklöcher, durch die sie angestarrt wurde. Die Regale waren zu wuchtig, das Bett war zu schmal. Cara schloss die Augen und hoffte, dass der gute Wein und die Müdigkeit ihr beim Einschlafen helfen würden.

Verschlafen öffnete Cara ein Auge. Sie war verwirrt. Ihre Füße waren Eisklötze, und sie wusste nicht, wo sie sich befand. Ein lüstern dreinblickender T-Rex half ihrem Gedächtnis auf die Sprünge. Die Reste eines Traums entglitten ihr, doch sie war nicht traurig. Es waren undeutliche Bilder von Cillian, dem Schiff und dem Meer, die nun entschwanden. Und von ihr selbst, wie sie schreiend die Arme nach ihm ausstreckte. Sie wünschte sich, wie schon so oft, ein fröhlicherer Cillian hätte sie im Traum besucht. Der Cillian aus den guten Zeiten, die sie miteinander verbracht hatten. Nicht der aus diesen furchtbaren letzten Momenten seines Lebens.

Cara setzte sich auf. Sie hatte Kopfschmerzen, und ihre Zunge war pelzig und klebrig. Sie fühlte sich schrecklich. Warum so viel Wein? Wie Seamus vertrug sie eigentlich nur noch wenig Alkohol. Sie trank höchstens mal etwas, wenn sie mit Daithí und Maura ausging, denn sie wollte es sich nicht angewöhnen, an ihren langen Abenden allein zu trinken und sich damit irgendwann ein Problem einzuhandeln.

Es war noch dunkel, aber was hieß das schon zu dieser Jahreszeit? Es konnte zwischen zwei und neun Uhr morgens sein. Vom Fenster drang schwaches Licht herüber, doch die Helligkeit, die unter den Vorhängen hindurchschimmerte, ging vom Boden aus, nicht vom Himmel. Vor Kälte ächzend, erhob Cara sich und trat ans Fenster. Sie schob den Vorhang ein wenig zur Seite und sah hinaus. Es war noch dunkel draußen. Der Lichtschimmer kam von dem Schnee. Und der war überall. Die Verwehungen an der Hauswand schienen mehr als einen Meter hoch zu sein. Es schneite jetzt nur schwach, doch der Himmel war noch immer hinter einer kompakten Wolkendecke verschwunden.

Wie spät war es? Wie lange hatte sie geschlafen? Lange genug, um einen Kater zu entwickeln. Cara ging zurück zum Bett und schaute auf ihrem Handy nach: Viertel nach sechs. Sie kroch wieder ins Bett, um sich aufzuwärmen, und schloss die Augen, doch an Schlaf war nicht mehr zu denken. Ihr Schädel dröhnte, und sie hatte Durst. Ob es wohl irgendwo in diesem Haus zehn Jahre altes Paracetamol gab? Sie würde es bedenkenlos nehmen. Cara stand wieder auf und zog sich den Pulli von gestern an.

Dann öffnete sie die Zimmertür. Aus Ferdys und Sorchas Zimmer drang noch immer leises Schnarchen. Die Tür zu Seamus' Zimmer war geschlossen. Sie schlich auf Zehenspitzen durch den Flur in die Küche. Jedes Knarzen und Quietschen klang in der Stille so laut wie ein Rockkonzert.

Im Kamin glühte noch ein wenig Asche, und Cara hörte die leisen Atemzüge des schlafenden Daithí. Seine Zehen ragten über den Rand des Sofas hinaus. So geräuschlos wie möglich durchsuchte sie die Schränke und fand eine Blisterpackung Tabletten, die seit zwölf Jahren abgelaufen waren. Sie spähte zum Sofa hin, aber dort regte sich nichts.

Also bog sie um die Ecke zum Kamin, um noch ein Torfbrikett nachzulegen. Daithí würde es ihr danken, und vielleicht konnte sie sich in einen der Sessel fläzen und ein bisschen aufwärmen.

Plötzlich bewegte sich etwas, und Cara wirbelte herum.

Er hatte so still dagesessen, dass sie ihn nicht bemerkt hatte.

Seamus, in einem der Sessel.

»Herrje!«, zischte Cara. Ihr rauschte das Blut in den Ohren, lauter als jedes Geräusch, das sie seit dem Verlassen ihres Zimmers gemacht hatte. Um ein Haar hätte sie das Wasserglas fallen lassen. Und davon wären mit Sicherheit alle wach geworden.

»Entschuldige, Cara, ich hab dich reinkommen sehen, aber ich wollte dich nicht erschrecken«, flüsterte Seamus.

»Na, das ist dir ja toll gelungen«, flüsterte sie zurück. »Herrgott nochmal!«

»Tut mir leid«, wiederholte Seamus schnell.

Cara schaute zu Daithí hin. Auch wenn sie seine Umrisse nun schon vage sehen konnte, war es noch zu finster, um seine Gesichtszüge erkennen zu können. Es gab weder Straßenbeleuchtung vor dem Haus noch sonst irgendeine Lichtverschmutzung auf der Insel, die Helligkeit ins Zimmer hätte bringen können. Nur der schwach schimmernde Schnee milderte die Dunkelheit etwas ab. Daithí schlief tief und fest. Cara stellte ihr Glas ab und legte vorsichtig einen Torfbrocken nach. Es sprühten einige Funken hoch, doch ein Hoffnung erweckendes Glühen deutete darauf hin, dass er Feuer fangen würde.

»Gute Idee«, flüsterte Seamus.

»Es ist so kalt«, sagte Cara ebenso leise. Sie nahm einen alten Überwurf von der Rückenlehne des Sessels, arbeitete sich vorsichtig, um nirgendwo anzustoßen, zu dem schlafenden Daithí vor und deckte ihn damit zu. Dann setzte sie sich auf den Boden neben das Feuer und zog ihren Pulli enger um sich. An dem neuen Brikett züngelten nun erste kleine Flammen empor und warfen ein wenig Licht in den Raum. Jetzt konnte sie Seamus' Gesicht gerade so erkennen.

»Alles in Ordnung?«, fragte sie. Seine Augen wirkten traurig, das perfekte Lächeln des gestrigen Abends war verschwunden.

Er zuckte mit den Schultern. »Nein, eigentlich nicht.«

»Erinnerungen?«

»Ja, jede Menge. Ich hab von dieser Nacht damals geträumt und bin aufgewacht.«

»Ich auch«, sagte Cara.

»Das kommt davon, dass ich wieder hier bin. Ich glaube, es war ganz gut, dass wir das Haus bislang gemieden haben. Jetzt kommt alles wieder hoch, die Traurigkeit, der Verlust, die Schuldgefühle ...«

»Du hast keinen Grund, dich schuldig zu fühlen, Seamus.«

»Ist das so?«, fragte er, jetzt lauter flüsternd. Er schüttelte den Kopf. Und selbst in der Dunkelheit konnte Cara die Tränen sehen, die in seinen klaren blauen Augen standen. »Ich war damals dort, Cara. Auf dem Schiff. Wenn ich nicht zurück in die Kabine gegangen wäre, hätte ich gesehen, wie er über Bord gespült wurde. Dann hätte ich die Küstenwache früher verständigen, hinterherspringen, ihm einen Rettungsring zuwerfen können ... irgendwas. Und nicht einfach das Schiff wenden und hoffen, dass ich ihn irgendwie finde ... Ach, Cara ...« Seine Stimme brach.

Cara krabbelte über den Kaminvorleger zu Seamus und umarmte ihn. Er war kalt wie ein Eisblock, noch viel kälter als sie selbst. Wie lange saß er schon dort?

»Es war nicht deine Schuld, Seamie, du konntest nichts dafür. Keiner konnte was dafür. Wir können auf niemanden wütend sein.«

»Es muss irgendwas geben, was ich hätte besser machen können ... Er hat mich all die Jahre beschützt. Wenn Dad hier mit besoffenem Kopf und Wut im Bauch randaliert und jeden verdroschen hat, den er zu fassen bekam, hat Cillian mich im Schrank oder unter seinem Bett versteckt und die Prügel an meiner Stelle kassiert.« Seamus versagte die Stimme, und Cara spürte, wie sein Oberkörper bebte, während er lautlos weinte. »Und als er mich gebraucht hat, konnte ich ihn nicht retten«, sagte er schluchzend.

Ein Klopfen an der Hintertür ließ Cara hochschrecken.

Inzwischen war es heller geworden. Der Tag schien angebrochen zu sein. Sie saß mit angezogenen Beinen und in eine Decke gehüllt noch immer im Sessel vor dem Kamin. Seamus musste sie zugedeckt haben. Sie streckte die Beine aus, blickte sich um und versuchte, sich einen Reim darauf zu machen, was los war. Vage erinnerte sie sich daran, dass Seamus zurück ins Bett gegangen war, nachdem er sich die Augen ausgeheult hatte. Es war schrecklich gewesen. Cara wusste, welchen Schmerz er in sich trug. Sie hatte ihre eigene Version davon. Aber er war in jener Nacht auf dem Schiff gewesen, als Cillian über Bord gegangen war, sich dabei am Kopf verletzt hatte und ertrunken war. Und obwohl Seamus der Welt ein glückliches Gesicht zeigte, verfolgten ihn die damaligen Ereignisse bis heute.

Es klopfte erneut an der Tür. Diesmal lauter.

Jetzt war Cara hellwach. Sie wandte den Kopf und nahm den Umriss einer Gestalt hinter der Milchglasscheibe der Tür wahr. Daithí rührte sich auf dem Sofa. Er sah verschlafen und verkatert aus.

»Was ist denn los?«, grummelte er, setzte sich auf und rieb sich die Augen.

»Da ist jemand an der Tür.«

Cara stand auf, wickelte die Decke um sich und ging hin.

Als sie die Tür öffnete, wurde sie von der grellweißen Schneedecke geblendet. Eiskalter Wind fegte durch die Küche. Eingemummt in Jacke, Schal und Mütze stand dort Courtney, Daithís Angestellte. Sie wirkte verfroren und verängstigt.

»Courtney? Geht's dir gut? Komm rein«, sagte Cara und trat einen Schritt zurück, um ihr Platz zu machen.

»Danke, Cara.« Courtney trat ein.

»Ist alles in Ordnung?«, fragte Daithí krächzend und beugte sich über die Rückenlehne des Sofas. »Steht der Pub noch?«

»Ja, keine Sorge, dem Pub geht's gut. Aber ich muss mit Cara sprechen«, sagte sie.

Cara runzelte die Stirn. Was konnte Courtney von ihr wollen? In diesem Moment kamen auch Seamus und Sorcha, ebenfalls verkatert und übernächtigt, in die Küche.

»Was ist los? Wer hat so laut geklopft?«, fragte Sorcha, die Haare zerzaust, und rieb sich den Schlaf aus den Augen.

»Courtney ist hier«, sagte Daithí.

»Was ist denn los?«, fragte Cara die beklommen dreinschauende Besucherin.

»Ich soll dir was ausrichten. Sie haben versucht, dich anzurufen, konnten dich aber nicht erreichen.«

»Ja, wir haben hier keinen Empfang.«

»Und als sie dich auf dem Handy nicht gekriegt haben, haben sie es bei dir zu Hause versucht. Deine *mamó* hat ihnen gesagt, dass du hier bist, und dann als Erstes versucht, Daithí im Pub zu erreichen. Aber er ist ja auch hier ...«

»Danke, dass du den ganzen Weg hierhergekommen bist. Aber was sollst du mir denn ausrichten?«

Courtney holte tief Luft.

»Es war die Polizei, deine Kollegen aus Galway. Bei ihnen hat sich ein anonymer Anrufer gemeldet ... Er hat gesagt, in der Serpent's Lair liegt eine Leiche.«

KAPITEL 7

»Das ist zu gefährlich!«, rief Daithí. Die Worte kamen kaum über seine Lippen, da riss der Wind sie schon mit sich fort. Sie standen am Rand der Klippe. Der Schneesturm hatte wieder eingesetzt und peitschte auf sie beide ein. Sie wankten hin und her, ihre Sicht betrug gefühlt nur wenige Zentimeter. Aber eines konnten sie trotz allem sehen: Die Leiche in der Serpent's Lair. Wer immer dieser Anrufer gewesen war, er hatte recht gehabt.

»Wir können da nicht runtergehen!«, schrie Daithí. Er hatte darauf bestanden, Cara zu begleiten, und sie hatte nicht allzu energisch dagegen protestiert. Nach Cillians Tod war er ehrenamtliches Mitglied bei der Seenotrettung geworden und darin geschult, Risiken einzuschätzen.

Cara verstand kaum, was er sagte, da nur einzelne Silben an ihr Ohr drangen. Doch sie wusste, was er ihr klarzumachen versuchte; es stand ihm deutlich ins Gesicht geschrieben. Mit einem zitternden, durchnässten Arm schob sie die Haare weg, die ihr auf der Stirn klebten und die Sicht raubten. Wenigstens auf einen ihrer Sinne musste sie sich verlassen können.

Aus Angst, vom Kliff geweht zu werden wie Daithís Worte, stemmte Cara ihre Füße mit aller Macht in den tiefen Schnee. Dann schaute sie nach unten, die steile Felswand hinab direkt in die Schlangenhöhle. Wasser floss krachend durch die unterirdischen Kanäle in das von der Natur geformte, rechteckige Becken und flutete es. Die Kraft der Strömung ließ die Wellen gegen die Seitenwände schlagen und warf den darin gefangenen Körper hin und her.

Cara legte die Hände trichterförmig an den Mund. »Aber

dann wird die Leiche vielleicht aufs Meer rausgezogen!«, schrie sie zurück.

Daithí schüttelte den Kopf. Seine Lippen formten das Wort: Nein.

Cara ignorierte Daithís Einwand und sah zu dem Pfad, der an der Felswand entlang zum Becken hinabführte. Sie kannte den Weg. Als Jugendliche waren sie zum Schwimmen in die Serpent's Lair hinuntergestiegen, an jenen strahlenden Sommertagen, die es nur in der Vergangenheit zu geben schien. Tagen, die ihr in Zeiten wie diesen wie ein ferner Traum vorkamen. In den letzten Jahren waren sie nur hier gewesen, um den Wettkampf der Klippenspringer zu verfolgen. Aber dies war kein Sommertag.

Cara ging los.

Sie sah sich um. Daithí folgte ihr, in ihre Fußstapfen tretend, durch den Schnee. Sie bekam ein schlechtes Gewissen, weil sie ihren Freund in Gefahr brachte. Aber es musste sein. Es gab niemand anderen. Selbst das Team der Seenotrettung, das sie um Unterstützung hätte bitten können, hing woanders fest, nachdem es in der Nacht einem havarierten Trawler zu Hilfe geeilt war. Also blieben nur sie und Daithí.

Cara machte sich an den Abstieg. Vorsichtig tastete sie mit den Füßen nach festem Halt, fand jedoch oft keinen. Sie hielt sich an Felsvorsprüngen fest, um nicht abzustürzen, und Daithí tat es ihr nach. Als sie sich noch einmal zu ihm umdrehte, wurde er gerade von einer besonders starken Bö erfasst und gegen die Felskante geschleudert. Schnee und Wind schoben und drängten von hinten wie hektische Pendler, die sie in der Eile umzurennen drohten.

Es dauerte eine frustrierende halbe Stunde, bis sie auf der Höhe des Beckens angelangt waren. Bei jedem Schritt dachte Cara an Seamus, Ferdy und Sorcha, die jetzt drinnen in der vom

Kaminfeuer aufgewärmten Stube beim Frühstück saßen. Sie sehnte sich dorthin zurück. Sehnte sich danach, aus diesem grauenhaften Wetter herauszukommen und, wie geplant, einen entspannten Morgen mit ihren Freunden zu verbringen. Aber sie hatte sich zu solchen Einsätzen verpflichtet, als sie diesen Beruf ergriff. Also durfte sie sich nicht beschweren. Und ebenso sehr, wie sie sich wünschte, jetzt im Haus der Flahertys zu sein, spürte sie, wie ihr Kampfgeist erwachte, weil sie wusste, dass es jetzt ganz auf sie ankam.

Hier, am Fuß der Felswand, herrschten noch härtere Bedingungen. Der Boden war von kleinen Kratern übersät – die gesamte Landschaft hier erinnerte eher an einen fernen Planeten als an die westirische Küste. Wenigstens hielt das salzige Meerwasser der hochschlagenden Wellen diese Fläche frei von Schnee. Das war schon mal was. Allerdings riskierten sie wegen des peitschenden Blizzards und der schlechten Sicht mit jedem Schritt, sich den Knöchel zu brechen. Cara war dankbar, dass das nasse Felsgestein nicht gefroren war. Auch in dieser Hinsicht leistete ihnen das Salz gute Dienste.

Hier unten war der tosende Ozean so viel näher. Und lauter. Cara fürchtete, dass sie jeden Moment von einem Brecher überrascht, gegen den Felsen geschwemmt und aufs Meer hinausgezogen werden konnten. Daithí hatte recht gehabt: Was sie machten, war viel zu gefährlich. Und wer auch immer in dem Becken trieb, war ohnehin längst tot, ein Menschenleben gab es hier nicht zu retten. Doch sie wollte wenigstens versuchen, die Leiche zu bergen. Es waren bereits so viele Inselbewohner im Atlantik verschollen, deren sterbliche Hüllen nicht beigesetzt werden konnten. Jeden Moment konnte eine unterirdische Strömung diese hier aufs Meer hinausziehen, oder eine Welle konnte von oben kommen und sie mit sich reißen. Cara musste es versuchen. Was wäre gewesen, wenn Cillian nie gefunden worden wäre? Sie wollte nicht zulassen, dass eine andere Familie dieses Schicksal ereilte, wenn sie es verhindern konnte.

Daithí packte Cara am Arm und zog sie an sich. Er schrie ihr direkt ins Ohr. Sein heißer Atem auf ihrer Haut war die erste Wärme, die Cara seit dem Verlassen des Hauses spürte.

»Wir kriegen die Leiche da unmöglich raus!«, brüllte er. »Nicht, ohne selbst umzukommen!« Cara starrte in seine angsterfüllten Augen und wischte sich noch einmal mit dem Ärmel übers Gesicht. Dann schaute sie zu den tosenden Wassermassen in dem Becken. Sie waren schon so nahe. Schaumige Gischt spritzte im Rhythmus der Brandung durch die Luft.

»Uns fällt schon was ein!«, schrie sie zurück.

»Wir brauchen einen Plan! Und zwar vorher! Ich hab keine Lust, hier zu ertrinken!«

»Ich auch nicht!«

In dem Moment erhob sich eine riesige Welle aus dem Meer und schleuderte sie mit Wucht gegen die hinter ihnen liegende Felswand. Cara verschwand hinter einem Vorhang aus Wasser und kam japsend und prustend wieder zum Vorschein. Daithí schüttelte sich neben ihr, auch er war atemlos. Alles an ihnen, was noch nicht bis auf die Haut nass gewesen war, war nun komplett durchweicht. Cara musste sich geschlagen geben. Daithí hatte recht. Was sie hier machten, war extrem leichtsinnig. Sie hatte zwar eine Verantwortung der Gemeinde gegenüber, aber ihre Kinder hatten bereits einen Elternteil an die launische See verloren. Ihre Verantwortung für sie war wichtiger. Sie mussten denjenigen, der in diesem Becken trieb, seinem Schicksal überlassen.

Sie schüttelte den Kopf und rief dann: »Du hast recht! Es ist zu gefährlich! Lass uns gehen!«

Aber schon wurden sie von der nächsten Riesenwelle überrollt. Und diese hatte es besonders auf sie abgesehen. Sie riss Cara um und zerrte sie mit sich. Daithí stürzte nach vorn und erwischte sie gerade noch am Arm. Nur mit Mühe schaffte er es, sie an Land festzuhalten.

Als das Wasser zurückwich, kauerte Cara sich zitternd neben ihn auf den Boden. Ihr Herz raste. Ihre Schulter schmerzte, weil sie bei Daithís Rettungsaktion verrenkt worden war. Cara hustete und prustete und spuckte salziges Meerwasser aus. Ihr Mund brannte. Sie blickte zu Daithí hoch und sah mehr als sie hörte, dass er »Das war knapp« sagte. Sie nickte erschöpft. Daithí wandte den Kopf, und sie folgte seinem Blick.

Wenige Meter von ihnen entfernt lag, wie eine ausgespuckte Schale, die leblose Hülle eines Menschen.

Die Wellen hatten ihnen ein Geschenk hinterlassen.

Die Leiche war aus der Serpent's Lair herausgeschleudert, vom Maul der Bestie ausgespien worden.

Cara, die noch immer am Boden hockte, drehte sich auf alle viere. Sie spürte, wie die Oberfläche des Felsens ihre Handflächen aufschürfte. Ihre Hosenbeine wurden noch weiter durchnässt. Sie hob ihren Arm wie einen Schild über die Augen und versuchte, in dem Schneetreiben einen besseren Blick aufs Meer zu bekommen. Um nachzusehen, ob von dort erneut Gefahr drohte. Sie wollte nicht noch einmal fast weggeschwemmt werden. Zentimeter um Zentimeter kroch sie auf die Leiche zu. Es war eine Frau, schätzte Cara, konnte aber nicht sicher sein, da sie nur die Rückseite sah. Ihr langes dunkles, nasses Haar klebte teils verklumpt an den Schultern und war teils fächerförmig über den Felsen gebreitet.

Nach einem weiteren schnellen Blick zum Atlantik legte Cara die letzten unebenen Zentimeter schneller zurück. Sie griff nach der Schulter und zog daran. Zwei an den Handgelenken zusammengebundene Arme schwangen herum, als die Leiche sich in ihre Richtung drehte. Cara hörte Daithí hinter sich schockiert aufschluchzen.

»O Gott, nein!« Plötzlich war Daithís vorher ständig vom Wind zerfetzte Stimme geradezu quälend deutlich. Es war, als hätte der Sturm seinen Schmerz gehört und schwiege aus Respekt.

Cara starrte sprachlos vor Entsetzen auf die Leiche.

Dann blinzelte sie, als würde eine andere Art des Hinschauens irgendwie verändern, was sie sah. Sie beugte sich vor und studierte jeden einzelnen Teil dieses leblosen Gesichts. War das, was sie da sah, zusammengenommen wirklich das, was es zu sein schien?

Diese Augen, gleichwohl geschlossen. Diese Nase, dieser Mund. Die Ohren, in denen noch immer die Kreolen steckten.

Maura.

Ihre Maura. Maura Conneely mit der Wildheit im Blut und der ungetrübten Lebensfreude im Herzen. Sie lag leblos vor ihr.

Unglaublicherweise.

Unfassbarerweise ...

... tot.

Sie war an den Handgelenken gefesselt. Ihre Wangen waren ausgebeult, und zwischen den geschlossenen Lippen lugte ein Stoffzipfel heraus. Jemand hatte ihr einen Knebel in den Mund gesteckt.

»Nein«, flüsterte Cara.

Sie hockte sich auf die Fersen und starrte sie an. Auf Mauras grauem, wie schlafend aussehendem Gesicht landeten Schneeflocken, die jedoch keine Wärme der Haut zum Schmelzen brachte. Kalt blieben sie einfach liegen.

Daithí kam und sank neben ihr auf die Knie. Nun sahen sie

beide aus wie reuige Sünder im Gebet. Cara betrachtete Maura von Kopf bis Fuß. Unter ihrer Jeansjacke erkannte sie das schwarz-weiße Top, das Maura im *Derrane's* angehabt hatte. Sie trug ihre Ohrringe und ihre Lieblingsjeans.

»Aber ich hab sie doch gerade noch gesehen. Gestern Morgen ...«, flüsterte Daithí und streckte die Hand nach dem Körper aus.

»Nein, nicht anfassen!«

Es war besser, sie rührten sie nicht an. Cara war zu keinem klaren Gedanken fähig, aber sie musste sich daran erinnern, was Sergeant Cara Folan jetzt tun sollte. In diesem Moment war sie nur Cara, die ungläubige, verwirrte, entsetzte Freundin. Daithí ließ seinen Arm sinken.

Cara verstand den Impuls und wollte wahnsinnig gern dasselbe tun. Sie wollte Maura berühren, an sich ziehen. In den Armen halten. Cara ballte die Fäuste und presste die Fingernägel in ihre Handflächen. Versuchte, sich durch den Schmerz aus ihrem Schockzustand zu befreien.

Daithí wollte ihr etwas sagen. Sie beugte sich zu ihm hin. »Was ist passiert, Cara? Ihre Hände ... sieh dir ihr Gesicht an ...« Er suchte nach Worten. »Ich hab sie doch gestern Morgen noch gesehen«, wiederholte er.

Cara schüttelte den Kopf. Sie drückte Daithís Arm. Eine beruhigende Geste, aber zugleich auch ein Test, um zu prüfen, ob all das wirklich real war. Er umarmte sie, und Cara lehnte sich, dankbar für den Trost, an ihn. Plötzlich ergab dieser Sturm einen Sinn. Die Erde hatte eine der Ihren verloren und war darüber zu Recht erzürnt.

Cara schaute in den dunkler werdenden Himmel. Den Schnee, der ihr in die Augen und ins Gesicht stach, spürte sie gar nicht. Obwohl es erst neun Uhr morgens war, sah der Himmel aus wie an einem frühen Winterabend. Und je düsterer er wurde, desto näher schien er zu kommen. Es kam ihr so vor, als könnte sie ihn berühren, wenn sie den Arm ausstreckte.

Cara fühlte Tränen in sich aufsteigen. Doch selbst in ihrer Verstörtheit wusste sie, dass Tränen ihnen jetzt nicht weiterhelfen würden. Sie durfte nicht zusammenbrechen. Dafür war später noch Zeit. Jetzt musste sie etwas tun. Sie alle hier wegbringen. Cara setzte sich in Bewegung. Während sie um Maura herum auf die andere Seite kroch, versuchte sie, sich emotional aus der Situation abzuspalten und so zu tun, als wäre diese Person jemand anders. Sie nahm jeden Riss in deren Haut und jeden Bluterguss in Augenschein und dachte an ihre Ausbildung in Templemore zurück. Und obwohl der Sturm nicht nachließ, war ihr auf einmal, als würde die Zeit langsamer vergehen. Als gehorche der Schnee, der eben noch wie ein mittelalterliches Folterinstrument auf sie eingepeitscht hatte, plötzlich anderen physikalischen Gesetzen und wirble um sie herum, ohne sie zu berühren. Mit einem Mal gab es nur noch Cara, die – auf allen vieren – begutachtete, was von ihrer Freundin übrig war.

In der distanzierten, konzentrierten Betrachtung erkannte sie allmählich, dass die Leiche zwei Geschichten erzählte. Ein Teil ihrer Verletzungen rührte offenbar daher, dass sie schutzlos den Naturgewalten ausgeliefert gewesen war. Lange, brutale Schnittwunden. Ein besonders tiefer Riss an der Körperseite, dort sichtbar, wo das Top hochgerutscht war. Aber es gab auch kleinere, leichtere Blessuren. Der saubere Schnitt an der Lippe, das Hämatom am Auge ohne jede Abschürfung außen herum. Verwundungen, zu fein für die Kraft von Kalksteinfelsen und die Wucht tosender Wellen.

Cara sah zurück zu Daithí, um sich zu vergewissern, dass er allein klarkam. Dabei bemerkte sie hinter ihm, oben auf dem

Kliff, eine schnelle Bewegung. Etwas Dunkles vor dem alles beherrschenden Weiß. Sie wollte aufstehen, rutschte aber aus und schlug sich das Knie auf. Mit schmerzverzerrtem Gesicht rappelte sie sich wieder hoch. Dann rannte sie ein Stück weiter vom Kliff weg in Richtung Meer, um einen größeren Ausschnitt von der Felsenkuppe sehen zu können. Was war das gewesen?

Angestrengt blinzelte sie durch das Schneegestöber.

»Cara!«, brüllte Daithí.

Sie drehte sich um. Eine Welle rollte auf sie zu. Schnell lief sie wieder in Daithís Richtung und entging dem Wasser nur knapp. Doch als es sich zurückzog, folgte sie ihm erneut, weil sie unbedingt herausfinden wollte, was – oder wen? – sie dort oben gesehen hatte. Aber da war nichts. Wenn sie sich nicht doch getäuscht hatte, war der- oder dasjenige inzwischen verschwunden.

Ihr Blick glitt über die von Kratern übersäte Landschaft. Und dann über das aufgepeitschte Meer. Sie mussten hier weg. Sie und Daithí würden Maura von hier fortbringen müssen. So furchtbar der Gedanke auch war. Und so schwierig das unter diesen Umständen auch sein würde.

Aber was dann? Die Insel war komplett von der Umwelt abgeschnitten. Sie selbst war gestern mit der letzten Fähre hergekommen. Und der Flieger ging ganz sicher auch nicht mehr. Sogar die Seenotrettung hing irgendwo fest. Einen Moment lang flaute der Wind ab. So wie ein Kind bei einem Trotzanfall kurz still wurde, um Luft zu holen. Cara überlegte, was als Nächstes zu tun war. Sie schaute auf Maura hinab.

Der Sturm würde laut den Vorhersagen erst in drei Tagen enden.

Bis dahin war keine Verstärkung zu erwarten.

Niemand würde ihnen zu Hilfe kommen.

KAPITEL 8

Cara beendete das Telefonat. Dann stützte sie ihre Ellenbogen aufs Lenkrad und starrte auf das Display. Vom Sperrbildschirm lächelten ihr Cathal und Saoirse entgegen. Sie trennte die Verbindung zum WLAN-Netzwerk im Haus der Powells, in dessen Nähe sie parkten. Nicht, weil sie glaubte, dass es Mrs. Powell etwas ausmachte. Es erschien ihr einfach höflicher, und Cara war auf Autopilot.

»Was haben sie gesagt?«, fragte Daithí vom Beifahrersitz.

»Ich hab mit dem Superintendent gesprochen. Wie erwartet, ist es zu gefährlich. Die Kavallerie wird nicht kommen ... die Kavallerie *kann* nicht kommen. Auch der Hubschrauberpilot der Küstenwache will es nicht riskieren.« Cara holte tief Luft. »Sie haben gesagt, ich soll sichern, was ich kann, bis sie herkommen können.«

»Und was heißt das?«

»Weiß der Geier. Ich glaub nicht, dass ich die Serpent's Lair mit Absperrband sichern kann, du?«

Daithí schüttelte den Kopf.

»Sie wollen nicht mal, dass ich ermittle. Ist nicht mein Zuständigkeitsbereich. Schließlich bin ich nur Sergeant. Ich könnte ja was durcheinanderbringen.«

»Sie wollen ganz bestimmt nur, dass alles nach Vorschrift läuft. Das geht nicht gegen dich.«

»Ich soll also einfach die Hände in den Schoß legen, bis das Unwetter vorbei ist, nachdem irgendein Monster, ein Tier, unsere ... unsere ...« Caras Stimme brach. Sie unterdrückte ein Schluchzen und schlug mit der Faust auf das Lenkrad ein.

Daithí zuckte zusammen.

»Nicht, Cara …«

Sie blieben noch einen Moment schweigend nebeneinander sitzen. Dann öffnete Cara vorsichtig die Tür und hielt sie am Griff fest, damit der Sturm sie nicht abriss.

»Was hast du vor?«, fragte Daithí alarmiert.

»Ich muss einen Moment allein sein.«

Cara stieg aus, ging hinter den Wagen und ließ Wind und Schnee auf sich einprügeln. Ihr Blick war auf den nicht vorhandenen Horizont gerichtet. Schließlich wandte sie dem Weg zur Serpent's Lair den Rücken zu und schaute Richtung Kilmurvey Beach. Dort hatte sie Maura zum ersten Mal getroffen. Vor sehr langer Zeit und an einem Tag, der völlig anders gewesen war als dieser. Sie waren beide acht Jahre alt, und die Sonne knallte auf den weißen Sandstrand. Maura, dunkle Haare, blaue Augen und den Schalk im Nacken. Cara, rotbraune Mähne, helle Haut und ebenfalls blaue Augen – ein Mädchen wie aus einer Broschüre der irischen Tourismusbehörde, wie ihr Vater immer gesagt hatte. Ein Mädchen, das nicht richtig wusste, wo es hingehörte, in Gegenwart seiner neuen Freundin Maura jedoch aufblühte. Am Ende jeden Sommers, wenn Cara zurück nach Dublin musste, zurück an den Ort, wo sie nirgends richtig dazugehörte, hatten sie sich jedes Mal weinend in den Armen gelegen und Versprechen für das immer endlos weit weg erscheinende folgende Jahr abgegeben.

Maura war es auch gewesen, die sie den anderen vorgestellt hatte. Die sie ganz selbstverständlich mit einbezogen hatte, als wäre sie keine Außenseiterin. Endlich hatte Cara sich irgendwo zugehörig gefühlt und war Teil einer Gruppe geworden, die sie so akzeptierte, wie sie war – wenn auch nur für drei Monate im Jahr. Das war ein Geschenk von Maura an sie gewesen. Wenn der Juni kam und mit ihm das Schiff, das sie von Galway auf die Insel übersetzte – manchmal zusammen mit Ferdy –, wurde sie begrüßt, als wäre sie nie weg gewesen. Und Maura war es auch gewesen, die ihr, als sie vierzehn war, kichernd ins Ohr geflüstert hatte, Seamus habe ihr erzählt, Cillian habe ihm verraten, dass er Cara süß fände.

Die anderen. Sie würde es ihnen erzählen müssen. Cara sank der Mut. Der Superintendent hatte gesagt, sie würden sich darum kümmern, dass die Familie informiert wurde – Mauras Eltern waren in Australien, wo sie über Weihnachten ihren Bruder und seine Familie besuchten. Wenigstens dieser Horror würde Cara erspart bleiben. Sie fühlte sich feige, weil sie das so erleichterte. Doch wie würden Seamus, Sorcha und Ferdy reagieren? Vor allem der arme Seamus. Sicher, das war jetzt lange her, aber früher waren er und Maura ein Paar gewesen. Eine Zeitlang hatte es sogar so ausgesehen, als wären die beiden füreinander bestimmt, genau wie sie und Cillian. Dann hatte sich zwar herausgestellt, dass deren Beziehung quasi symbiotisch mit ihrer und Cillians gewesen war und nach Cillians Tod ebenfalls nicht fortbestehen konnte, aber Cara erwartete dennoch, dass Seamus die Nachricht nicht gut verkraften würde.

Während um sie herum weiter der Schneesturm tobte, machte sich jedoch ein noch viel schlimmeres Gefühl in Cara breit. Sie wusste nicht, was mit ihrer Freundin passiert war. Fest stand nur, dass es unfassbar schrecklich gewesen sein musste. Und dass sie alle sich, als sie gestern Abend zusammengesessen hatten, Sorgen um Maura hätten machen sollen. Sie hätten sich von diesem Tisch erheben und nach Maura suchen sollen. Nicht einfach davon ausgehen, dass sie es sich anders überlegt hatte. Nicht einfach sagen, dass sie noch nie die Zuverlässigste war. Und bestimmt ein besseres Angebot bekommen hatte. Diese

Worte quälten Cara nun besonders. Das also war jenes »bessere Angebot« gewesen. Tief in Caras Seele zerbrach etwas. Sie lehnte sich an den Wagen, um nicht umzufallen, aber diesmal trug der Sturm in ihrem Inneren die Schuld daran.

Cara wischte Schnee von der Heckscheibe und blickte auf die Rückbank, auf der Daithí und sie ihre Freundin vorsichtig abgelegt hatten. Wie sie so dalag, sah Maura aus, als wäre sie nach einer ihrer verrückten Kneipentouren in Galway einfach nur hinten im Taxi eingeschlafen.

Cara setzte sich wieder hinters Lenkrad und rieb sich mit dem Handballen die Augen.

»Geht's dir gut?«, fragte Daithí.

»Nein, und ich bezweifle, dass es dir gut geht.«

»Nein, ganz und gar nicht«, gab er ihr recht.

Cara bibberte. Ihre Kleider klebten an ihr, von ihrem Gesicht tropfte geschmolzener Schnee. Sie ließ den Motor an und schlug den Weg Richtung Kilronan ein. Schweigend fuhren sie über die Insel.

»Irgendwer hat ihr das angetan«, sagte Daithí leise.

»Sieht so aus«, presste Cara durch zusammengebissene Zähne.

Das Auto schaukelte im Wind, und die Scheibenwischer konnten die Schneemengen kaum bewältigen. Cara drehte die Heizung höher. Die Kälte kroch ihr in die Knochen, Daithí musste genauso durchgefroren sein. Ihre Kleidung war klatschnass, und die Feuchtigkeit sickerte in die Autositze. Die Fenster beschlugen schneller, als die Heizung dagegen anarbeiten konnte. Cara beugte sich vor und riskierte es, eine Hand vom Lenkrad zu nehmen, um von innen über die Windschutzscheibe zu wischen. So bekam sie wenigstens ein klein wenig klare Sicht auf die Straße vor ihnen.

»Was machen wir denn jetzt?«, fragte Daithí.

»Ich werd jedenfalls nicht dasitzen und Däumchen drehen.«

»Sie haben doch gesagt, dass du nichts tun sollst, Cara.«

»Das haben wir gestern Abend schon gemacht, als sie uns gebraucht hätte. Das werde ich auf keinen Fall wiederholen.«

»So darfst du nicht denken.«

»Wie könnte ich denn anders denken?«

Sie schwiegen erneut.

»Was hast du vor?«, fragte Daithí nach einer Weile.

Cara zuckte mit den Schultern.

»Ich weiß nicht. So viel Beweismaterial sammeln, wie ich kann? Ich hab keine geeigneten Räumlichkeiten, aber vielleicht kann Dr. De Barra mir helfen.« Sie seufzte. »Aber wie gesagt, ich weiß es nicht. Ist ja auch nicht so, als könnte ich ihre Leiche aufbewahren, ohne sie zu kontaminieren. Ich hatte letzte Woche die verdammten O'Reilly-Brüder und ihren Hund da hinten drin, und danach hab ich den Wagen ganz sicher nicht desinfiziert.«

»Dr. De Barra ist eine gute Idee, finde ich.«

»Meinst du wirklich?« Cara schaute kurz zu Daithí.

»Ja.«

»Ich bin nicht für so was ausgebildet, Daithí. Ich bin keine Kriminalbeamtin. Ich bin eine dämliche Polizistin auf einer dämlichen Insel mitten im Ozean.«

»Stell dein Licht nicht unter den Scheffel ... «

Cara holte lange und tief Luft.

»Okay«, sagte sie. »Wir fahren zur Praxis und rufen sie an, sobald wir in Kilronan Empfang haben.«

Cara wusste, dass sie eigentlich einfach herumsitzen und abwarten konnte, bis die Detectives eintrafen und die Mordermittlungsmaschinerie in Gang setzten. Doch sie hatte genug

Ahnung, um sich darüber im Klaren zu sein, dass dieses Wetter sehr viel Beweismaterial zunichtemachen würde und der Faktor Zeit immer von entscheidender Bedeutung war. Drei Tage abzuwarten, bis das Unwetter sich verzog, würde nicht ohne Folgen bleiben. Und dem Mörder in die Hände spielen. Sie würde nichts tun, was die Situation schlimmer machen konnte, aber sie würde alles tun, was sie konnte. Für Maura.

Sie befanden sich auf der Küstenstraße nach Kilronan. Der Straße, die sie an Seamus' Haus vorbeiführen würde. Caras langjährige Übung darin, es zu ignorieren, bewährte sich, als sie dort vorbeikamen. Allerdings wendete sie den Blick erst ab, als sie den verschlafenen, unrasierten Seamus mit einem Becher Kaffee in der Hand gedankenverloren am Fenster stehen sah. Selbst für den Fall, dass er den Streifenwagen bemerkt hatte – er konnte ihre tragische Mitfahrerin auf der Rückbank nicht erspäht haben. Da er keinerlei Reaktion zeigte, schien er in seinem übermüdeten Zustand aber ohnehin keine Notiz von ihnen genommen zu haben.

»Es wird schwer sein, ihnen das beizubringen«, sagte Daithí, der ebenfalls den Blick abgewendet hatte und starr geradeaus sah.

»Allerdings«, seufzte sie.

Innerhalb weniger Minuten erreichten sie den Ortsrand von Kilronan. Cara fuhr zur Praxis der Ärztin und hielt davor an.

»Das mit Dr. De Barra erledige ich allein, Daithí. Ich brauche deine Hilfe noch, um Maura reinzutragen, aber dann gehst du nach Hause und ziehst dir was Trockenes an, okay?«

»Nein, lass mich hierbleiben und helfen.«

»Du hast jetzt schon mehr getan, als man je von dir verlangen könnte.«

Daithí schaute sie an, und Cara wusste, dass er abzuschätzen versuchte, ob es sich lohnte, hartnäckig zu bleiben.

Schließlich lenkte er ein. »In Ordnung«, sagte er. »Aber kann ich dir wenigstens andere Klamotten holen?«

»Nein, ist schon okay, ich komme klar. Kümmere dich einfach um dich selbst.«

»Wenn du dir sicher bist. Aber wir treffen uns wieder hier, sobald ich mich umgezogen habe und du hier fertig bist. Ich werd Courtney bitten, heute Abend noch mal für ein paar Stunden im Pub zu arbeiten. Ich kann das heute nicht. Außerdem müssen wir noch die schlechten Nachrichten überbringen.« Daithís Gesicht war aschfahl, er wirkte mitgenommen. »Wir sagen es ihnen gemeinsam.«

»In Ordnung. Ich schick dir eine Nachricht, sobald ich hier fertig bin«, sagte Cara.

»Danke.«

Daithí öffnete die Beifahrertür und trat auf die stürmische Straße hinaus. Cara stieg auf ihrer Seite aus.

»Daithí«, sagte sie, plötzlich innehaltend. Ihr war etwas eingefallen. »Du hast da vorhin so was gesagt ...«

»Ja?«

»... an der Serpent's Lair ... du hast gesagt, du hättest Maura gestern Morgen gesehen?«

»Ja. Ich war gerade im Pub, um die Tische abzuwischen und frische Bierdeckel zu verteilen. Da hab ich sie auf dem Rad vorbeifahren sehen. Sie hat mir allerdings nicht zugewunken, wie sie's sonst immer macht.«

»Um welche Uhrzeit war das? Weißt du das noch?«

»Ungefähr um halb elf. Ich hab auf die Uhr gesehen, als sie weg war.«

Cara nickte nachdenklich.

»Was ist denn?«

»Seitdem sind keine Fähren oder Flieger mehr auf die Insel gekommen oder haben sie verlassen. Der Flugbetrieb wurde schon am Dienstagabend eingestellt, und ich hab gestern Morgen um neun die letzte Fähre verlassen.«

»Ich weiß. Und?«

»Das bedeutet, dass sie getötet wurde, nachdem der Fähr- und Flugbetrieb eingestellt wurde.«

Daithí runzelte die Stirn.

»Wer auch immer das getan hat, ist noch auf der Insel, Daithí. Seit gestern Morgen konnte hier niemand weg. Derjenige hängt hier fest, bis das Unwetter vorbei ist. Er hat keine Möglichkeit zu entkommen.«

KAPITEL 9

»Hier, trinken Sie das, das wird Sie aufwärmen.« Die Ärztin reichte Cara einen Styroporbecher mit dampfendem Tee.

»Danke«, sagte Cara und schloss ihre Hände um das heiße Getränk. Die Ärztin kramte in einem Schrank herum und legte Cara schließlich ein Handtuch über die Schultern.

»Sie sollten dringend zusehen, dass Sie aus den nassen Sachen rauskommen.«

»Dafür ist später noch Zeit«, sagte Cara. »Das Wichtigste zuerst.«

»Gut, wenn Sie meinen.« Als Cara nickte, drehte Dr. De Barra sich um und umkreiste den Untersuchungstisch. Wegen einer Hüftarthrose humpelte sie ein wenig.

Das Licht flackerte. Cara und die Ärztin blickten zu der Deckenleuchte hoch und dann durchs Fenster hinaus in den Sturm. Obwohl die Scheibe zur Wahrung der Privatsphäre mattiert war, war das Unwetter nicht zu übersehen. Die schemenhaft erkennbaren Bäume bogen sich im Sturm, und das Heulen des Windes drang sogar durch die Dreifachverglasung.

»Ich hoffe, es gibt keinen Stromausfall«, sagte die Ärztin.

Cara antwortete nicht. Das wollte sie sich gar nicht erst vorstellen.

De Barra ging zu ihrem Schreibtisch, auf dem ein Stethoskop, Rezeptblöcke und stapelweise Broschüren über Grippeimpfungen und Cholesterintests lagen. Daneben blinkte selbstvergessen ein Miniatur-Weihnachtsbaum.

Die Ärztin setzte sich auf ihren Schreibtischstuhl und drehte ihn so, dass sie sich auf Augenhöhe mit Mauras Leiche befand.

»Das hier ist auf jeden Fall eine Tragödie, so viel kann ich traurigerweise schon mal diagnostizieren.«

Cara seufzte. »Ja, kann man wohl sagen.«

»Sie war reizend. Meine Enkel hatten sie als Lehrerin, und sie haben sie geliebt.«

»Ja, sie war toll.« Die Vergangenheitsform ging Cara nur schwer über die Lippen.

»Wir haben es hier offenkundig mit Fremdeinwirkung zu tun. Ein Unfall war das nicht.«

»Nein.«

»Wissen Sie, wer es war?«

»Ich fürchte – nein. Jedenfalls noch nicht.«

Die Insel war zwölf Kilometer lang und drei Kilometer breit. Hier lebten neunhundert Menschen. Diese Zahlen bargen das Geheimnis, wer dies getan hatte und warum.

»Das ist der Grund, weshalb ich hier bin. Ich möchte Sie bitten, nicht nur Mauras Tod offiziell festzustellen, sondern sich die Leiche auch näher anzusehen. Vielleicht bemerken Sie etwas, was mir weiterhelfen könnte. Falls das geht.«

»Ich werde sie mir ansehen, aber ich kann Ihnen nichts versprechen. Ich bin keine Gerichtsmedizinerin. Sogar weit davon entfernt.« Sie beugte sich vor und betrachtete die Tote durch ihre dicke Brille. »Ich bin Hausärztin. Husten und Schnupfen, Blutdruckprobleme und Schwangerschaftsvorsorge sind mein täglich Brot.«

»Mir ist klar, dass das nicht ihr normales Tätigkeitsgebiet ist, Dr. De Barra. Aber wir wissen beide, dass Sie bedeutend mehr können als das. Sie sind seit vierzig Jahre die einzige Ärztin auf der Insel. Wenn Sie Unterstützung brauchen, muss erst der Rettungshubschrauber einfliegen. Sie sind also weitaus mehr als eine durchschnittliche Allgemeinmedizinerin.«

»Auch wieder wahr.«

»Und Sie sind alles, was ich habe.«

»Ha!«, rief De Barra aus. »Auch das stimmt.«

»Sagen Sie mir bitte, was Ihnen auffällt.«

Die Ärztin zupfte Latexhandschuhe aus einer Box und streifte sie mit einem schnalzenden Geräusch über. Dann stand sie auf und ging noch einmal um den Untersuchungstisch herum, aber diesmal hob sie die Leiche sanft an und untersuchte sie. Mit dem Daumen zog sie Mauras Lider hoch und leuchtete in ihre leblosen Augen. Dann inspizierte sie die schweren Verletzungen an ihrem Rücken und die Schnittwunden und Blutergüsse in ihrem Gesicht.

Schließlich zeigte sie auf die Fesseln um Mauras Handgelenke.

»Können wir die losmachen?«

Cara überlegte, was ihre Vorgesetzten dazu sagen würden. Wahrscheinlich würden sie es nicht gutheißen.

»Darf ich fragen, warum?«

»Das würde es mir erleichtern, den ungefähren Todeszeitpunkt zu bestimmen. Was doch wiederum auch Ihnen helfen würde, oder?«

»Würde was anderes dabei rauskommen, wenn Sie es erst in drei Tagen versuchen?«

»In drei Tagen ist das, wonach ich suche, längst verschwunden.«

Mehr brauchte Cara nicht zu hören.

»In Ordnung, dann tun wir's. Lassen Sie mich nur vorher noch ein paar Fotos machen.« Cara stellte den Teebecher weg. Dann nahm sie ihr Handy und dokumentierte die Fesseln von allen Seiten. Anschließend zog sie ebenfalls Handschuhe über und nahm einen der sterilen Beutel, die auf dem Schreibtisch lagen.

»Hier legen wir das Seil rein und beschriften den Beutel.«

De Barra löste den Knoten. Er ließ sich leicht aufknüpfen, worüber sie ebenso überrascht zu sein schien wie Cara. Die Ärztin steckte das Seil in den Beutel, den Cara dann zurück auf den Tisch legte und mit einem Permanentmarker beschriftete.

»Interessant«, murmelte De Barra, aber Cara widerstand dem Drang, sie um eine Erklärung zu bitten.

Die Ärztin schaute Cara an.

»Ich möchte mir die Beine ansehen. Können wir ihr die Jeans ausziehen?« Durften sie das tun? Wohl eher nicht, vermutete Cara. Die Ermittler aus Galway würden bestimmt entsetzt reagieren, sie vielleicht sogar beschimpfen. Aber im Augenblick waren sie nun mal nicht hier.

»Hat das noch mit der Bestimmung des Todeszeitpunkts zu tun?«

»Ja.«

»In Ordnung. Aber ich fotografiere besser vorher wieder.« Cara machte aus jedem erdenklichen Winkel Bilder. In der Zwischenzeit suchte die Ärztin einen größeren Plastikbeutel und bot ihr einen an, den sie gefunden hatte.

»Ich kann nicht garantieren, dass er steril ist, aber ich habe getan, was ich konnte, und was Besseres hab ich nicht für einen Gegenstand dieser Größe.«

»Vielen Dank, machen Sie sich keine Gedanken.«

»Ich glaube, Sie müssen auch mit anfassen.«

»Ja, natürlich.« Cara trat zu De Barra an den Tisch, holte tief Luft und knöpfte Mauras Jeans auf. Das alles erinnerte sie an die alten Traditionen auf der Insel. Früher hatten sich die Frauen versammelt, um die Toten für die Beerdigung herzurichten. Sie hatten gelernt, ohne fremde Hilfe auszukommen und alles selbst zu machen. Caras *mamó* hatte mal erwähnt, als junges

Mädchen bei so etwas mitgeholfen zu haben. Wenn Cara sich vom Festland und der Zivilisation abgeschnitten fühlte, wie musste es da erst vor hundert Jahren gewesen sein? Fähren? Flugzeuge? Damals hatten die Leute nur kleine, mit Tierfellen bespannte Boote gehabt, mit denen sie, kaum vorstellbar, auch zum Festland übersetzten.

Cara half, die Jeans über Mauras starre Hüften zu ziehen, was sich schwierig gestaltete, da der nasse Stoff kaum nachgab. Sie spürte ausgekühlte nackte Beine, die kälter waren als alles, was sie je berührt hatte. So sehr sie selbst in ihren nassen Kleidern fror – verglichen mit der Eiseskälte von Mauras nackter Haut war das gar nichts. Sie erblickte das kleine blaue Delfin-Tattoo an Mauras linker Hüfte. Es war an den Rändern etwas verblasst. Cara ließ die Hand sinken und berührte ihr eigenes Bein. Sie dachte an den Punkt dort, der der Anfang eines ebensolchen Delfins gewesen war, doch nach dem ersten Nadelstich hatte sie einen Rückzieher gemacht. Cara erinnerte sich, wie sauer Maura zuerst deswegen gewesen war, aber gleich im nächsten Moment hatte sie sich gar nicht mehr eingekriegt vor Lachen darüber, dass sie jetzt für immer mit einem unvollendeten blöden Freundschaftstattoo dahocken würde.

»Geht's? Alles gut bei Ihnen?« De Barra schaute Cara über den Rand ihrer Brille und die Leiche hinweg an. Zu gern hätte Cara wahrheitsgemäß geantwortet, dass gar nichts gut und dass das hier alles einfach nur entsetzlich sei.

»Muss«, sagte sie stattdessen, nahm die Jeans und legte sie vorsichtig zusammen. Bevor sie sie in den Plastikbeutel packte, blieb ihr Blick an den Hosentaschen hängen. Sollte sie sie durchsuchen? Sie drehte die Jeans hin und her. Schließlich schob sie ihre Hand in die Taschen auf der Rückseite und zog Mauras Handy heraus. Cara drückte auf den Home-Button, aber nichts passierte. Das Meerwasser hatte es zerstört. Sie steckte das Telefon in einen separaten Beutel. Anschließend kontrollierte sie die linke vordere Hosentasche und fand dort Mauras Hausschlüssel. Cara legte ihn zu dem Telefon. Dann schob sie ihre Hand in die letzte Tasche, vorn rechts. Sie ertastete etwas und zog es heraus. Eine zerdrückte Masse aus weißen Blütenblättern, Blättern und Stängeln kam zum Vorschein.

»Oh, Maura ...«, flüsterte Cara und betrachtete die kleinen weißen Blüten und herzförmigen Schötchen, die in ihrer latexüberzogenen Handfläche lagen. Hirtentäschelkraut. Es wurde häufig als Wildblume bezeichnet, aber in Wirklichkeit war es bloß ein Unkraut. Als Jugendliche hatten Maura und sie die kleinen Schoten geliebt, sie kichernd abgepflückt und die winzigen Herzen zum Spaß gesammelt.

»Alles in Ordnung?«, fragte die Ärztin erneut.

Cara schaute sie über die Schulter hinweg an und nickte nur, da sie kein Wort herausbrachte. Sie nahm einen kleinen Ziplock-Beutel und schob das Unkraut hinein. Anschließend überprüfte sie die Jeans noch einmal, für den Fall, dass ihr etwas entgangen war. War es nicht. Sie packte die Hose in den großen Plastikbeutel und legte sie neben das Seil und das Hirtentäschelkraut auf den Schreibtisch.

Caras Blick verharrte auf der Pflanze. Warum hatte Maura ein Büschel Unkraut in der Tasche? Und sonst nichts? Kein benutztes Taschentuch, keine zerknüllte Quittung, nichts anderes außer dem Handy und den Schlüsseln, in keiner der Taschen. Nur dieses Unkraut, an dessen Wurzeln noch Erde hing.

»Sergeant?«

Cara drehte sich um.

»Ja?«

»Möchten Sie meine Meinung hören?«

»Bitte.«

Die Ärztin setzte sich auf den Drehstuhl. Dann nahm sie einen Bleistift vom Schreibtisch und wandte sich wieder der Leiche zu.

»Zunächst muss ich noch mal betonen, dass ich keine Expertin bin. Vieles von dem, was ich jetzt sage, fußt auf meinen Erinnerungen aus der Studienzeit. Und die endete weder gestern noch vorgestern.«

»Das ist mir klar. Aber ich bin für alles dankbar, was Sie mir sagen können.«

»Gut, solange wir beide uns dessen bewusst sind ... Ich beginne mit einigen allgemeinen Beobachtungen.«

Cara entsperrte ihr Handy, um sich Notizen zu machen.

»Fangen wir damit an, dass es nicht leicht ist, einen Todeszeitpunkt zu bestimmen. Selbst für erfahrene Gerichtsmediziner ist das eine schwierige Aufgabe.«

»Soweit ich es momentan weiß, wurde sie gestern Morgen gegen halb elf zuletzt lebend gesehen.«

»Verstehe. Nun, wahrscheinlich kann ich Ihnen nicht viel mehr sagen, was Ihnen weiterhilft. Nach dem Ausprägungsgrad der Totenstarre zu urteilen, starb sie gestern in dem Zeitfenster zwischen fünfzehn und zweiundzwanzig Uhr. Da die Kälte das Fortschreiten der Totenstarre jedoch verlangsamt, könnte es auch schon früher gewesen sein, vielleicht so um zwölf Uhr.«

»Dann wurde sie also irgendwann in diesem Zeitraum von zehn Stunden getötet. Möglicherweise sogar nicht lange nach der letzten Sichtung.«

»Ja, das ist auch meine Einschätzung.«

»Aber Sie glauben, nicht später als zweiundzwanzig Uhr gestern Abend?«

»Ich bin sicher, dass es hier eine gewisse Fehlermarge gibt.

Es könnte auch gegen Mitternacht gewesen sein, aber später, denke ich, nicht. Nicht nach dem Zustand zu urteilen, in dem sie sich jetzt befindet.«

Cara notierte sich die Informationen auf dem Handy und versuchte, nicht daran zu denken, was sie in dieser Zeit gemacht hatte. Versuchte, nicht an den Spaß zu denken, den sie mit den anderen gehabt hatte. »Können Sie mir noch mehr sagen?«

»Ja, noch einiges. Kommen wir zuerst zu den Verletzungen.« De Barra schaute zu Cara hoch. »Ich hab in meiner Zeit als Ärztin leider genügend Folgen von Faustkämpfen gesehen, um sagen zu können, dass die Wunden in ihrem Gesicht von einem tätlichen Angriff herrühren.«

Wie Cara bereits vermutet hatte.

Die Ärztin rollte auf ihrem Stuhl ein Stück nach vorn, näher an die Leiche heran. »Der Rest der Verletzungen sieht so aus, als könnte er von der Umgebung stammen, in der sie aufgefunden wurde.«

»Ja, da stimme ich Ihnen zu«, sagte Cara.

»Aber schauen Sie mal hier.« De Barra drehte Mauras Körper behutsam auf die Seite und zeigte mit dem Stift erst auf ihren entblößten unteren Rücken, dann auf den Nacken. Sie wiesen dunkle Verfärbungen auf, wie großflächige Blutergüsse. »Diese beide Partien machen mich stutzig.«

Cara sah sich die Stellen genau an.

»Ich erkenne hier Anzeichen von Totenflecken.« Sie legte Maura wieder auf den Rücken und blickte zu Cara hoch. »Ich nehme an, Sie wissen nicht, was das bedeutet?«

Cara nickte.

»Totenflecken entstehen, wenn das Herz aufgehört hat zu schlagen. Die Schwerkraft sorgt dann dafür, dass das Blut nach unten sinkt und sich in der Haut absetzt.« Sie zeigte erneut auf die Verfärbungen an Mauras Rücken und Nacken. »Da, wo sich das Blut sammelt, sieht die Haut dunkler aus. Die Flecken, die ich hier erkenne und die sich alle auf der Unterseite des Körpers befinden, sagen mir, dass sie nach ihrem Tod eine Zeitlang auf dem Rücken gelegen hat.«

»Wirklich?«, sagte Cara. »Das klingt ja so, als wäre sie gar nicht ertrunken.«

»Ohne eine Obduktion kann ich nichts über die Todesursache sagen. Aber wenn sich solche Totenflecken bilden, wie wir sie hier sehen, auf der Unterseite des Körpers, dann bedeutet das, dass sie einige Stunden nach ihrem Tod auf dem Rücken gelegen hat, in derselben Position, auf einer harten Unterlage – wie zum Beispiel einem Fußboden.«

»Dann wurde sie also erst nach ihrem Tod in die Serpent's Lair geworfen?«

»Das ist die einzige Erklärung.«

»Der oder die Täter könnten versucht haben, die Leiche auf diese Art zu beseitigen. Das ergibt Sinn.«

»Vielleicht, aber es gibt weitere Aspekte, die keinen Sinn ergeben.«

»Zum Beispiel?«

»Schauen Sie hier …« De Barra zeigte auf Mauras Oberschenkel. Sie waren bleich, ohne Anzeichen von Blutansammlungen. »Überall da, wo Druck auf den Körper ausgeübt wird, sei es durch direkten Kontakt mit dem Boden oder auch durch enge Kleider« – sie wies auf die Stelle, an der der Hosenbund gesessen hatte –, »bilden sich keine Totenflecken. Der Druck sorgt dafür, dass das Blut sich dort nicht sammeln kann. An anderen Stellen, wie dem Kreuz oder dem Nacken, die keinen unmittelbaren Kontakt zum Boden haben, kann es sich jedoch stauen. Und dann bilden sich ebendiese Flecken.«

»Okay …«, sagte Cara.

Nun zeigte der Stift auf Mauras Arme.

»Ich wollte die Fesseln lösen, um den Grad der Totenstarre überprüfen zu können. Aber schauen Sie hier – ihre Handgelenke sind dunkel verfärbt.«

Cara sah, was die Ärztin meinte, und nickte.

»Ja, stimmt.«

»Wenn ihre Hände schon vor ihrem Tod gefesselt worden wären, hätte der Druck des Seils dafür gesorgt, dass hier keine Totenflecken entstehen. Weil wir aber Totenflecken sehen, können wir davon ausgehen, dass ihre Arme flach neben ihrem Körper gelegen haben, wo auch immer sie sich nach ihrem Tod befand.« Die Ärztin rollte zum Schreibtisch zurück und legte ihren Arm auf dem Tisch ab. »Ms. Conneelys Arme sind zum jetzigen Zeitpunkt relativ steif. Aber schauen Sie mal … Sehen Sie, dass mein Handgelenk nicht flach aufliegt? Also wird auch nicht von unten dagegen gedrückt. So werden auch ihre Arme gelegen haben. Und das ist die einzige Erklärung für die Totenflecken, die wir dort sehen.«

»Sie wurde *nach* ihrem Tod gefesselt?«

»Eine andere Erklärung gibt es nicht.«

»Warum, um alles auf der Welt …?« Cara runzelte die Stirn. Sie schaute auf ihre tote Freundin hinab und vergaß vor lauter Verwirrung sogar kurz, wie entsetzlich dieser Anblick war.

De Barra zuckte mit den Schultern.

»Darauf habe ich auch keine Antwort.« Sie wandte sich mit ihrem Stuhl von Cara ab.

»Vielleicht wurde sie gefesselt, weil sie so besser zum Kliff zu transportieren war?«, wagte Cara eine Vermutung.

»Das würde ich für eine gute These halten, wenn da nicht noch diese andere Merkwürdigkeit wäre.«

»Das ist noch nicht alles?«

Die Ärztin rollte zu Mauras Kopf und zeigte auf den Kiefer. Mit einem behandschuhten Finger öffnete sie behutsam den Mund der Toten, und Cara erblickte den Knebel, der darin steckte. Sie sah weg.

»Wenn wir sterben, setzt nach wenigen Stunden die Totenstarre ein. Aber dieser Prozess beginnt nicht überall gleichzeitig. Er fängt zuerst in den kleinsten Muskeln an und schreitet dann nach und nach zu den größten fort.« De Barra machte eine ausholende Geste über den ganzen Körper der Toten. »Das heißt, dass die Arme, mit den größeren Muskeln, noch eine ganze Weile nach ihrem Tod beweglich waren. Der oder die Täter konnten ihr die Fesseln also problemlos auch später noch anlegen. Im Gesicht dagegen setzt die Totenstarre sehr früh ein, weil dort lauter kleine Muskeln sitzen. Dass ich ihren Mund so leicht öffnen und schließen konnte, wie ich es gerade getan habe, bedeutet, dass jemand ihr nach ihrem Tod den Mund gewaltsam geöffnet und dafür die Starre der Muskeln gebrochen haben muss. Wahrscheinlich, um diesen Knebel hineinzuschieben. Weiß der Himmel, warum.«

»O mein Gott«, sagte Cara.

»Ja, gruselig, finde ich auch.«

Cara starrte ihre arme Freundin an, die halb nackt und zerschunden auf dem Untersuchungstisch der Ärztin lag. Was hatten sie mit ihr gemacht? Sie erst getötet und dann gefesselt und geknebelt? Und dann bereits tot in die Serpent's Lair geworfen? Warum bloß, um Himmels willen?

KAPITEL 10

Bin hier fertig. Cara ging auf *Senden* und blickte hoch, als Dr. De Barra die Tür zu ihrer Praxis hinter sich abschloss.

»Vielen Dank noch mal, Dr. De Barra.«

»Kein Problem, es musste ja sein.« Sie nickte ernst. »Maura ist im Therapieraum hinter dem Behandlungszimmer in den nächsten Tagen sicher. Bei dem Wetter ist es dort sehr kühl. Das ist nicht ideal und auch nicht allzu würdevoll, aber was Besseres kann ich nicht bieten.«

»Ich weiß das sehr zu schätzen.«

»Halten Sie mich auf dem Laufenden, Sergeant.«

»Ja, mach ich«, sagte Cara. »Sollten Sie in Ihrer Praxis irgendwas Verdächtiges bemerken, würden Sie es mich dann wissen lassen?«

»Natürlich.«

»Und wenn Sie die ganze Sache bitte diskret behandeln könnten ...«

»Das versteht sich von selbst, Sergeant.«

»Danke.«

Die Ärztin winkte zum Abschied und lief mit eingezogenem Kopf und von Sturmböen hochgepeitschten Haaren durch das Schneetreiben davon. Cara schaute ihr bis zu ihrem nahegelegenen Haus nach und beobachtete ihren kurzen Kampf mit dem Wind beim Öffnen der Tür. De Barra winkte noch einmal und verschwand dann im Inneren. Cara ließ ihren Blick die Straße entlangschweifen. Die Leute waren nach wie vor vernünftig und gingen nicht raus. Irgendwo in der Ferne hörte sie das aufgeregte Kreischen leichtsinniger Teenager. Aber auch sie würden nach Hause gehen, wenn ihnen kalt wurde, und das würde bald sein.

Sie öffnete die Autotür. Im Wageninneren war es feucht und kalt. Cara prüfte die Autositze. Vollgesogen mit Wasser. Sie holte Plastiktüten aus dem Kofferraum und deckte den Beifahrersitz damit ab. Ihre Kleider waren ohnehin noch nass, und außer Maura erschien ihr gerade alles unwichtig, aber Daithí würde ihre Bemühungen zu schätzen wissen. Sie setzte sich ins Auto und zog die Tür hinter sich zu. Der Schneefall ließ etwas nach, doch ringsum war bereits alles von einer dichten Schneeschicht bedeckt. Unter anderen Umständen hätte sie die verschneite Insel schön gefunden. Märchenhaft. Aber heute nicht. Jetzt kam ihr der Schnee eher wie ein Verband vor, wie weiße Gaze, die eine Wunde bedeckte. Cara saß, ohne den Motor zu starten, einfach nur da und schaute auf den Hafen hinaus. Die Wolken sammelten sich, zum Bersten voll mit noch mehr Schnee, über dem Meer und warteten ab, hielten die Stellung, bis sie bereit waren, einen zweiten Angriff zu starten. Das Unwetter würde sich nicht so bald verziehen. Die Belagerung würde andauern.

Caras Handy gab einen Piepton von sich. Eine Nachricht von Daithí.

Bin unterwegs.

Wenige Minuten später erblickte sie ihn auf dem Gehweg. Er sah wärmer aus in seinen frischen Sachen, wirkte jedoch noch genauso bekümmert wie vorher.

»Hallo«, sagte er, als er sich ins Auto setzte.

»Hallo.«

Cara umarmte ihn, obwohl sie sich dafür ziemlich verrenken musste. An seinem Atem an ihrem Ohr hörte sie, dass er mit den Tränen rang. Dieselben Gefühle brodelten auch in ihr wie

Lava unter der Kruste, die jeden Moment hervorbrechen konnte, doch auch sie versuchte, sie zu unterdrücken.

»Du bist eiskalt, Cara«, sagte er schließlich. »Wir müssen zu dir, damit du dich umziehen kannst, sonst wirst du krank.«

»Nein, ich möchte erst zum Haus fahren und es ihnen sagen. Sie müssen es wissen.«

»Das kann warten, Cara. Ist ja nicht so, als könnten sie es in der Zwischenzeit von irgendwo anders her erfahren. Das ist wie im Flugzeug: Setz zuerst deine eigene Maske auf, bevor du anderen hilfst. Komm, fahr los!«

»Was soll ich mamó denn sagen?« Caras Stimme drohte zu kippen, als sie daran dachte, dass sie ihrer herzensguten Großmutter so eine schreckliche Nachricht überbringen musste. Einer Frau, die Maura ebenso sehr geliebt hatte wie sie selbst.

»Ich weiß.« Daithí seufzte. »Das wird nicht leicht.«

Cara schüttelte den Kopf, dann startete sie den Wagen, wendete und schlug den Weg nach Hause ein. Sie würde es so machen, wie Daithí gesagt hatte, und sich zuerst um sich selbst kümmern. Er hatte recht, sie brauchte jetzt ihre ganzen Kräfte, sie musste in möglichst guter Verfassung bleiben, um diese Angelegenheit zu stemmen, für Maura.

»Wie lief es denn mit Dr. De Barra?«, fragte Daithí, während sie an den niedrigen Bruchsteinmauern vorbeifuhren und die Scheibenwischer den feinen Schnee nach links und nach rechts wegschoben.

»Es war total bizarr.« Sie berichtete Daithí, was sie von der Ärztin erfahren hatte. Die Sache mit der Leichenstarre und den Totenflecken. Und dass das alles keinen Sinn ergab. Danach saßen sie schweigend da und versuchten, die Informationen zu verdauen. Durch Caras Kopf schossen so viele Gedanken, dass sie das Gefühl hatte, sich endlos darin verirren zu können. Schließlich brach Daithí das Schweigen.

»Alle haben Maura geliebt. Am Ende kehre ich immer wieder zu diesem Punkt zurück. Es gibt keinen Grund, warum ihr jemand etwas antun sollte. Selbst der unbeliebteste Mensch der ganzen Insel braucht keine Angst zu haben, dass ihm so etwas Furchtbares zustößt.«

Obwohl es erst Mittag war, schwand des Tageslicht bereits wieder. Der Schnee schien sich auf eine zweite Offensive vorzubereiten. Cara fror, sie war erschöpft und emotional am Ende. Sie hatte nicht auch nur die geringste Ahnung, wer Maura so etwas angetan haben könnte. Aber irgendjemand hatte es getan.

Das Haus, das Cara sich mit ihren Kindern und ihrer Großmutter teilte, befand sich im etwas höher gelegenen Norden der Insel. Die Aussicht war dort atemberaubend, allerdings war man den Elementen noch schutzloser ausgeliefert. Auch die gewaltige prähistorische Festung Dun Aengus, die mit Blick auf den Atlantik direkt an der Steilküste stand, befand sich in Sichtweite von Caras Zuhause.

Der Sturm schob Cara und Daithí förmlich zu ihrem Cottage und wehte sie, während Cara aufschloss, beinahe um. Drinnen musste sie sich mit der Schulter gegen die Tür stemmen, um sie wieder zuzukriegen. Der Wind, der an Cara vorbei durch den Flur gefegt war, hatte die Küchentür gegenüber aufgestoßen. Cara sah ihre mamó in der Küche herumfuhrwerken und die auf dem Herd stehenden Töpfe. In der Luft hing der Duft des Eintopfs, der im Backofen schmorte, und der erdige Geruch des Torffeuers im Wohnzimmerkamin. Wenn es Duftkerzen gegeben hätte, die all diese Aromen hätten einfangen können, hätte Cara sie samt und sonders aufgekauft.

»Hallo, Mammy, da bist du ja wieder. Hast du Onkel Seamus mitgebracht?« Ihr elfjähriger Sohn Cathal tauchte mit einem iPad in der Hand im Flur auf und versuchte, den Weihnachtskarten auszuweichen, die der Wind von dem kleinen Flurtisch geweht hatte. »Dia duit, Daithí.« Hallo, Daithí, sagte er und strahlte seinen Lieblings-Wahlonkel an.

»Dia duit, Cathal«, erwiderte Daithí und zwinkerte ihm zu.

Cara lächelte den Jungen an. Mit seinen blonden Haaren und den Sommersprossen sah er aus wie eine Miniaturausgabe seines verstorbenen Vaters. Cara fuhr ihm durchs Haar, was er mit gespielter Verärgerung quittierte. Der Horror der letzten Stunden trat für einen Moment in den Hintergrund.

»Nein, ich hab Onkel Seamus nicht mitgebracht, aber du lernst ihn bald kennen. Wie ich sehe, genehmigst du dir mehr Bildschirmzeit, als ausgemacht war. Also, gib her.«

»Ach, Mammy.« Cara streckte die Hand aus, und Cathal reichte ihr widerstrebend das Tablet. Er warf Daithí einen hilfesuchenden Blick zu, doch der zuckte nur mit den Schultern.

»Ich hoffe, ihr wart brav gestern Abend.«

»Wir haben Popcorn gemacht und einen Film angesehen. Mamó hat uns erlaubt, Avengers zu gucken. Das war cool.«

»Klingt nach einem schönen Abend.«

»Ja, war super.« Cathal hielt kurz inne. »Du bist ja total nass, Mammy. Du siehst schlimm aus.«

»Charmant, charmant. Aber ja, ich bin nass geworden. Wenn du nicht dauernd auf den Bildschirm starren würdest, hättest du vielleicht schon mitbekommen, dass draußen ein Sturm tobt.«

»Haha. Klar ist mir das aufgefallen. Was hast du gemacht?«

»Garda-Kram.«

»Wow, da wär ich echt nie drauf gekommen!«

»Ja, krass, oder?«

»Ah, cringe, Mam, versuch bitte nicht, cool zu sein.«

»Würd ich nie, Cathal.«

Der Junge verdrehte die Augen und ging in Richtung Küche. Cara und Daithí folgten ihm.

»Oh, hallo, Schatz, ich wusste gar nicht, wann ich mit dir rechnen kann.« Caras Großmutter schaute von dem Teig auf und blickte die Neuankömmlinge über ihre Schulter hinweg an. »Und Mr. Derrane, wie schön! Wie war's denn gestern Abend? Ich hoffe, ihr habt euch gut amüsiert. Gibt's was Neues aus London oder Kalifornien? Und ist dieser Ferdy Hennessy immer noch so unmöglich ...«

Mamó – die eigentlich Áine hieß – wischte sich die mehligen Hände an der Schürze ab und wandte sich ihnen ganz zu. Sie hatte die gleichen blauen Augen und das gleiche herzförmige Gesicht wie Cara. Ihr Haar hatte auch den gleichen rotbraunen Farbton gehabt, bevor es weiß geworden war.

Sie nahm Cara genauer in Augenschein. »Ach herrje, du bist ja klatschnass! Was ist denn passiert? Ich weiß ja, was draußen los ist, aber du siehst aus, als wärst du schwimmen gewesen! Du holst dir noch den Tod.«

»Darum bin ich hier. Ich will mir schnell was anderes anziehen.«

»Du siehst erschöpft aus. Geht's dir gut?«

Cara stieß einen müden Seufzer aus und nickte.

Sie schaute von Daithí zu ihrer Großmutter und ließ den Blick dann weiter in den Raum schweifen, wo Cathal über einen Comic gebeugt am Küchentisch saß und ein Stück Hackfleischpastete aß.

»Hey, Cathal, was liest du?«, fragte Daithí, drückte Caras Arm und gesellte sich zu dem Jungen.

Cara hörte im Nebenraum leise den Fernseher laufen. Ihre

Tochter Saoirse, zwölf Jahre alt, erschien in der Tür. Mit ihren roten Haaren und blauen Augen war sie die kleinste Matroschka-Puppe von ihnen dreien. Sie hielt ihre schwarz-weiße Katze, Madra – Irisch für Hund – im Arm.

»Dia duit, a mahmaí«, sagte sie. Da sie seit ihrem zweiten Lebensjahr auf der Insel lebte, konnte sie, wie ihr Bruder, fließend Irisch. Mamó sprach mit ihnen Irisch statt Englisch. Und gelegentlich fühlte Cara sich in ihrem eigenen Zuhause wie eine Fremde. Aber diese Gedanken musste sie abschütteln. Wenn ihr Kind »Hallo, Mam« in einer Sprache zu ihr sagen wollte, die es zu neunundneunzig Prozent des Tages sprach, dann war dagegen nun mal nichts einzuwenden.

»Dia duit, a stór«, erwiderte Cara. Hallo, mein Schatz. Irische Koseworte kannte sie. Saoirse zog sich winkend wieder an den Fernseher zurück.

Cara schaute ihre mamó an. Dies war nicht der richtige Zeitpunkt, um zu besprechen, was heute passiert war. Das konnte warten.

»Ich erzähl's dir später, mamó«, sagte Cara. »Ich geh schnell duschen.«

»Dann mal los.« Áine wandte sich wieder ihrem Brotteig zu, und Cara verschwand in Richtung Bad.

»Ach, Cara?« Áines Kopf erschien an der Küchentür.

»Ja?« Cara blieb auf halbem Weg stehen.

»Mir ist gerade eingefallen, dass Maura gestern Morgen hier war. Sie wollte dich dringend sprechen. Hat sie dich gefunden?«

KAPITEL 11

Cara blieb kurz das Herz stehen. Sie drehte sich zu ihrer Groß-mutter um.

»Maura?«

»Ja.« Áine kam in den Flur. »Gestern früh, vielleicht so gegen elf? Sie wusste, dass du mit der Neun-Uhr-Fähre zurückkom-men wolltest. Ich hab ihr gesagt, dass du unterwegs bist, um bei den Vorbereitungen auf das Unwetter zu helfen.«

»Warte mal, *mamó*. Hab ich das richtig verstanden? Maura war hier, weil sie mich gesucht hat? Gestern Morgen gegen elf Uhr?«

»Ja, genau. Sie wirkte besorgt und wollte dich dringend spre-chen. Hat sie dich gefunden?«

Dann musste Maura auf dem Weg hierher gewesen sein, als Daithí sie durchs Fenster des Pubs gesehen hatte.

»Nein, hat sie nicht.« Cara ging ein Stück zurück, näher zu Áine. »Sie war auch nicht bei Seamus.«

»Oh, tatsächlich?«

Cara ignorierte *mamós* neugierigen Blick.

»Hat sie gesagt, warum sie mich sehen wollte?«

»Nein, leider nicht. Sie trägt sonst immer ein Lächeln im Ge-sicht. Aber gestern Morgen nicht. Vielleicht hat sie Streit mit Seamus.«

»Seamus? Das ist doch schon über zehn Jahre her, *mamó*.«

»Ist das so? Und warum hab ich sie dann gestern vor dieser Begegnung schon mal gesehen? Als ich gestern früh spazieren war, hab ich sie aus seinem Haus kommen sehen. Seamus stand auf der Schwelle.«

Cara wollte ihr gerade sagen, dass Maura nach dem Pub-Besuch wahrscheinlich bei ihm übernachtet hatte, aber hatte Daithí nicht erzählt, er hätte sie nach Hause begleitet?

»Jetzt ist nicht der richtige Moment für Klatsch und Tratsch, *mamó*. Wirklich nicht.«

»In Ordnung, Schatz. Übrigens hatte sie ein Päckchen dabei. Sie hat die ganze Zeit nervös daran herumgespielt. Ich hab sie gefragt, ob sie dir das geben will, und ihr angeboten, dass sie es einfach hierlassen kann. Sie hat kurz überlegt, wollte es dir dann aber lieber selbst überreichen.«

»Ein Päckchen? Hast du eine Ahnung, was drin war?«

»Es war in zerfleddertes braunes Papier eingepackt, ein Weihnachtsgeschenk wird's also nicht gewesen sein. Sie hat es hin- und hergedreht und immer wieder darauf gestarrt, als wollte sie sichergehen, dass es noch da ist.«

»Welche Größe hatte es denn?«

»Hmm, so vielleicht?« Áine hielt ihre Hände etwa dreißig Zentimeter weit auseinander. »Es war nicht besonders dick. Nur so fünf, sechs Zentimeter.« Sie zeigte die Breite mit den Fingern an.

»Und hat sie dir gesagt, was es ist?«

»Nein, leider nicht.«

Cara schwieg eine Weile und dachte fieberhaft nach.

»Was ist denn, Cara? Was ist los?«

Cara schaute in das besorgte Gesicht ihrer Großmutter. Sie würde es ihr sagen müssen. Sie hatte gehofft, dass sie noch warten konnte, aber besser tat sie es gleich.

»Mach bitte die Tür hinter dir zu, *mamó*. Ich möchte nicht, dass die Kinder es hören. Zumindest noch nicht.«

Die alte Frau schloss die Tür, ihre Miene war angespannt.

»Was hören, Cara?«

Cara holte tief Luft. Das jetzt war eine Probe für das, was noch kommen würde. Sie musste es allen erzählen.

»Es ist was Schlimmes passiert, *mamó*.«

Der Gesichtsausdruck der alten Frau veränderte sich, sie wappnete sich innerlich. Das Inselleben war hart. Und es war noch härter gewesen, als Áine hier aufgewachsen war. Man lernte, mit Tragödien umzugehen. Man lernte, sie als normal zu betrachten.

»Was? Hat es mit Maura zu tun?«

»Ja.« Cara wusste einen Moment nicht weiter, suchte und verwarf verschiedene Anfänge.

»Geht es ihr gut?«, fragte Áine, aber sie kannte die Antwort bereits.

Cara schüttelte den Kopf, und die Tränen, die sie seit Stunden zurückhielt, brachen sich Bahn. Áine ging zu ihrer Enkelin und nahm sie fest in den Arm.

»Oh *mo stó, mo croí*, schsch, schsch.« Die alte Frau wiegte Cara sanft und flüsterte ihr tröstende Worte ins Ohr, während Cara all den Schmerz herausließ, den zu unterdrücken sie sich gezwungen hatte.

»Was ist passiert? Ein Unfall wegen des Sturms?«, fragte Áine.

Cara löste sich aus der Umarmung und trocknete ihre Tränen. Sie musste diesem Dammbruch Einhalt gebieten, bevor sie ihn nicht mehr kontrollieren konnte. Sie verschob ihre Trauer auf später. Darin hatte sie viel Übung. Von den vielen Malen, wenn kleine Kinder getröstet werden mussten, nachdem die Rufe nach Papa unbeantwortet blieben. Und von der schrecklichen Erfahrung, einer Mutter sagen zu müssen, dass sie ihren Sohn in der Blütezeit seines Lebens zu Grabe tragen musste. Cara würde dieser neuen Trauer Platz geben neben ihrem allmorgendlichen Kummer, wenn sie aufwachte und das Bett neben ihr so kalt war wie der Meeresgrund, auf dem ihre große Liebe gestorben war. Sie würde sie dort ablegen und eine weitere Tür ihres Herzens verschließen.

»Wir haben vor ein paar Stunden Mauras Leiche gefunden. In der Serpent's Lair.«

»Ach, du lieber Gott.« Áine bekreuzigte sich. »Wie konnte ihr das passieren? Warum war sie denn bei dem Wetter da draußen? Dieses Mädchen war schon immer ein Wildfang.«

»Es ist ihr nicht einfach passiert, Mamo. Jemand hat ihr was angetan. Und sie dort hingebracht.«

Áine sah sie entsetzt an.

»Nein ... das kann doch nicht sein, oder?«

Cara nickte.

»Ich fürchte, doch. Ich weiß, es ist sehr schwer, das zu glauben. Aber irgendwer von der Insel hat ihr das angetan.«

Áine schüttelte den Kopf.

»Ich kann das nicht glauben.«

»Ich auch nicht.«

»Und was hast du jetzt vor?«

Cara hob die Hände.

»Ich weiß es nicht. Bis das Unwetter vorbei ist, kann niemand aus Galway herkommen. Also werde ich bis dahin mein Bestes geben. Aber ich weiß gar nicht, wo ich anfangen soll.«

»Sind wir in Gefahr?«

»Um ehrlich zu sein, weiß ich auch das nicht, mamó. Ich weiß nicht, warum das mit Maura passiert ist, und bevor ich das nicht herausgefunden habe, kann ich auch nicht sagen, wie das Risiko für uns andere ist. Halte die Haustür immer geschlossen. Und vielleicht kannst du Maurice und Conor bitten, ein paar Nächte hier zu schlafen, damit du nicht mit den Kindern allein bist. Ich vermute mal, dass ich viel unterwegs sein werde, und mir wäre wohler zumute, wenn ich wüsste, dass sie bei euch sind.«

Maurice und Connor waren ihre Freunde, und während Maurice ihnen aufgrund seines Alters nicht viel Schutz bieten konnte, würde sein Sohn Conor es sehr wohl tun.

»Sag den Kindern bitte noch nichts. Ich möchte zuerst rausfinden, was, um alles in der Welt, hier los ist.«

»Was wirst du denn jetzt tun?«

»Erst mal ziehe ich mich um. Dann muss ich zum Haus der Flahertys und dort die Nachricht überbringen.«

»Was für eine Tragödie.« Áine schüttelte den Kopf, in ihren Augen glänzten Tränen. »Jetzt wart ihr endlich wieder alle beisammen, um Cillians zu gedenken, und dann verliert ihr noch jemanden aus eurer Mitte. Meine arme Kleine.«

Cara lächelte ihre Großmutter traurig an und verschwand dann unter die Dusche. Im Bad drehte sie das Wasser auf, damit es warm werden konnte, und machte sich daran, sich zu entkleiden. Erst zog sie die mit Wasser vollgesogenen Socken aus, dann die an den Beinen klebende Hose und ihren Pulli. Als sie ihn auf den Haufen mit den anderen nassen Sachen warf, fiel eine winzige herzförmige Schote von dem Hirtentäschelkraut, ein blinder Passagier aus der Praxis, aus einer versteckten Stofffalte leise neben ihren Füßen auf den kalten Boden. Während der Raum sich mit Dampf füllte und der Spiegel beschlug, öffnete Cara die Tür zu ihrem Herzen einen kleinen Spalt weit. Und die Tränen kehrten zurück.

KAPITEL 12

»Alles okay?«, fragte Daithí, als sie wieder im Auto saßen. Cara hatte ein Handtuch über den Fahrersitz geworfen und sich darauf gesetzt, jetzt startete sie den Motor.

»Ich musste es *mamó* erzählen«, antwortete sie und schaltete das Licht und die Scheibenwischer ein.

»War's schlimm?«

»Sie hat es ruhig aufgenommen.«

Daithí nickte. Cara ließ den Wagen langsam die Einfahrt hinabrollen. Der Schnee, der sich auf dem Autodach und den Scheiben gesammelt hatte, rutschte herab und landete mit einem dumpfen Geräusch auf der Straße. Sie schaute Daithí an.

»*Mamó* hat mir etwas Merkwürdiges erzählt.«

»Was denn?«

»Maura war gestern noch hier – wahrscheinlich, nachdem du sie gesehen hattest. Sie wollte zu mir und wirkte aus irgendeinem Grund besorgt, und – jetzt kommt's! – sie hatte ein Päckchen dabei. Sie wollte mir irgendwas zeigen.«

»Ein Päckchen?« Daithí zog die Augenbrauen hoch.

»Ja, *mamó* weiß nicht, was es gewesen sein könnte. Fällt dir irgendwas dazu ein?«

»Nein, leider nicht.«

»Ich hab mir überlegt, dass wir schnell bei Maura vorbeifahren und es, falls nötig, in Verwahrung nehmen könnten. Wir sollten uns bei ihr auch mal umschauen. Vielleicht fehlt ja was. Auf jeden Fall sollten wir dieses mysteriöse Päckchen finden. Lass es uns sofort machen. Wir können den anderen auch später noch erzählen, was passiert ist.«

»Ja, kein Problem. Das klingt nach einer guten Idee.«

Cara nahm den Fuß von der Bremse, bog am Tor nach links ab und machte sich auf den Weg zu Mauras Haus. Wie Caras Haus und das der Flahertys stand auch Mauras Cottage etwas außerhalb der Ortschaft. Sie hatte es von ihrer Großmutter geerbt. Die zweite große Schneewelle war bislang ausgeblieben, doch es herrschte noch immer starker Wind. Cara musste das Lenkrad gut festhalten, damit sie nicht von der Straße abkam.

»Was ist, wenn wir was finden?«, fragte Daithí.

»Das sehen wir dann. Ich hoffe sogar, dass wir was finden, Daithí. Ich würde nämlich zu gern wissen, was hier eigentlich los ist. Du nicht?«

Sie riskierte einen flüchtigen Blick zu Daithí.

»ACHTUNG!«, brüllte er.

Cara schaute sofort wieder nach vorn. Da lief jemand, mitten auf der Straße. Sie trat so heftig auf die Bremse, dass das Auto auf Schnee, Eis und losem Kies ins Schleudern geriet und auf die nur schemenhaft erkennbare Gestalt zuschlitterte, die keine Anstalten machte, auszuweichen. Nur wenige Zentimeter vor ihr kam der Wagen zum Stehen.

Cara sprang aus dem Auto und schlug die Tür hinter sich zu.

»GOTTVERDAMMTER IDIOT!«, brüllte sie und lief auf den Unbekannten zu.

Ein junger Mann starrte ihr entgegen. Er war ebenso durchnässt, wie sie es bis eben noch gewesen war, und blickte sie mit großen Augen an. Er wirkte panisch, so als hätte er jetzt erst bemerkt, dass er beinahe überfahren worden wäre. Weil auf dieser Insel jeder jeden kannte, wusste Cara, wer der junge Mann war. Patrick Kelly, ein schwieriger, verschlossener Typ. Cara hatte ihn schon mal wegen seines Drogenkonsums verwarnt, aber das war Jahre her. Maura hatte ihn bis zu einem

107

bestimmten Alter unterrichtet, wie die meisten Kinder hier, und ihr gesagt, Patrick habe das Herz auf dem rechten Fleck. Klar hatte sie das. Maura hatte im Grunde alle Menschen für gutherzig gehalten. Wie sehr sie sich doch geirrt hatte.

»Patrick! Was, zum Teufel, machst du hier? Du kannst bei dem Wetter nicht hier draußen rumlaufen. Du hättest uns beinahe alle umgebracht!«

Der junge Mann schwieg.

»Hast du gehört, Patrick?«

Er blieb stumm.

»Geht es dir gut? Kann ich dich nach Hause bringen?«

»Sie zischt, aber nur ich kann es hören«, murmelte er und blickte durch sie hindurch.

»Was sagst du?«

»Wenn man genau hinhört, zischt sie.« Er schaute Cara an und trat dann ein paar Schritte zurück.

»Wer zischt?«, fragte Cara. Sie bemerkte, dass seine Pupillen geweitet waren. Anscheinend hatte er doch wieder Drogenprobleme.

In Caras erschöpftem, gestresstem Hinterkopf flüsterte eine Stimme: *Du weißt doch, was zischt. Eine Schlange.*

»Warst du heute Morgen an der Serpent's Lair, Patrick?« Cara fiel die schnelle Bewegung oben am Kliffrand wieder ein, die sie am Morgen aus dem Augenwinkel wahrgenommen hatte, als sie und Daithí an dem auch »Schlangengrube« genannten Felsenbecken gestanden hatten. »Warst du das? Weißt du was?«

Er schaute sie an, und sein Blick wirkte kurzzeitig fokussierter.

»Lassen Sie mich.« Patrick drehte sich um und lief schlitternd weg. Er sprang über eine niedrige Bruchsteinmauer und rannte schneller davon, als sie es ihm zugetraut hätte.

Cara nahm die Verfolgung auf.

»Komm zurück! Komm zurück!« Sie geriet an derselben Stelle ins Rutschen wie Patrick und fiel hin; die Anstrengungen der letzten Stunden forderten ihren Tribut. Sie rappelte sich wieder hoch und lief zu der Mauer. Ihre Augen suchten fieberhaft die weiße Fläche vor ihr ab, doch der Junge schien sich in Luft aufgelöst zu haben.

Dann hörte Cara eine Autotür zuschlagen und hastige Schritte. Daithí tauchte neben ihr auf.

»Was ist los?«

»Das war Patrick Kelly. Ich glaube, er war high. Er hat sich total seltsam benommen. Und er hat von so einem Zischen gesprochen. Aber als ich ihn gefragt hab, ob er heute Morgen an der Serpent's Lair war, ist er einfach weggerannt.«

»Er ist meistens ziemlich neben der Spur, Cara.«

»Ja, ich weiß, aber ich hatte heute Morgen das Gefühl, jemanden gesehen zu haben. An der Serpent's Lair, oben auf dem Kliff, Daithí ...«

»Wo ist er denn jetzt? Wo ist er hingelaufen?«

»Er ist über die Mauer und dahinter weggerannt. Aber jetzt ist er verschwunden. Ich sehe ihn nicht mehr! Es gibt meilenweit nichts auf dieser verdammten Insel, und trotzdem ist er wie vom Erdboden verschluckt!« Cara hob frustriert die Hände. Kleine Eisstückchen rutschten ihren Ärmel hinunter auf die nackte Haut ihrer Unterarme, und sie erschauderte.

Sie ließ den Blick noch einmal über die Felder schweifen und stützte sich auf die Mauer, um deren Stabilität zu testen.

»Lauf ihm nicht hinterher, Cara. Er kann hier genauso wenig weg wie wir alle. Er wohnt in diesem Wohnwagen in der Nähe von Seamus' Haus. Bei Gelegenheit kannst du ihn da sicher antreffen.«

»Aber ...«

»Cara, du hast dir gerade erst was Trockenes angezogen. Lass uns jetzt zu Mauras Haus fahren. Patrick ist ein komischer Typ, aber ich kann mir nicht vorstellen, dass er in der Lage ist, jemanden umzubringen. Er deliriert bestimmt nur rum, und du interpretierst da zu viel rein.«

»Ich hab heute Morgen jemanden dort oben gesehen, Daithí.«

»Das glaub ich dir ja, aber schau dir nur mal die Verwehungen da drüben an. Ihm über die Felder nachzulaufen bringt nichts. Du musst mit deinen Kräften haushalten. Beschränk dich auf das Wesentliche. Komm jetzt, lass uns wieder einsteigen. Du bekommst hier draußen eine Unterkühlung.«

Cara blickte ein letztes Mal über die Felder. Daithí hatte recht. Dem Jungen durch den Schnee nachzurennen war keine kluge Entscheidung.

»In Ordnung. Fahren wir.«

Cara hielt vor Mauras Haus.

Daithí und sie stiegen aus und gingen die Einfahrt hoch.

»Fass möglichst nichts an«, sagte sie zu Daithí, der gerade seine Kapuze aufsetzte.

»Klar.«

»Kannst du vielleicht eine Runde über das Grundstück drehen, während ich mir das Haus erst mal von außen angucke?«

»Okay, mach ich.«

Plötzlich hörte sie ein Geräusch, ihr Kopf fuhr herum.

Ein Rascheln nahe der Gartenmauer.

»Was zum ...?« Cara schnappte nach Luft.

Unter einem schneebedeckten Ginsterbusch kam ein braunes Kaninchen hervor, flitzte durch den Garten und verschwand im Gestrüpp.

»O Gott«, japste sie.

Daithí legte ihr eine Hand auf den Rücken.

»Weiteratmen.«

Cara nickte.

»Verdammtes Karnickel. Mir schlägt das Herz bis zum Hals.«

»Mir auch.«

Cara betrachtete den Busch, unter dem das Kaninchen gesessen hatte, und atmete tief durch. Sie befürchtete, dass noch größere Überraschungen auf sie warten würden.

»Okay, legen wir los!«

Daithí stapfte nach links weg, um den Garten abzusuchen, und Cara ging einmal um das ganze Haus herum. Es war ein kleines Cottage, das ursprünglich Mauras Großmutter gehört hatte. Im Sommer blühten ringsherum Unmengen von rosa Fuchsien und leuchtend orangeroten Montbretien, doch jetzt war alles unter Schneewehen begraben. Die einzigen Farbtupfer bildeten die unter dem Weiß hervorblitzenden roten Fensterbänke. Der bereits angekündigte weitere Schneefall hatte inzwischen eingesetzt. Cara war dankbar, hinter dem Haus einigermaßen geschützt zu sein. Zuvor hatte sie die Haustür und alle Fenster überprüft, aber nirgends Schäden oder Spuren eines Einbruchs gefunden. Jetzt kam sie wieder zur Hintertür. Auch hier war nichts Verdächtiges zu sehen. Alle etwaig vorhandenen Fußspuren hatte der Schnee längst zugedeckt. Das Einzige, was Cara stutzig machte, war Mauras Fahrrad. Es lehnte an der Mauer neben der Hintertür. Normalerweise hätte Maura es in den Schuppen gestellt, vor allem, wenn ein Unwetter drohte. Da es ihr Hauptverkehrsmittel auf der Insel war, passte sie gut darauf auf. Für Cara sah es so aus, als wäre Maura in Eile gewesen oder gestört worden.

Cara schaute durch das Fenster in der Tür. Aus dieser Perspektive sah alles ganz normal aus. Sie streifte die Latexhandschuhe über, die sie in der Arztpraxis mitgenommen und in die Innentasche ihrer Jacke gesteckt hatte, und drehte an dem Türknauf. Er ließ sich nicht bewegen. Cara suchte den Boden links von der Tür ab, bis sie die Wölbung erspähte, wo sich ein Blumentopf unter dem Schnee verbarg. Sie tauchte ihre Hand in den Schnee, kippte den Topf und griff nach dem darunter liegenden Reserveschlüssel.

Caras Puls hatte sich nach dem Vorfall mit dem Kaninchen noch nicht wieder beruhigt. Jetzt, mit dem Schlüssel zwischen den Fingern, spürte sie den beschleunigten Herzschlag im ganzen Körper. Ihre Hände zitterten. Ihre Fingerspitzen kribbelten.

»Hi.« Daithí kam um das Haus herumgetrottet. »Ich kann nichts Ungewöhnliches entdecken.«

»Okay, danke«, sagte Cara.

»Gehen wir rein?«, fragte er mit Blick auf den Schlüssel.

»Nein, jedenfalls nicht richtig. Ich will nur mal die Tür aufschließen und kurz reinschauen. Aber weiter gehe ich nicht. Das Haus könnte ein Tatort ein. Wenn sie hier …« Cara unterbrach sich, sie konnte sich nicht überwinden, es auszusprechen: *Wenn sie hier umgebracht wurde.*

Mit bebender Hand steckte sie den Schlüssel ins Schloss und öffnete die Tür. Dann trat sie ins Haus, blieb aber nach wenigen Schritten stehen und ließ den Blick durch den großen, hellen Raum schweifen. Anders als das Äußere des Hauses erahnen ließ, war er überraschend modern eingerichtet. Hier schien noch alles an seinem Platz zu sein, es sah aus wie immer, was Cara jedoch irgendwie widerstrebte. Sie fand, dass der Raum jetzt, wo Maura nicht mehr da war, verändert wirken müsste. Dass es nicht so war, kam ihr fast wie Verrat vor.

»Fällt dir irgendwas auf, was dir komisch vorkommt?«, fragte Daithí, der durchs Küchenfenster hereinschaute.

Cara blieb wie angewurzelt stehen, drehte sich einmal um die eigene Achse und sah prüfend durch den ganzen Raum. Doch es sprang ihr nichts ins Auge. Nichts war umgekippt oder am falschen Platz, alles war wie immer. Der WLAN-Router in der Ecke blinkte nicht, aber Maura hatte Ferdy und Sorcha ja erzählt, dass er kaputt war. Ohne ihn war Maura von allem abgeschnitten gewesen. Ohne Empfang und ohne WLAN war ihr Handy nutzlos. Und sie selbst verwundbar. Cara überlief ein kalter Schauer. Ihre arme Freundin. Wenn es hier passiert war, hatte sie niemanden anrufen und um Hilfe bitten können. Ob der Täter das einkalkuliert hatte?

»Nein, es ist alles an seinem Platz«, antwortete Cara.

Dann fiel ihr Blick auf das Fensterbrett links neben ihr. Auf einem Stapel Briefe und Zeitungen stand eine Schneekugel. Bei ihrem Anblick sanken Caras Schultern herab, und ihr drehte sich der Magen um. Sie selbst hatte Maura diese Schneekugel vor vielen Jahren geschenkt, als sie noch Kinder gewesen waren. Normalerweise stand sie auf einem Regal in Mauras Bad. Cara nahm sie in ihre behandschuhte Hand und schüttelte sie. Glitzernder Schnee wirbelte darin auf und schwebte sanft um die beiden Figürchen im Inneren. Ein Schneesturm, eingeschlossen in einer Glaskugel, im Gegensatz zu dem, der draußen tobte. Nach und nach setzten die Flocken sich am Boden ab, und die beiden Figuren kamen wieder zum Vorschein. Es handelte sich um zwei Freundinnen, die sich umarmten, was der Grund war, warum Cara Maura dieses billige Urlaubssouvenir geschenkt hatte. Cara wünschte sich, dass es so einfach wäre. Dass ihre Freundin auch wieder auftauchen würde, wenn das Unwetter vorbei war, und sie wieder zusammen sein konnten.

Sie stellte die Schneekugel zurück auf die gefaltete Zeitung, starrte sie aber weiterhin an. Warum stand sie hier und nicht im Bad? Irgendwie kam es ihr so vor, als sollte das eine Botschaft ein. Wollte Maura ihr damit etwas sagen? Nur was? Etwas über den Schneesturm? Cara hatte keine Ahnung, was die Botschaft sein könnte.

»Oh, hallo! Was macht ihr denn hier?«

Eine Stimme hinter ihnen ließ Cara zusammenfahren.

»O mein Gott!« Sie schnappte laut nach Luft und wandte sich um.

Es war Ferdy. Er war dick eingemummt und trug einen seltsamen Klamottenmix, der so aussah, als stamme er aus der Altkleidersammlung eines Bauern. Von vor Jahrzehnten. Seine Füße steckten in alten grünen Gummistiefeln. Der sonst so elegante, coole Ferdy wirkte in ihnen dermaßen lächerlich, dass Cara trotz allem lachen musste.

»Oh, danke, Cara. Wer den Schaden hat, braucht für den Spott ja nicht zu sorgen.«

»Du siehst so ...«

»Lachhaft aus. Ja, ich weiß. Sorcha und ich haben beim Packen nicht mit so einem Schnee-Armageddon gerechnet. Diesen Krempel hab ich in einer Tasche hinten im Schrank gefunden. Gehörte wahrscheinlich dem alten Flaherty.«

»Das kann gut sein«, sagte Daithí.

»Warum bist du hier?«, fragte Cara. »Es ist doch gruselig draußen.«

»Ich dachte, ich komm mal vorbei und erkundige mich, warum Maura uns die kalte Schulter zeigt, die treulose Tomate.«

Bei der Erwähnung von Maura erlosch der kleine Funken Humor, den Ferdys lächerliche Aufmachung entfacht hatte. Cara zog die Tür hinter sich zu, schloss ab und ließ den Schlüssel in ihre Tasche gleiten. Dann schaute sie erst Daithí, dann wieder Ferdy an.

»Eine Frage, Ferdy: Als du und Sorcha hier am Tag eurer Ankunft vorbeigekommen seid und das WLAN nicht ging, hat Maura da irgendwas dazu gesagt? Also zum Beispiel, warum es nicht funktionierte?«

Ferdy lachte.

»Ja, das war eine lustige Geschichte. Anscheinend ist die Katze der Nachbarn hier reinspaziert und hat auf den Router gepinkelt. Maura erzählte, er hätte regelrecht Funken geschlagen, bevor er abgeraucht ist.«

»O mein Gott«, sagte Cara. Nun, das beantwortete ihre Frage. Und offenbar steckte nichts Schlimmes dahinter. Doch Cara hatte noch mehr Fragen. »Wie war sie denn so drauf? Hattest du den Eindruck, dass es ihr gut geht?«

Ferdy sah sie verwirrt an. »Warum fragst du mich das?«

»Das erklär ich dir gleich.«

»Okay«, antwortete Ferdy misstrauisch. »Sie war wie immer. Aber wir sind nicht lange geblieben, es war nur eine Stippvisite. Und wenn sie uns nicht von dem Sabotageakt der Katze erzählt hätte, wären wir noch kürzer hier gewesen.« Bei der Erinnerung daran umspielte ein Lächeln seine Lippen.

»Gut, danke.«

Cara machte ein paar Schritte vom Haus weg.

»Ist sie nicht da?«, fragte Ferdy.

»Nein«, sagte Daithí.

»Warum all die Fragen?«

»Hmm«, sagte Cara. »Warum fährst du nicht mit uns mit? Wir wollten jetzt ohnehin zurück zum Flaherty-Haus.«

»Cara, wo ist Maura?«, fragte Ferdy und rührte sich nicht vom Fleck.

»Komm«, sagte sie und ging voran. »Ich erklär's dir unterwegs.« Sie wollte es ihm lieber auf dem Weg zum Haus sagen. Das bedeutete zwar, dass sie alles noch einmal erzählen musste, wenn sie dann Seamus und Sorcha gegenüberstand, aber Ferdy verdiente mehr als ausweichenden Smalltalk.

»Gut«, sagte Ferdy und lief hinter ihr her. »Was war denn jetzt eigentlich los heute Morgen? Das war ein blöder Streich, oder? Ich hab eine Wette mit Seamus laufen.«

KAPITEL 13

Jetzt, wo der Schneesturm wieder tobte, musste Cara sich extrem konzentrieren, um nicht von der Straße abzukommen. Aber so anstrengend das Fahren auch war, sie umrundete lieber die Insel, als nicht unterwegs zu sein, denn der Kampf gegen Wind und Wetter verdrängte all die anderen Gedanken aus ihrem Kopf, die sie dort nicht haben wollte. Wenn sie einfach immer weiterfuhr, würde die ganze Geschichte vielleicht ja in zwei Tagen, sobald das Unwetter vorbei war, nicht mehr so fürchterlich weh tun wie jetzt.

Auf dem Weg zum Haus der Flahertys kamen sie auch an Patrick Kellys verbeultem kleinen Wohnwagen vorbei, der in der Nähe der Küstenstraße stand. Als sie sich ihm näherten, fuhr Cara langsamer und nahm Patricks bescheidene Unterkunft in den Blick, hielt jedoch nicht an. Ferdy saß schockiert schweigend auf der Rückbank. Cara wollte das Gespräch mit den anderen jetzt so schnell wie möglich hinter sich bringen. Zu Patrick würde sie später fahren, sobald sich eine Gelegenheit ergab.

Sie bog in die Einfahrt der Flahertys ab und parkte gleich dort, denn vor der Haustür stand bereits ein marineblauer Kleinbus, den sie nicht kannte.

»Wem gehört der denn?«, fragte Cara.

»Ich glaube, das ist der Mietwagen von Noah Jackson«, sagte Daithí.

»Na, toll, das hat uns gerade noch gefehlt.«

Cara und Daithí stiegen aus und schauten auf die Rückbank, wo Ferdy, grau im Gesicht, einfach sitzen blieb. Cara öffnete die hintere Autotür.

»Komm, Ferdy. Wir müssen da jetzt rein.«

Er stieg wortlos aus und folgte ihnen, während sie um das Haus herum zur Hintertür gingen.

Als sie am Wohnzimmerfenster vorbeikamen, stockten sie.

Seamus stand am Fenster, und neben ihm ein zweiter, fast identisch aussehender Seamus. Cara sah Daithí an, der ebenso perplex zu sein schien wie sie, und dann wieder zum Fenster. Einer der beiden Seamus' grinste und winkte ihnen zu, woraufhin sein Double ihn fragend anblickte.

»Was zur Hölle?«, meinte Cara.

Sie gingen weiter, und als sie die Tür aufdrückten, wurden sie von lauten amerikanischen Stimmen begrüßt. Der Raum war voll. Drüben am Kamin entdeckte Cara ein Gesicht, das sie kannte. Dort stand Noah Jackson, der Regisseur. Er blickte auf, als sie eintraten.

»Oh, hallo!«, rief er, und seine Miene hellte sich auf, als er Cara erblickte. »Schön, Sie wiederzusehen, Sergeant!«

Seamus und sein Double wandten sich vom Fenster ab.

»Cara«, sagte Seamus, »da bist du ja wieder!«

Cara starrte den Mann neben ihm an.

»Ich glaube, Aiden kennst du noch nicht.« Die beiden kamen zu ihr. Aus der Nähe waren die Unterschiede zwischen ihnen besser zu erkennen. Dieser andere Typ war gut zehn Jahre jünger als Seamus. Dennoch war die Ähnlichkeit verblüffend.

»Was meinst du? Er ist mein Zwilling, oder? Aiden spielt mich in dem Film.«

»Das ist ... echt unheimlich«, sagte Cara.

Daithí streckte die Hand aus. »Schön, Sie kennenzulernen, Aiden.«

»Danke«, erwiderte der junge Mann. »Ich freue mich auch,

Sie alle kennenzulernen. Es ist mir eine Ehre, bei diesem Projekt dabei sein zu dürfen.«

»Bei den anderen Darstellern ist die Ähnlichkeit nicht ganz so groß«, sagte Seamus, »aber ich stelle sie euch mal vor.« Seamus wandte sich den Filmleuten zu. »Lexi, Ari, Kyle, Will, mögt ihr mal herkommen und meine Leutchen kennenlernen?« Vier von ihnen lösten sich aus der Gruppe und kamen in die Küche.

»Cara, das ist Lexi, sie spielt dich.« Cara schaute die Schauspielerin an. Sie hatte rotes Haar, aber das war die einzige Ähnlichkeit. Mit ihrem gebräunten Gesicht und den haselnussbraunen Augen hatte sie eher etwas Mediterranes. Und auch wenn Cara sich ganz hübsch fand, Lexi spielte in einer anderen Liga. Cara bemerkte, dass Lexi nach Aidens Hand griff.

»Und das sind Will und Kyle, beziehungsweise Ferdy und Daithí.«

»Man spricht es nicht Day-tieh aus?«, fragte Kyle und blickte Seamus stirnrunzelnd an.

»Daaah-hie, Kyle, Daaah-hie ... Komm schon, das hab ich dir doch schon so oft erklärt.«

»Und das hier ist Ari, sie spielt Sorcha.«

»Hallo!« Die zierliche Blondine lächelte sie an.

»Wo ist Sorcha denn?«, fragte Cara.

»Sie ist vorhin in ihr Zimmer gegangen, um dem Chaos hier zu entfliehen«, erklärte Seamus.

»Verstehe«, sagte Cara und blickte sich irritiert in dem überfüllten Raum um. Das hatte sie nicht erwartet. Sie brauchte jetzt Ruhe.

»Keine Maura?«, fragte Ferdy leise. Das waren seine ersten Worte, seit Cara und Daithí ihm die Nachricht überbracht hatten. Cara drehte sich zu ihm um.

»Wir haben ihre Rolle noch nicht besetzt. In den Szenen, die wir diese Woche drehen wollen, taucht sie nicht auf«, sagte Seamus.

Ferdy nickte.

Noah kam zu ihnen.

»Wir wollten gerade anfangen, eine Szene zu proben. Möchten Sie zuschauen?« Er tippte Will und Aiden auf den Arm und winkte sie zurück an den Kamin.

»Nein, eigentlich ...«, begann Cara, doch Noah hörte gar nicht mehr zu. Er erteilte den beiden Schauspielern leise Anweisungen und stellte sie in Position, dann trat er zurück und rief: »Und, Action!«

Die Küchentür ging auf, und die beiden Darsteller erstarrten. Alle Augen richteten sich auf die hereinkommende Sorcha.

»Oh, Entschuldigung«, sagte sie.

»Kein Problem«, erwiderte Noah angestrengt lächelnd. »Wir versuchen es gleich noch mal.« Alle nahmen wieder ihre Position ein. »Und ... Action!«

Aiden – der Seamus von vor zehn Jahren – sprach seinen Text.

»Hör zu, Ferdy, es tut mir leid. Ich frage Maura trotzdem, ob sie mit mir ausgeht. Du kannst mich nicht aufhalten. Sie steht auf mich, nicht auf dich.« Aiden trat vor und zeigte mit dem Finger auf Will. Der hob die Hände hoch und wich zurück.

»Tut mir leid, Seamus. Ich wollte dich nicht vor den Kopf stoßen.« Will wandte sich ab, seine Miene war schmerzverzerrt.

»O Gott«, murmelte Daithí leise.

Cara trat einen Schritt vor und wollte etwas sagen, um dieser Sache ein Ende zu bereiten. Doch Ferdy war schneller.

»Das ist so nie passiert!«, rief er. Alle erstarrten und schauten ihn an. Noah wirkte genervt von der erneuten Unterbrechung.

»Das ist künstlerische Freiheit, Ferdy«, sagte Seamus von der anderen Seite des Raums.

»Was hat das mit künstlerischer Freiheit zu tun, wenn du mich als Idiot darstellst? Ändere das!«

»Ist das jetzt wirklich wichtig, Ferdy?«, fragte Cara.

Ferdy blickte sie wütend an.

»Wir können nicht einfach an dem Drehbuch rummurksen, nur weil jemandem was nicht gefällt.«

»Ich murkse gleich mal an Ihnen rum«, sagte Ferdy und machte einen Schritt auf den Regisseur zu.

»Stopp, Ferdy!«, sagte Sorcha, lief zu ihm und hielt ihn am Arm fest. Doch er schüttelte sie ab.

»Hände weg!«, knurrte er seine Frau an.

»Schluss jetzt, alle zusammen!«, brüllte Daithí. Es wurde still im Raum, Daithís untypischer Ausbruch tat seine Wirkung.

»Sorcha, Seamus, wir müssen euch was sagen.« Cara schaute ihre Freunde an und blickte dann auf das Filmteam. Sie wollte kein Publikum dabeihaben.

»Könnten Sie uns bitte allein lassen?«

Noah guckte irritiert.

»Wir sollen gehen?«

»Ja, bitte«, sagte Cara.

»Nein, Cara, sie gehen nirgendwo hin. Schau doch mal raus«, sagte Seamus und zeigte auf den heftigen Schneefall draußen. Dann wandte er sich an das Filmteam. »Ihr könnt bleiben, keine Sorge.«

Er sah Cara an.

»Was immer du sagen willst, diese Leute hier drehen eine Doku über mein Leben. Sie können bleiben und es hören.«

»Das möchtest du nicht, Seamus, ganz sicher nicht.«

»Doch, ist okay, sei unbesorgt.«

Cara seufzte. Sie hatte keine Energie mehr. Sie holte tief Luft. »Es geht um den Anruf von heute Morgen.«

»Wegen der Leiche in der Serpent's Lair?«, fragte Sorcha in einem deutlich weniger blasierten Ton als Seamus.

»Keine Sorge, Sorcha, das war nur ein Streich. Stimmt's, Cara?«

»Nein, ich fürchte, das war kein Streich«, antwortete Cara leise.

»Was?«, fragte Seamus.

»Wirklich?«, sagte Sorcha und riss ungläubig die Augen auf.

Cara nickte. Sie schaute Daithí an. Ich hasse das hier, dachte sie. Das ist der Punkt, an dem sich alles ändert. Für jeden von uns. Dann gibt es ein Davor und ein Danach. Man rutscht von einer Welt in eine andere. Eine weniger freundliche, in der jemand, den du liebst, nicht mehr da ist, und die Wirklichkeit, von der du geglaubt hast, dass sie ewig so fortbesteht, für immer verloren ist. Sie war schon einmal unfreiwillig von einer Welt in eine andere katapultiert worden. Und sie hasste es, ihren Freunden das antun zu müssen. Aber es ging nicht anders. Selbst mit diesen blöden Filmleuten im Hintergrund, denen es vollkommen egal sein konnte. Wahrscheinlich würden sie aus dieser Situation emotional sogar noch was für sich rausziehen, wie Vampire, und es in ihrem nächsten Auftritt verwenden.

»Wir haben eine Leiche gefunden«, sagte sie. »Und jetzt muss ich euch die schlimmste Nachricht überbringen, die ich mir vorstellen kann.«

Cara machte eine Pause und ließ den Blick über die erwartungsvollen Mienen schweifen.

»Sie ist tot.« Cara holte tief Luft. »Die Leiche ... das war Maura.«

Im Raum herrschte Stille. Alle starrten sie nur an. Seamus'

und Sorchas Mienen wandelten sich ganz allmählich, als sie die Bedeutung ihrer Worte erfassten. Wie das langsame Wandern eines Gletschers, das jedermanns Landschaft für immer verändert.

»Wer war das noch mal …?«, fragte Aiden am Kamin, doch ein schneller Stupser von Will brachte ihn zum Schweigen.

Seamus zog einen Küchenstuhl unter dem Tisch hervor und fiel mehr darauf, als dass er sich setzte. Sorcha blickte zwischen ihnen und Cara hin und her. Ferdy ließ sich in einem der Sessel nieder und ignorierte die Darsteller, die verlegen um ihn herumstanden.

»Was?« Sorcha war die Erste, die etwas sagte.

»Maura ist tot«, sagte Daithí. »Einfacher kann man es nicht ausdrücken.«

Seamus' Schluchzer überraschte alle. Es war ein abgehacktes, erschütterndes Geräusch. Er schlug die Hände vors Gesicht.

»Wie?«, flüsterte Sorcha.

»Das wissen wir noch nicht.« Ihre Freunde mussten wissen, dass Maura tot war, aber sie brauchten keine weiteren Details zu erfahren. Nicht nur wegen der laufenden Ermittlung, sondern auch, weil ihnen das vielleicht half, ihre Freundin so in Erinnerung zu behalten, wie sie war. Über den geschundenen, geschlagenen und eiskalten Körper voller Blutergüsse – ihre letzte Erinnerung an Maura –, wollte Cara ihnen nichts erzählen. Diese Last würde sie nur mit Daithí teilen, und es tat ihr leid, dass er auf ihrer Seite stehen musste, obwohl es gar nicht seine Aufgabe war.

Jetzt setzte auch Sorcha sich.

»Wow.«

»Wow? Was ist das denn für eine Reaktion?«, sagte Ferdy in seinem Sessel. Er war noch immer kreidebleich. *»Wow.«*

»Ich bin geschockt!«, erwiderte Sorcha und drehte sich zu ihm um.

»Geschockt? Du siehst aber nicht aus, als würde es dir irgendwas ausmachen.«

»Natürlich macht es mir was aus! Wenn auch nicht so viel wie dir, offensichtlich.«

»Davon erkenne ich aber nichts.«

»Ich hab sie vor zwei Tagen das erste Mal seit zehn Jahren wiedergesehen. Es ist ja nicht so, als hätten wir uns noch nahegestanden. Aber es tut mir leid, dass sie tot ist, okay? Reicht dir das?«

»Was, zum Teufel, soll das?« Ferdy richtete sich auf, sein Blick flackerte zwischen resigniert und erbittert. »Sie war eine unserer besten Freundinnen! Wie kannst du so gleichgültig sein?«

»Ich bin nicht gleichgültig!« Sorcha hob die Hände. »Außerdem stimmt es nicht, sie war nicht eine unserer besten Freundinnen! Beste Freundinnen sind Leute, die man öfter trifft. Leute, mit denen man Zeit verbringt. Leute, denen man wichtig ist. Stace und Lucy von der Arbeit sind meine Freunde. Maura Conneely war jemand, die ich von früher kannte und die außerdem früher gar nicht so nett zu mir war und seitdem nichts getan hat, um mir ein besseres Gefühl zu geben. Sogar im Gegenteil!«

»Herrgott, Sorcha«, sagte Cara kraftlos. »Wir haben sie erst vor wenigen Stunden gefunden.«

»Ah, typisch, das Maura-Groupie! Maura und Cara, Cara und Maura. Du hast immer geglaubt, dass sie der reinste Sonnenschein ist! Aber auf mich hat sie einen Dreck gegeben!«

»Maura hat ... hatte alle gern«, sagte Cara, um einen ruhigen Ton bemüht. »Es stimmt nicht, dass du ihr egal warst, Sorcha. Ganz und gar nicht.«

»Ach, hör doch auf! Die heilige Maura von Inishmore konnte in deinen Augen gar nichts falsch machen ... Aber du würdest staunen, Cara. Sehr sogar. Über das, was ich über sie weiß. Über ihre Geheimnisse. Du würdest staunen, wenn ich dir die Wahrheit über Maura Conneely erzählen würde.«

KAPITEL 14

Seamus reichte Cara ein Glas mit einem Schuss Whiskey, und sie nippte dankbar daran. Daithí kam aus dem Flur ins Zimmer und setzte sich neben die beiden aufs Sofa.

»Ist das Filmteam weg?«, fragte er.

Seamus nickte, er wirkte verstimmt. »Ich hab sie gebeten, zusammenzupacken.«

»Okay, danke. Sorcha bleibt erst mal in ihrem Zimmer, sie will sich hinlegen. Sie meinte, sie hätte was genommen, was ihr Arzt ihr verschrieben hat?« Daithí schaute zuerst Ferdy fragend an, und als der nickte, wandte er sich Cara zu. »Sie steht unter Schock, Cara. Nimm dir nicht zu Herzen, was sie gesagt hat. Ich bin sicher, sie hat es nicht so gemeint.«

»Das glaube ich auch«, sagte Seamus. »Das ist der Schock. Also ... ich meine ...« Er schüttelte den Kopf. Er war der Autor unter ihnen, und selbst ihm fehlten die Worte, um das Entsetzen zu beschreiben, das sie alle gepackt hatte. Er reichte Daithí ein Glas und goss Whiskey hinein.

»Geht es ihr denn sonst gut?«, fragte Daithí mit einem Blick zu Ferdy. »Warum nimmt sie Medikamente? Ihr zwei habt in den letzten Tagen keinen allzu glücklichen Eindruck gemacht.«

»Ihr geht's gut. Uns geht's gut«, erwiderte Ferdy knapp und so entschieden, dass ein *Und damit Ende der Diskussion* in der Luft hing.

Cara ging zum Kühlschrank, nahm einige Reste, Brot und Käse heraus und brachte alles zusammen mit Tellern und Besteck zum Kamin. Dann kniete sie sich auf den Vorleger und machte sich daran, ein einfaches Mahl zuzubereiten. Die Sonne ging schon unter, und es wurde langsam dämmerig in dem Raum. Der Geruch von feuchtem, brennendem Torf erfüllte die Luft. Als das Deckenlicht flackerte, blickten alle hoch.

»Bitte nicht auch noch der Strom!«, sagte Seamus.

»Ich bin überrascht, dass wir überhaupt noch Strom haben«, sagte Daithí. »Habt ihr für alle Fälle Taschenlampen oder Kerzen da?«

»Ich bin sicher, es gibt zumindest Kerzen.«

»Was ist denn mit Maura passiert?«, unterbrach Ferdys tonlose Stimme das Gerede über praktische Dinge. »Das hast du noch nicht erzählt.«

»Das war ein Unfall«, sagte Seamus leise und schaute Cara tiefbetrübt an. »Oder?«

»Na ja, vielleicht auch nicht.«

»Was?«, fragte Ferdy. Die nächsten Worte kamen ihm nur langsam und schleppend über die Lippen: »Natürlich war das ein Unfall, Cara, weil sonst ... sonst ...« Er brachte den Satz nicht zu Ende. Niemand wollte den Rest hören.

»Cara? Was, zur Hölle, soll das heißen?«, fragte Seamus, das Glas auf halbem Weg zum Mund. Er war mitten in der Bewegung erstarrt.

»Ich darf euch keine Einzelheiten mitteilen. Das müsst ihr verstehen«, bat Cara.

»Aber du kannst uns so was doch nicht einfach vor den Latz knallen und es dann so stehenlassen.« Ferdy sprang auf und sah Cara wütend an.

»Jetzt beruhig dich mal«, sagte Daithí. »Cara kann nichts dafür. Sie macht nur ihre Arbeit.«

Ferdy schaute finster drein, setzte sich aber wieder und verfiel in brütendes Schweigen. Cara hielt ihm einen der Teller hin, als eine Art Friedensangebot. Ohne sie eines Blickes zu würdigen, nahm Ferdy ihn, stellte ihn auf den Knien ab und nippte an seinem Whiskey.

»Seamus? Möchtest du was essen?«

»Danke, gern, du bist ein Schatz.«

Sie reichte auch ihm einen Teller. Nun war Daithí an der Reihe, und auch er nahm das Angebot dankbar an. Während sie zusammen aßen, herrschte eine unbehagliche Stille, die nur von ihren Kaugeräuschen unterbrochen wurde. Niemand wusste, was er sagen sollte. Cara beneidete Sorcha darum, dass sie vor der harten Realität der Ereignisse in den Schlaf entflohen war.

»Können wir denn irgendwas tun? Können wir dir behilflich sein?«, fragte Seamus schließlich.

Cara setzte sich auf die Fersen und legte eine Scheibe Brot auf den Teller neben sich.

»Sie hat euch neulich Abend im Pub nicht zufällig irgendwas gesagt, was jetzt gut für mich zu wissen wäre, oder?« Cara ließ ihren Blick über Daithí, Ferdy und Seamus gleiten. »Wie war sie denn drauf?«

»Gut. Normal«, sagte Seamus. »Aber wir hatten sie lange nicht gesehen. Darum hätten wir vielleicht gar nicht mitbekommen, wenn irgendwas nicht gestimmt hätte.«

Cara wandte sich an Daithí.

»Und was hattest du für einen Eindruck von ihr?«

Daithí dachte nach.

»Es ging ihr gut. Sie war wie immer. Vielleicht war sie auf dem Heimweg ein bisschen stiller als sonst, aber sie war müde, darum habe ich mir darüber keine weiteren Gedanken gemacht.«

»Und gestern, Seamus? Wie ging es ihr da?«

»Gestern?« Seamus runzelte die Stirn. »Wir haben sie gestern doch gar nicht gesehen.«

»*Mamó* meinte, sie hätte sie hier gesehen. Morgens, mit dir, an der Tür«, erklärte Cara.

»Im Ernst?« Seamus zog die Augenbrauen hoch. Dann schüttelte er den Kopf. »Nein, sie war nicht hier. Ich hab Maura zuletzt am Abend vorher bei Daithí gesehen. Wie wir alle.«

»Echt? Okay, dann muss ich *mamó* noch mal fragen.«

Áine wurde langsam alt und hatte die Angewohnheit, ihre Brille nicht aufzusetzen.

»Ich möchte euch noch was anderes fragen«, fuhr Cara fort. »Maura hat mich gestern Morgen gesucht. Daithí, du hast sie doch gestern Morgen auch in der Nähe des Pubs auf dem Rad gesehen. Du meintest, sie hätte auf dich irgendwie abgelenkt gewirkt, weil sie nicht, wie sonst, gewunken hat. Und *mamó* fand, dass sie besorgt aussah. Sie hatte ein Päckchen bei sich. Irgendwas, das in schmuddeliges altes Papier eingeschlagen war und das sie mir aus irgendeinem Grund zeigen wollte. Sagt euch das was? Habt ihr irgendeine Ahnung, was das gewesen sein könnte oder warum sie besorgt war? Sie hat mich zu Hause nicht angetroffen, darum habe ich keinen Schimmer, was los war.«

Seamus schüttelte den Kopf.

»Ferdy?« Cara schaute ihn an. Er starrte ins Feuer. Dann wandte er ihr den Kopf zu, sagte aber nichts.

»Sagt dir das was, Ferdy?«, wiederholte Cara, für den Fall, dass er es nicht mitbekommen hatte. »Kannst du mir weiterhelfen?«

Ferdy nahm seinen unberührten Teller und stellte ihn auf den Couchtisch. Dann stand er auf und stieß im Vorbeigehen so unsanft gegen das Bein von Seamus, dass ihm sein Essen vom Teller auf den Schoß und das Sofakissen rutschte.

»Pass doch auf!«, fuhr Seamus ihn an, aber Ferdy ging einfach wortlos weiter.

Kurz darauf hörten sie, wie ein Auto ansprang.

»Ist das mein Wagen? Der Streifenwagen?«, fragte Cara und stand auf. Es gab kein anderes Fahrzeug auf dem Grundstück. Sie lief zum Fenster und sah gerade noch, wie Ferdy mit ihrem Auto wegfuhr. »Ja!«

Die anderen gesellten sich zu ihr ans Fenster.

»Was hat er denn vor?«, fragte Seamus.

»Weiß der Himmel«, sagte Daithí.

Das Knirschen von Autoreifen auf dem Schnee machte sie auf Ferdys Rückkehr aufmerksam. Daithí und Cara, die die Schränke – auf Knien rutschend – nach Kerzen durchsucht hatten, erhoben sich wieder. Seamus kam in die Küche zurück.

»War das ein Wagen? Ist er zurück?«, fragte er.

»Ja, klingt so«, sagte Cara. Sie kam um den Tresen herum und schaute auf die Uhr. Ferdy war fast eine Stunde weg gewesen.

Sie hörten, wie die Haustür aufging und zugeschlagen wurde, dann Ferdys Schritte. Er lief durch den Flur zu seinem Zimmer. Nach einer Weile war Ferdys erhobene Stimme zu hören, doch sie konnten nicht verstehen, was er sagte.

»Was macht er denn jetzt?«, sagte Daithí. »Schreit er Sorcha an? Der spinnt ja wohl.« Er wollte zur Küchentür, doch Cara hielt ihn auf.

»Nein, Daithí, nicht. Ich schau mal nach, was los ist«, sagte sie und legte ihm die Hand auf den Arm. Daithí blieb widerstrebend stehen.

Sie ging durch den Flur und verharrte vor der geschlossenen Zimmertür der beiden. Zuerst wollte sie anklopfen, aber dann hielt sie inne. Hier waren Ferdys wütende Worte deutlicher zu hören, und Cara verstand das meiste von dem, was er sagte. »Hast du's ihr gesagt? Ich wüsste nicht, wer es sonst getan haben sollte, du? Du hast keine Ahnung, worauf du dich da einlässt!« Worum ging es wohl? Cara drückte ihr Ohr an die Tür. Drinnen jammerte Sorcha verschlafen und verwirrt: »Ich weiß nicht, wovon du redest.« Ferdy erwiderte, jetzt etwas leiser: »Das war ja klar. Maura wurde umgebracht, wusstest du das? Das war kein Unfall.« Die nächsten Sätze konnte Cara nicht verstehen. Dann hörte sie Schritte, die schnell näher kamen. Cara machte einen Satz nach hinten. Die Tür wurde aufgerissen. Der aufgebrachte Ferdy blieb überrascht stehen, dann ging er um Cara herum und stürmte durch den Flur davon. Sorcha saß verheult im Bett und rieb sich die Augen.

»Alles okay?«, fragte Cara.

Sorcha schaute sie unglücklich an.

»Darf ich reinkommen?«, fragte Cara. Als Sorcha nickte, trat sie ins Zimmer und setzte sich ans Fußende des Bettes.

Sorcha schniefte.

»Mir geht's gut.«

»Ferdy ist offenbar vollkommen durchgedreht. Fühlst du dich noch sicher in seiner Gegenwart? Möchtest du, dass ich ihn bitte zu gehen?«

Sorcha schüttelte den Kopf.

»Nein, nein. Es ist alles gut. Er ist nur sehr mitgenommen. Er kriegt sich schon wieder ein.«

»Bist du sicher?«

Sie nickte.

»Ich hab zufällig einen Teil von dem gehört, was er gesagt hat«, fuhr Cara in einem möglichst beiläufigen Ton fort. »Was wollte er von dir? Er klang ganz schön sauer.«

»Ich wünschte, ich wüsste es. Ich hab keine Ahnung, wovon er geredet hat.« Sorcha schüttelte den Kopf. »Er ist einfach aufgewühlt.«

»Ja, das sind wir alle«, sagte Cara.

Sorcha sah ehrlich verwirrt aus. Sie zog die Beine an und fuhr sich mit den Fingern durchs Haar. Dann schaute sie Cara direkt an.

»Wurde Maura wirklich umgebracht?«

Cara nickte. »Ich fürchte, ja.«

»Weißt du denn, wer es war?«

»Nein, wenn ich ehrlich bin, habe ich nicht den leisesten Schimmer, was los ist.«

»Sind wir in Gefahr, Cara?« Sorchas Blick flog zum Fenster, draußen wurde es langsam dunkel. »Ich weiß nicht, ob mir das gefällt. Nein, ganz und gar nicht. Wir sind leichte Beute hier.«

»Sorcha, absolut nichts deutet darauf hin, dass wir uns Sorgen machen müssen. Solche Verbrechen haben meistens persönliche Motive und passieren nicht vollkommen willkürlich.«

»Aber wenn es was Persönliches ist, könnten wir doch in Gefahr sein, Cara. Wir sind ihre Freunde!« Sorchas Blick flog erneut zum Fenster.

»Du hast doch vorhin selbst gesagt, dass ihr euch nicht mehr besonders nahestandet. Du brauchst dir keine Sorgen zu machen.«

Sorcha schaute weg und zwirbelte eine Haarsträhne.

»Hör zu, Cara«, sagte sie dann, ohne Cara anzusehen. »Was ich vorhin gesagt habe, tut mir leid. Ich hätte nicht …« Sorcha holte tief Luft und blickte hoch. »Ich war immer neidisch auf euch beide. Und auch darauf, wie glücklich ihr mit Cillian und Seamus wart. Obwohl Maura und Seamus andauernd Schluss gemacht haben und so, waren sie wie Heathcliff und Cathy. Alles wirkte irrsinnig romantisch. Nicht so wie bei Ferdy und mir. Manchmal frage ich mich, ob wir nur zusammengekommen sind, weil wir die letzten beiden waren, die übrig waren. Ferdy stand immer viel mehr auf Maura als auf mich, wusstest du das?«

»War das so?«, fragte Cara erstaunt. »Glaub ich nicht, ist mir nie aufgefallen.«

Sorcha schaute Cara lange an.

»Du hast vieles nicht gesehen.«

»Lass uns nicht wieder davon anfangen.«

»Tut mir leid, Cara. Aber sie war nicht perfekt.«

»Ich hab auch nie behauptet, dass sie perfekt war.« Cara stand auf. »Wenn es dir gutgeht, lasse ich dich jetzt wieder schlafen.«

Die Nachttischleuchte und die Deckenleuchte flackerten, und eine heftige Windbö rüttelte am Fenster. Das Licht flackerte erneut und verlosch schließlich ganz. Auf einen Schlag war es dunkel im Zimmer.

»Scheiße!« Sorcha sprang aus dem Bett. »Jemand hat die Stromleitung gekappt. Wo bist du?«

Cara ergriff Sorchas Hand und spürte, wie sie bei der Berührung zusammenzuckte. Dann schrie Sorcha auf.

»Sorcha! Alles gut, Sorcha, ich bin's doch. Atme tief durch. Das ist nur der Sturm. Niemand hat die Leitung gekappt. Du hast doch lange genug hier gelebt, um dich an die Stromausfälle zu erinnern. Das ist ganz normal.«

»Das weißt du doch gar nicht! Du hast gesagt, der Täter hätte persönliche Motive. Vielleicht ist er jetzt hier und will uns was antun!«

»Komm her.« Cara zog Sorcha zu sich und drehte sie so, dass sie mit dem Gesicht zum Fenster stand. Keine von ihnen konnte irgendetwas sehen. »Schau doch mal, da draußen brennt nirgends Licht. Die ganze Insel liegt im Dunkeln. Das ist nur der Sturm, mach dir keine Sorgen.«

»Na ja ... vielleicht, aber o Gott, Cara ...« Sorcha fing an zu weinen. »Wir hängen auf dieser Insel fest und ... und da draußen läuft ein Psychopath rum, der Maura umgebracht hat.« Die restlichen Worte gingen in Schluchzen unter. Sorcha atmete flach und stoßweise.

Man hörte, dass die Küchentür geöffnet wurde, dann schnelle Schritte auf dem Flur.

»Alles in Ordnung? Wir dachten, wir hätten jemanden schreien hören.« Seamus, Daithí und Ferdy näherten sich dem Zimmer. Sie trugen Kerzen vor sich her, die ihre Gesichter gespenstisch beleuchteten.

»Alles okay bei euch?« Daithí reichte Cara eine Kerze, und Seamus legte den Arm um die zitternde Sorcha.

»Ich glaube, sie hat nur eine kleine Panikattacke, was verständlich ist«, sagte Cara.

»Komm, Sorcha, komm mit in die Küche«, sagte Seamus. »Daithí hat Tee gekocht, bevor der Strom ausfiel. Davon trinkst du jetzt erst mal einen Becher.«

»Vielleicht wirfst du auch einfach noch eine Pille ein«, sagte Ferdy verächtlich.

»Ferdy, bitte«, sagte Cara.

»Ich finde, wir beruhigen uns jetzt alle mal.« Daithí starrte Ferdy in der Dunkelheit herausfordernd an. Ferdy wandte sich ab und verließ das Zimmer. Die anderen folgten ihm, wie eine Prozession bei einer Mitternachtsmesse, zurück in die Küche.

Die Küche war von behaglichem, weichem Licht erfüllt. Am Kamin, auf dem Küchentisch und im ganzen Raum sorgten Kerzen für eine Fortsetzung der Kirchenatmosphäre und eine passend wirkende Feierlichkeit. Langgezogene Schatten erstreckten sich in den Raum. Cara setzte sich neben Daithí aufs Sofa, Seamus ließ sich in einem der Sessel nieder. Cara behielt Sorcha im Auge, als sie sich Ferdy im Küchenbereich näherte. Die Körpersprache der beiden war angespannt, doch sie schienen sich wortlos auf einen Waffenstillstand zu einigen und gesellten sich zusammen zu den anderen.

»Wo warst du denn mit meinem Auto, Ferdy?«, fragte Cara und blickte ihn in dem gedämpften Licht an.

»Weg.«

»Ach was.«

»Ein bisschen mehr Respekt, ja?«, schaltete Seamus sich ein. »Das ist schließlich ihr Wagen. Außerdem hast du uns dem Durchgeknallten, der das getan hat, hier wehrlos ausgeliefert.«

»Gegen den hätte euch der Wagen auch nicht viel genutzt«, giftete Ferdy zurück.

»Aber es wäre nett gewesen, wenigstens die Möglichkeit zu haben, schnell von hier wegzukommen.«

»Hört auf! Lassen wir das. Wir sind alle mit den Nerven am Ende und sollten jetzt nicht auch noch Streit anfangen«, sagte Cara.

»Weil es Wichtigeres gibt, worüber wir uns Sorgen machen können?«, fragte Sorcha. »Du hast gesagt, wir bräuchten keine Angst zu haben, dass er uns was antun will.«

»Nein, Sorcha, brauchen wir auch nicht. Wer auch immer es war, will wahrscheinlich nichts von uns.«

»Wahrscheinlich?«, erwiderte Ferdy schnippisch. »Wahrscheinlich? Das ist gut zu wissen, wenn ich ein verdammtes Messer im Rücken habe!«

»Bitte, Leute, beruhigt euch doch mal! Das hilft wirklich niemandem«, sagte Cara. »Haltet die Türen geschlossen und passt aufeinander auf, kümmert euch umeinander. Sobald ich irgendwas weiß, sag ich's euch, keine Sorge. Aber jetzt müssen wir uns alle zusammenreißen.«

»Wer war es, Cara?«, fragte Seamus, dem erneut die Tränen kamen. »Wer hat ihr das angetan?«

»Ich weiß es nicht, Seamus, aber ich werd's rausfinden. Und es wird demjenigen noch leidtun, da kannst du sicher sein.«

Seamus stand schniefend auf und holte die Whiskeyflasche und sieben Gläser. Er reichte jedem ein Glas und stellte zwei neben dem Kamin auf den Boden. Diese füllte er als Erstes und schenkte dann jedem reihum zwei Fingerbreit Whiskey ein. In der Mitte des aus dem Sofa und den Sesseln gebildeten Halbkreises stehend, erhob er sein Glas.

»Auf Maura und Cillian!« Seine Stimme brach. Dann drehte er sich um und stieß sein Glas gegen die beiden am Kamin.

»Auf Maura und Cillian!«, wiederholte die Gruppe.

Und Sorcha hob leise zu singen an.

»Die letzte der Rosen steht blühend allein,
All ihre Gefährten, sie schliefen schon ein.
Nicht Blume noch Knospe ihr freundlich verwandt,
hat Seufzer noch Blicke zurück ihr gesandt.

Ich will dich nicht lassen verwelken am Strauch.
Weil alle schon schlafen, geh, schlafe du auch.
Doch sanft streu ich nieder die Blätter so rot,
wo ruhen deine Lieben gefühllos und tot.

So schnell möchte ich folgen, wenn Freundschaft verblüht.
Im Lichtkranz der Liebe der Sommer verglüht.
Wenn an der Zeit das treue Herz der Freunde zerschellt,
wer möchte dann weilen allein in der Welt.«

Die letzte Strophe blieb Cara besonders im Ohr – wenn Freundschaft verblüht ... wenn an der Zeit das treue Herz der Freunde zerschellt ...

KAPITEL 15

Cara betrat Cillians altes Zimmer. Der Lichtschein der Kerze, die sie auf dem Nachttisch abstellte, reichte nicht weit. Sie hätte auch die Taschenlampe an ihrem Handy einschalten können, doch jetzt, wo der Strom ausgefallen war, wollte sie die Batterie schonen.

Sie war müde. Sogar zu erschöpft, um traurig zu sein. Oder ängstlich. Sie fühlte sich vollkommen erschlagen. Also zog sie nur schnell die Schuhe und ihre Leggings aus, behielt sonst aber alles an und kroch ins Bett. Als ihr Blick auf die Tür fiel, überlegte sie, noch mal aufzustehen und den Schreibtischstuhl unter die Klinke zu schieben. Aber angesichts des Zustands der Möbel in diesem Haus würde der Stuhl bestimmt unter der kleinsten Belastung auseinanderbrechen. Und hatte sie sich nicht ohnehin schon zu sehr von Sorchas Panik anstecken lassen? Sie waren doch bestimmt nicht in Gefahr, oder? Cara beschloss, liegen zu bleiben und sich keine weiteren Gedanken zu machen. Sie hatte die Vorhänge offen gelassen. Was hätte das auch für einen Sinn, wenn es weder drinnen noch draußen Licht gab?

Sie hatten sich alle schweigend zum Schlafen zurückgezogen. Daithí hatte beschlossen, den Fußweg zum Pub auf sich zu nehmen. Da die Kneipe einen eigenen Generator besaß, blieb sie trotz des Stromausfalls geöffnet. Daithí hatte das Gefühl, Courtneys Hilfe schon zu sehr in Anspruch genommen zu haben, und wollte ihr nicht länger die ganze Arbeit allein überlassen.

Cara blies die Kerze aus und ließ ihren Kopf auf das Kissen

sinken. Als ihre Augen sich an die Dunkelheit gewöhnt hatten, hingen noch zarte Rauchschlieren in der Luft. Sie schaute zum Fenster. In einer klaren Nacht war es wunderschön auf der Insel, denn dann standen die Sterne hell am Himmel. Aber heute Nacht herrschte nur trübe Finsternis, und ansatzweise konnte sie Wolkenformationen erkennen, die nichts Gutes verhießen. Von der Landschaft selbst war weit und breit nichts zu sehen. Dies war die Dunkelheit uralter Zeiten. Das wenige Licht im Zimmer enthüllte eine schemenhafte Topographie: den Schreibtisch unter dem Fenster, die Regale an der Wand, die Lamellentüren des Schranks. All das war in dem fast stockfinsteren Raum gerade so auszumachen.

Caras Lider wurden schnell schwer, und sie hatte gerade noch Zeit, sich eine traumlose Nacht zu wünschen, bevor sie wegdämmerte.

Cara brauchte einen Moment, um wach zu werden. Sie war sofort eingeschlafen, und jetzt, wo sie wieder zu sich kam, erinnerte sie sich auch nicht, geträumt zu haben. Doch es war noch nicht Morgen. Die fehlenden Traumbilder schienen weniger von einem gnädigen Unterbewusstsein herzurühren als daher, dass ihr Schlaf für eine Traumphase zu kurz gewesen war. Sie tastete auf der Suche nach ihrem Telefon auf dem Nachttisch herum und fand es schließlich. Als sie auf den Home Button drückte, leuchtete das Display in der Dunkelheit auf wie eine Blendgranate. Aber in der Nanosekunde, bevor die plötzliche Helligkeit ihre Sicht weiter einschränkte, hatte sie etwas gesehen.

Ihr verschlafenes Unterbewusstsein übersetzte es.

Am Fenster. Da war etwas gewesen.

Nein. Jemand.

Zwei Augen. Die auf sie gerichtet waren. Sie wusste auch ohne Licht, was sie gesehen hatte.

Cara sprang aus dem Bett, rannte zum Fenster und stieß in der Dunkelheit mit einem Bein gegen den Schreibtisch.

»Verdammt!«, zischte sie und rieb sich den Oberschenkel. Suchend blickte sie nach links und rechts. Aber da war nichts. Jedenfalls nicht mehr.

Cara zitterte, ihr Herz raste. Sie hatte die anderen dazu angehalten, die Türen abzuschließen, aber hatten sie es auch wirklich getan? Lief, wer auch immer da gerade an ihrem Fenster gestanden hatte, jetzt um das Haus herum und kam durch die Hintertür herein? Sie schlüpfte wieder in ihre Leggings und hätte in ihrer Hast dabei fast das Gleichgewicht verloren. Dann zog sie ihren Hoodie über, zündete die Kerze an und ging damit leise zur Zimmertür. Sie lauschte. Im Flur war kein Laut zu hören, heute Nacht nicht einmal ein Schnarchen aus dem Raum von Ferdy und Sorcha. Cara schlich hinaus. Wie schon in der letzten Nacht erschienen ihr ihre Schritte und ihre Atemgeräusche ohrenbetäubend laut.

Sie erreichte die Haustür und überprüfte sie. Sie war abgeschlossen. Das war schon mal was. Cara ging weiter zur Küche und drückte langsam die Tür auf. Im Kamin war noch ein zartes, oranges Glühen zu sehen, das ein wenig Licht in den Raum warf. Cara blickte sich um, alles schien an seinem Platz zu sein, und heute Nacht saß auch niemand in den Sesseln, der sie erschrecken konnte. Sie ließ ihren Blick in den Küchenbereich schweifen.

Die Hintertür war offen.

Nur einen Spaltbreit, aber sie stand definitiv offen.

Cara wirbelte herum und blickte sich noch einmal in dem Raum um. Bei der schnellen Bewegung flackerte die Flamme ihrer Kerze. Cara blieb ganz still stehen. Hier war definitiv niemand. Langsam ging sie auf die Hintertür zu. Von der kalten Luft, die von draußen hereinwehte, bekam sie trotz der Leggings Gänsehaut an den Beinen.

Sie hörte eine Stimme, und dann noch eine.

Zwei Leute unterhielten sich gedämpft, gehetzt, wütend auf Irisch. Sie lauschte angestrengt. Wer war da draußen? Was war los? Dann hörte sie drei Wörter, die man selbst mit den rudimentärsten Irischkenntnissen verstand: »*Le do thoil*«. Bitte. Und noch einmal. Bitte. Diesmal lauter. Bettelte da jemand um sein Leben? Cara rannte zur Tür, doch bevor sie dort ankam, wurde diese aufgestoßen, und sie musste zurückweichen, um nicht getroffen zu werden. Der plötzliche Luftzug blies ihre Kerze aus, und heißes Wachs spritzte ihr auf die Hände. Gleichzeitig schlug ihr eisiger Wind ins Gesicht.

»Herrgott nochmal!«, brüllte ein Mann direkt vor ihr, und beinahe wäre sie über den Haufen gerannt worden. Cara taumelte zurück und stieß gegen die Arbeitsfläche. Plötzlich leuchtete ihr jemand mit einer Taschenlampe ins Gesicht. Sie hob die Hand, um ihre Augen abzuschirmen.

»Hör auf, hier im Dunkeln rumzuschleichen, Cara!«, brüllte Seamus sie an. Dann schob er sich an ihr vorbei, und Cara sah ihn nur noch schemenhaft, als er aus der Küche stürmte und die Tür hinter sich zuknallte. Caras Herz raste. Sie beugte sich vor, stützte die Hände auf die Knie und konzentrierte sich darauf, langsam zu atmen. Nach einer Weile richtete sie sich mit einem tiefen Atemzug wieder auf und zwang sich, zur Tür zu gehen und die Stiefel anzuziehen, die dort standen.

Sie schaute hinaus.

Wer war da draußen?

Ein rotes Glühen, ein kleiner Lichtpunkt in der Dunkelheit,

zeigte ihr, dass dort jemand stand und rauchte. In der eiskalten Luft hing der Geruch von Marihuana. Als Cara nach draußen trat, bemerkte sie kaum noch einen Temperaturunterschied.

»Wer ist da?«, fragte sie und ärgerte sich, dass ihre Stimme zitterte.

Die Gestalt bewegte sich.

»Hallo, Cara. Was machst du denn hier? Warum bist du wach?«

Ferdy.

Cara verspürte in jeder Zelle ihres Körpers Erleichterung. Es war nur Ferdy.

»Ich bin wach, weil jemand von draußen durch mein Fenster gestarrt hat.«

»Was, echt?«

»Warst du das vielleicht, oder Seamus?«

»Nein, ganz bestimmt nicht. Wir sind nur rausgegangen, damit ich was rauchen kann.«

Ferdy hielt den Joint hoch.

»Und um euch zu streiten, wie es klang. Dazu befrage ich dich später noch, aber jetzt muss ich erst mal nachsehen, ob jemand auf dem Grundstück ist.« Cara wandte sich zum Gehen.

»Warte, Cara, ich komm mit. Mir fehlt der Nerv dafür, dass hier noch wer gemetzelt wird.«

Ferdy holte sein Handy heraus, schaltete die integrierte Taschenlampe ein und leuchtete auf den Weg vor ihnen. Der Joint hob definitiv seine Laune, dachte Cara, während sie nach einem ungebetenen Gast Ausschau hielt. Sie war sich nicht sicher, was sie davon halten sollte. Sein Humor wirkte geschmack- und respektlos. Der griesgrämige Ferdy hatte sich wenigstens angemessen verhalten. Nicht einmal der Streit mit Seamus schien ihm zuzusetzen.

Sie stapften durch den Schnee zur Vorderseite des Hauses, und sobald sie um die Ecke bogen, schlug ihnen eisiger Wind entgegen. Cara zog ihre Kapuze über den Kopf und zurrte sie an dem Zugband fest zu. Ferdy hielt sich dicht neben ihr.

»Worum ging es denn bei eurem Streit?«, fragte Cara.

»Welcher Streit?«, erwiderte er mit klappernden Zähnen.

»Verarsch mich nicht, Ferdy. Ihr habt gestritten, ich hab euch doch gehört.«

»Das ist eine lange Geschichte.«

»Darauf wette ich.«

»Das ist eine Sache zwischen uns beiden. Ist doch jetzt egal.«

»Ist es das?«

»Wir sollten uns besser darauf konzentrieren, den Mörder zu finden, der hier draußen frei rumläuft, Cara.«

Ferdys Stimme hatte einen scharfen Unterton bekommen, und Cara ließ es erst einmal dabei bewenden.

Auf der Suche nach etwas Verdächtigem gingen sie an der Haustür vorbei und die Einfahrt hinunter.

»Vielleicht hast du es dir ja nur eingebildet, Cara. Dein Gehirn spielt dir Streiche, und du siehst Gespenster.«

»Ja, vielleicht«, erwiderte Cara mit einem Anflug von Zweifel in der Stimme und suchte weiter. Sie erschauderte.

»Du hattest einen beschissenen Tag, und du bist erschöpft.«

Cara schaute Ferdy an und überlegte. Vielleicht war das, was sie zu sehen geglaubt hatte, tatsächlich nur ein Hirngespinst gewesen. Vielleicht waren die Stimmen ihrer streitenden Freunde durch das geschlossene Fenster zu ihr gedrungen und hatten ihr Unterbewusstsein alarmiert?

»Komm, es ist eiskalt, lass uns wieder reingehen«, sagte Ferdy.

Caras Blick glitt über die Fassade und verharrte auf dem Fenster zu ihrem Zimmer. Statt Ferdy zu folgen, stapfte sie dorthin.

»Ach, Mensch, Cara«, jammerte Ferdy, folgte ihr aber. Vor dem Fenster blieb Cara stehen und drehte sich zu ihm um.

»Leuchte hier mal bitte hin.« Sie zeigte auf den Boden, und er tat, worum sie ihn bat. Sie sahen beide in den Schnee. In der kleinen Verwehung vor dem Fenster waren unverkennbar zwei frische, tiefe Fußspuren zu erkennen.

KAPITEL 16

»Konntest du denn gestern Nacht noch mal einschlafen?«, fragte Ferdy. Er stand mit rotgeränderten Augen an der Arbeitsfläche in der Küche und sah blass aus; ihm selbst war es anscheinend nicht gelungen.

»Ja, irgendwann schon«, antwortete Cara und schlüpfte in ihre Jacke.

Sorcha, die auf dem Boden vor dem Kamin kniete und ein Toastbrot mit Butter bestrich, legte das Messer weg und schaute hoch.

»Ist irgendwas passiert?«, fragte sie. Ihr Blick flog zwischen den beiden hin und her.

»Letzte Nacht war jemand draußen an Caras Fenster«, sagte Ferdy, einen besorgten Unterton in der Stimme. Cara schüttelte den Kopf. Sie ärgerte sich, dass er sich nicht stärker bemühte, Sorcha nicht zu beunruhigen.

»Draußen ist einer rumgeschlichen?« Sorchas Stimme nahm einen deutlich schrilleren Ton an. »Im Ernst?«

»Vielleicht hab ich mich auch geirrt«, erwiderte Cara ausweichend.

»Ich glaub kaum, dass die Fußspuren vor deinem Fenster durch Magie dort hingekommen sind«, hielt Ferdy dagegen.

»O Gott!« Sorcha schnappte nach Luft.

»Ferdy!«, rief Cara gereizt, entlockte ihm aber nicht mehr als ein Schulterzucken.

Sorcha erhob sich und schaute zwischen Ferdy und Cara hin und her.

»Wir müssen abreisen!«, sagte sie aufgeregt. »Ich hole meine

Sachen, wir fahren nach Hause. Wir müssen hier weg. Wir hätten nie zurückkommen sollen.«

»Von der Insel kommt gerade niemand weg, Schatz«, erwiderte Ferdy mit einem spöttischen Grinsen.

»Es muss einen Weg geben! Cara, es gibt doch sicher einen Hubschrauber für Notfälle oder so was? Wir können doch nicht einfach hierbleiben und darauf warten, dass wir in unseren Betten ermordet werden!«

»Herrgott, beruhig dich!«, sagte Ferdy.

Cara schüttelte den Kopf.

»Es tut mir leid, Sorcha, aber das Wetter spielt verrückt. Es ist zu gefährlich für Schiffe und Flugzeuge.«

»Aber wenn du ihnen sagst, dass hier einer ist, der versucht, uns umzu...«

»Hörst du jetzt mal auf, dich wie ein hysterisches Weib zu benehmen? Niemand versucht uns umzubringen«, sagte Ferdy.

»Ich bin nicht hysterisch, ich bin nur angemessen verängstigt! Woher willst du denn wissen, dass uns niemand umbringen will? Wer war denn das am Fenster? Hat er versucht reinzukommen? Um sich den Nächsten von uns vorzunehmen?«

»Ach, du liebe Güte! Langsam bedaure ich, dass er sich nicht für dich entschieden hat!«

»Ferdy!«, rief Cara. »Was soll denn das, verdammt?« Sie drehte sich um. »Sorcha, ich fürchte, wir müssen auf der Insel bleiben, bis sich das Unwetter verzogen hat. Aber das wird bald sein.«

»Wann ist bald?«, fragte Ferdy. Obwohl er die Angst seiner Frau abtat, gelang es ihm nicht, seine eigene vollständig zu verbergen.

»Morgen am späten Abend. Am Silvesterabend. Zumindest laut Vorhersage.« Cara schaute in den Schnee und den Wind hinaus. Es war schwer vorstellbar, dass das Wetter sich bis dahin ändern würde.

»Das dauert mir zu lange! Ferdy, ich will nach Hause. Jetzt!« Sorcha schossen Tränen in die Augen, und sie schaute ihren Mann hilfesuchend an. Doch der schüttelte nur den Kopf. Sorchas Blick flog zu Cara. »Vielleicht gibt es ja einen Fischer, der es riskieren würde? Ich könnte rumfragen ...«

»Du wirst dich nur selbst umbringen, und jeden Dummkopf, der sich darauf einlässt, noch dazu. Ich dachte, genau das wolltest du vermeiden? Bleib einfach hier, halt die Türen geschlossen und geh nicht allein raus. Das ist das Beste, was wir im Augenblick tun können.«

»Klingt aber ziemlich dürftig«, sagte Sorcha schniefend.

Die Küchentür ging auf, und Sorcha zuckte zusammen. Ferdy verdrehte nur die Augen. Seamus kam schlaftrunken herein. Wie sie alle sah er im morgendlichen Licht gealtert aus. Er war blass unter seiner kalifornischen Sonnenbräune und hatte dunkle Schatten unter den Augen. Nach seinem Aussehen zu urteilen, hatte er in der letzten Nacht auch nicht mehr viel geschlafen.

»Weißt du von dem Killer?«, fragte Sorcha.

»Was?«, fragte er verwirrt.

»Er war an Caras Fenster! Letzte Nacht!«

»Sorry, was ist los?« Seamus schaute Cara an.

»Irgendwer – keine Ahnung, ob es der Mörder war oder nicht, Sorcha! – war letzte Nacht hier draußen. Ich hab jemanden an meinem Fenster gesehen, und davor gibt es Fußspuren im Schnee.«

»Ach, du Scheiße«, sagte Seamus und fuhr sich mit den Fingern durchs Haar. Jetzt war er schlagartig wach. »Echt wahr?«

»Ja, ich fürchte schon.«

»Geht's denn allen gut?« Seamus ließ den Blick über die Anwesenden gleiten. Cara fiel auf, dass er und Ferdy jeden Augenkontakt vermieden. Der Streit von gestern Nacht wirkte offenbar noch nach, auch wenn er von den alarmierenden neuen Entwicklungen überlagert wurde.

»Nein, mir geht's nicht gut«, jammerte Sorcha. »Ich will nach Hause!«

Seamus ging zu ihr, schloss sie in die Arme und strich ihr sanft übers Haar.

»Es wird alles gut«, sagte er leise. »Es wird alles gut.«

Mit der aufgelösten Sorcha im Arm schaute er zu Cara.

»Warum hast du deine Jacke an?«

»Weil ich wegmuss. Ich will Mauras Schritte zurückverfolgen. Außerdem will ich Patrick Kelly besuchen und herausfinden, warum er sich so merkwürdig verhält.«

»Du kannst da nicht allein raus, schon gar nicht, wenn du zu diesem Typen willst.«

»Mir passiert nichts.«

»Irgendwer war heute Nacht an deinem Fenster, und vor weniger als achtundvierzig Stunden ist eine unserer Freundinnen ermordet worden. Du hast also keine Garantie dafür, dass dir nichts passiert. Lass mich schnell was frühstücken, dann komme ich mit.«

»Das ist nicht nötig, Seamus.«

»Doch, ich finde schon.«

»Kannst du Ihre Hoheit auch mitnehmen?«, fragte Ferdy, mit dem Kinn auf Sorcha weisend. »Ich gehe zu Fuß nach Kilronan rein. Ich muss ein paar Telefonate für die Arbeit führen und brauche dafür das WLAN im *Derrane's*. Ich kann also nicht hier sein und den Inselschlächter davon abhalten, sie umzubringen. Leider.«

»O Gott, nein, lasst mich hier bloß nicht allein!« Sorcha blickte Cara flehentlich an.

»Gut, in Ordnung, ihr könnt beide mitkommen.«

»Was machen wir denn jetzt?«, fragte Seamus und klatschte in seine behandschuhten Hände, um sie aufzuwärmen. »Und warum gehen wir zu Fuß?«

Der Blizzard hatte gerade etwas nachgelassen, aber sie mussten dennoch durch tiefen Schnee stapfen. Der Wind wirbelte die Flocken auf und ließ sie in der Luft tanzen. Cara zog ihre rote Wollmütze tief ins Gesicht. Die Straßen waren in der Zwischenzeit weder von einem der wenigen Autos auf der Insel befahren worden noch mit so einer modernen Errungenschaft wie einem Schneepflug in Berührung gekommen. Cara lachte bei der bloßen Idee, dass es hier so etwas geben könnte. Sie standen vor einem einzigen knietiefen Meer aus weißen Eiskristallen. An manchen Stellen hatte der Wind steile, wie kleine Skipisten aussehende Verwehungen gebildet. Von den Denkmälern am Straßenrand – kleinen, mit einfachen Kreuzen gekrönten Steinsäulen – sah man nur noch die oberen Hälften. Und die hier und da aus dem Schnee ragenden dornigen Heckenzweige ließen noch andeutungsweise erkennen, wo die jetzt verborgenen Ackergrenzen verliefen.

»Wir verfolgen Mauras letzte Wege zurück ... oder zumindest das, was ich dafür halte. Und wir nehmen nicht das Auto, weil ich unterwegs die Augen offenhalten will, okay?«

Seamus und Sorcha nickten.

»Daithí hat sie gegen halb elf gesehen, als sie am Pub vorbeigeradelt ist«, fuhr Cara fort, während ihre Stiefel bei jedem Schritt tief in den Schnee einsanken. »Gegen elf war sie bei mir zu Hause und hat mit *mamó* gesprochen. Daithí und ich sind gestern bei ihr vorbeigefahren. Da steht ihr Fahrrad, was darauf schließen lässt, dass sie noch bis dahin gekommen ist. Könnte aber sein, dass sie ihrem Mörder dort begegnet ist.«

Cara wandte sich der hüfthohen Verwehung neben ihr zu, bohrte mit der Hand ein Loch in den Schnee und blickte zu Seamus und Sorcha.

»Derrane's«, sagte sie, zog mit dem Arm eine Linie über den Schnee und bohrte dann ein zweites Loch. »Mein Haus.« Cara vervollständigte die Karte, indem sie einen weiteren Strich zog und schließlich ein letztes Loch grub. »Mauras Haus. Das ist eine ziemlich gerade Strecke. Meine Idee ist, sie heute abzulaufen, um zu sehen, ob mir unterwegs irgendwas auffällt, und bei den Leuten anzuklopfen, die an der Strecke wohnen. Ich will sie fragen, ob sie Maura gesehen haben. Und all so was. Vielleicht bringt mich das irgendwie weiter.«

Sie bohrte in einiger Entfernung von dem letzten Loch noch ein weiteres in den Schnee.

»Und was ist das?«, fragte Sorcha.

»Der Standort von Patrick Kelly«, sagte Cara und stapfte weiter. Die anderen beiden folgten ihr.

»Patrick Kelly? Du meinst hoffentlich nicht den schrecklichen Paddy Kelly, der in meiner Nähe wohnt, oder?«, fragte Seamus.

Manchmal vergaß Cara, wie lange Seamus schon nicht mehr auf der Insel gewesen war. Er gehörte so sehr zu ihrem inneren Bild von Inishmore, dass sie zwischendurch vergaß, dass er irgendwann weggezogen und das Leben auf der Insel ohne ihn weitergegangen war. Der verwirrte Patrick Kelly, der gestern mitten auf der Straße gestanden hatte, war vielleicht elf Jahre alt gewesen, als Seamus seinen Lebensmittelpunkt nach Amerika verlegt hatte.

Cara nickte. »Der, den ich meine, ist der Sohn von Paddy Kelly.«

»Oh, der arme Kleine, der von seiner Mutter im Stich gelassen wurde?«, fragte Sorcha, die zu Cara aufschloss. »Der seltsame stille Junge?«

»Ja, genau. Jetzt ist er allerdings nicht mehr klein.«

»Aber immer noch seltsam?«

»Ja, ein bisschen schon.«

»Warum willst du denn mit ihm reden?«, fragte Seamus, der direkt hinter den Frauen ging. Der Schnee zu beiden Seiten verengte die Straße.

Cara erzählte ihnen, was sie oben am Rand des Kliffs gesehen hatte und auch von ihrer späteren Begegnung mit Patrick. Seamus blieb stehen, und Cara schaute ihn an.

»Warum erzählst du uns das erst jetzt? Es klingt doch verdammt so, als wäre er verdächtig, oder?«

Sorcha wandte sich ihr zu. »Ja, finde ich auch.«

Cara ging weiter.

»Du nicht?«, hakte Seamus nach und schloss zu ihr auf.

»Ich versuche, unvoreingenommen zu sein.«

»Aber du achtest hoffentlich trotzdem darauf, die Türen geschlossen zu halten! Dieser Kelly wohnt nicht allzu weit von uns weg.«

Cara sagte nichts. Es war nicht ihre Art, Mutmaßungen anzustellen oder voreilige Schlüsse zu ziehen. Und nur weil jemand ein bisschen merkwürdig war, landete er bei ihr nicht gleich ganz oben auf der Liste der Verdächtigen.

»Warten mir mal ab, wie gefährlich er wirkt, nachdem wir ihm ein paar Fragen gestellt haben. Kommt jetzt, wir sollten besser nicht trödeln, sonst erfrieren wir hier draußen noch.«

KAPITEL 17

Sie verließen den Ort auf der Cottage Road und folgten dieser Straße quer über die Insel. Unterwegs versuchte Cara die ganze Zeit, sich vorzustellen, welchen Weg genau Maura wohl genommen und was sie sich angesehen hatte, und hielt nach Dingen Ausschau, die sie möglicherweise hinterlassen hatte. Aber die Insel war karg. Abgesehen von den überall verteilten Ruinen gab es hier nur eine Kalksteinmauer nach der anderen. Und selbst wenn Maura hier etwas zurückgelassen hatte, bewahrte der Schnee ihre Geheimnisse.

Die drei kamen zu einer Reihe dicht beieinanderstehender Häuser.

»Ich klopfe mal an und frage, ob jemand was gesehen hat.«

»Ich warte am Tor, wenn es dir nichts ausmacht«, sagte Sorcha. »Das ist das Haus von Mrs. Joyce. Die konnte ich noch nie leiden.«

»Keine Sorge, bin gleich wieder da.«

Cara ging den Pfad hoch und klopfte an die Tür. Seamus blieb auf halbem Weg stehen und schaute zurück zu Sorcha.

Die Tür wurde nur einen misstrauischen Spalt weit geöffnet.

»Hallo, Mrs. Joyce, tut mir leid, wenn ich störe«, begann Cara. Die Tür ging nicht weiter auf. Ein kleiner Hund schob wild kläffend seine Schnauze durch den Spalt und knurrte sie an. Seine Pfoten schabten und kratzten drinnen über die Fußbodenfliesen, so eifrig versuchte er, hinauszugelangen und sich auf sie zu stürzen. »Ich wollte Sie nur um Mithilfe in einer Angelegenheit bitten«, rief Cara über das wütende Hundegebell hinweg.

Die Tür schloss sich langsam.

»Guten Tag, Mrs. Joyce!« Seamus' Stimme trug lauter als Caras. Er stellte sich hinter sie.

Das Gesicht erschien wieder im Türspalt. Seamus schaute an Cara vorbei und lächelte die Frau an.

»Hallo, Mrs. Joyce, wie geht es Ihnen? Ich begleite Sergeant Folan. Wir sprechen nur kurz mit ein paar Leuten.«

»Seamie Flaherty! Bist du das?« Plötzlich öffnete sich die Tür ganz, und Mrs. Joyce nahm ihren cholerischen Hund auf den Arm. Mit ihrer freien Hand strich sie erst ihren moosgrünen Tweedrock glatt und schob sich dann einige verirrte graue Haare aus der Stirn. Auf ihre blassen Wangen trat ein wenig Farbe. Sie strahlte Seamus an, während der Hund sich wütend loszumachen versuchte.

Seamus wagte es, das Tier kurz zu tätscheln.

»Ja, ich bin's wirklich, Mrs. Joyce.« Das Hündchen schnappte nach seiner Hand.

»Ah, wie geht es dir? Ich wusste gar nicht, dass du zurück bist! Wie ist Hollywood denn so?«

»Natürlich nicht so schön wie Inishmore.«

»Oh, das ist bestimmt nicht wahr! Und die vielen berühmten Filmstars, denen du dort begegnen musst! Das muss so aufregend sein.« Mrs. Joyce stieß ein mädchenhaftes Kichern aus.

»Dürfte ich Sie fragen ...«, versuchte Cara es erneut, erntete jedoch nur ein genervtes Schnauben.

»Mrs. Joyce«, sagte Seamus mit einem Blick zu Cara. »Darf ich Sie kurz was fragen? Haben Sie am Mittwochmorgen vielleicht Maura Conneely auf dem Rad hier vorbeifahren sehen? Am Abend hat es dann angefangen zu schneien.«

»Hmm«, sagte Mrs. Joyce, schürzte die Lippen und schaute hoch. »Lass mich nachdenken.«

Cara verdrehte die Augen, verschränkte die Arme vor der Brust und wandte sich halb von der Frau ab.

»Nein ... nein, tut mir leid. Ich glaube nicht, dass ich sie gesehen habe.«

»Haben Sie denn an dem Morgen sonst irgendwas Ungewöhnliches beobachtet? Ist irgendwer vorbeigekommen, den Sie nicht kannten?«

Mrs. Joyce schüttelte den Kopf.

»Ich fürchte, nein.«

»Kein Problem, Mrs. Joyce«, sagte Seamus. »Richten Sie Proinsias Grüße von uns aus.«

»Das mache ich.« Sie strahlte ihn an. »Es war schön, dich zu sehen.«

Seamus und Cara winkten ihr zum Abschied und gingen die Einfahrt wieder hinunter.

Dann stapften die drei zum nächsten Haus. Sorcha wartete wieder am Tor, aber Seamus kam diesmal gleich mit zur Tür. Nachdem Cara angeklopft hatte, spielte sich eine ähnliche Szene wie die mit Mrs. Joyce ab. Und am nächsten Haus auch.

Schließlich standen sie vor der Tür von Cáit Óg O'Riordan, und Cara klopfte an.

»Sergeant Flaherty«, sagte Cara spöttisch, »ich überlasse Ihnen das Wort.«

»Das macht nur der Ruhm, Cara«, sagte Seamus. »Ich bin halt der Junge von hier, aus dem was geworden ist. Das ist alles, und das weißt du auch.«

»Sei nicht so gönnerhaft, Seamus. Wenn ich allein wäre, würde ich vor verschlossenen Türen stehen. Aber dir würden sie immer aufmachen, egal, ob du berühmt bist oder nicht. Mach dir keine Gedanken, ich bin das gewöhnt.«

»Tut mir leid, das zu hören. So sollte es aber nicht sein.«

Cara zuckte mit den Schultern.

Die Tür ging auf.

»Hallo, Mrs. O'Riordan, ich führe nur eine kleine Befragung durch. Ich müsste Ihnen ein paar Fragen stellen.«

Zu Caras Erstaunen blieb die Tür offen.

»Ich würde gern wissen, ob Maura Conneely am Mittwochmorgen hier vorbeigekommen ist. Haben Sie sie gesehen? Sie war wahrscheinlich mit dem Rad unterwegs.«

»Ja, ich hab sie gesehen«, sagte Cáit Óg. Sie behielt die Hand an der Tür und öffnete sie nicht vollständig. »Sie ist hier vorbeigefahren. Zu schnell wie immer.«

»Gibt es sonst irgendwas, was Ihnen an ihr aufgefallen ist?«

»Was sollte mir denn auffallen? Ich hab gerade das Wohnzimmer geputzt wie jeden Mittwoch, da hab ich zufällig rausgeguckt und sie vorbeifahren sehen. Ich sehe sie häufig. Das war nichts Ungewöhnliches.«

»Haben Sie denn außer ihr noch jemanden gesehen?«

»Es hatte schon angefangen zu stürmen, da war doch niemand mehr draußen unterwegs«, sagte sie, und ihr Ton zeigte sehr deutlich, für wie dumm sie die Frage hielt. »Warum fragen Sie? Ist ihr was passiert?«

»Darüber darf ich gegenwärtig keine Auskunft geben.«

»So, so. Dürfen Sie nicht.« Das »dürfen« klang aus ihrem Mund wie ein schlimmes Schimpfwort. Dann fiel ihr Blick zum ersten Mal auf Seamus.

»Ist das tatsächlich Seamus Flaherty?« Sie schaute ihn prüfend an und suchte unter der Mütze und dem Schal nach einer Bestätigung.

»Hallo, Cáit, ja, ich bin's.« Er setzte sein strahlendstes Lächeln auf.

»Ah, gut, euer Haus sieht nämlich furchtbar aus. Hast du

jetzt, wo du wieder da bist, vor, was dagegen zu tun? Das kann man ja nicht mit ansehen.«

»Oh, ja, tut mir leid. Ja, ich kümmere mich drum ...«

»Gut, vielen Dank, Mrs. O'Riordan«, sagte Cara mit einem Grinsen in seine Richtung. »Wenn Ihnen noch was einfällt ...« Aber noch bevor sie den Satz beenden konnte, wurde ihr die Tür vor der Nase zugemacht.

Cara schüttelte den Kopf, ließ sich jedoch nicht beirren und begleitete Seamus wieder zurück zur Gartenpforte. Zu dritt gingen sie weiter nach Norden und hielten sich dabei in der Mitte der Straße, weil der Schnee dort durch die leicht gewölbte Oberfläche etwas weniger tief war.

»Tut mir leid, dass du hier auf so wenig Gegenliebe stößt«, begann Seamus erneut und zog die Schultern hoch, um sich vor der Kälte zu schützen. Cara beobachtete, wie sich seine Atemwolke in der Luft verflüchtigte.

»Waren denn alle so unfreundlich zu Cara?«, fragte Sorcha.

»Ja, ziemlich«, sagte Seamus.

»Macht euch keine Gedanken«, sagte Cara. »Ich bin das gewöhnt.«

»Aber so sollte es nicht sein.«

»Ich weiß ... Manchmal glaube ich, dass es nicht so sehr daran liegt, dass ich eine Zugezogene bin, sondern daran, dass ich eine Zugezogene bin, die Cillian geheiratet und ihn hier weggeholt hat. Erst nach Galway und dann ... Du glaubst, dass du hier beliebt bist? Deinen Bruder haben die Leute *vergöttert*.«

»Aber wie können sie dir denn die Schuld an dem geben, was passiert ist?«, fragte Sorcha. »Das ergibt doch gar keinen Sinn.«

»Allerdings«, sagte Seamus. »Wenn sie jemandem die Schuld geben wollen, dann sollten sie sie doch wohl eher mir geben. Ich war in jener Nacht da draußen.«

»Ach, kommt mir nicht mit Logik.«

Sie setzten ihren Weg fort, bis fröhliches Kindergekreisch an ihre Ohren drang. Als sie um die Ecke zu Caras Haus bogen, liefen Saoirse und Cathal, von Kopf bis Fuß dick eingemummt, durch den Vorgarten und bauten unter der wachsamen Aufsicht von *mamó* einen Schneemann.

Cathal erspähte sie als Erster.

»Mam!« Er winkte ihr mit einem schneeverkrusteten Handschuh.

»Hallo, Schatz! Hallo, Saoirse!« Cara ging zu ihrer Großmutter, die am Rand des Gartens stand, und umarmte sie. Dann drehte sie sich zu Seamus und Sorcha um und winkte sie heran.

»*Mamó*, schau mal, wen ich mitgebracht habe.«

Sorcha lächelte Áine an und winkte ihr. Seamus trat vor und streckte ihr seine Hand hin. »Áine, viel zu lange nicht gesehen!«

Áine nahm die Hand und schüttelte sie. »Ich glaube, dich haben wir zuletzt ungefähr eine Woche nach der Beerdigung gesehen. Außer im Fernsehen, meine ich.«

Sie wandte sich Sorcha zu und breitete die Arme aus.

»Sorcha McDonough, wie schön, dich zu sehen, Liebes! Du bist noch genauso hübsch wie immer.«

»Oh, vielen Dank, *mamó*!«

»Du solltest nicht so selten herkommen.«

»Ich weiß, ich weiß.«

»Wie geht es euch beiden denn so?«

»Ich kann nicht klagen«, sagte Sorcha.

»Ich auch nicht«, sagte Seamus.

»Schrecklich, das mit Maura.« Áine schüttelte den Kopf. »Ihr hattet sie aber lange nicht gesehen?«

Seamus schwieg einen Moment. »Ja, das stimmt. Trotzdem

ist es auch für uns furchtbar. Wir standen uns ja früher mal sehr nahe.«

»Richtig, ja«, sagte Áine.

»Seamus«, sagte Cara, »komm mit zu den Kindern. Du wirst sehen, sie haben sich ganz schön verändert. Sorcha, kommst du auch mit?«

Cara brachte sie zu den Kindern und stellte sie vor. Aber als Cathal und Saoirse die beiden überredeten, einen Schneemann mit ihnen zu bauen, kehrte Cara zu Áine zurück. Einen Moment lang stand sie einfach nur da und beobachtete, wie Seamus, Sorcha und die Kinder lachten und herumtollten.

»Und wie ist es so im Haus der Flahertys?«, fragte Áine.

»Ziemlich emotional.«

»Kann ich mir vorstellen. Und wie hältst du dich?« Áine strich Cara liebevoll eine Haarsträhne aus dem rosigen Gesicht. Dann zog sie den Rand von Caras roter Wollmütze weiter nach unten, damit ihre Ohren bedeckt waren. Cara lächelte ihre Großmutter an.

»Ganz gut. Ich hab ja keine andere Wahl. Ich ermittle.«

»Pass auf dich auf.«

»Das mache ich, keine Sorge.«

Cara beobachtete, wie Saoirse dem Schneemann eine Karotte ins Gesicht steckte, allerdings mit der Spitze voraus. Cathal lachte, er nahm die unkonventionelle Art seiner Schwester, dem Schneemann eine Nase zu verpassen, mit Humor. Seamus band dem Schneemann lachend einen Schal um den Hals. Madra, die Katze, saß derweil sicher drinnen am Wohnzimmerfenster und schaute ihnen zu. Sorcha lächelte Cara zu. Sie zeigte auf Saoirse und gab ihr gestikulierend zu verstehen, dass sie wie Cara in klein aussehe. Cara nickte grinsend und reckte die Daumen hoch.

»Kommt ihr ohne Strom klar?«, erkundigte sich Cara.

»Aber sicher. Früher gab's hier schließlich auch keinen Strom.«

»Und habt ihr alle Türen abgeschlossen?«

»Ja, und es ist auch nichts Seltsames passiert. Mach dir keine Sorgen. Maurice und Conor waren über Nacht bei uns. Sie bleiben so lange, wie wir sie brauchen. Ich mag ja achtundsiebzig sein, aber ich bin eine gebürtige Insulanerin und aus einem anderen Stoff gemacht. Ich bin ein taffes altes Weiblein.«

»Ja, das bist du.«

»Bleib mit den anderen zusammen, solange es nötig ist. Ich schaue hier nach dem Rechten.«

»Ich weiß nicht, mamó. Hier läuft irgendwer rum, der schreckliche Dinge getan hat. Es gefällt mir nicht, dass du mit den Kindern allein bist, selbst mit Maurice und Conor.«

»Conor ist ein großer starker Kerl. Wenn er da ist, ist alles gut, mach dir keinen Kopf.«

»Tut mir leid, mamó, ich bin einfach nervös.«

»Ja, das verstehe ich, Liebes.«

»Wir sollten jetzt wohl besser weiterziehen.«

»Okay. Viel Glück. Ich hoffe, du kannst Licht in die Sache bringen.«

Cara winkte den Kindern und duckte sich, um einem Schneeball auszuweichen, den der kichernde Cathal nach ihr geworfen hatte.

»Kommt, Seamus und Sorcha!«, rief sie ihren Begleitern zu, die über beide roten Wangen grinsten.

Cara wartete unten an der Einfahrt. Seamus kam angerannt und winkte seiner Nichte und seinem Neffen noch einmal zu. Sorcha machte einen kleinen Umweg, um mamó zum Abschied zu umarmen. Dann zogen sie gemeinsam weiter und folgten wieder der Straße, die sich durch die Mitte der Insel erstreckte. Es war jetzt ungefähr elf Uhr, und es wurde kälter, nicht wärmer. Als sie sich Mauras Haus näherten, drohten die Wolken unter dem Gewicht neuen Schnees nachzugeben.

Sorcha blieb unvermittelt stehen und starrte das Haus schweigend an. Ihre Augen füllten sich mit Tränen. Seamus legte einen Arm um sie und zog sie an sich.

»Das ist einfach so ... so ...« Sorcha konnte den Satz nicht beenden.

Cara schaute die beiden an.

»Ich weiß. Und darum werde ich rausfinden, wer das getan hat. Ich tu's für sie.«

Sorcha nickte schniefend und rieb sich die Augen.

»Wartet hier, ihr braucht nicht näher ranzugehen. Ich schaue mich schnell noch mal um. Daithí und ich waren gestern schon hier. Ich will nur sichergehen, dass ich nichts übersehen habe.«

Cara ging langsam um das Gebäude herum und überprüfte alle Türen und Fenster. Als sie zur Rückseite des Hauses kam, nahm sie das Fahrrad näher in Augenschein, das noch immer an der Wand lehnte. Seit sie gestern hier gewesen war, hatte es weiter geschneit, aber sie konnte trotzdem erkennen, dass in dem Korb nichts lag. Auch sonst fiel ihr nichts Ungewöhnliches auf. Doch als sie sich der Hintertür zuwandte, erstarrte sie nach wenigen Schritten.

Dann lief sie schnell ums Haus herum und rief die anderen.

»Was ist?«, fragte Seamus.

Cara bedeutete ihm, ihr nach hinten zu folgen, und zeigte dann auf die Tür. Sie stand offen.

»Es war jemand hier.«

KAPITEL 18

»Bleibt in der Nähe, okay?«

»Was ist denn los?«, fragte Seamus.

»Ich weiß es nicht, aber irgendwer hat das Schloss aufgebrochen, seit ich gestern hier war. Bleibt hier stehen, wo ich euch beide sehen kann.«

Cara stieß die Tür mit dem Ellenbogen auf. Ihr Herz raste. Als Seamus sie am Arm festhielt, wirbelte sie herum.

»Was hast du vor?«, fragte er und schaute sie mit großen Augen an.

»Ich will nachsehen, was hier los ist.« Sie blickte auf seine Hand, die sie noch immer am Arm festhielt.

»Entschuldige«, sagte er und ließ sie los. »Du hast mir Angst gemacht. Hör zu, geh da bitte nicht rein. Was, wenn da drinnen jemand ist, der gefährlich ist?«

»Wenn wir nicht nachsehen, werden wir es nicht erfahren.« Sie trat ins Haus, ging aber, wie am Vortag, nicht weiter als bis zu der Fußmatte im Flur.

»Was siehst du?«, fragte Sorcha.

Cara ließ ihren Blick durch den ganzen Wohnbereich schweifen. Es war definitiv jemand hier gewesen. Der Raum war zwar nicht verwüstet, aber Cara konnte sehen, was sich verändert hatte. Die Bücher im Regal waren unordentlich, die Kissen anders auf dem Sofa verteilt. Und die Schlafzimmertür am Ende des Flurs stand offen. Gestern war sie noch geschlossen gewesen.

»Irgendwer hat die Wohnung durchsucht.«

»Kannst du erkennen, ob noch jemand da ist?« Seamus versuchte, an ihr vorbei ins Haus zu schauen.

»Nein, ich weiß es nicht.« Cara blickte zu ihm hin. »Warum läufst du nicht schnell mal ums Haus und schaust durch die Fenster, ob du jemanden siehst? Sorcha und ich warten hier.«

»In Ordnung.« Er drehte sich um und ging außen um das Gebäude herum. Wenn er an einem Fenster vorbeikam, hielt er die Hand über die Augen und blickte hinein.

Cara wandte sich nach links. Auf der Fensterbank stand nach wie vor die Schneekugel auf einem Stapel Zeitungen und Briefen. Ihre Handschuhe waren so feucht, dass sie nichts anfasste. Sie betrachtete die beiden Figürchen in der Schneekugel und war erleichtert, dass sie noch da waren. Ihr Blick verharrte lange auf ihnen, denn erneut befiel sie das Gefühl, dass Maura ihr mit der Schneekugel etwas sagen wollte. Dass sie ihr eine Botschaft hinterlassen hatte, weil sie keine Nachrichten per Handy schicken konnte. Aber Cara hatte keinen Schimmer, was die Botschaft war.

Seamus kam um das Haus herumgestapft.

»Nichts. Das Haus scheint leer zu sein.«

»Dann ist derjenige, der hier drin war, schon weg.«

»Was hat er denn gemacht?«

»Nach dem Päckchen gesucht, nehme ich an.«

»Welchem Päckchen?«, fragte Sorcha.

»Ich glaube, du hast geschlafen, als Cara es erzählt hat«, sagte Seamus.

»Maura hat *mamó* ein mysteriöses Päckchen gezeigt, irgendwas, weswegen sie beunruhigt war«, erklärte Cara.

»Und du meinst, hinter dem ist derjenige her?«, fragte Seamus.

»Ja, das vermute ich zumindest. Ich suche es nämlich auch. Ich will wissen, was es war. Maura fand offenbar, dass ich den Inhalt sehen sollte. Darum würde es mich nicht wundern, wenn derjenige, der das Päckchen sucht, genau das verhindern möchte.«

»Vielleicht hat er es ja jetzt.« Seamus blickte sich über Caras Schulter hinweg in dem Wohnbereich um.

»Ich glaube eher, dass er mit leeren Händen gegangen ist.«

»Und wie kommst du darauf?«

Cara zeigte auf einen zerschlagenen Übertopf nicht weit von ihr entfernt. Die Pflanze lag auf dem Boden, und um sie herum war Erde verteilt, die sich mit den hellorangen Keramikscherben vermischte. Dieser Topf hatte immer auf dem Boden gestanden. Also war es unwahrscheinlich, dass er aus Versehen umgefallen und dabei zerbrochen war. War er einem frustrierten Fußtritt des Einbrechers zum Opfer gefallen, als er bereits auf dem Weg zum Ausgang gewesen war?

»Kann sein, dass ich mich irre, aber für mich sieht es so aus, als wäre hier jemand wütend wieder abgezogen.«

Als sie aufbrachen, waren sie stiller als vorher. Mauras Geist folgte ihnen, während sie ihr kleines Cottage hinter sich ließen. Die Hände in den Taschen und den Kopf wegen der Kälte eingezogen, ergriff Seamus schließlich das Wort.

»Wer könnte das getan haben, Cara? Hast du irgendeine Idee?«

Cara schüttelte den Kopf.

»Nein, keine Ahnung. Aber laut Statistik werden die meisten Frauen von ihren Partnern ermordet.«

»Wer war denn ihr mysteriöser Geliebter? Dann musst du doch vor allem das jetzt rausfinden, oder?«

»Das wäre schon hilfreich, ja. Aber ich bin nicht sicher, ob er von der Insel stammte. Ich hatte eher den Eindruck, dass sie häufig aufs Festland gereist ist.«

»Warum hat sie dir denn nie erzählt, wer es ist?«, fragte Sorcha skeptisch. »Zumal ihr zwei doch so eng befreundet wart.«

Cara hielt Sorchas Blick fest. Der merkwürdige Unterton, ihre Feindseligkeit gegenüber Maura war immer noch da.

»Muss das jetzt wirklich wieder sein, Sorcha?«

Sorcha hielt die Hände hoch.

»Ich will gar nicht auf irgendwas Bestimmtes hinaus. Ehrlich nicht. Ich bin nur neugierig. Sie hat dir doch sonst alles erzählt. Warum hat sie dann ein Geheimnis um diesen Typen gemacht?«

»Vermutlich, weil sie davon ausging, dass ich ihn aus irgendeinem Grund abgelehnt hätte. Was anderes kann ich mir nicht vorstellen. Ich hab das neulich Abend nicht erwähnt, aber sie hat mir erzählt, dass sie die Sache beenden wollte. Sie hatte irgendwas über ihn erfahren, was ihr nicht gefiel.«

»Sie wollte Schluss machen?«, fragte Sorcha.

»Das hat sie letzte Woche gesagt. Sie hatte nicht das Gefühl, dass es auf Dauer mit ihm funktionieren würde. Aber ich weiß es nicht, vielleicht hat sie es sich ja auch wieder anders überlegt.«

»Was könnte sie denn über ihn erfahren haben?«, fragte Seamus. »Vielleicht war er nicht nett zu ihr. Was ja dazu passen würde, dass ihr was angetan wurde.«

»Ja, das stimmt.«

Sie blieben einen Moment stehen, und Cara schaute über die Felder. In der Ferne sah sie Patrick Kellys heruntergekommenen kleinen Wohnwagen. Seamus folgte ihrem Blick.

»Und dann ist da noch dieser Verrückte. Wenn er zugedröhnt war, hat er's ja vielleicht getan.«

»Nenn ihn nicht so, ja? Er ist ein schutzbedürftiger Mensch«, erwiderte Cara.

»Mag sein, aber wenn er Maura was angetan hat, ist mir egal, ob er angeblich schutzbedürftig ist oder nicht.«

Cara erwiderte nichts und stapfte weiter durch den Schnee. Sie folgten der nun leicht abfallenden Straße, das tosende Meer lag zu ihrer Linken. Das Haus der Kellys kam in Sicht und in der Ferne auch das der Flahertys.

Vor dem Haus der Kellys blieben sie stehen. Durch die zersprungenen Fensterscheiben wuchs Efeu. Auf dem nur noch in Teilen vorhandenen Dach schimmerte Moos durch den Schnee. In der ehemaligen Küche hatten Schafe von einem benachbarten Feld Zuflucht gefunden. Die Ruine, einst das Zuhause einer ganzen Familie, stand schon lange leer. Nur Patrick war noch übrig, und der hauste seit geraumer Zeit in dem kleinen grün-weißen Wohnwagen am Ende des Gartens. Dahinter ragte ein wegen der allgegenwärtigen Stürme verkümmerter und schiefgewachsener Baum auf, dessen kahle Winteräste wie eine knochige, besitzergreifende Klaue über dem Wagendach hingen.

»Wollt ihr schon mal weiter zu unserem Haus gehen? Wir sind ja beinah da, und es ist so kalt. Ihr seht durchgefroren aus.«

»Ich möchte nicht, dass du allein mit diesem Typen sprichst. Er könnte gefährlich sein. Vielleicht war er das ja auch mit dem Einbruch in Mauras Haus.«

»Ach was, Seamus. Kann ich mir nicht vorstellen. Ich mache mir wegen ihm keine Sorgen. Könnte allerdings sein, dass er was gesehen hat.«

Seamus schaute Sorcha an.

»Ich finde, wir bleiben. Okay, Sorcha? Ich möchte Cara nicht allein lassen, egal, was sie sagt.«

»Hauptsache, ihr lasst mich nicht allein«, erwiderte Sorcha. »Alles andere ist mir gleichgültig.«

»In Ordnung«, sagte Cara. »Bleibt aber hinter mir und versucht, ihm keine Angst einzujagen. Ich könnte mir vorstellen, dass es einschüchternd wirkt, wenn wir als Delegation bei ihm aufkreuzen.«

»Wir sind mucksmäuschenstill, stimmt's, Sorcha?«

»Absolut«, flüsterte sie.

»Gut, dann hier entlang.«

Cara führte sie an der Hausfassade vorbei, deren cremefarbener Putz teilweise abgeplatzt war und den Blick auf das Mauerwerk darunter freigab. Sie folgten einem Trampelpfad im Schnee zur Tür des Wohnwagens.

Cara klopfte an, während Seamus und Sorcha Abstand hielten.

Am schmutzigen Wohnwagenfenster erschien ein Gesicht, und der zerfetzte, ausgeblichene Spitzenvorhang bewegte sich ein wenig zur Seite.

Cara klopfte noch einmal. Die Tür öffnete sich einen Spalt weit.

»Guten Morgen, Patrick. Ich bin's, Sergeant Folan. Ich wollte nur kurz wegen gestern mit dir sprechen.«

»Gestern?«, drang eine leise Stimme durch die Tür.

»Als ich dich fast überfahren habe? Weißt du das nicht mehr?«

Die Tür ging ein kleines Stück weiter auf. Jetzt konnte Cara das blasse Gesicht des jungen Mannes sehen. Er schaute sie verwirrt an.

»Du hast mitten auf der Straße gestanden, und ich musste scharf bremsen. Klingelt da nichts bei dir? Kannst du die Tür bitte etwas weiter öffnen?« Er tat, worum sie ihn bat. Obwohl er sich drinnen aufhielt, trug er einen Mantel, einen langen schwarzen aus Wolle, der schon bessere Zeiten gesehen hatte.

Cara vermutete, dass er Patricks Vater gehört hatte. Das dunkle Haar des Jungen war strähnig, und nach der Frisur zu urteilen, hatte er es selbst geschnitten. Das Wenige, was Cara vom Inneren des Wohnwagens erkennen konnte, war unordentlich, und der Geruch, der herausdrang, wenig verheißungsvoll.

»Er erinnert sich bestimmt nicht mehr, weil er stoned war«, murmelte Seamus gerade so laut, dass Cara ihn verstehen konnte. Und so laut, dass Patrick die Tür aufstieß und den Kopf herausstreckte. Als er Seamus sah, schaute er ihn so finster und wütend an, dass Cara nervös wurde. Seamus trat einen Schritt zurück und suchte Blickkontakt zu Cara.

Sorcha stellte sich hinter Seamus und schaute Cara ebenfalls verunsichert an.

»Cara?«, sagte sie. Aber Cara schüttelte den Kopf.

Patrick stieg aus dem Wohnwagen und ging an Cara vorbei direkt auf Seamus zu. Sorcha nahm Reißaus und suchte nun Caras Nähe. Doch Patrick achtete nicht auf sie. Er hatte nur Augen für Seamus. Der war jedoch einen Kopf größer als er und hatte obendrein einen in kalifornischen Fitnessstudios gestählten Körper. Aber obwohl der schmächtige, ausgemergelte Junge Seamus eigentlich in keiner Weise gewachsen war, strahlte er eine bedrohliche Energie aus, die eine ganz eigene Kraft besaß. Cara bemerkte, dass Seamus zurückschreckte.

»Ich hab Sie gesehen!«, sagte Patrick und ließ Seamus nicht aus den Augen. Seine Stimme wurde mit jedem Wort lauter. Speichel flog durch die Luft, und Patrick Kellys ganzer Körper bebte. Von den Zehen ausgehend, strömte in Wellen eine unbändige Wut durch ihn hindurch und drang nach außen wie bei einer Explosion. Er stach mit dem Finger auf Seamus' Brust ein.

»Ich hab Sie gesehen! Ich weiß, was Sie getan haben!« Sein

Finger stach erneut zu, und Seamus trat noch einen Schritt zurück.

»Wovon redet der?« Seamus' Blick flog zu Cara und Sorcha und dann zurück zu seinem Ankläger. Er hielt abwehrend die Hände hoch. »Ich hab nichts getan.«

»Ich hab Sie gesehen!«, wiederholte Patrick. »Wie konnten Sie ihr das antun? Wie konnten Sie Mrs. Conneely das antun?«

KAPITEL 19

»Hey, Kumpel, immer mit der Ruhe!«, sagte Seamus. Er machte erneut einen Schritt zurück, pumpte sich auf und ballte, bereit zum Gegenangriff, die Fäuste. »Ich weiß nicht, was du von mir willst.«

»Lass ihn, Patrick!«, zischte Cara und zwängte sich zwischen die beiden wütenden Männer. Doch Patrick schob sie zur Seite und stürzte sich auf Seamus.

Der überrumpelte Seamus ging sofort zu Boden, und Patrick warf sich, die Fäuste schwingend, auf ihn. Sorcha schrie vor Angst.

»Ich hab Sie gesehen, ich hab Sie gesehen, Sie sind ein blödes Arschloch!«, schrie Patrick. Die beiden rollten ineinander verschlungen über den Boden. Patrick versuchte, Seamus zu schlagen, und Seamus versuchte, Patrick abzuwehren.

»Schluss jetzt!«, rief Cara und sprang Patrick auf den Rücken. Sie packte seinen Arm und drehte ihn nach hinten. Der Junge stieß einen Schmerzensschrei aus, und weil Seamus ihn schubste, fielen Patrick und Cara zur Seite. Cara hielt weiterhin Patricks Arm fest, und Seamus sprang keuchend auf. Die Mütze saß schief auf seinem Kopf, sein Haar war im Schnee nass geworden. Die verschreckte Sorcha versuchte, ihn von Patrick und Cara wegzuzerren. Seamus klopfte sich Jacke und Hose ab, behielt seinen Angreifer aber genau im Blick. Patrick wollte sich von Cara losmachen, doch sie ließ ihn nicht los.

»BERUHIG DICH! JETZT KOMM MAL RUNTER!«, schrie sie Patrick an.

»Der tickt doch nicht richtig!«, sagte Seamus, seine Wangen

waren von der Anstrengung und der Kälte gerötet. »Der phantasiert! Ich hatte nichts damit zu tun!«

Patrick versuchte noch einmal, Cara abzuschütteln, aber als er wieder keinen Erfolg hatte, spürte Cara, wie seine Glieder erschlafften. In seinen Augen stand jedoch weiterhin brennende Wut.

»Wenn du versprichst, Mr. Flaherty nicht anzugreifen, lasse ich dich aufstehen.«

Patrick schwieg.

»Ich kann dich auch aufs Revier bringen und wegen Körperverletzung festnehmen. Wär dir das lieber?«

»Nein«, murmelte er.

»Ich lass dich jetzt los, mach keinen Quatsch!« Cara ließ seinen Arm los und stand auf. Sie spürte, wie der eiskalte Schnee in ihre Kleidung sickerte, und bekam eine Gänsehaut. Patrick erhob sich ebenfalls und rieb sich die Schulter. Seamus machte noch einen Schritt nach hinten.

»Was ist los, Patrick? Was glaubst du, gesehen zu haben?«, fragte Cara.

Seamus warf ihr einen wütenden Blick zu. »Was?«, rief er empört. »Du nimmst ihn auch noch ernst?«

»Gib mir einen Augenblick, Seamus, bitte.« Cara hob die Hand und konzentrierte sich auf den wütenden Jungen. »Patrick, erzähl ...«

»Ich hab den Typen da gesehen«, wiederholte Patrick sein Mantra. »Mit einer Frau, im Ort.«

Cara und Seamus schauten einander mit hochgezogenen Brauen an. Sorcha gesellte sich zu Cara, auch sie sah verwirrt aus.

»Wovon redet er?«, flüsterte sie Cara ins Ohr.

»Was?«, fragte Cara Patrick.

Patrick blickte sie irritiert an.

»Mit einer Frau, die nicht Miss Conneely war«, wiederholte Patrick so langsam, als hätte er es mit Idioten zu tun. »Ich hab gesehen, wie sie sich geküsst haben.« Er blickte Seamus an. »Miss Conneely weiß es vielleicht nicht, aber ich werd's ihr sagen, wenn ich sie finde.«

Cara legte ihm eine Hand auf den Arm, um ihn daran zu erinnern, dass er sich beherrschen sollte.

»Ich werd's ihr sagen! Sie können mich nicht daran hindern!«

»Patrick« – Cara sprach langsam und ruhig – »was Seamus in seinem Privatleben macht, geht Miss Conneely überhaupt nichts an.«

»Ich hab gar kein Privatleben!«, sagte Seamus. »Und ich hab auch niemanden geküsst. Wovon redest du? Ich hab dir doch gesagt, dass er nicht richtig im Kopf ist, Cara.«

»Lügner!«, giftete Patrick ihn an.

Cara ließ den Blick über alle Anwesenden gleiten. Erst über Patrick, der sich nur mühsam zurückhielt und sich offensichtlich am liebsten erneut auf Seamus gestürzt hätte. Dann über Seamus, der den Jungen zornig ansah und sich den Arm rieb. Und schließlich über Sorcha, die Seamus beruhigend über den Rücken strich.

»Was hast du gesehen, Patrick?«

»Also ehrlich, Cara!« Seamus war außer sich. »Du kannst den Verrückten doch nicht ernst nehmen!« Cara hielt wieder ihre Hand hoch und schaute Patrick an.

»Rede weiter, Patrick«, sagte sie.

»Ich hab den Typen gesehen«, sagte er, auf Seamus zeigend. »Im *Derrane's*, mit einer Frau. Da war 'ne ganze Gruppe, sie kannten sich alle. Ich hab gesehen, wie sie sich geküsst haben. Da, mitten in dem Pub!«

»War ein Mann mit einem Bart und einer Baseball-Kappe dabei?«

Patrick schaute sie erstaunt an.

»Ja.«

»Und hatte die Frau rote Haare, so wie ich? War aber gebräunt wie Seamus? War sie sehr schlank und sehr hübsch?«

»Ja«, antwortete Patrick, jetzt ruhiger.

Cara wandte sich Seamus zu. »Ich glaub, ich weiß, was los ist. Ich glaub, das war Aiden, dein Double. Als sie bei uns im Haus waren, ist mir aufgefallen, dass er und Lexi Händchen gehalten haben. In dem Moment hab ich mir nicht viel dabei gedacht. Aber er sieht dir so wahnsinnig ähnlich. Man kann euch wirklich leicht verwechseln.«

»Ach so!«, sagte Seamus. »Ja, klar!« Seine Schultern sanken herab, die Anspannung wich aus seinem Körper.

Cara wandte sich Patrick zu.

»Ich glaube, du hast einen Schauspieler gesehen, der Seamus sehr, sehr ähnlich sieht, und dessen Freundin. Gerade ist ein Filmteam auf der Insel, das Seamus' Buch verfilmt. Diese Leute wirst du gesehen haben.«

»Einen Schauspieler?«

»Ja, und er ist wirklich Seamus' Double. Ich kann jeden verstehen, der die beiden verwechselt.«

»Aber warum glaubst du, dass Maura Conneely und ich zusammen sind?«, fragte Seamus den Jungen. »Warum hast du gedacht, dass ich sie betrüge oder so was?«

Patrick sagte nichts, sondern starrte ihn einfach nur an.

Cara führte Seamus und Sorcha außer Hörweite von Patrick.

»Warum geht ihr nicht zurück zum Haus? Ich bringe ihn wieder in den Wohnwagen und spreche noch kurz mit ihm. Er ist offensichtlich verunsichert und angespannt. Aber ich muss noch mit ihm über gestern reden. Das ist schließlich der Grund, warum wir hergekommen sind.«

»Ich lass dich nicht gern mit ihm allein«, sagte Seamus.

»Das weiß ich zu schätzen, ich glaube allerdings nicht, dass er mir irgendwas erzählt, solange ihr hier seid. Vielleicht konnte ich ihn davon überzeugen, dass er sich getäuscht hat, aber er ist trotzdem noch ziemlich aufgeregt.«

Seamus dachte nach.

»Wir warten unten an der Straße auf dich. Ist das ein Kompromiss?«

Cara schaute zu den schneebedeckten Torpfosten am Ende des Weges. »Euch wird aber kalt werden.«

»Das ist kein Problem oder, Sorcha?«

»Nein, ist gut«, sagte sie, seufzte jedoch. »In Ordnung.«

Patrick stieg in den Wohnwagen und ließ die Tür offen.

Cara folgte ihm.

Das Innere war klein und kompakt. An einem Ende gab es ein Bett, am anderen einen festgeschraubten Tisch mit knapp bemessenen Sitzbänken. Auf allen Oberflächen lag irgendetwas. Kleider, Bücher, Papiere oder Essen. Müll aller Art. Nur die offen stehende Tür schwächte den Gestank etwas ab. Cara machte trotz der Kälte keine Anstalten, sie zu schließen.

Patrick setzte sich auf das zerwühlte Bett und blickte Cara misstrauisch an.

Cara überlegte, sich auf der Bank niederzulassen. Der Bezug war voller Flecken und Risse. Sie nahm widerstrebend Platz und stützte die Ellenbogen auf den Tisch, dessen Oberfläche klebrig war.

»Geht's dir gut, Patrick?«, fragte sie leise. »Kümmert sich jemand um dich?«

»Ich kümmer mich um mich selbst. Ich bin kein Kind mehr.«

»Tut mir leid, ich weiß, dass du kein Kind mehr bist. Aber du bist ganz allein hier draußen. Mehr wollte ich damit nicht sagen.«

Er schwieg.

»Miss Conneely scheint dir sehr wichtig zu sein.«

»Miss Conneely ist ein guter Mensch, sie hat's nicht verdient, dass man sie schlecht behandelt.«

Cara holte tief Luft.

»Ja, das ist sie.« Es tat weh, die Gegenwartsform zu benutzen. »Sie ist toll. Sie ist meine beste Freundin.«

»Sie ist die Einzige, die je ...« Patrick verstummte und schaute Cara an; offenbar ärgerte es ihn, dass sie ihm beinahe etwas entlockt hätte.

»Sie ist die Einzige, die je was, Patrick?«

Er blickte sie nur wütend an.

»Kommt es dir so vor, als wäre sie die Einzige, die sich je für dich interessiert hat?« Cara vermutete, dass sein Satz so enden sollte.

Patrick nickte traurig.

»Sie hat mit mir über dich gesprochen. Damals, als ich dich festgenommen hab, weil du dir Ärger eingehandelt hattest. Sie hat mich gebeten, nicht zu streng mit dir zu sein. Sie meinte, du hättest es schwer gehabt im Leben und würdest ein bisschen Nachsicht verdienen.«

Cara schaute sich in dem armseligen Wohnwagen um. Der grüne Pulli, der auf Patricks Bett lag, kam ihr sehr bekannt vor. Cara hatte ihn Maura im letzten Jahr zum Geburtstag geschenkt. Er war irgendwann verlorengegangen, und Cara hatte Maura verübelt, dass sie nicht besser darauf aufgepasst hatte. Auch eine kleine Eulen-Figur aus Stein erkannte Cara wieder;

sie gehörte eigentlich in Mauras Vorgarten. Es sah so aus, als hätte Patrick Mauras Freundlichkeit ein bisschen zu sehr zu schätzen gewusst.

»Sie ist so gut zu mir.« Er wiegte sich vor und zurück, sanft, tröstend. »Sie wird nie sauer. Und sie nimmt sich Zeit für mich. Sie ist die Einzige auf der Insel, die nett zu mir ist.«

»Ja, so ist sie. Ich glaube, du und ich kennen sie gut. Wir wissen, wie freundlich, großzügig und liebenswürdig sie ist.«

Patrick lächelte sie zum ersten Mal an, und Cara nahm eine Veränderung in dem Jungen wahr. Sie schaute aus dem Fenster auf das Haus, in dem er seine Kindheit verbracht hatte. Es war vernachlässigt und verwahrlost, so wie er als Kind gewesen war. Sie kannte die Geschichten. Sie hatte Paddy Kelly, seinen Vater, hin und wieder auf der Insel gesehen, bevor er starb. Und sie hatte von seiner Frau gehört, die von der Insel nach London geflohen und nie wieder gesehen worden war. Ein verbitterter, trinkender Ehemann und ein todunglückliches Kind waren hier zurückgeblieben. Das Ganze war vor Caras Zeit auf der Insel passiert. Nachdem sie nach Cillians Unfall ganz hierhergezogen war, war sie ein paarmal in dem Haus gewesen. Damals war Patrick elf oder zwölf gewesen. Ein stilles Kind, das ihr vorgeführt worden war und nur widerstrebend genickt hatte, wenn es etwas gefragt wurde. Auf Mauras Betreiben hin hatte sie das Jugendamt informiert. Aber manchmal passiert nichts, verändert sich nichts, trotz noch so viel gutem Willen. Sie war noch jung und unerfahren gewesen. Als trauernde Witwe hatte sie genug damit zu tun gehabt, sich selbst und ihre Kinder über Wasser zu halten. Auch andere hatten vergeblich versucht, Patrick zu helfen. Maura und Dr. De Barra waren ebenfalls gescheitert. Es gab viele glückliche Familien auf dieser Insel, in denen alle zusammenhielten und schöne Zeiten erlebten. Doch es gab auch einige, in denen Unfriede herrschte und in denen Kinder ein hartes Leben hatten. Seamus und Cillian stammten aus einer solchen Familie. Und Patrick Kelly auch.

Wenigstens hatte er Maura gehabt, die für ihn da gewesen war. Der Gedanke, dass es diesen Schutz nun nicht mehr gab, versetzte Cara einen Stich. Ihr wurde klar, dass sie und Patrick mehr gemeinsam hatten, als sie für möglich gehalten hätte. Sie hatten beide Mauras Zuwendung und Gunst genossen, als sich niemand sonst für sie interessiert hatte. Und sie waren beide Außenseiter in ihrer Gemeinde, Außenseiter in ihrem eigenen Zuhause.

»Um mich hat Maura sich auch gekümmert, Patrick.«

Seine Miene veränderte sich leicht, als er das hörte. Und er wandte den Blick nicht ganz so schnell ab.

»Aber ich glaube nicht, dass sie es gut fände, dass du Seamus Flaherty so attackierst.«

»Heißt der so?«

»Ja. Er hat früher auch auf der Insel gelebt, als du noch klein warst.«

Patrick nickte, dann nahm er ein Stück von seinem Bettlaken zwischen die Finger und zupfte daran herum.

»Er hat vorhin eine gute Frage gestellt«, sagte Cara. »Warum glaubst du, dass es Maura kümmert, mit wem Seamus sich trifft? Die beiden sind kein Paar. Jedenfalls heute nicht mehr. Sie waren vor sehr langer Zeit mal eins.«

»Das ist nicht wahr.«

»Doch, ich denke schon, Patrick.«

»Aber ich hab ihn und Miss Conneely zusammen gesehen.«

»Bestimmt nicht.«

»An dem Haus nicht weit von hier. Das, was normalerweise leer steht.«

Patrick stand auf und stieß dabei fast mit dem Kopf gegen das Dach des Wohnwagens. Jetzt war er wieder aufgeregt. Er ging auf seiner Seite des Wagens auf und ab. Cara spürte, wie der Boden vibrierte. Dann wiederholte er: »Ich hab ihn gesehen, ich hab ihn gesehen«, aber diesmal sprach er leise mit sich selbst.

»Das ist Seamus' Haus.«

»Sehen Sie, dann war er's auch! Ich hab recht!«

Cara schüttelte den Kopf.

»Ich glaube wirklich nicht, dass das stimmt. Es sind nur deshalb momentan alle hier, weil wir den Todestag meines Mannes begehen wollen. Wir übernachten alle in dem Haus. Vielleicht hast du sie deshalb gesehen.«

»Ich bin nicht blöd, ich weiß doch, was ich gesehen hab.«

»Aber wie können sie denn zusammen sein, Patrick? Seamus lebt seit fast zehn Jahren in Amerika. Und Maura war die ganze Zeit hier. Sie haben sich all die Jahre nicht gesehen.«

»Sie verlässt oft die Insel. Dann kann sie ihn getroffen haben.«

In dem Punkt hatte er recht, dachte Cara. Maura war wirklich oft weggewesen, vor allem, seit dieser mysteriöse Mann in ihr Leben getreten war. Aber Cara bezweifelte trotzdem, dass sie sich mit Seamus getroffen hatte. Sollte er den ganzen Weg von Kalifornien hergekommen sein, nur für ein Wochenende mit seiner Freundin? Das erschien ihr ein bisschen übertrieben. Cara vermutete, dass Maura sich in Dublin oder Galway mit dem geheimnisvollen Unbekannten getroffen hatte, aber nicht, weil dort die wichtigsten Flughäfen waren, sondern um vor neugierigen Blicken geschützt zu sein.

»Bist du Maura gefolgt, Patrick?« Cara betrachtete erneut Mauras Pulli am Fußende des Bettes. Wie weit ging sein Interesse für sie?

Patrick schaute Cara an und dann schnell wieder weg. Nach seiner Miene zu urteilen, fühlte er sich ertappt.

»So was darfst du nicht tun, Patrick.«

»Ich pass nur auf, dass ihr nichts passiert.«

Cara schüttelte den Kopf.

»So ein Verhalten bringt dir nur Ärger ein.«

»Ich sorg doch nur dafür, dass sie vor ihm in Sicherheit ist. Ich mag ihn nicht.«

Cara seufzte. Allmählich verlor sie die Geduld mit Patrick.

»Was Seamus angeht, brauchst du dir keine Sorgen zu machen. Außerdem sind sie, wie gesagt, nicht zusammen.«

»Dann weiß ich mehr als Sie. Ich hab sie gesehen. Zusammen.«

Cara schüttelte den Kopf.

»Doch, echt! Erst vor zwei Tagen. Ganz früh am Morgen. Sie kam aus seinem Haus. Und ihre Kleider – sie hatte noch dasselbe an wie im *Derrane's* am Abend davor. Ich bin doch nicht blöd, Sergeant! Ich weiß, was das bedeutet.«

Cara schwieg.

Das entsprach genau dem, was *mamó* ihr erzählt hatte. Und *mamó* hatte aus dem, was sie gesehen hatte, dieselben Schlüsse gezogen.

Die Begegnung, von der Seamus behauptet hatte, sie hätte nie stattgefunden.

Cara schaute durch das schmutzige Fenster zu Seamus, der am Tor stand und mit den Füßen aufstampfte, um nicht zu frieren.

Er hatte sie angelogen.

KAPITEL 20

»Ist gut, Patrick, beruhig dich. Es tut mir leid.«

Er blickte sie wütend an.

»Ich glaube dir«, sagte Cara. Und sie meinte es auch. Sie glaubte ihm. Seamus war derjenige, der log. Er hatte rundweg geleugnet, dass dieses Treffen mit Maura stattgefunden hatte. Sie schaute noch einmal zu ihm hinaus. Beobachtete ihn, während er, die Hände in den Jackentaschen und auf der Stelle hüpfend, mit Sorcha plauderte. Warum hatte er gelogen? Alle hätten sich doch gefreut, zu hören, dass er und Maura wieder zusammengefunden hatten. Es war ja nicht so, dass einer von ihnen verheiratet war oder einen festen Partner hatte, den er betrog. Nun, jedenfalls hatte Maura nicht Seamus betrogen, wenn er der mysteriöse Geliebte war. Mit einem Mal verspürte Cara eine unliebsame Wut auf ihre Freundin. Warum die ganze Geheimnistuerei, Maura? Warum hast du mich verlassen und mir dieses Rätsel aufgegeben? Hast du mir nicht vertraut?

Patrick setzte sich wieder hin.

Cara schaute ihn an. Der arme Kerl hatte sich auf den einzigen Menschen in seinem Leben fixiert, der nett zu ihm gewesen war. Sie wusste, dass sie ihm gegenüber skeptisch sein sollte. Schließlich lagen in seinem Wohnwagen Sachen, die Maura gehört hatten, und wenn er wusste, dass Maura an dem Morgen genauso angezogen gewesen war wie am Abend davor, hatte er ihr nachgestellt. Aber es fiel schwer, in ihm nicht auch das verlorene Gänseküken zu sehen, das auf das erste freundliche Gesicht geprägt worden war, dem es begegnet war. Und das ihr deshalb ständig nachgelaufen und in den Sachen, die ihr gehörten, wenigstens ein bisschen Trost gefunden hatte.

Diese Information über Seamus verriet Cara mehr als nur, dass ihr Freund log. Sie sagte ihr auch, dass Patrick sich Maura vor zwei Tagen an die Fersen geheftet hatte. Was konnte er gesehen haben? Was wusste er sonst noch?

Cara richtet sich auf.

»Kann ich dich was fragen, Patrick?«

Er schaute sie an, sagte aber nichts.

»Ich glaube, du schenkst Miss Conneely sehr viel Aufmerksamkeit und hältst ein Auge auf sie, wenn sie auf der Insel unterwegs ist.« Ein Auge auf sie halten klang besser als ihr nachstellen.

»Manchmal.«

»Hast du an diesem Morgen auch ein Auge auf sie gehalten?«

»Ja, wollt ich zumindest. Eigentlich wollt ich zu ihr laufen. Ich hatte sie nach dem Pub heimgehen sehen und wusste nicht, dass sie in dem Haus war. Ich kam nur zufällig da vorbei, weil es in der Nähe ist. Bestimmt ist sie nachts später noch dahingefahren, als ich schon nach Hause gegangen war.«

Das würde dazu passen, dass sie ihre Beziehung geheim gehalten hatten, dachte Cara. Sie hätte ohne weiteres nach dem Pub mit den anderen zum Haus der Flahertys gehen können. Cara hatte ja bereits ein bisschen gestutzt, als Daithí ihr erzählt hatte, dass Maura so früh nach Hause gegangen war. Jetzt ergab das schon etwas mehr Sinn.

»Ich war total geplättet, als ich sie erkannt hab«, sagte Patrick, »und hab mich hinter eine Mauer geduckt, als die beiden an der Tür standen. Ich glaub nämlich nicht, dass es ihr gefallen hätte, mich da zu sehen, auch wenn ich ihr ja nur folge, um sicher zu sein, dass es ihr gutgeht.«

»Natürlich. Bist du ihr denn gefolgt, als sie von da weg ist?«

»Nur kurz. Sie war mit dem Rad da und fuhr zu schnell für mich.«

»Dann weißt du nicht, wo sie hingeradelt ist?« Cara fragte sich, ob Maura von da aus zu ihr gefahren war.

»Nein. Wenn sie mit dem Rad unterwegs ist, komme ich nicht hinterher. Ich bin dann einfach weggegangen und ... hab was anderes gemacht.«

Cara ahnte schon, womit er sich getröstet hatte, als er seiner geliebten Maura nicht folgen konnte. Mit Drogen.

»Hast du danach was genommen, Patrick? Ich dachte, das hättest du hinter dir gelassen. Jedenfalls ist mir in den letzten Jahren nichts aufgefallen.«

Patrick stieß einen langen, deprimiert klingenden Seufzer aus.

»Als ich dich gestern fast über den Haufen gefahren hab, hatte ich den Eindruck, dass du nicht ganz bei dir warst. Du schienst high zu sein. War es so?«

»Sagen Sie Miss Conneely bitte nichts davon.« Er sah bekümmert aus.

Cara ließ den Kopf hängen. Ihr Herz war bereits in winzige Stücke gebrochen, aber jetzt fühlte es sich so an, als würden diese auch noch zu Staub zermahlen. Es war schon schlimm für sie gewesen, ihren Freunden von Mauras Tod erzählen zu müssen. Doch diesem schlichten Jungen, der eigentlich ein Quälgeist war, ein Stalker, die Wahrheit zu sagen, würde noch schlimmer werden. Sie würde es ihm jetzt noch nicht sagen. Ihn noch ein paar Tage in Unwissenheit zu lassen, das war die einzige Gefälligkeit, die sie dem armen Kerl erweisen konnte.

»Bitte sagen Sie es ihr nicht. Ich ... Es war nicht meine Schuld. Ich wollte nichts nehmen.«

»Patrick, mich interessiert im Augenblick nicht, wessen Schuld es ist. Viel interessanter finde ich, was du auf dieser Straße gesagt hast, als ich ausgestiegen bin und zu dir kam. Erinnerst du dich noch?«

Der Junge schüttelte den Kopf. Seine Finger griffen wieder in das Laken und zerknüllten es. Dann schüttelte er erneut den Kopf.

»Du hast gesagt: ›Sie zischt‹, weißt du noch?« Seine Hand erstarrte. Seine Miene war ausdruckslos. Dann schüttelte er ein drittes Mal den Kopf.

»Es hat einen Unfall gegeben, Patrick. Jemand ist in der Serpent's Lair gelandet. Und gestorben. Das ist eine sehr ernste Angelegenheit. Ich weiß nicht, was passiert ist, aber ich muss es herausfinden. Als ich gestern Morgen unten an dem Felsenbecken stand, hab ich oben auf dem Kliff jemanden gesehen, der vielleicht etwas darüber weiß, wie diese Person gestorben ist. Wenn ich jetzt vermuten würde, dass du diese Person gewesen sein könntest, würde dich das doch nicht überraschen, oder? Was sagst du?«

Der Sturm draußen wurde wieder stärker. Der kleine Wohnwagen schaukelte plötzlich, und der Wind pfiff in Moll durch die Ritzen in der Verkleidung. Cara sah sich in Gedanken erneut auf dem Kliff stehen und, im Wind schwankend, auf die Leiche ihrer Freundin unten in dem Becken hinabblicken – noch im glücklichen Stadium der Unwissenheit, in einer bald für immer verlorenen Ahnungslosigkeit. War Patrick Kelly die Gestalt gewesen, die sie später dort oben gesehen hatte? Er war ein Beobachter, das stand inzwischen fest.

»Warst du das da oben auf dem Kliff, Patrick?«

»Mmm«, machte er. Jetzt schaukelte er wieder vor und zurück, und seine Finger tippten nervös auf dem Bett herum.

Sein Zeigefinger klopfte ein panisches Morsezeichen auf das Laken.

»Ich war das nicht. Ich war das nicht … war das nicht!«

»Du warst nicht oben auf dem Kliff, Patrick, ehrlich nicht?«

»Nein. Das nicht. Ich hab es nicht getan.«

Cara erstarrte.

Sie sprach betont langsam und deutlich.

»Was hast du nicht getan?«

Er schnappte aufgeregt nach Luft.

»Ich hab niemanden da reingeworfen … Ich hab nur den gesehen, der's gemacht hat.« Er fing an zu weinen. »Ich hab's nur gesehen … aber ich war das nicht!«

Cara stand auf. War Patrick dort gewesen, als Mauras Leiche in die Serpent's Lair geworfen wurde? Hatte er alles mitangesehen? Ein Augenzeuge?

Sie ging durch den Wohnwagen, der ebenso bebte wie sein Bewohner, hockte sich vor Patrick hin und berührte sein Knie. Sie schaute in sein angstverzerrtes Gesicht.

»Wen hast du gesehen, Patrick?«

»Ich weiß es nicht. Ich weiß es nicht. Ich hatte ein paar P-P-illen eingeworfen. Ich hab erst nachher kapiert, dass es echt war. Ich, ich, ich bin irgendwann aufgewacht … ich war hinter den Felsen … und bin zurückgegangen. Ich hab gehofft, es wären die Pillen gewesen. Aber als ich runtergeguckt hab, hab ich's gesehen. Wegen dem ganzen Schnee war's schwer, was zu erkennen, und ich hatte Angst, runterzufallen in dem Wind. Aber ich hab schnell mal geguckt und ein Bein im Wasser gesehen. Da wusste ich, dass das, was ich gesehen hab, wirklich passiert war, und das, was da unten gelandet war, ein Mensch sein musste …« Die Hälfte der Wörter, die danach kamen, ging in Schluchzern unter.

Cara setzte sich neben ihn auf das schmutzige Bett und legte einen Arm um ihn. Beruhigte ihn, während sie auf Mauras zerknüllten Pulli schaute. Dem Jungen war weder die Tragweite dessen, was er gesehen hatte, bewusst, noch wusste er, wer dort unten gelegen hatte. Vielleicht warteten die einzelnen Teile seines Horror-Puzzles irgendwo in seinem Hinterkopf darauf, zusammengesetzt zu werden. Doch im Augenblick zögerten sie noch ... und schützten ihn dadurch.

»Das ist jetzt wirklich wichtig, Patrick«, sagte sie sanft. »Kannst du mir irgendwas darüber erzählen, wer es getan hat? Wen du gesehen hast?«

Er schüttelte den Kopf.

»Weißt du, ob es eine Frau war oder ein Mann?«

»Es war zu dunkel. Tut mir leid.«

»Wie viele waren da? Kannst du mir das sagen?«

»Nur einer. Ich hab nur einen gesehen, undeutlich.«

»Danke, Patrick. Das hilft mir schon.«

Er zog seinen Ärmel übers Gesicht und wischte sich Rotz von der Nase, während er weiter von Schluchzern geschüttelt wurde.

»Aber ich hab Sie angerufen. Ich hab denjenigen nicht einfach da liegen lassen.« Er schaute Cara mit verheulten Augen an.

»Du hast angerufen?«

»Ja, ich hab die Nummer von der Polizei gewählt, hab gesagt, dass da eine Leiche liegt, und wieder aufgelegt. Ich hab nicht gesagt, wer anruft, weil mir eh keiner geglaubt hätte. Und dann wär niemand gekommen. Ich bin dageblieben, bis ich Sie gesehen hab. Ich hab mich versteckt. Aber ich bin dageblieben, um sicherzugehen, dass Sie kommen.«

»Und als du gesehen hast, dass wir da waren, bist du gegangen?«

Er nickte heftig.

»Ich wollte nicht, dass Sie mich entdecken. Dann hätten Sie gedacht, dass ich es war. Niemand würde mir glauben, dass ich nur helfen wollte. Ich bin zum Haus von Miss Conneely gegangen und hab an die Tür geklopft. Sonst klopf ich nie bei ihr, weil ich weiß, dass sie das nicht gut finden würde. Aber ich dachte, das ist was anderes. Das war wichtig. Aber sie war nicht da. Ich konnt es keinem sagen. Keiner hätte mir zugehört. Darum bin ich nach Hause gegangen.«

»Aber dann musst du noch mal losgegangen sein. Als ich dich fast überfahren hätte?«

»Das weiß ich nicht mehr.«

»Hattest du noch mehr Drogen genommen? Ist das der Grund?«

Er nickte. Und schloss die Augen.

»Ich wollt es nicht mehr sehen. Ich wollt es nicht mehr hören. Das Schleifen. Das Krachen, mit dem es im Wasser gelandet ist. In meinem Kopf. Ich wollte, dass es weggeht.«

KAPITEL 21

Cara lief den Trampelpfad an der maroden Hausfassade vorbei wieder nach unten. Seamus blickte auf.

»Da bist du ja. Gott sei Dank! Wir sind schon fast erfroren.«

»Ich hab ja gesagt, ihr könnt nach Hause gehen.« Cara gelang es nicht, einen scharfen Unterton zu unterdrücken. Sie war irritiert. Es erschien ihr so unnötig, dass Seamus und Maura sie belogen hatten. Und es verunsicherte sie, dass Dinge, die sie für unerschütterliche Gewissheiten gehalten hatte, sich auf einmal als deutlich weniger beständig erwiesen als gedacht.

Seamus zog die Augenbrauen hoch und blickte Sorcha an. Cara bog auf die Straße ab und machte sich auf den Weg. Die beiden anderen gingen neben ihr her.

»Es gibt keinen Grund, schlecht gelaunt zu sein«, sagte Sorcha. »Wir haben auf dich gewartet, weil wir dich nicht mit diesem komischen Kauz allein lassen wollten.«

Cara warf ihnen einen Seitenblick zu.

»Entschuldigt« sagte sie. »Tut mir leid, Leute. Es ist nur alles … Patrick hat mitangesehen, wie wer auch immer die Leiche vom Kliff geworfen hat. Und gehört, wie sie unten im Wasser auftraf.«

»Was?«, sagte Seamus. »Er war da …? Was hat er denn gesagt? Hat er gesehen, wer es war?«

»Nein, leider nicht, er war zu zugedröhnt.«

»Für mich klingt das nach einer Ausrede«, sagte Sorcha. »Er muss es gewesen sein, Cars! Ganz bestimmt!«

»Nein, das glaub ich nicht, ehrlich nicht. Er ist einfach … eine verlorene Seele. Er wäre zu so was gar nicht fähig.«

»Aber er könnte doch lügen. Warum sollte er dir, der Polizistin, die Wahrheit sagen? Denk doch mal nach.«

»Er schafft es nicht mal, seinen Wohnwagen sauber zu halten, Sorcha. Ich sehe nicht, wie es ihm da gelingen sollte, das zu tun, was der Mörder getan hat.«

»Du hast uns keine Details verraten«, sagte Seamus.

Cara schaute ihn an. »Darf ich auch nicht. Noch nicht.«

»Verstehe.« Seamus nickte ernst. »Aber was hat er sonst noch erzählt? War irgendwas Nützliches für dich dabei?«

Cara schüttelte den Kopf.

»Wie es klingt, hat er in seinem Zustand kaum was mitgekriegt. Er hat offenbar gesehen, was passiert ist, es aber nicht für real gehalten. Als er wieder runterkam von seinem Trip, ist er dann noch mal hingegangen, um zu überprüfen, ob vielleicht doch stimmte, was er gesehen zu haben meinte. Und da hat er die Leiche dann entdeckt. Und uns angerufen.«

»Er war der anonyme Anrufer?«, fragte Seamus.

»Ja, das hat er gesagt.«

»Ich finde ihn trotzdem verdächtig«, sagte Sorcha. »Er kann das auch nur getan haben, um die Wahrheit zu verschleiern. Damit es so aussieht, als wäre er unschuldig. Und es funktioniert. Du glaubst nicht, dass er es war.«

»Ich weiß nicht, Sorcha.«

»Wer könnte es denn sonst gewesen sein?«, sagte Sorcha. Ihre Stimme wurde lauter und schriller, fast ängstlich. »Irgendwer ist es doch gewesen. Irgendwer hat sie umgebracht. Und du hast hier einen verwirrten Typen, genau vor deiner Nase. Was ist das Problem?«

»Das Problem ist, dass ich niemandem etwas unterstelle. Mich interessieren stichhaltige Beweise.« Caras Lippen bildeten eine harte Linie.

Sorcha schaute finster drein, sagte aber nichts mehr.

Die drei stapften schweigend durch den Schnee und hingen ihren Gedanken nach. In der Ferne krachten die Wellen an die Küste. Sie hörten und spürten den Wind, der über die Insel fegte wie eine Todesfee. Cara schlug den Kragen ihrer Jacke hoch. Inzwischen bereute sie, dass sie sich zu Fuß auf diese Wanderung gemacht hatte. Sie blickte kurz in den Himmel hoch. Es konnte jeden Moment wieder anfangen zu schneien.

»Komm, lass uns zurück ins Haus gehen«, sagte Seamus und legte einen Arm um Cara. »Vergiss nicht, dass du nicht allein bist, du hast immer noch uns.«

»Danke, Seamus«, sagte Cara und lehnte sich bei ihm an. Es war schwer, ihm zu widerstehen. Das war Seamus, Cillians kleiner Bruder, den sie schon seit ihrer Kindheit kannte. Er war ihr Schwager, gehörte zur Familie. Was auch immer er vor ihr verbarg, er musste seine Gründe haben. Und sie hatte ihn lieb.

Sorcha drückte Cara die Hand. Ein schüchternes Lächeln umspielte ihre Lippen.

»Du hast immer noch uns.«

Sorcha schob die Hintertür auf, und sie betraten die kalte, leere Küche. Die marmorierte Arbeitsfläche fühlte sich eiskalt an unter Caras Hand.

»Lasst uns gleich wieder Feuer im Kamin machen. Das Haus ist echt eine Katastrophe.«

Seamus zog seine Stiefel aus, durchquerte, die Hände aneinander reibend, den Raum und machte sich sofort an die Vorbereitungen für das Feuer. Cara und Sorcha legten ihre Jacken und Mützen ab, wussten aber beide nicht recht, ob das eine gute Idee war. Bei jedem Ausatmen entstanden kleine Dampfwolken in der Luft. Cara betrachtete den nutzlosen Wasserkocher. Was hätte sie jetzt nicht alles für eine heiße Tasse Tee gegeben. Sie klickte den Schalter an und aus, in der Hoffnung, dass es wieder Strom gab. Aber nein, Fehlanzeige. Daithí hatte angekündigt, einen Gaskocher von zu Hause mitzubringen. Sie hoffte, dass er nicht zu lange auf sich warten ließ, denn sie fror erbärmlich.

Sorcha ging zum Sofa und wickelte sich in einen der Überwürfe. Dann setzte sie sich in einen Sessel und schaute Cara an.

»Allzu viel haben wir ja nicht rausgefunden, oder? Dieser seltsame Kelly hat irgendwie mitbekommen, was passiert ist, konnte dir aber auch nichts erzählen, was uns weiterbringt. Und sonst hat keiner irgendwas gesehen. Jetzt ist uns kalt und elend zumute, und wir sind kein bisschen schlauer. Lasst uns also einfach weiter hier rumsitzen, bis dieser Psychopath uns holen kommt! Dann ist uns wenigstens nicht mehr kalt.«

»Kopf hoch, Sorcha«, sagte Cara, nahm sich ebenfalls einen Überwurf und ließ sich auf dem Sofa nieder.

Seamus, der vor dem Kamin kniete, drehte sich zu ihnen um.

»Ich find das ja schon beunruhigend, Cara. Die Insel ist so klein, und trotzdem haben wir keine Ahnung, wer so was getan haben könnte? Man sollte doch meinen, dass es offensichtlich ist.«

Cara zuckte mit den Schultern.

»Momentan sind nicht mal besonders viele Leute auf Inishmore«, sagte Sorcha und setzte sich auf, als wäre ihr eine neue Idee gekommen. »Könntest du nicht alle befragen? Dann würde sich doch bestimmt zeigen, wer's war, oder? Willst du das nicht machen? Wir könnten dir helfen!«

»Ja, wenn es so weit ist. Aber ich soll ja nicht mal ermitteln. Mir wurde gesagt, dass ich warten soll. Und irgendwie haben sie ja auch recht. Wer immer das getan hat, kann hier nicht weg.

Er hängt hier genauso fest wie wir alle. Und sobald der Sturm nachlässt, rückt hier Verstärkung an.«

»Dann müssen wir also nur zusehen, dass wir bis dahin nicht ermordet werden, stimmt's?«, sagte Sorcha. »Toller Plan.«

Seamus strich ihr über den Arm.

»Mach dir nicht so viele Sorgen, Sorcha. Wir sind doch alle hier.«

»Ja, und der Mörder war gestern Nacht auch hier und hat durch die Fenster gestarrt und uns beobachtet. Herrgott, Seamus! Was, wenn er beschließt, wieder zuzuschlagen? Ist ja nicht so, dass Ferdy dann versuchen würde, mich zu retten!«

»Tief durchatmen, Sorcha! Komm schon, tief durchatmen! Es wird niemand kommen, der es auf dich abgesehen hat. Wir sind alle hier, und selbst wenn Ferdy dich nicht beschützen sollte, tun wir's eben. Stimmt's, Cara?«

»Absolut.«

Die Hintertür ging plötzlich auf, und Seamus, Sorcha und Cara fuhren herum. Daithí und Ferdy kamen vollbeladen mit Thermosflaschen und mit Alufolie abgedeckten Tabletts in die Küche gestapft. Der Duft von Speck und Würstchen zog durch den Raum und hob augenblicklich die Stimmung der Anwesenden.

»Wir sind wieder da!«, rief Daithí. »Und wir haben ein paar Leckerbissen aus der Pub-Küche mitgebracht.«

»Das nenne ich perfektes Timing«, sagte Cara. »Komm, Sorcha, du bist durchgefroren und hungrig. Kein Wunder, dass du schlecht drauf bist.«

Cara nahm Teller und Tassen aus dem Schrank, und Daithí holte Besteck, dann setzten sie sich alle um den Tisch. Daithí zog die Folie ab, und der Duft von Gebratenem verbreitete sich explosionsartig. Sofort ließ die Anspannung bei allen spürbar nach. Sie beluden ihre Teller und fielen über das Essen her, als wären sie halb verhungert.

Cara biss in ein pralles Würstchen, spürte, wie alle Rezeptoren in ihrem Gehirn freudig erwachten, und fühlte sich von einer Sekunde auf die andere deutlich besser.

»Danke, dass du das alles mitgebracht hast, Daithí. Das hatten wir dringend nötig«, sagte sie, als sie einen Becher mit dampfendem Tee zum Mund führte. Obwohl er noch ziemlich heiß war, nahm sie dankbar einen großen Schluck.

»Aber gern! Ich hab auch den Gaskocher ausgegraben und mitgebracht, und ein paar vernünftige Taschenlampen«, sagte Daithí.

»Super«, sagte Cara. »Dann können wir uns ja wieder selbst versorgen. Danke. Obwohl ich mir dann am Ende leidtun werde, dass ich das nicht jeden Tag haben kann.«

»Dann wärst du aber auch wirklich verwöhnt.« Er grinste sie an.

»Gott bewahre!«

»Ferdy hat mir von dem Besucher von gestern Nacht erzählt.« Daithís Lächeln verschwand. »Das klingt gar nicht gut.«

»Ja«, sagte Cara und hielt das Würstchen auf halbem Weg zum Mund in der Luft. »Das gefällt mir auch nicht. Wir müssen dringend darauf achten, dass die Türen abgeschlossen sind, und niemand sollte allein bleiben. Wir müssen alle wachsam sein. Mehr können wir, glaube ich, im Moment nicht tun.«

»Wie lief's denn heute Morgen? Ferdy erzählte, du warst unterwegs und hast die Leute befragt.«

»Ja, habt ihr irgendwas Neues erfahren?«, erkundigte sich Ferdy.

»Nein, ich fürchte, allzu viel haben wir nicht rausgefunden.«

»Das stimmt nicht ganz, Cara«, mischte Sorcha sich ein. »Wir haben erfahren, dass Patrick Kelly junior vor Ort am Kliff war!«

»Was?«, fragte Daithí und hörte auf zu essen.

»Ja, er war zufällig da, als Mauras Leiche in die Serpent's Lair geworfen wurde«, bestätigte Cara.

»O Gott«, sagte Daithí.

»Aber er war high. Darum weiß er nicht genau, was passiert ist.«

»Cara findet ihn nicht verdächtig. Dabei ist er auf Seamus losgegangen. Also, für mich ist er hochgradig verdächtig.«

»Er ist auf Seamus losgegangen?«, fragte Ferdy mit einem belustigten Funkeln in den Augen. »Was ist denn passiert?«

»Er war bizarrerweise der Meinung, dass ich nicht nur was mit Maura hatte, sondern sie auch noch betrogen habe.« Seamus schüttelte den Kopf. »Darum hat er sich eingebildet, ihre Ehre verteidigen zu müssen, und wollte mich vermöbeln.«

»Im Ernst?«, sagte Ferdy, deutlich weniger amüsiert. »Seltsam. Wie kommt er darauf? Hast du denn?«

»Bitte?«, erwiderte Seamus verwirrt. »Ob ich was hab?«

»Na, hast du dich mit Maura getroffen und hast du sie betrogen?«

Seamus erstarrte.

»Was stellst du für bescheuerte Fragen, Ferdy? Das war natürlich völliger Quatsch.«

»Er hat Aiden mit Lexi gesehen und dann offenbar falsche Schlüsse gezogen«, erläuterte Cara. Dass er Maura und Seamus zusammen am Haus gesehen hatte, erwähnte sie nicht.

Ferdy schaute erst Cara an und dann wieder Seamus. Jetzt war das Funkeln in seinen Augen wieder da.

»Das ist ja zum Piepen«, sagte er lachend.

»Nein, ist es nicht«, erwiderte Seamus und trank von seinem Kaffee. »Er hat mir voll eine reingehauen.«

Cara nahm die Thermoskanne, goss sich von dem heißen Tee nach und gab einen Tropfen Milch aus der offenen Tüte, die auf dem Tisch stand, hinein. Langsam erwachten ihre Finger wieder zum Leben. Der heiße Becher wärmte ihre Hände. Sie blies auf die dampfende Flüssigkeit. Nach und nach tauten alle ihre Glieder auf und kribbelten, als die Kälte aus ihnen entwich.

»Ach, komm, du warst keine Sekunde ernsthaft in Gefahr, Seamus. Patrick ist einfach ein trauriger, verwirrter Junge, und Maura war – typischerweise – die Einzige, die sich um ihn gekümmert hat.«

Sorcha stand vom Tisch auf.

»Meine Socken sind nass geworden. Ich zieh mir schnell trockene an. Bin gleich wieder da.« Sie verschwand im Flur, und die Tür schwang hinter ihr zu.

Wenige Augenblicke später kam sie zurück.

»Das ging aber schnell«, sagte Seamus, von seinem Essen aufblickend.

Cara sah sie ebenfalls an und bemerkte, dass sie ganz bleich geworden war. Und panisch wirkte. Sie hielt etwas in den Händen.

»Was ist das?«, fragte Ferdy.

»Ich ... ich weiß nicht«, sagte sie mit großen Augen. »Aber es ist für jeden von uns einer.«

Seamus stand auf.

»Was? Was ist das?«

»Briefe«, sagte Sorcha. »Ich hab sie auf der Fußmatte unter dem Briefschlitz gefunden.« Die Umschläge in Sorchas Händen zitterten.

Cara ging zu ihr.

»Lass mal sehen.«

Sorcha ließ sie sich widerstandslos abnehmen. Es waren tatsächlich fünf. Und auf jedem stand ein Name. Ihre Namen.

Daithí und Ferdy legten ihr Besteck weg und stellten die Becher ab.

»Was machen wir denn jetzt?«, fragte Sorcha.

»Sie lesen?«, schlug Ferdy vor. Er stand auf und nahm den Umschlag, auf dem in sorgfältiger Schrift FERDY stand.

»Vielleicht solltest du das besser nicht tun«, sagte Cara.

»Im Ernst?«, sagte Ferdy. »Also, ich mache meinen auf. Ihr könnt ja tun, was ihr wollt.«

Cara legte die verbliebenen Briefe auf den Tisch. Langsam griff jeder nach seinem. Alle schauten Cara an. Ferdy drehte seinen Umschlag um, riss ihn auf und zog ein gefaltetes Blatt heraus.

Er runzelte die Stirn und klappte es auf.

»Oh«, sagte er und sah überrascht aus.

»Was ist? Was steht da, Ferdy?«, flüsterte Sorcha.

Ferdy drehte es so, dass alle es lesen konnten.

In großen Druckbuchstaben stand dort ein kurzer Satz:

GIB ES ZURÜCK

Seamus und Sorcha setzten sich wieder zu Daithí an den Tisch und rissen ihre Umschläge auf. Sorcha lugte verstohlen zu Cara hin und dann wieder auf ihren Brief. Cara, die stehen geblieben war, schaute gebannt zu, während sie alle nervös ein Blatt aus dem Umschlag zogen und auseinanderfalteten. Sie hielt den Atem an und wagte es nicht einmal, zu blinzeln. Nach kurzem Nachdenken drehten alle, wie Jurymitglieder bei einem Wettkampf, ihr Blatt um und zeigten den anderen, was darauf stand.

GIB ES ZURÜCK

Derselbe Satz. Dieselbe Schrift. Derselbe drohende Unterton.

Sie legten die Briefe in die Mitte des Tisches. Die Teller mit dem Essen, über das sie sich eben noch mit Genuss hergemacht hatten, wurden zur Seite geschoben und vergessen. Alle starrten wortlos auf diese finstere Sammlung. Seamus erhob sich, trat ans Fenster und schaute hinaus, obwohl derjenige, der die Briefe eingeworfen hatte, bestimmt längst verschwunden war. Keiner konnte wissen, wie lange sie schon auf der Matte gelegen hatten.

Cara öffnete langsam ihren Umschlag. Sie zog das Blatt heraus, faltete es auseinander und starrte darauf.

GIB ES ZURÜCK

Wieder derselbe Satz.

Sie warf es zu den anderen auf den Stapel. Seamus setzte sich wieder hin. Alle schauten Cara an.

Daithí fand als Erster die Sprache wieder.

»Was soll das alles bedeuten, zum Teufel?«

Cara schaute erst ihn an, dann wieder die Briefe.

»Sieht so aus, als wäre das eine Botschaft des Mörders.«

»O Mann!«, sagte Seamus, die Augen weit aufgerissen.

»Hast du nicht gesagt, er interessiert sich nicht für uns?«, fragte Sorcha. »Du hast behauptet, er wäre nur an Maura interessiert gewesen!«

»Dann hab ich mich wohl geirrt.«

»Was soll denn dieses ›es‹ sein?«, fragte Daithí, griff nach einem der Briefe und starrte ihn an.

»Ich nehme an, damit ist das Päckchen gemeint. Offenbar geht es vor allem darum. Irgendwer will es dringend haben, und ich glaube, das ist der Grund, warum Maura sterben musste. Worum es dabei auch immer gehen mag. Derjenige, der sie getötet hat, hat es offenbar nicht geschafft, es in seinen Besitz zu bringen. Auch nicht, als er später ihr Haus durchsucht hat. Und das ist jetzt offenbar ein neuer Versuch, es aufzutreiben.«

»O mein Gott«, sagte Sorcha.

»Aber warum glaubt derjenige, dass einer von uns dieses Päckchen hat?«, fragte Daithí.

»Ich hab gar nichts!«, rief Sorcha und sprang auf. Sie schlang die Arme um ihren Oberkörper und ging auf und ab. »Warum kriege ich dann so einen Brief? Ich hab mit der ganzen Sache nichts zu tun.«

»Sei still, Sorcha, du strapazierst nur unsere Nerven«, sagte Ferdy kopfschüttelnd. »Und fürs Protokoll: Ich hab auch keine mysteriösen Päckchen.«

»Ich auch nicht«, sagte Seamus.

»Du auch nicht, nehme ich an, Daithí, oder?«, fragte Cara.

»Richtig«, erwiderte er. Er blickte auf den Brief und strich mit den Fingern über die Wörter auf dem Blatt.

»Hm, damit wären wir dann komplett, ich hab nämlich definitiv auch nichts. Ich wünschte allerdings, ich hätte es. Denn offenbar spielt es eine Schlüsselrolle in dem ganzen Schlamassel.«

»Cara«, sagte Daithí, den Brief hin und her wendend.

»Ja?«

»Und wie soll das gehen?«

»Wie soll was gehen?«

»Wie sollen wir es zurückgeben? Falls einer von uns ›es‹ hätte – was alle bestreiten –, wie sollte er es dann zurückgeben? Dazu gibt es keinerlei Anleitung.«

»Hm«, brummte Cara, setzte sich wieder an den Tisch und betrachtete die blassen, schockierten Gesichter um sich herum. Dann nahm sie nach und nach alle Briefe und untersuchte sie genauer. Alle sahen identisch aus und waren handgeschrieben. Cara wendete sie hin und her, aber bis auf diesen einen Satz stand sonst nichts darauf. Schließlich hielt sie sie gegen das Licht, um sie auf versteckte Botschaften zu überprüfen.

»Das kann eigentlich nur eines bedeuten«, sagte Cara. Ihr Magen zog sich zusammen, und die Worte kamen ihr nur schwer über die Lippen: »Wer auch immer dieses Päckchen hat, wird *wissen*, wie er es zurückgeben kann.«

Wie ein Polaroidfoto, das sich nur langsam entwickelt und dabei das Abgebildete nach und nach enthüllt, entfaltete Caras Satz mit Verzögerung seine Wirkung, und erst allmählich wurde allen am Tisch klar, was er bedeutete.

»Heißt das, dass einer von uns ... den Mörder kennt?«, hauchte Sorcha, nun noch bleicher.

»Ja, vielleicht«, sagte Cara. »Auf jeden Fall weiß derjenige, der das Päckchen hat, offenbar genug, um es zurückgeben zu können.«

»Dann weiß also irgendwer hier am Tisch mehr, als er sagt?«, fragte Ferdy. »Und die Briefe« – er zeigte darauf – »bedeuten, dass diese Person etwas versteckt?«

»Und dass der Mörder nicht weiß, wer von uns es hat«, sagte Seamus. »O Gott, dann sind wir alle in Gefahr!«

In der ohnehin schon kleinlauten Runde wurde es noch stiller. Verstohlene und ausweichende Blicke wanderten um den Tisch, und einige Anwesende rutschten unbehaglich auf ihren Stühlen herum.

»Es könnte aber auch sein, dass der Absender Psychospielchen spielt, Cara«, sagte Daithí. »Er versucht, uns nervös zu machen. Schaut uns doch an. Wir können uns kaum noch in die Augen sehen. Das Ganze ist zwei Minuten her, und schon benehmen wir uns anders als vorher.«

»Ja, das kann auch sein«, sagte Cara. Sie ließ ihren Blick über ihre Freunde schweifen und schaute allen in die Augen – ein trotziger Akt der Rebellion gegen das schleichende Gift des Misstrauens, das ungebeten Einzug gehalten hatte. »Aber warum sollte derjenige uns nervös machen wollen? Warum sollte der Mörder das tun? Was hat er davon?«

»Was hatte er davon, dass er Maura umgebracht hat?«, fragte Daithí.

»Auch wieder wahr. Die Antwort liegt in diesem Päckchen. Was auch immer es, zum Teufel, ist.«

»Könnte es ein Streich sein?«, fragte Seamus. »Von jemandem mit einem kranken Humor?«

Cara schüttelte den Kopf. »Ich glaube nicht, dass außer uns noch jemand auf der Insel weiß, was los ist. Selbst wenn es auch nur ansatzweise Gerüchte gibt. Außer dem Mörder und uns weiß niemand genug, um so etwas tun zu können.«

»Erst die Gestalt vor deinem Fenster, und jetzt das. Hat derjenige die Briefe vielleicht gestern Nacht schon eingeworfen? O Gott, vielleicht war er ja deswegen hier!«, rief Sorcha und warf den anderen fragende Blicke zu.

»Dann hätten wir sie heute Morgen gefunden«, erwiderte Seamus ruhig. »Komm, Sorcha, setz dich wieder hin und iss ein bisschen. Wir müssen bei Kräften bleiben. Es bringt niemandem was, wenn wir auch noch krank werden.« Seamus stand auf und streckte die Hand nach Sorcha aus.

Sie sträubte sich.

»Fass mich nicht an! Ich stehe, wann ich will!«

»Himmelherrgott nochmal, Sorcha. Reiß dich zusammen«, zischte Ferdy.

»Rede gefälligst nicht in diesem Ton mit mir, Ferdy Hennessy! Stell mich nicht als Verrückte dar! Einer von euch weiß doch was! Und du, Ferdy, du verschwindest dauernd wegen irgendwelcher ›Anrufe‹ für die Arbeit. Was soll das, hm? Du bist im Urlaub, es ist Weihnachten, und so wichtig bist du nicht, dass deine Gigs und Bands dich jetzt brauchen würden. Vielleicht führst du ja irgendwas im Schilde.«

Ferdy stand auf und starrte seine Frau mit seinen dunklen Augen wütend an.

»Und was sollte das sein?«, fragte er. Es klang wie ein leises, bedrohliches Knurren.

Daithí schaute ihn an.

»Setz dich hin, Ferdy. Es ist doch offensichtlich, dass sie bloß Angst hat. Wir sind alle beunruhigt.«

Ferdy wandte sich Daithí zu und versuchte, ihn mit Blicken zu töten.

»Ach, und du fändest es also total in Ordnung, wenn ich dir einen Mord unterstellen würde? Ja?«

Daithí stand auf und warf Ferdy nun seinerseits quer über den Tisch giftige Blicke zu.

»Setzt euch wieder hin, alle«, sagte Cara zwar ruhig, aber mit der Bestimmtheit von fünfzehn Dienstjahren als Polizistin und zwölf Jahren als Mutter. Und alle fügten sich.

»Gut. Ich schätze, ich muss das jetzt fragen.« Cara sah noch einmal in die Runde und holte tief Luft. Sie konnte nicht glauben, dass sie das wirklich fragte: »Möchte mir irgendwer von euch etwas sagen?«

»Nein«, gab Sorcha patzig zurück.

»Nein«, sagte Ferdy.

»Nein«, sagte Seamus.

Daithí schüttelte den Kopf.

»Gut, und ich euch auch nichts«, sagte Cara.

KAPITEL 23

Ein Auto hielt in der Einfahrt und riss alle aus ihren Gedanken. Cara erhob sich, ihren Becher in der Hand, und ging zum Fenster. Die Scheibe beschlug von dem Dampf ihres heißen Tees, und sie wischte ihn weg. Es war erst zwei Uhr mittags, aber das Licht draußen schwand bereits wieder. Eine Autotür wurde zugeschlagen.

Eine Gestalt mit einer Kapuze auf dem Kopf näherte sich der Haustür. Es hatte wieder angefangen zu schneien. Bald würde ihr Streifenwagen erneut nicht mehr zwischen den Hecken und Mauern zu erkennen sein. Um die Füße des Besuchers tanzten aufgewirbelte Schneeflocken.

»Wer ist das?«, fragte Sorcha ängstlich.

Es klingelte an der Tür.

»Ich weiß es nicht«, sagte Cara und drehte sich zu ihrer Freundin um. »Aber Mörder klingeln für gewöhnlich nicht.«

»Ich geh nachsehen«, erbot sich Daithí und stand auf. Ferdy erhob sich halb von seinem Stuhl. Daithí hielt inne und schaute ihn an.

»Ich brauche keine Begleitung. Auf dem Weg zur Tür werde ich weder umgebracht, noch bringe ich jemanden um.« Er verließ den Raum, und Ferdy setzte sich wieder. Sorcha fixierte trotz Caras Beschwichtigung Fingernägel kauend die Tür.

Cara trat an den Tisch und schob die Briefe zusammen.

»Ich bring die mal weg.« Sie ging in die Küche und legte sie in eine Schublade.

Sie hörten zunächst leise Stimmen an der Haustür, dann kam Daithí mit dem Fahrer des Wagens ins Zimmer. Alle starrten zur Tür. Die Anspannung war mit Händen zu greifen, wie der Schnee draußen schien sie alles zu überziehen. Als der Besucher seine Kapuze abnahm, erkannte Cara Schulleiter Cormac Mullen, Mauras Vorgesetzten.

Er war Anfang sechzig und hatte schütteres weißes Haar. Zuerst lächelte er, doch als er die angespannte Stimmung bemerkte, verschwand sein Lächeln.

»Entschuldigung«, sagte er, um sich schauend, »störe ich gerade?«

Seamus fasste sich als Erster wieder.

»Nein, nein, gar nicht, Máistir«, sagte Seamus und stand auf. Herr Lehrer. Er verfiel reflexartig in alte Gewohnheiten. Cormac Mullen war seit fast vierzig Jahren Lehrer an der örtlichen Schule. Er hatte Saoirse und Cathal in den ersten Jahren unterrichtet, und früher auch Daithí, Seamus, Sorcha und Ferdy – bevor Ferdy an die weiterführende Schule nach Dublin gegangen war. Maura hatte immer geschwärmt, er wäre ein wunderbarer Chef.

»Nennen Sie mich Cormac, Seamus, und bleiben Sie bitte sitzen. Entspannen Sie sich, Sie sind nicht mehr in der Schule.«

»Alte Gewohnheit.« Seamus nahm lächelnd wieder Platz.

»Oh, hallo, Sorcha McDonough, Ferdy Hennessy. Sie beide habe ich ja schon lange nicht mehr hier zu Hause gesehen.«

Ferdy stieß einen Grunzlaut aus und stocherte in seinem lauwarmen Essen herum.

»Sind Sie wegen Maura hier, Mr. Mullen?«, fragte Sorcha.

Cara warf ihr einen mahnenden Blick zu, den Sorcha jedoch nicht bemerkte.

»Ms. Conneely? Nein, wieso? Es sind Ferien, Ms. Conneely hat frei.« Er lächelte etwas verdutzt.

»Was können wir denn für Sie tun?«, fragte Seamus.

Mullen schaute Cara an. »Ich wollte zu Sergeant Folan.«

»Wirklich, was ist denn los?«, fragte Cara. Sie kam um den Tresen herum aus der Küche. Vielleicht ging es ja doch um Maura.

»Wie es aussieht, ist jemand ins Schulgebäude eingebrochen.«

»Ein Einbruch, oje! Erzählen Sie mir mehr.« Cara entspannte sich etwas. Ihr blieben wahrscheinlich nur wenige Tage, vielleicht sogar nur Stunden, bis sich die Nachricht von Mauras Tod herumgesprochen hatte. Und im Vergleich zu dem Sturm, den diese Neuigkeit unter den Insulanern entfesseln würde, würde der Sturm draußen harmlos wirken.

»Wir haben gestern eine Alarmmeldung von unserem Sicherheitsdienst bekommen. Die Firma hätte uns eigentlich schon einen Tag eher verständigen müssen, weil der Einbruch da offenbar bereits stattgefunden hat. Aber der Sturm, der Stromausfall und die Weihnachtstage haben alles verzögert, so dass mich die Nachricht erst gestern erreichte.«

»Wurde denn was gestohlen?«

»Soweit ich es beurteilen kann, nicht. Was merkwürdig ist. Es sieht alles aus wie immer«, sagte Cormac. »Außer der Tür scheint alles in Ordnung zu sein. Ich vermute, dass es gelangweilte Jugendliche waren. Aber ich dachte, ich sage Ihnen trotzdem Bescheid.«

»Natürlich. Ich schaue mir das gleich mal an.«

Froh, der angespannten Stimmung im Haus entfliehen zu können, folgte Cara dem fünfzehn Jahre alten verbeulten Ford des Schulleiters mit dem Streifenwagen in den Ort. Sie hielten vor der Grundschule. Das Gebäude mit den weißen Mauern, dem schiefergedeckten Satteldach und den großen Fenstern wirkte heute ungewöhnlich trist und leer. Genauso trist wie der sich verdunkelnde Himmel. Der Wind, der anders als der Schnee nie nachzulassen schien, peitschte die Flaggen im Hof hin und her, die die Schule als umweltbewusste »Green School« auswiesen. Und weil das Drahtseil dabei gegen den Fahnenmast stieß, erklang ein permanentes rhythmisches Klacken und hohles Scheppern.

Cormac setzte seine Kapuze wieder auf und führte Cara zur Rückseite des Gebäudes. Vor einer zur Hälfte verglasten Tür blieben sie stehen. Es war die Tür, durch die die Kinder zur Pause auf den Schulhof strömten. Hier schützte ein Vordach aus Beton sie beide ein wenig vor dem stärker werdenden Schneefall.

Cara begutachtete die groben Schäden an dem aufgebrochenen Türschloss. Das benutzte Werkzeug – ein Stein – hatte der Täter auf den Stufen zurückgelassen.

»Wollen wir reingehen?«, fragte Cormac. »Haben Sie hier genug gesehen?«

»Ja, gehen wir rein.«

Sie traten durch die Tür in den halbdunklen Flur. Ohne Licht – und ohne die Kinder – wirkte die Schule unnatürlich leblos und düster.

»Und Sie sind sicher, dass nichts gestohlen wurde?«, fragte Cara, ihre Stimme hallte durch den leeren Flur.

»Ich hab die iPads und die Laptops überprüft und unsere Handkasse, aber es ist alles noch an seinem Platz. Und sonst gibt es hier nichts von Wert. Wenn der Einbrecher es nicht auf Papier und Buntstifte abgesehen hatte, fehlt nichts. Daher meine Vermutung, dass es gelangweilte Jugendliche waren.«

»Ja, das ergibt Sinn«, pflichtete Cara ihm bei. »Ich kann mich ja mal umschauen und sehen, ob mir irgendwas auffällt. Aber vermutlich haben Sie recht. Schade, dass man auf Inishmore keine Überwachungskameras braucht.«

»Lustig, dass Sie das sagen. Wir haben nämlich tatsächlich eine Kamera. Sie wird durch die Alarmsensoren aktiviert, die auf Bewegung reagieren. Allerdings ist das keine richtige Überwachungskamera – sie filmt nur einen kleinen Ausschnitt und den auch nur für wenige Sekunden. Vielleicht hat sie ja trotzdem was eingefangen.«

»Könnte nützlich sein.«

»Ich hab die Firma, die für den Sicherheitsdienst zuständig ist, gebeten, mir sämtliches Material zu schicken, das sie haben.«

»Bis wann, glauben Sie, bekommen Sie es?«

»Ich hoffe, bald.«

»Dann leiten Sie es bitte an mich weiter. Haben Sie was dagegen, wenn ich mich jetzt hier umsehe?«

»Nein, machen Sie nur.«

Cara schaute zu den drei Klassenzimmern. Das erste war Mauras, wie sie wusste. Sie hatte die kleinsten Kinder unterrichtet, die Vier- bis Siebenjährigen.

»Könnten wir uns zuerst Mauras Raum ansehen?«, fragte sie und musste sich zwingen, die Wörter »Mauras Raum« auszusprechen, da sie wusste, dass Maura nie mehr hierherkommen würde. In Zukunft würde es das Klassenzimmer von jemand anders sein. Sie blickte zu Boden, damit der Schulleiter ihre Miene nicht sah.

»Natürlich«, antwortete Cormac und ging voran. Er öffnete die Tür, und sie betraten das Klassenzimmer mit den zwölf kleinen Tischen. Die Wände waren mit Weihnachtsschmuck dekoriert, Watteschneemännern und Rentieren mit roten Puschelnasen. Quer durch den Raum waren Schneegirlanden aus Papier gespannt. Auf den Regalen standen farbenfrohe Bücher und Becher mit Stiften, bunten Holzstäbchen, Pfeifenreinigern und anderem Kleinkram zum Basteln. Alles hier demonstrierte aufs Schönste, wie viel Freude Maura in ihrem Leben verbreitet hatte. Cara musste sich zwingen, über die Schwelle zu treten. Es tat schrecklich weh, daran zu denken, dass sie ihre Freundin nie wiedersehen würde.

Cormac ging zu dem interaktiven Whiteboard hinüber.

»Das ist der teuerste Gegenstand in diesem Raum. Und es sieht nicht so aus, als hätte ihn jemand angerührt. Außerdem steht ihr Laptop auf dem Schreibtisch. Ich weiß gar nicht, wie oft ich sie schon gebeten habe, ihn wegzuschließen, doch er ist noch da. Hier ist alles noch an seinem Platz.«

»Darf ich mich etwas umsehen?«

»Natürlich«, sagte Cormac. »Aber ich bin sicher, Sie werden nichts besonders Erhellendes finden.«

Cara war eine Idee gekommen. Die Briefe hatten sie darauf gebracht. Der Mörder wollte offenbar unbedingt dieses Päckchen haben. Und er wurde langsam ungeduldig. So sehr, dass er riskierte, ihnen Briefe zu überbringen. Maura musste es irgendwo auf der Insel versteckt haben. Von den Schulsachen war nichts weggekommen ... aber was, wenn hier stattdessen etwas *zurückgelassen* worden war? Der Einbruch hatte zu der Zeit stattgefunden, als Maura auf der Insel unterwegs gewesen war und nach ihr gesucht hatte. Und dabei hatte sie das Päckchen bei sich gehabt. Cara war eigentlich nicht davon ausgegangen, dass Maura sich in der Nähe der Schule aufgehalten hatte ... aber vielleicht war es ja doch so gewesen. Vielleicht war sie an der Schule vorbeigefahren und hatte beschlossen, das Päckchen hier zu verstecken? Und falls sie den Schlüssel nicht bei sich gehabt hatte, würde das erklären, warum sie in das Gebäude einbrechen musste.

Cara versuchte, die Weihnachtsdekoration auszublenden,

ließ ihren Blick durch den Raum schweifen und überlegte, wo Maura es deponiert haben könnte, falls es so gewesen war. Sie überprüfte die Bücherregale unter den Fenstern. Danach öffnete sie die Schränke an der hinteren Wand. Aber wie Cormac gesagt hatte, hier war alles an seinem Platz.

»Ich habe den Eindruck, das Sie etwas Bestimmtes suchen, kann das sein?«, sagte Cormac, der Cara beobachtet hatte.

Cara schaute ihn an und überlegte, was sie ihm sagen sollte. Am besten die Wahrheit.

»Ich habe eine Theorie«, sagte sie.

»Aha.«

Als Nächstes durchquerte Cara den Raum, setzte sich auf Mauras Stuhl und nahm sich Mauras Schreibtisch vor. Ein schneller erster Blick über die Tischplatte zeigte nichts Verdächtiges.

»Darf ich fragen, was das für eine Theorie ist?«, sagte Cormac, der sich zu Cara an den Schreibtisch gesellte.

Cara schaute zu ihm hoch.

»Auf der Insel gehen momentan seltsame Dinge vor sich, Cormac. Ich kann noch nicht darüber reden. Aber was ich sagen kann, ist, dass ich mich frage, ob hier jemand etwas deponiert hat, anstatt was zu klauen.«

»Ich verstehe. Interessant«, erwiderte er. Nach kurzem Überlegen klappte er den Mund auf, als wolle er etwas sagen, tat es dann aber doch nicht. Cara wartete.

»Darf ich Sie was fragen?«, sagte er einen Augenblick später.

»Klar.«

»Ich gehöre nicht zu denen, die gern Klatsch und Tratsch verbreiten. Aber Sie wissen ja, wie das ist auf einer Insel. Hier passiert nichts, was man nicht erfährt.«

»Ja, ich weiß.«

»Gestern hab ich ein Gerücht aufgeschnappt. Ich hab gehört, auf der Insel wäre eine Leiche gefunden worden.«

Cara schaute in sein offenes, neugieriges Gesicht. Es überraschte sie nicht allzu sehr, dass die Leute redeten. Hier blieb einfach nichts geheim, auch wenn man sich noch so sehr darum bemühte. Sie wollte nur, dass sich die Nachricht nicht wie ein Lauffeuer verbreitete, solange sie vom Festland abgeschnitten waren. Denn es fehlte ihr gerade noch, dass die Insulaner in Panik gerieten, während sie alle hier festhingen.

»Ich bin nicht sicher, ob ich das kommentieren kann, Cormac.« Cara hielt seinem Blick nicht stand. Wenn er wüsste, dass es eine seiner Mitarbeiterinnen war ... Dieser Tod würde ihn nicht nur persönlich treffen. Das hier war keine große städtische Schule, in der der Verlust einer Lehrerin zwar auch eine Tragödie darstellte, den meisten aber trotzdem nicht besonders naheging. Die Insel-Grundschule hatte nur ungefähr fünfzig Schüler. Drei Klassenzimmer. Und der Lehrkörper bestand aus drei Personen, von denen Cormac Mullen einer war. Cara wollte sich gar nicht vorstellen, was auf ihn zukam und wie er reagieren würde, wenn es an der Zeit war, ihm die schreckliche Nachricht zu überbringen.

»Tut mir leid«, sagte sie, und es gab so vieles, was ihr leidtat.

»Schon okay. Ich wollte nur gefragt haben. Die Sache kam mir weniger aus der Luft gegriffen vor als manches andere, was man so hört. Und als sie gerade sagten, auf der Insel würde seltsame Dinge vorgehen ...«

Cara nickte. Dann wandte sie sich wieder dem Schreibtisch zu. Sie wollte weg von dieser Unterhaltung. Weit weg. Sie zog die oberste Schublade auf. Sie und Cormac schauten hinein. Stifte, Post-it-Blöcke, Lineale, Spielsachen, Bonbons, Krimskrams aus dem Lehrerinnenalltag. Sie zog die Schublade darunter auf, nahm Hefter und Bücher heraus und blätterte sie durch. Nichts, was auch nur entfernt zu *mamós* Beschreibung passte.

»Da ist nichts drin, was ich dort nicht erwarten würde«, sagte Cormac.

Cara öffnete die letzte Schublade. Die unterste. Auch darin befanden sich Bücher und Hefter mit Berichten. Aber anders als die Unterlagen in der Schublade darüber, bildeten diese Unterlagen keinen flachen Stapel. Wie bei der Prinzessin auf der Erbse lag etwas ganz unten, das eine Unebenheit bildete. Cara nahm den Inhalt heraus und stapelte ihn auf dem Schreibtisch. Ganz unten stieß sie auf eine Blechdose. Auf dem Etikett waren ein Cartoon-Hund mit Spiralen anstelle von Augen, stilisierte Hanfblätter und Friedenszeichen abgebildet. Das sah definitiv auch nicht aus wie das, was ihre Großmutter ihr beschrieben hatte. Und obendrein löste es Unbehagen in ihr aus. Denn es gehörte ganz sicher nicht in ein Klassenzimmer, in dem kleine Kinder unterrichtet wurden. Beklommen zog Cara ihre neuen Lederhandschuhe an und hob die Dose heraus.

»Ist es das, wonach Sie gesucht haben, Sergeant?«, fragte Cormac und beugte sich neugierig über die kleine, verdächtige Dose.

»Nein«, erwiderte Cara stirnrunzelnd, »ganz und gar nicht.«
Sie hob vorsichtig den Deckel an.
Und hätte die Dose beinahe fallen lassen.
Darin lagen ein Dutzend bunte Pillen, vielleicht auch mehr, auf die kleine Smileys gestempelt waren. Und nur für den Fall, dass noch irgendein Zweifel daran bestand, worum es sich handelte, lagen daneben noch drei fertig gebaute Joints mit ihren verdrehten, spitz zulaufenden Enden.

KAPITEL 24

»Das ist nicht von ihr!«, platzte Cara heraus.

»Das will ich auch hoffen, das wäre nämlich ein Grund für eine sofortige Suspendierung, die Einleitung eines Disziplinarverfahrens und was weiß ich noch alles.«

Cara schaute Cormac lange an.

»Ich würde es sehr begrüßen, wenn Sie diese Angelegenheit erst mal für sich behalten könnten.«

»Um ehrlich zu sein, bringe ich mich selbst in Misskredit, wenn ich nichts unternehme. Illegale Drogen im Schulschreibtisch aufzubewahren, das ist ein schwerer Verstoß gegen die Dienstvorschriften. Kann ich so etwas decken? Nein, nein und noch mal nein!«

»Vertrauen Sie mir, Cormac, Sie werden auf keinen Fall deswegen Probleme bekommen. Sie können mir glauben, dass Sie nicht in Schwierigkeiten geraten. Behalten Sie es nur vorläufig für sich. Sollte das nötig werden, können Sie zu hundert Prozent auf meine Rückendeckung zählen.«

»Was geht hier vor sich?«

»Das darf ich Ihnen nicht sagen, aber diese Sachen hier gehören nicht Maura. Glauben Sie mir! Würde die Maura, die Sie kennen, so etwas tun? Drogen hier rumliegen lassen, wo sie jedes Kind finden könnte?«

»Nein, würde sie nicht.«

»Genau. So fahrlässig würde Maura niemals handeln. Sie liebt ihre Schüler über alles. Behalten Sie das im Hinterkopf und denken Sie daran, was für einen guten Ruf sie genießt.«

Drogen, die wie Bonbons aussahen, in einer unverschlossenen

Schublade in einem Klassenzimmer voller kleiner Kinder. Wenn das rauskam, war Mauras guter Ruf dahin. Also war sie nicht die Einbrecherin gewesen. Und hatte das Päckchen nicht in der Schule versteckt. Das hier war nur ein weiterer Versuch, sie zu zerstören. Ihren Ruf, ihr Leben. Von jemandem, der sie unbedingt bestrafen wollte. Aber warum? Was steckte hinter diesem Feldzug gegen ihre Freundin?

Cara nahm ein frisches Papiertuch aus der Box auf Mauras Schreibtisch und wickelte die Dose hinein. Dann schlug sie sie noch einmal in ein zweites Tuch ein und steckte sie in die Innentasche ihrer Jacke.

»Geben Sie mir ein paar Tage Zeit, dann können Sie eine Entscheidung fällen, in Ordnung?«

»Aber mehr nicht.«

»Mehr werde ich nicht brauchen. Ach, und das Bildmaterial aus dieser Kamera. Bitte schicken Sie es sofort an mich weiter, sobald Sie es haben, egal, wie schlecht die Qualität ist. Ich weiß, es ist schwer, die elektronische Kommunikation aufrechtzuerhalten, wenn der Strom ausfällt, aber es ist äußerst wichtig, dass ich das Material sehe.«

»Natürlich. Ich werde Sie benachrichtigen, sobald ich es habe.«

»Es kann sein, dass ich im Haus von Seamus Flaherty bin, und da habe ich weder Empfang noch WLAN. Aber wenn Sie eine Nachricht im *Derrane's* hinterlassen, erreicht sie mich.«

»Mache ich.«

»Danke, Cormac.«

»Und was wollen Sie jetzt tun?«

»Ich fahre zu jemandem, der möglicherweise weiß, woher diese Drogen stammen.«

Cara parkte den Wagen und machte den Motor aus. Als die Wischer die Arbeit einstellten, landeten Schneeflocken auf der Windschutzscheibe, zuerst nur wenige, dann immer mehr, und jede weitere Ladung Flocken füllte weitere Lücken. Auch als der Schnee die ganze Scheibe bedeckte und das Licht etwas Unheimliches bekam, blieb Cara sitzen. Sie konnte nicht begreifen, was auf ihrer Insel vor sich ging. Zehn Jahre war sie nun schon hier, zehn Jahre, in denen alles ruhig seinen Gang gegangen war. Und jetzt auf einmal Mord? Einbrüche und untergeschobene Beweise? Drohbriefe? Natürlich hatte sie keinerlei Beleg dafür, dass jemand die Drogen in Mauras Schreibtisch geschmuggelt hatte, aber es war das Einzige, was halbwegs Sinn ergab. Sie musste die Quelle auf der Insel finden. Vielleicht war sie danach schlauer. Sie sah aus dem Fenster der Beifahrerseite zu dem kleinen grün-weißen Wohnwagen am Ende des Pfades. Dann stieg sie aus.

Cara zog ihre Kapuze über den Kopf. Auf dem kurzen Stück vom Auto zur Tür von Patrick Kellys Wohnwagen wurde die Sicht noch schlechter als zuvor. Auf den klauenartig über dem Wagen hängenden Ästen sammelte sich der Schnee, die kleineren Zweige bogen sich schon unter dem Gewicht. Cara klopfte an die dünne, mit Plastik verkleidete Blechtür. Von innen kam ein Geräusch, aber es öffnete niemand.

»Patrick, ich bin's, Sergeant Folan! Tut mir leid, dass ich dich noch mal stören muss!«

Immer noch nichts.

»Geht ganz schnell, keine Sorge. Ich hab nur eine Frage.« Sie klopfte wieder an. Und noch mal.

»Ich gehe erst weg, wenn du aufmachst.«

Der Wohnwagen war so alt und klapprig, dass es vermutlich nicht schwierig war, die Tür notfalls aufzubrechen.

Sie klopfte erneut.

Endlich tat sich drinnen was.

»Bitte, Patrick!«

Die Tür öffnete sich einen Spaltbreit, und die zwei vertrauten Augen schauten Cara an.

»Was wollen Sie?«

»Lass mich bitte rein. Ich halte dich nicht lange auf.«

Die Tür schwang auf, und Patrick zog sich ohne ein weiteres Wort ins Innere des Wagens zurück. Cara stieg hinein, froh, aus dem Schnee herauszukommen. Sie schaute sich unwillkürlich nach Schreibutensilien um, nach irgendeinem Hinweis darauf, dass die Briefe von Patrick geschrieben sein konnten. Aber da war nichts. Sie verwarf den Gedanken und konzentrierte sich auf den Grund ihres Kommens. Patrick hatte sich ins Bett zurückgezogen. Die zerwühlten Decken zeigten, dass er versucht hatte, sich warmzuhalten. Sie musste wirklich etwas wegen seiner Unterbringung unternehmen. Sobald dieses ganze Chaos vorbei war, würde sie sich darum kümmern und ihm Hilfe vermitteln. Und diesmal würde sie dafür sorgen, dass er sie auch bekam.

»Ich muss dich was fragen. Und ich versprech dir, dass du keine Konsequenzen zu befürchten hast, wenn du die Wahrheit sagst. Das ist der Deal, wenn du mir hilfst. Wie klingt das?«

Er schaute sie an, seine Miene glich einem Mosaik aus Zweifeln und Misstrauen.

»Kommt drauf an.«

»Ich muss wissen, von wem du die Drogen bekommst. Du hattest lange keinen Ärger mit den Behörden. Darum glaube ich, dass du auch lange nichts genommen hast. Was hat sich geändert? Woher kamen die Pillen, die du eingeworfen hast?«

Er wandte den Blick ab und schaute aus dem hinteren Fenster. Plötzlich ertönte ein dumpfer Knall auf dem Dach. Sie blickten beide hoch. Von den Ästen war Schnee herabgefallen. Patrick schwieg.

Cara seufzte.

»Stimmt meine Vermutung, dass du gerade erst wieder angefangen hast?«

Er nickte.

Sie griff in ihre Innentasche, holte die Blechdose heraus und öffnete sie mit Hilfe des Papiertuchs, in das sie eingewickelt war. Sie näherte sich Patrick und zeigte ihm den Inhalt.

»Sieht das, was du bekommen hast, so aus wie diese Pillen?«

Wieder ein Nicken.

Sie wickelte die Dose wieder ein und steckte sie in die Tasche. Das war schon mal eine sehr nützliche Information. Patricks Drogen und diese hier stammten also offenbar aus derselben Quelle. Er konnte ihr sagen, woher er sie hatte.

»Ich wollte einfach nicht mehr daran denken«, erklärte Patrick schließlich.

»Ich weiß, Patrick. Ich versprech dir, dass du keinen Ärger bekommst, wenn du mir sagst, wer sie dir gegeben hat. Das würde mir sehr helfen.«

»Ich bin zu ihm gegangen, und er hat mir mehr Pillen gegeben, und ich hab sie genommen.« Seine Schultern sanken herab, und er ließ den Kopf hängen. Er holte zitternd Luft. »Es tut mir leid.«

»Ist in Ordnung, ich versteh das.« Cara setzte sich ans Bettende. »Wer ist er? Wer hat dir die Drogen gegeben?«

»Ich weiß nicht ... Ich glaub nicht, dass es ihm gefallen würde, wenn ich ...«

»Patrick, du brauchst keine Angst vor ihm zu haben. Ich stehe auf deiner Seite ...«

»Ich kenn seinen Namen nicht.«

»Kannst du ihn mir beschreiben?«

Furcht gesellte sich zu dem Kummer in Patricks Gesicht.

Er konnte Cara nicht ansehen und fixierte stattdessen den kaputten Linoleumboden vor dem Bett.

»Ihr Freund«, murmelte er.

»Was?«, erwiderte Cara verwirrt. »Mein Freund?«

»Hm.«

»Bist du sicher?«

Er nickte.

Cara hatte nur sehr wenige Freunde. Und Maura war es nicht gewesen. Daithí? Niemals.

»Welcher denn, Patrick?«

»Der Coole.«

Ferdy.

KAPITEL 25

Cara hielt in der Einfahrt des Flaherty-Hauses. Dem Wind, dem Schnee und den eisigen Temperaturen zum Trotz stand Noah mit einigen der Schauspieler draußen. Er selbst ging neben einem der Kameramänner her, welcher die Gruppe mit einer Kamera umkreiste, die mit einem Halterungssystem an den Körper geschnallt war. Ein Crew-Mitglied hielt ein Mikrophon an einem Galgen über ihre Köpfe. Noah, der Mann aus der Crew und der Kameramann trugen Wollmützen, Mäntel und Schals. Die Schauspieler hingegen hatten weniger Glück; mit ihrer wesentlich leichteren Bekleidung konnten sie die Grenzen ihrer Opferbereitschaft für die Kunst austesten.

Cara stieg aus und schlug die Wagentür zu. Bei dem Geräusch fuhr Noah herum und rief mehr als ein bisschen genervt: »Cut!«

»Tut mir leid, wenn ich die Aufnahme ruiniert habe«, sagte Cara, ohne jedoch im geringsten reumütig zu klingen. Während diese Leute nur so taten, als würden sie ihr Leben führen, lebte sie es in echt. Und sie konnte nicht »Cut!« rufen, wenn etwas schiefging.

Sie stapfte durch die Gruppe der Schauspieler hindurch und um das Haus herum zur Hintertür. Als sie in die Küche trat, saßen Seamus, Ferdy und Daithí noch immer am Tisch, jetzt allerdings mit einer offenen Whiskeyflasche vor sich. Sie alle blickten aus dem Fenster und sahen bei den Dreharbeiten zu. Ein Lügner, ein Drogendealer und Daithí. Ihre Freunde.

Daithí schaute sie an.

»Und? Was war los an der Schule?«

»Wie's aussieht, hatte Mr. Mullen recht, und es waren gelang-weilte Jugendliche.« Sie behielt Ferdy im Auge und wartete auf eine Reaktion. Nichts. Er blieb auf die Schauspieler draußen konzentriert.

»Unfassbar«, sagte Daithí. »Das hat dir ja gerade noch ge-fehlt. Dein Essen steht übrigens da drüben, unter der Folie. Aber ich fürchte, es ist inzwischen kalt.«

Cara hob die Alufolie an, mit der ihr Teller abgedeckt war. Das Fett rund um die Würstchen und den Speck, die vorher ap-petitlich ausgesehen hatten, war erstarrt. Cara schob den Teller angewidert weg.

»Hi«, sagte Seamus, blickte über die Schulter zu ihr hin und hob sein Glas. »Setzt du dich zu uns?«

Cara schaute auf ihr Handy. Es war zehn nach drei.

»Ist noch ein bisschen früh, oder?«

»Irgendwo auf der Welt ist es schon acht«, erwiderte Ferdy, ohne sich umzudrehen.

»Wir brauchten was, um unsere Nerven zu beruhigen«, er-klärte Seamus.

»Et tu, Daithí«, sagte Cara überrascht zu ihm.

»Man passt sich an ...«

Sie setzte sich zu ihnen an den Tisch, lehnte den Whiskey aber ab.

»Tut mir leid«, sagte Daithí. »Das war gedankenlos. Wir sind nur alle ziemlich durch.«

»Da draußen läuft irgendwo ein Psychopath rum, und wir hängen hier fest ...«, sagte Seamus.

»Vielleicht steht er auch gleich da vorn«, stimmte Ferdy ein und wies mit seinem Glas auf die Filmleute draußen.

Daithí schüttelte den Kopf.

»Glaub ich nicht. Die waren alle im *Derrane's*, als sie verschwand. Ein paar von ihnen schliefen noch wegen ihrem Jetlag, und einige saßen im Pub und haben was getrunken.«

»Dann ist es zwar unwahrscheinlich, aber nicht unmöglich«, erwiderte Ferdy.

»Unmöglich nicht, nein.«

Danach schauten alle wieder nach draußen und verfolgten fasziniert die Dreharbeiten. Die inzwischen fast blaugefrorenen Darsteller kehrten zurück auf ihre Markierungen und wiederholten die Szene, die Cara unterbrochen hatte.

»Ich wünschte, der Typ, der mich spielt, würde besser aussehen«, sagte Ferdy, an Seamus gewandt. »Hast du das extra gemacht? Ja, ich wette, das war Absicht!«

Seamus seufzte.

»Nein, Ferdy, war's nicht.«

Cara betrachtete die Profile der beiden, während sie ihre Avatare auf der anderen Seite des Fensters fixierten und an ihrem Whiskey nippten.

Als sie nach all der Zeit wieder in Kontakt zueinander getreten waren, hatte alles so einfach gewirkt. Ihre hin und her gehenden Nachrichten hatten immer einen Hauch von Sonne und die Atmosphäre unbeschwerter Tage in sich getragen. Die Verheißung einfacherer, glücklicher Zeiten. Sie hatten sie an die Tage erinnert, in denen sie noch jung gewesen waren und noch nichts Schlimmes passiert war. Als Ferdy einfach nur ein unausstehlicher, verzogener junger Typ gewesen war und kein Dealer. Cara verstand noch immer nicht, was hier vor sich ging. Sicher, er hatte neulich Nacht einen Joint geraucht, während sie sich unterhielten. Aber wenn sie jeden verhaften würde, der ab und zu kiffte, würde sie nichts anderes mehr tun. Das war wie mit dem Whiskey, der vor ihnen stand; solange er in den richtigen Händen war, stellte er kein Problem dar. Aber manchmal gelangten Drogen eben in die falschen Hände. Wie man an dem armen Patrick sehen konnte.

»Wie geht's denn mit der Ermittlung voran?«, fragte Daithí.

»Wir haben vorhin überlegt, wer verdächtig sein könnte. Wer die Briefe eingeworfen haben und was in dem Päckchen drin sein könnte.«

»Und? Ist euch was eingefallen?«

Daithí schüttelte den Kopf.

»Nein, wir tappen völlig im Dunkeln.«

»Seamus hatte ein paar wilde Ideen«, sagte Ferdy.

»Ach, das war doch nur so dahingesagt.«

»Mich wundert, dass deine Filme überhaupt Geld einspielen, wenn dir nur so ein Quark einfällt. Seine beste Theorie war noch die, dass irgendein Fremder auf die Insel gekommen ist, um ein bisschen Spaß zu haben, und sie dann schwimmend wieder verlassen hat. Lauter so hirnverbranntes Zeug.«

»Ich hab doch nicht gesagt, dass es wirklich so war. Ich hab nur vor mich hin gesponnen.«

»Nein, das war schon ernst gemeint.« Ferdy grinste.

»War es nicht, du Idiot!«

Ferdy schob seinen Stuhl nach hinten und wandte sich Seamus ganz zu. »Wer ist denn hier der Idiot? Ich? Dass ich nicht lache!« Sein Ton war vollkommen ernst.

Seamus lief rot an, sagte aber nichts mehr. Sein Körper vibrierte von unterdrückter Wut, doch er hielt sich zurück.

»Bleib! Sitz! So ist es brav.« Ferdy tätschelte Seamus' Wange, drehte sich dann wieder dem Fenster und der Filmcrew zu und nippte an seinem Whiskey.

»Könnt ihr den Scheiß nicht mal lassen, Leute?«, sagte Daithí. »Ich weiß, die Briefe haben uns alle nervös gemacht, aber was nützt es, wenn wir uns jetzt gegenseitig zerfleischen?«

Ferdy beachtete Daithí einfach nicht, und Seamus starrte nur, weiterhin rot vor Wut, missmutig vor sich hin.

»Was hast du denn als Nächstes vor?«, wandte Daithí sich, die beiden seinerseits ignorierend, an Cara.

Gute Frage, dachte Cara und sah verstohlen in Ferdys Richtung.

»Ich muss noch mal aufs Revier, um ein paar Dinge zu erledigen.« Um Ferdys Strafregister zu überprüfen, zum Beispiel.

»Guckst du dir auch diesen durchgeknallten Jungen noch mal an? Das ist immer noch meine Lieblingstheorie. Ich weiß, dass du glaubst, er könnte keiner Fliege was zuleide tun, aber ich bin mir da nicht so sicher. Zumal ich morgen früh blaue Flecken haben werde, die das Gegenteil beweisen«, sagte Seamus.

»Ich behalte ihn im Auge.«

»Gut.«

»Er sieht mir allerdings nicht aus wie einer, der Briefe schreibt.«

»Der Schein kann trügen, Cara.«

»Schon seltsam, dass da draußen unsere Doppelgänger rumlaufen«, sagte Ferdy unvermittelt, dem die Stimmung und die Unterhaltung um ihn herum gleichgültig zu sein schienen, »und wir zusehen, wie unser Leben vor unseren Augen noch einmal vorbeizieht. Passiert das nicht normalerweise, wenn man stirbt? Dann läuft das Leben wie ein Film noch mal vor einem ab.«

»Das sind keine Doppelgänger«, erwiderte Seamus höhnisch.

»Doubles, Lookalikes, du weißt schon, was ich meine. Jetzt mach hier nicht auf großer Schriftsteller. Du hältst dich wohl für schlauer als wir.«

»Doppelgänger sind böse. Bösartige Versionen von einem selbst. Nicht einfach nur Zwillinge. Das verwechseln die Leute andauernd.«

Ferdy nahm einen Schluck von seinem Whiskey und beobachtete, wie die Kamera sich draußen bewegte. »Die Kleine, die Sorcha spielt, sieht gut aus.«

»Wo ist Sorcha überhaupt?«, fragte Cara und blickte sich im Raum um, als wäre Sorcha die ganze Zeit dagewesen und sie hätte sie bloß nicht gesehen.

»Die hat noch was eingenommen und ist wieder ins Bett gegangen«, sagte Ferdy.

»Noch was eingenommen? Ich glaube nicht, dass sie das im Griff hat.«

Ferdy zuckte mit den Schultern.

»Ich glaube, das trifft auf uns alle zu«, sagte Daithí und erhob sein Glas.

»Stimmt«, sagte Seamus, erhob seines ebenfalls und stieß mit ihm an.

Durch die Einfachverglasung drang gedämpft »... und Action!« herein.

»Hat einer von euch denn mal nach ihr geschaut?«, fragte Cara.

»Ich bin sicher, ihr geht's gut«, antwortete Ferdy.

»Ich könnte mal nach dem Rechten sehen.«

»Wenn du willst.«

Cara trat in den Flur hinaus, ging zur Haustür und schloss sie ab. Daithí kam ebenfalls in den Flur und zog die Küchentür leise hinter sich zu.

»Was ist?«, fragte Cara.

Daithí raufte sich die Haare, rieb sich übers Gesicht und seufzte schließlich.

»Gibt es irgendwelche Fortschritte?«, fragte er leise. »Weißt du schon mehr darüber, was passiert ist?«

Cara trat näher zu ihm hin.

»Nein, ich fürchte, ich bin noch nicht viel weiter. Geht's dir gut?« Sie berührte ihn am Arm. »Du wirkst gestresst.«

»Ich glaube, das sind wir alle. Die beiden da drinnen liegen sich, seit du weggefahren bist, permanent in den Haaren. Seit wir diese bescheuerten Briefe gefunden haben. Eigentlich wollte ich ja zu Maura und das Schloss an ihrer Tür reparieren, aber ich möchte die zwei nicht allein lassen. Wer immer diese Briefe geschrieben hat, hat es auf jeden Fall geschafft, uns Angst einzujagen.«

»Ja, definitiv, wenn er's sogar geschafft hat, dich nervös zu machen.«

»Glaubst du wirklich, dass einer von uns was über dieses Päckchen weiß und es geheimhält?«, fragte Daithí.

»Der Täter scheint es jedenfalls zu denken.«

Die beiden in der Küche verbargen andere Dinge, so viel stand fest. Verabredungen mit Maura. Illegale Geschäfte. Cara schaute in Daithís offenes, müdes Gesicht. Einen Moment lang war sie versucht, ihm zu erzählen, was sie über die anderen herausgefunden hatte, doch sie bremste sich. Ihm würde es nicht helfen, das alles zu wissen. Und ob er nun ein Freund war oder nicht, er war kein Kollege.

»Geh doch jetzt zu Mauras Haus, solange ich hier bin. Die beiden kommen schon klar. Vor allem, solange Noah und seine Leute noch hier sind. Und dir tut es bestimmt gut, mal hier rauszukommen.«

»Vielleicht hast du recht.«

»Es wird bald dunkel, du solltest also nicht mehr allzu lange warten. Mir gefällt die Vorstellung nicht, dass du im Dunkeln rumläufst. Könntest du nicht Seamus oder Ferdy mitnehmen? Dann hättest du Unterstützung, und die beiden haben mal eine Pause voneinander.«

»Gute Idee. Ferdy hat eh vorhin gesagt, dass er noch mal zum Pub will, um ins WLAN zu kommen. Könnte also passen.«

»Perfekt. Und danke, Daithí.«

»Wofür?«

»Einfach dafür, dass du du bist.«

»Echt jetzt? Die Dinge müssen wirklich schlecht stehen, wenn du schon dafür dankbar bist.« Er lächelte sie an. Cara umarmte ihn. Weil er der stärkste, zuverlässigste Mensch war, den sie kannte, vergaß sie manchmal, dass er unter seinem stoischen Äußeren vielleicht auch Unsicherheiten verbarg.

Daithí ging zurück in die Küche.

Cara lief weiter durch den Flur. An der Tür zu Ferdys und Sorchas Zimmer zog sie die Schuhe aus. Dann drehte sie leise den Türknauf und schlüpfte hinein. Wegen der halb geschlossenen Vorhänge und des nachlassenden Lichts war es düster in dem Raum. Unter den alten Decken lag die schlafende Sorcha, ihr Atem ging ruhig und gleichmäßig. Cara betrachtete sie. Ihr blondes Haar war noch zu einem unordentlichen Knoten gebunden, der sich immer mehr auflöste. Von ihnen allen schien Sorcha am schlechtesten mit der Situation klarzukommen. Doch Cara vermutete, dass ihre Anspannung mindestens ebenso viel mit ihrem Leben in London wie mit den Geschehnissen auf Inishmore zu tun hatte. Sie setzte sich einen Moment ans Fußende und betrachtete ihre alte Freundin. Was Sorcha über Maura gesagt hatte, hatte sie getroffen. Und sie fand auch immer noch, dass Maura Sorcha stets eine gute Freundin gewesen war. Aber Sorcha war offensichtlich verletzt, geschwächt. Und das beunruhigte Cara. Sie hoffte, dass Stace und Lucy – die beiden, die Sorcha gestern erwähnt hatte – ihr gute Freunde waren. Denn es war leicht zu erkennen, dass sie von Ferdy momentan sehr wenig Unterstützung zu erwarten hatte. Cara zog die Decke über Sorchas Füße, die sie freigestrampelt hatte, und breitete noch die zweite Decke über sie. Es war kalt hier drinnen.

Dann erhob Cara sich wieder und sah sich um. Zu beiden Seiten des Bettes standen weiße Nachttischchen aus laminierten Spanplatten, dazu passend vier weiße Schränke auf der anderen Seite. Die pfirsich- und cremefarbenen Vorhänge waren wahrscheinlich irgendwann mal modern gewesen. Cara trat ans Fenster, zog den Vorhang ein Stück zurück und schaute hinaus. Vor ihr lag die weiße weite Insellandschaft. Auf dieser Seite des Hauses waren die Stimmen der Schauspieler kaum zu hören.

Cara ging hinüber zu den Schränken. Sorcha im Blick behaltend, öffnete sie vorsichtig den ersten von ihnen. Die Kleider hingen seit Jahrzehnten unberührt darin, die Drahtbügel an der Stange waren rostig und mit winzigen rotbraunen Flecken in der Farbe ihres Haars gesprenkelt. Sorcha rührte sich nicht. Cara drehte ihr den Rücken zu und starrte in den dunklen Schrank. Vorsichtig tastete sie die Kleider ab, suchte zwischen den Schuhen auf dem Boden des Schranks. Nichts sah aus, als würde es dort nicht hingehören. Als Nächstes überprüfte sie das obere Regalbrett. Dort lag ein mottenzerfressener Strohhut. Als sie ihn herunternahm, rieselte Staub sie auf sie herab. Sie hustete, und Sorcha rührte sich. Cara erstarrte. Wartete. Die gleichmäßigen Atemzüge kehrten zurück. Erleichtert legte Cara den Hut wieder auf das Regal.

Dann ging sie zum nächsten Schrank. Dieser hing voller Männerkleider. Sie wusste, dass Ferdy sich einige wärmere Sachen davon ausgeborgt hatte. Aber auch hier schien alles in Ordnung zu sein. Sie schloss die Tür leise wieder und ließ ihren Blick eine Weile auf Sorcha ruhen, um sich zu vergewissern, dass sie noch tief und fest schlief.

Apropos schlafen.

Caras Blick wanderte über das Bett und schließlich darunter. Sie erspähte den Rand eines Koffers. Mehrere Koffer lagen dort, neue Koffer. Während Cara sich leise hinkniete, dachte sie, dass Mr. und Mrs. Flaherty wahrscheinlich gar keine eigenen Koffer besessen hatten. Sie hatten die Insel nie für längere Zeit verlassen. Cara zog, vor dem Bett knieend, den ersten Koffer heraus und öffnete ihn. Sorchas Kleidung. Unpassend leichte, unpraktische Kleider. Als hätte Sorcha vergessen, wie sie ihre ersten vierundzwanzig Lebensjahre verbracht hatte. Cara klappte den Koffer wieder zu und schob ihn zurück unters Bett. Der zweite war dann wahrscheinlich Ferdys. Sie holte ihn hervor und öffnete ihn. Praktischere, aber ebenso modische Klamotten. Unverkennbar Ferdys. Aber nur Kleidung. Sonst nichts. Cara schloss den Koffer wieder und setzte sich auf die Fersen. Vielleicht irrte sie sich, hatte ihre Intuition sie auf die falsche Fährte gelenkt. Sie blickte sich noch einmal in dem Zimmer um, aber sogar in der einbrechenden Dämmerung sah sie, dass es hier keine anderen Stellen gab, an denen sie suchen konnte. Als sie Ferdys Koffer zurück unters Bett schob, spürte sie einen Widerstand. Sie holte den Koffer wieder hervor, legte sich auf den Bauch und schaute unters Bett. Noch eine Tasche. Eine kleinere. Sie streckte den Arm danach aus und verzog dabei das Gesicht wegen des vielen Staubs. Sie musste sich zusammennehmen, um nicht zu husten. Ihre Finger ertasteten Stoff, fanden einen Halt und zogen behutsam, um Sorcha nicht zu wecken.

Cara setzte sich auf und betrachtete die kleine schwarze Tasche in ihren Händen. Als sie den Reißverschluss öffnete, kam ihr das Geräusch jedes einzelnen Zähnchens höllisch laut vor. Sie schaute hinein. Vor ihr lag eine ganze Schatzkammer mit Drogen.

Genug, um die gesamte Inselbevölkerung viele Male außer Gefecht zu setzen.

Und Pillen, die exakt genauso aussahen wie die, die sie in Mauras Schreibtisch gefunden hatte.

Cara schob die größeren Koffer wieder unters Bett. Sorcha drehte sich auf die andere Seite und stöhnte. Kein Wunder, dachte Cara, und rückte auch die Tasche mit den Drogen genau an den Platz, wo sie gelegen hatte. Dann schlüpfte sie aus dem Zimmer und kehrte in die Küche zurück.

Dort saß jetzt nur noch Seamus am Tisch.

»Sind Daithí und Ferdy zu Mauras Haus gegangen?«

»Ja, sie haben gesagt, dass sie danach gleich wieder zurückkommen«, antwortete Seamus. »Wie geht's Sorcha?«

»Sie schläft.«

Cara setzte sich an den Tisch.

»Was weißt du darüber, was Ferdy in London macht?«

»Nicht allzu viel«, antwortete Seamus. »Nur so viel, wie ich dir neulich erzählt hab. Gigs, Musik, Bands, so was. Warum fragst du?«

Cara zuckte mit den Schultern.

»Mich beschäftigt gerade was, das jemand gesagt hat ... Glaubst du, er macht außer dem Band-Kram noch etwas anderes?«

»Was denn, zum Beispiel?«, fragte Seamus und kniff die Augen zusammen.

Cara überlegte, was sie antworten sollte. *Ich glaube, Ferdy handelt mit Drogen?*

»Irgendwas Illegales?«

»Ehrlich?«

»Ach, wahrscheinlich ist es Quatsch. Ich muss eben allen Hinweisen nachgehen.«

»Ich hab nichts dergleichen gehört, falls dir das weiterhilft.«

»Kein Problem.« Cara stand auf. »Ich fahr mal kurz zum Revier, komme aber, so schnell es geht, zurück. Könntest du auf Sorcha achten? Und ich weiß, dass das schwierig ist wegen der ganzen Leute da draußen, aber versucht bitte, die Türen verschlossen zu halten.«

»Ist es denn okay, wenn du allein zum Revier fährst?«

»Da bleibt uns wohl keine andere Wahl. Wenn wir Zweierteams bilden, bleibt immer einer von uns übrig. Und mir es lieber, wenn jemand hier die Stellung hält und auf die schlafende Sorcha aufpasst. Ich komme schon klar. Das ist schließlich mein Job.«

»Stimmt, aber pass auf dich auf, Cars, bring dich nicht in Gefahr. Ich kümmere mich um Sorcha.«

»Danke, Seamus, und mach dir keine Sorgen. Mir passiert nichts. Gut, ich geh dann mal. Je früher ich aufbreche, desto früher bin ich zurück.«

Cara lief um den Tresen herum und machte ihre Jacke zu. Draußen stand sie sofort in dichtem Schneetreiben. Die Dreharbeiten gingen trotzdem weiter. Nicht dass Cara Mitleid mit den Filmleuten gehabt hätte. Das ganze Projekt erschien ihr gerade nur geschmacklos. Sie überquerte wortlos das Set. Noah schrie erneut »Cut!« und schaute sie böse an, sagte aber nichts. Als Cara an Lexi vorbeiging, schnappte sie ihren Blick auf. Die Darstellerin, die sie, Cara, spielte. Lexi hielt einen Becher Kaffee umklammert, um die Kälte abzuwehren.

»Spoiler«, murmelte Cara. »Die Geschichte geht nicht gut aus.«

Der Computerbildschirm warf sein sehr spezielles flackerndes Licht in die finstere Amtsstube des Polizeireviers. Die Sonne war schon fast untergegangen, und Cara saß an dem einzigen hellen Fleck im Raum. Das Notstromaggregat war tatsächlich brav angesprungen, aber sie hatte das Licht nicht eingeschaltet. Sie wollte nicht mehr als nötig auf ihre Anwesenheit im Revier hinweisen, denn sie brauchte ihre volle Konzentration.

Cara war erleichtert, ihr Handy aufladen zu können, und weil es hier eine funktionierende WLAN-Verbindung gab, blinkte es wegen der vielen eingehenden Mitteilungen und News Alerts wie ein Flipperautomat. »Sturmtief Susan sorgt im ganzen Land für Chaos«, informierten sie mehrere Meldungen. Sie schnaubte und stieß ein bitteres Lachen aus. Ach was! Ist mir gar nicht aufgefallen. Laut Vorhersage würde der Sturm noch weitere vierundzwanzig Stunden anhalten und erst morgen spät, also in der Silvesternacht, nachlassen. Sie fragte sich, was dann passieren und vor welchem Scherbenhaufen sie am Neujahrstag stehen würde. Sie brauchte sich nicht erst im Spiegel anzuschauen und eine rothaarige Frau zu sehen, um zu wissen, dass ihr ein hartes Jahr bevorstand.

Cara gab Ferdys Namen ins System ein und las langsam die Ergebnisse, die es ausspuckte. Ein nicht unbeträchtliches Vorstrafenregister. Mit zwanzig hatte er sechs Monate im Mountjoy Prison gesessen, wegen Cannabisbesitzes mit Handelsabsicht. Das war das halbe Jahr gewesen, das er angeblich in Frankreich verbracht hatte, um seinen Abschluss zu machen. Sie waren damals alle drei neidisch auf ihn gewesen. Hätten sie das doch nur gewusst. Und wie es aussah, war Ferdy keineswegs aus Schaden klug geworden. Seine Akte wies in regelmäßigen Abständen weitere Einträge auf. Und die Vergehen wurden immer gravierender. Es waren Gewalttätigkeiten verzeichnet; er war verwarnt und einmal wegen Körperverletzung verurteilt worden. Also hatte er noch mehr Zeit hinter Gittern verbracht, von der sie nichts wussten. Während der Nicht-Sommer-Monate, die er in

Dublin verbracht hatte. Cara schüttelte den Kopf. Der sarkastische, arrogante Ferdy war schon immer gewöhnungsbedürftig gewesen. Aber sie hätte niemals gedacht, dass er zu Gewalt fähig wäre. Sie hatte noch nie Angst vor ihm gehabt. Doch als er gestern nach seiner Eskapade mit ihrem Wagen zum Cottage zurückgekommen war und sie mit angehört hatten, wie er Sorcha anschrie, hatten sie eine Kostprobe davon bekommen, wie er auch sein konnte, einen Blick hinter seine sorgsam kultivierte Maske der Coolness werfen können. Cara fragte sich, was wohl noch alles über die letzten zehn Jahre in London herauskommen würde, wenn sie sich bei ihren Londoner Kollegen erkundigen konnte.

Es klopfte an der Tür des Polizeireviers. Cara stand auf. Dass sie kein Licht angemacht hatte, schien nicht die gewünschte Wirkung zu entfalten. Die Tür ging auf, und ein vertrautes Gesicht tauchte auf. Daithí. Cara lächelte erleichtert und setzte sich wieder.

»Hallo, kann ich reinkommen?«

»Ja, hol dir einen Stuhl«, sagte sie.

Daithí zog einen Stuhl heran und nahm ihr gegenüber Platz. Dann legte er etwas auf den Tisch. Einen Schlüssel.

»Ich hab schnell das Schloss repariert und dachte mir, dass du den bestimmt haben möchtest.«

»Ah, perfekt. Danke!« Cara steckte den Schlüssel ein. »Wie war's denn? Ich hoffe, in der Zwischenzeit war niemand mehr da?«

»Es sah genauso aus, wie du beschrieben hattest. Also hoffentlich nicht.«

»Gut.«

»Was machst du hier?« Daithí wies auf den Computer. »Wenn ich fragen darf.«

Caras Entschlossenheit, die neuen Informationen für sich zu behalten, geriet ins Wanken.

»Sieht so aus, als hätte unser Freund Ferdy sich über die Jahre nebenbei ein bisschen im Dealen versucht.«

»Im Dealen?«, fragte Daithí. »Ehrlich? Das überrascht mich jetzt.«

»Ja, mich auch. Langsam frage ich mich, ob Sorcha nicht recht hatte«, sagte sie. »Vielleicht ist einfach alles zu lange her. Wie heißt es doch gleich: Man kann die Zeit nicht zurückdrehen? Vielleicht hätten wir uns einfach an die guten alten Zeiten erinnern und es dabei belassen sollen.«

»Hm, ich weiß nicht. Aber es ist nicht mehr dasselbe, da muss ich dir recht geben.«

»Bitte erzähl das über Ferdy niemandem. Ich hätte es dir wahrscheinlich gar nicht sagen dürfen.«

»Ich verrate nichts, keine Sorge.« Daithí verschloss mit einer Geste symbolisch seine Lippen und stand auf. »Ich geh dann mal. Ich hab den Drogenbaron im Pub gelassen. Er wollte noch ein paar geschäftliche Telefonate führen, was mir jetzt natürlich zu denken gibt. Ich hab ihm gesagt, dass ich mit ihm zurück zum Haus gehe. Treffen wir uns später dort?«

»Ja. Ich bring das hier noch schnell zu Ende, dann komme ich auch.«

»Prima. Dann bis später. Pass auf dich auf.«

»Mach ich.« Daithí winkte und verließ das Revier.

Cara schaute wieder auf den Bildschirm und überlegte, was sie als Nächstes tun sollte. Was fing sie jetzt mit diesen Informationen an? Und mit der Tasche unter Ferdys Bett? Ein Ping-Ton ihres Handys riss sie aus ihren Gedanken. Cormac Mullen, der Schulleiter, hatte eine Nachricht geschickt. Das Bildmaterial von der Kamera war da.

Sie öffnete ihr E-Mail-Programm und wartete, während ein Haufen neuer Nachrichten eintrudelte. Schließlich kam die letzte, von *Mullen, Cormac*, mit einem Anhang.

Cara bewegte den Mauszeiger auf das Icon am unteren Rand der E-Mail und klickte dann ungeduldig ein paarmal darauf. Die Datei wurde Kilobyte für langsames Kilobyte heruntergeladen. Caras Telefon klingelte, aber sie ignorierte es. Ihre Augen klebten am Bildschirm.

Eine Videodatei erschien. Cara klickte auf Play und beugte sich näher an den Monitor heran. Im Gegensatz zur Download-Geschwindigkeit der Datei raste ihr Puls. Ein kleiner Ausschnitt der Hintertür der Schule war auf dem Bildschirm zu erkennen. Erst sah man verschwommen etwas Schwarzes, dann trat eine Gestalt zurück, und das Video fing sie im Profil ein. Ein zwei bis drei Sekunden langer Clip.

Nicht Ferdy war da zu erkennen.

Und auch nicht Maura, was Cara ja zunächst für möglich gehalten hatte.

Die Qualität war schlecht, doch eine Verwechslung war unmöglich. Und was trug diese Person in der hinteren Hosentasche ihrer schwarzen Jeans? Einen Gegenstand, der Cara von den Proportionen her vertraut war und ungefähr die Größe einer kleinen Blechdose hatte. Einer Dose, in die ein paar Joints und Pillen passten.

Die Person steckte einen Finger in den Mund und kaute auf ihrer Nagelhaut.

Die blonden Haare trug sie zu einem unordentlichen Knoten gebunden.

Sorcha.

KAPITEL 27

Cara starrte auf den Bildschirm. Sorcha? Was, zum Teufel, hatte das denn zu bedeuten?

Das Handy, das zwischenzeitlich verstummt war, klingelte erneut, und Cara griff, die Augen weiterhin auf das Bild von Sorcha auf dem Bildschirm geheftet, danach. Was, zur Hölle, trieb Sorcha für ein Spiel? Cara stellten sich so viele Fragen, dass sie gar nicht wusste, wo sie anfangen sollte. Das Vibrieren des Telefons in ihrer Hand lenkte ihren Blick schließlich auf das Display, um nachzusehen, wer anrief.

Mamós Name stand dort.

Cara tippte auf die Schaltfläche, um das Gespräch anzunehmen.

»Hallo, *mamó*.«

»Cara«, flüsterte Áine am anderen Ende. »Gott sei Dank erreiche ich dich!«

»Was ist los, *mamó*?«, fragte Cara und stand auf. »Warum flüsterst du?«

»Ich glaube, es ist jemand im Haus.«

»Was?« Cara machte einen Satz, als hätte sie einen Stromstoß versetzt bekommen.

»Die Kinder sind bei Bríd, keine Sorge. Ich bin allein hier. Ich hab mich im Wohnzimmer versteckt und das Sofa vor die Tür geschoben. Zum Weglaufen hab ich zu viel Angst.«

»Ich komme, *mamó*!« Cara rannte um den Schreibtisch herum, schlüpfte in ihre Jacke und zog die Tür hinter sich zu. Doch der Schlüssel schien auf einmal zu groß für das Schlüsselloch zu sein. Erst als sie sich zwang, langsam zu machen, schaffte sie es abzuschließen und sprintete zum Auto. Sie brauchte nicht mehr als fünf Minuten bis zu ihrem Haus, aber es kam ihr so vor, als läge es fünf Stunden entfernt. Cara setzte auf die Straße zurück und fuhr so schnell los, dass die Reifen durchdrehten. Dann schaltete sie das Fernlicht ein, um besser sehen zu können, denn wegen der fehlenden Straßenbeleuchtung war es auch am frühen Abend schon recht düster.

Als sie am *Derrane's* vorbeikam, sah sie Daithí und Ferdy aus dem Augenwinkel an der Eingangstür stehen. Die Scheinwerfer erhellten ein Labyrinth aus komplett weißen Straßen, und sie beschleunigte. Der Wagen schlingerte in dem Gemisch aus Schneematsch und frisch gefallenem Schnee hin und her. Cara bekam Angst, einen Unfall zu bauen. Dann würde sie womöglich nicht rechtzeitig bei *mamó* eintreffen, um sie retten zu können. Vor Frust schreiend ging sie vom Gaspedal.

Als Cara um die letzte Ecke bog, geriet sie erneut ins Schlittern und kam der Mauer dabei gefährlich nahe. Schließlich parkte sie vor dem Haus und stieg aus. Sie hielt sich an der Tür fest, um auf der vereisten Einfahrt nicht auszurutschen. Vor dem Haus stand noch der Schneemann mit dem zu engen Schal und der verkehrt herum im Gesicht steckenden Karottennase vom Morgen. Die zunehmende Dunkelheit verwandelte die fröhliche, rundliche Gestalt in einen schaurigen Ghul.

Um den Eindringling nicht durch laute Geräusche zu warnen, lehnte Cara die Autotür nur an, anstatt sie zuzuwerfen. Sie wollte zwar, dass er verschwand und ihre Großmutter in Ruhe ließ. Aber zuerst wollte sie sehen, wer es war.

So leise und so schnell wie möglich holte sie eine große Taschenlampe aus dem Kofferraum.

Dann näherte sie sich der Haustür und steckte vorsichtig den Schlüssel ins Schloss. Der Wind war glücklicherweise etwas abgeflaut. Sie schlich ins Haus. Batteriebetriebene Campinglampen mit weißen LEDs erhellten einen Teil des Flurs und schufen kleine Lichtinseln. Cara blieb stehen und lauschte. Sie befand sich direkt vor dem Spiegel. Ein orangefarbenes weicheres Licht vom Flurtisch leuchtete sie von unten an und verzerrte grotesk ihren Hals und ihr Kinn. So wie früher, wenn sie sich Geistergeschichten erzählt und mit Taschenlampen von unten angestrahlt hatten. Nur dass das jetzt keine Fiktion war, sondern echt.

Sie lauschte weiter und warf einen schnellen Blick in Richtung Wohnzimmer, wo ihre Großmutter sich, wie sie wusste, versteckt hielt. Ihr schlug das Herz bis zum Hals, und der rasende Puls rauschte ihr so laut in den Ohren, dass sie nichts anderes mehr hörte. Um sich zu beruhigen, atmete sie langsam ein, hielt die Luft an und lies sie dann leise wieder entweichen. Dann lauschte sie erneut.

Nichts.

Sie machte einen Schritt in den Teil des Flurs, der in den hinteren Bereich des Hauses führte.

Nichts.

Noch einen.

Dann hörte sie es.

Aus ihrem Zimmer. Das Quietschen ihrer Schranktür. Jemand öffnete sie leise. Wer immer da drinnen war, hoffte, nicht entdeckt zu werden. Ihr Zimmer befand sich ganz hinten im Haus, und da sie sich von der Straße aus genähert hatte, hatte der Eindringling sie wahrscheinlich nicht gehört.

Sie ging noch ein paar Schritte weiter und mied dabei instinktiv die Dielen, die knarzten. Aus ihrem Zimmer drangen weitere Geräusche. Hier hinten hatte sie nur ihre Taschenlampe, keine Campingleuchten. Als sie den Lichtstrahl durch das Ende des

Flurs neben ihrer Zimmertür gleiten ließ, entdeckte sie plötzlich ein Wesen mit irrem Blick, bluttriefenden Zähnen und dämonischem Grinsen. Cara schrie auf. Dann erst begriff sie, was sie gesehen hatte. Es war nur die Horrorclown-Maske, die Cathal sich so dringend zu Weihnachten gewünscht hatte und die nun im Flur herumlag.

»Herrgott nochmal«, fluchte Cara. Die Geräusche aus ihrem Zimmer waren verstummt. Der Eindringling konnte ihren Schrei unmöglich nicht gehört haben.

Áine öffnete am anderen Ende des Flurs zaghaft die Tür und rief: »Cara?« Dann: »O Gott, Cara!«

»Mir geht's gut, mamó! Keine Angst. Geh wieder rein!«

Sie hörte ein Scharren aus ihrem Zimmer und wie jemand das Fenster öffnete.

Cara rannte zur Tür. Doch der eisige Windstoß, der ihr Gesicht traf, und die wehenden Vorhänge machten klar, dass der Besucher bereits geflohen war. Cara lief zum Fenster und sprang hinaus. Sie landete auf der verschneiten Bank unterhalb des Fensters, rollte auf den Rücken und kam auf die Füße. Die Taschenlampe hielt sie noch immer in der Hand. Einen Lichtbogen der Verzweiflung in die Dunkelheit zeichnend, schwenkte sie sie nach rechts und nach links. Sie war so knapp davor gewesen, herauszufinden, wer hinter all dem steckte. Hinter diesem Albtraum. Doch der Eindringling war verschwunden. Cara lief zur Gartenmauer und stolperte über ein Hindernis auf dem Weg, konnte sich aber gerade noch fangen. Während sie weiterhastete, erhellte der Strahl ihrer Taschenlampe zitternd die Nacht, jedoch ohne jemanden einzufangen.

Keuchend und dampfende Atemwolken ausstoßend, eilte Cara um das Haus herum zur Straße, leuchtete schnell hierhin und dorthin und strengte ihre Augen an. Ihr Blick irrte durch die

Dunkelheit des frühen Abends, die noch nicht so undurchdringlich war wie die pechschwarze Nacht, die folgen würde – aber immerhin schon so düster, dass die Welt nicht mehr konkret und real war, sondern nur noch aus Schemen und Erinnerungen bestand. Hinter den niedrigen Mauern hätte sich eine Armee des Schlimmsten, was die Welt zu bieten hatte, verstecken können, ohne dass sie es wusste. Denn sie konnte es nicht sehen.

Cara brüllte in die Leere hinein. Schrie ihre Wut, ihre Trauer und ihren Frust hinaus. Tobte, damit diese Kreatur, der Dämon, der das getan hatte, ihren Schmerz hörte, wohin auch immer er entkommen war. In welchen Teil der Hölle auch immer er zurückgekrochen war. Er sollte wissen, dass sie da war und dass sie ihn um ein Haar geschnappt hätte. Sie würde ihn kriegen. So oder so.

KAPITEL 28

Cara schaute sich in ihrem Zimmer um. Und obwohl es nur von einer batteriebetriebenen Laterne erhellt wurde, war deutlich zu erkennen, dass es so aussah, als wäre ein Tornado hindurchgefegt.

»Und sonst war er nirgendwo?« Sie wandte sich zu ihrer Großmutter um.

»Nein, ich hab im ganzen Haus nachgesehen. Alle anderen Zimmer sind unberührt. Vielleicht entdecken wir morgen, wenn es hell wird, mehr, aber ich glaube nicht.«

Cara nickte.

»Geht es dir denn gut? Du musst schreckliche Angst ausgestanden haben.«

»Die letzte halbe Stunde hat es nicht besser gemacht, nein. Aber das wird schon wieder, kein Problem.«

»Das hoffe ich. Wenn ich das auch nur entfernt für möglich gehalten hätte ...«

»Hör auf, wer kann denn mit so was rechnen? Mir tut es nur leid, dass ich mich die ganze Zeit hinterm Sofa verschanzt habe und dir nicht sagen kann, wer es war.«

»Jetzt hör aber auf, *mamó*! Gott sei Dank bist du in Sicherheit geblieben! Ich krieg denjenigen trotzdem, keine Sorge.« Cara nahm ihre Großmutter noch einmal in den Arm. Diese Geschichte hatte sie beide arg mitgenommen.

»Könnt ihr heute nicht bei Bríd übernachten? Hat sie ein Gästezimmer? Die Vorstellung, euch hier allein zu lassen, behagt mir nicht, selbst wenn Maurice und Conor rüberkommen. Ich kann nicht hierbleiben, ich muss ermitteln, vor allem jetzt, nach dieser Aktion. Aber ich glaub nicht, dass ich mich konzentrieren kann, wenn ihr allein seid.«

»Ich halte es zwar für unwahrscheinlich, dass er noch mal wiederkommt, aber drauf ankommen lassen möchte ich es auch nicht. Bríd nimmt uns bestimmt gern auf, und die Kinder werden begeistert sein, wenn sie dort bleiben dürfen.«

»Gut. Könntest du Bríd anrufen? Dann packe ich schon mal ein paar Sachen für die Kinder.«

»Mach ich.«

Áine ging zum Festnetztelefon in der Küche, das glücklicherweise auch ohne Strom und WLAN funktionierte. Cara wollte gar nicht darüber nachdenken, was hätte passieren können, wenn ihre Großmutter das lange Kabel nicht bis ins Wohnzimmer hätte ziehen und sie anrufen können. Auch wenn der Rest des Hauses unberührt geblieben und der Täter offenbar vor allem an ihrem Zimmer interessiert gewesen war, erschauderte Cara bei dem Gedanken, was er womöglich getan hätte, wenn er das, was er suchte, nicht gefunden hätte. Denn worauf er aus gewesen war, war klar: auf das mysteriöse Päckchen. Er hätte im Rest des Hauses weitergesucht und wäre unweigerlich irgendwann im Wohnzimmer auf *mamó* gestoßen. Maura war ermordet worden. Dieser Mensch fackelte nicht lange. Den Briefen von heute Morgen zum Trotz lehnte er sich nicht zurück und wartete darauf, dass jemand ihm das Päckchen brachte. Und offenbar ging er davon aus, dass Cara es ihm, falls sie es hatte, nicht zurückgeben würde. Cara lauschte der Stimme ihrer Großmutter, die gedämpft aus der Küche drang, und wollte plötzlich nur noch losheulen, wollte den Schreck und all die furchtbare Angst rauslassen. Stattdessen kniff sie die Augen zu und holte so tief Luft, dass sie es bis in die Fußsohlen hinein spürte. Sie musste weitermachen, sich weiter anstrengen. Sie konnte nicht einfach aufhören und weinen. Noch nicht.

Als sie in die Kinderzimmer ging, um Schlafanzüge und Kleider zum Wechseln zusammenzusuchen, befielen sie auf einmal riesige Schuldgefühle, und sie wünschte sich, auch diese in die Tasche packen zu können. Sie hatte geglaubt, dass es ausreichen würde, Maurice und Conor hier übernachten zu lassen, und ihre Großmutter auf diese Weise in große Gefahr gebracht. Es war reines Glück, dass nichts Schlimmes passiert war. Und dieses Gefühl ließ sich nicht einfach so abschütteln. Was, wenn die Kinder auch hier gewesen wären? Was, wenn *mamó* nicht ans Telefon gelangt wäre? Was, wenn Cara nicht auf dem Revier gewesen wäre, wo das WLAN funktionierte und ihr Handy Empfang hatte? Da waren so viele Zufälle zusammengekommen. Sie wollte nicht, dass die Sicherheit ihrer Familie von Zufällen abhing.

Sie hörte ein Auto vorfahren, trat ans Fenster und zog den Vorhang zurück. Es waren Bríd und Maurice in ihrem alten Wagen. Weil die Innenbeleuchtung eingeschaltet war, konnte sie Saoirse und Cathal auf der Rückbank sitzen sehen.

Im Flur traf sie auf Áine, die wie sie einen kleinen Rucksack in der Hand hielt.

»Die Kinder sind im Auto«, sagte Cara.

»Ja, Bríd meinte, sie wollten dich sehen. Sie haben wohl gehört, worüber wir am Telefon geredet haben.«

»O nein.«

»Sie haben nur mitbekommen, dass es einen Einbruch gegeben hat, mehr nicht.«

»Okay. Gut, ich komme raus und spreche mit ihnen.«

Cara schloss die Haustür, und sie gingen beide zum Auto. Dort angekommen, umarmte Áine Cara schnell und drückte ihr einen Kuss auf die Wange. »Bí cúramach!«, flüsterte sie ihr ins Ohr, einen Satz, den sie den Kindern früher auch häufig gesagt hatte. Wenn sie zu nahe ans Feuer herangingen, wenn sie mit ihren kleinen Fingern eine Tür hinter sich zuzogen oder einen Wollfaden vor einer Katze durch die Luft wirbelten. *Sei vorsichtig!*

»Ja, das werde ich«, flüsterte Cara zurück.

Áine lief um den Wagen herum und stieg auf der anderen Seite ein. Cathal kurbelte das Fenster herunter.

»Ist alles gut bei dir, Mammy?«, fragte er.

Saoirse beugte sich vor, in ihren großen blauen Augen stand dieselbe Frage.

Cara zwängte sich ins Auto, umarmte die beiden, so gut es ging, und sog ihren unschuldigen, tröstlichen Duft ein. Das war beinahe zu viel für sie.

»Mir geht's gut, Schatz.« Sie schaute erst Cathal in die Augen, dann in die seiner Schwester. »Es ist alles in Ordnung.«

»Bist du sicher?«, fragte Saoirse.

»Absolut. Mehr als in Ordnung. Und selbst wenn es anders wäre: Ich bin die beste Polizistin auf Inishmore, ihr habt also nichts zu befürchten.«

»Bist du nicht die einzige Polizistin auf Inishmore, Mammy?«, meldete sich Cathal wieder zu Wort.

»Du hast mich ertappt!« Sie kniff ihm lächelnd in die Wange und wurde mit einem breiten Grinsen belohnt.

»Und jetzt fahrt los! Ich verspreche, sobald der Sturm vorbei ist, geht alles wieder ein bisschen normaler zu. Seid brav! Und viel Spaß bei Bríd! Wir sehen uns morgen früh.«

»Okay, Mammy«, riefen sie im Chor. Caras gute Laune beruhigte die Kinder.

Cara dankte Bríd und Maurice und winkte dem Auto hinterher. Dann kehrte sie ins Haus zurück und verriegelte die Tür hinter sich. Anschließend nahm sie zwei der batteriebetriebenen Leuchten aus dem Flur und lief zu ihrem Zimmer. Im Vorbeigehen hob sie die Horrorclown-Maske auf und warf sie in Cathals stilles, leeres Zimmer.

Dann stand sie in ihrem Zimmer und schaute sich um. Sie stellte eine der Leuchten auf die Kommode, die andere auf den Nachttisch. In ihrem Licht hätte der Raum gemütlich, ja sogar romantisch wirken können, wenn nur die herausgerissenen Kleider und Kisten, die über den Boden verteilten Bücher und all die umgekippten Schubladen nicht gewesen wären. Keine Ecke des Zimmers war nicht durchwühlt worden. Es sah aus wie ein Trümmerfeld, nicht wie ein Wohnraum.

Sie machte sich daran, aufzuräumen und zu ermitteln. Nachzuschauen, ob etwas fehlte. Doch Cara wusste, dass nichts fehlen würde. Wer auch immer das getan hatte, hatte das Päckchen gesucht. Er war gut genug informiert, um zu wissen, dass Maura es möglicherweise hierhergebracht hatte, damit Cara es versteckte.

Wenigstens war er mit leeren Händen in die Dunkelheit entkommen.

Cara faltete die Pullover und legte sie zurück in die Schubladen. Danach stellte sie die Bücher wieder ins Regal, sammelte die Sommerklamotten auf, die in Boxen auf dem oberen Regalbrett im Schrank verstaut gewesen waren, sortierte sie ein und schob die Boxen dorthin zurück. Bei einer anderen Kiste zögerte sie kurz, dann ließ sie sich damit auf dem Teppich nieder. Sie enthielt alte Fotoalben aus jenen Sommern. Cara setzte sich in den Schneidersitz und schlug das erste Album auf. Es war zu düster, um alle Details erkennen zu können. Die Vergangenheit blickte ihr entgegen. Unverbrauchte, unschuldige Gesichter. Sie hätte ihr Telefon nehmen und sie mit der Taschenlampe anleuchten können. Doch damit hätte sie nur ihren kostbaren Akku belastet. Zumindest redete sie sich das ein. Aber eigentlich ertrug sie es nicht wirklich, die Fotos richtig anzuschauen. Denn was hätte sie gesehen? Schatten von Menschen, die sie einmal gekannt hatte. Wer waren sie jetzt? Ferdy und Sorcha hantierten mit Drogen, und Seamus und Maura hatten Geheimnisse gehabt. Es fiel Cara schwer, sich nicht völlig alleingelassen zu fühlen. Früher hatte die Welt für sie aus Menschen bestanden, die sie kannte und liebte, jetzt fühlte sie sich an wie eine Welt voller Fremder.

Cara packte die Fotoalben wieder weg. Sie durchzublättern hob weder ihre Laune, noch nützte es den Ermittlungen. Dann sammelte sie den Kleinkram auf, Erinnerungsstücke aus der Jugendzeit, die sie in derselben Kiste aufbewahrte und die über den ganzen Boden verteilt lagen. Auch ihre Schneekugel musste darin gelegen haben, das Gegenstück zu Mauras. Obwohl sie keine Lust verspürte, sie in ihrem Zimmer aufzustellen, wie Maura es getan hatte, würde sie sie niemals wegwerfen. Cara ließ den Strahl der Taschenlampe durchs Zimmer gleiten, konnte die Kugel jedoch nirgends erspähen. Schließlich wandte sie sich um und betrachtete das Bett. Sie ließ sich auf alle viere hinab und leuchtete darunter. Tatsächlich kam die glänzende Glaskugel in Sicht. Zum zweiten Mal an diesem Tag legte Cara sich auf den Bauch und zog etwas unter einem Bett hervor. Diesmal war ihr Fund allerdings erfreulicher. Sie setzte sich auf und schüttelte die Kugel. Die Schneeflocken darin wirbelten durcheinander und glitzerten sogar in dem spärlichen Licht. Zwei Freundinnen, zwei glückliche Freundinnen. Cara drehte die Kugel noch einmal auf den Kopf und schaute zu, während der Flitter darin herumwirbelte und sich erneut absetzte. Wieder und wieder schüttelte sie die Kugel und betrachtete die falschen

Flocken. Sie wusste, dass Maura ihre Schneekugel aus einem bestimmten Grund auf das Fensterbrett in ihrem Haus gestellt hatte. Wenn sie nur herausbekäme, aus welchem.

Plötzlich hallte ein Klingeln durch den Flur. Das Telefon. Cara stand auf, griff nach einer der Leuchten und ging in die Küche. Die schwach erkennbare Silhouette des Weihnachtsbaums kam ihr vor wie ein Monster mit Tentakeln und der Widerhall des klingenden Telefons wie dessen fremdartiger Schrei. Auf dem Weg zum Telefon bemerkte Cara, dass sie die Schneekugel noch in der Hand hielt. Sie stellte sie weg und nahm ab.

»Hallo?«, meldete sie sich. Ein mulmiges Gefühl beschlich sie, denn sie hatte keine Ahnung, wer jetzt anrief.

»Cara? Hier ist Daithí. Ist alles in Ordnung?« Er klang angespannt. »Ferdy und ich haben dich vorhin am Pub vorbeifahren sehen, aber du bist nicht zum Haus zurückgekommen.«

»Ja, inzwischen ist alles wieder okay. Ich hatte einen Anruf von meiner Großmutter bekommen. Ein Einbrecher hat mein Zimmer durchwühlt, als sie allein hier war.«

»O Gott, das ist ja furchtbar. Geht es ihr gut?«

»Die Sache hat ihr ganz schön zugesetzt, aber sonst ist ihr Gott sei Dank nichts passiert.«

»Das hängt alles irgendwie zusammen, oder?«

»Ja, auf jeden Fall. Derjenige hat garantiert nach dem Päckchen gesucht. Was anderes kann ich mir nicht vorstellen. Aber es ist natürlich nicht hier.«

»Was hat es bloß mit diesem Päckchen auf sich? Das ist alles so merkwürdig.«

»Ich weiß, Daithí. Der Mörder ist nicht der Einzige, der es in die Finger kriegen will. Ich wünschte, ich käme drauf, wo sie es versteckt haben könnte. Ich bin ihren Weg abgegangen und hab an jedem einzelnen Haus nachgefragt. Aber niemand hat was gesehen oder weiß irgendwas. Ich hab keinerlei Anhaltspunkte. Bei ihr zu Hause hab ich noch nicht gesucht, aber es sieht ja so aus, als hätte das schon jemand anders für mich erledigt. Und er wäre nicht hier gewesen, wenn er es inzwischen gefunden hätte. Ich hab auch schon Mauras Stalker befragt, aber er hat sie an dem Morgen nur einmal kurz gesehen und dann aus den Augen verloren. Der ist mir also auch keine Hilfe. Ich glaube, Maura hat mir einen Fingerzeig hinterlassen, aber ich kann ihn nicht entschlüsseln.« Cara betrachtete die Schneekugel und stellte sie auf einen kleinen Stapel aus Papieren, die sich neben dem Telefon angesammelt hatten. Einen kleinen Stapel, wie es ihn in jedem Haus gab, außer vielleicht dem allerordentlichsten. Genau wie der Stapel aus Briefen und Zeitungen auf Mauras Fensterbank. Auf den sie die Schneekugel gestellt hatte.

»Was ist denn das für ein Fingerzeig?«, fragte Daithí. »Vielleicht kann ich ja helfen.«

Cara starrte auf die Kugel, und plötzlich kam ihr eine Idee.

»Nein, nicht nötig«, sagte sie. Ihr Puls beschleunigte sich. »Ich glaube, ich weiß es jetzt. Ich muss los.«

Cara legte auf, nahm ihren Autoschlüssel und rannte aus der Küche. Die kleine Glaskugel blieb, wo sie war, auf einem Stapel aus Rechnungen und Flyern auf der Arbeitsplatte. Die danebenstehende Campingleuchte warf einen schwachen Lichtschein durch sie hindurch und brachte die letzten künstlichen Flocken zum Glitzern, die um die beiden winzigen Freundinnen herum langsam zu Boden sanken.

KAPITEL 29

Cara sprang ins Auto und brauste los. Der hintere Teil des Wagens brach aus, und ein kratzendes Geräusch sagte ihr, dass sie den Pfeiler am Ende der Einfahrt gestreift hatte. Sie wurde langsamer und ärgerte sich erneut darüber, dass das Wetter sie ausbremste. Die Idee war ihr gekommen, als sie während des Gesprächs mit Daithí in der Küche gestanden und die Schneekugel betrachtet hatte. Auf dem Stapel Papier. Das war's. Es ging gar nicht um die Schneekugel an sich. Sondern um das, was darunter lag. Das musste es sein. Darauf wollte Maura sie hinweisen. Sie konnte sicher sein, dass Cara die Kugel bemerken würde – und wusste, dass sie dort eigentlich nie stand.

Selbst in dem langsameren Fahrtempo war Cara nach drei Minuten an Mauras Haus. Sie nahm die klobige Taschenlampe vom Beifahrersitz und eilte wieder zur hinteren Tür. Über denselben Trampelpfad, den sie vorher im Schnee hinterlassen hatte. Sie angelte den Schlüssel aus der Tasche, den Daithí ihr gegeben hatte. Trotz der neuen Lederhandschuhe waren ihre Finger so kalt, dass die Spitzen sich ganz taub anfühlten. Auf dem Teil ihres Gesichts, den der Schal nicht schützte, spürte sie die eiskalte Luft am stärksten. Es war noch nicht mal sechs Uhr abends, aber Cara benötigte die Taschenlampe, um den neuen Schlüssel in das Schloss stecken zu können. Sie richtete den Lichtstrahl durchs Fenster in den Raum dahinter und erhellte dabei auch die Schneekugel, die noch oben auf dem Stapel stand. Auf welche Geheimnisse wies sie sie hin? Cara öffnete die Tür und trat ein. Sie leuchtete durch den Raum und war erleichtert zu erkennen, dass noch alles genauso aussah wie am Morgen. Es gab keine weitere Unordnung.

Mit ihren Handschuhen hob sie die Schneekugel langsam hoch und stellte sie zur Seite. Dann leuchtete sie auf den Stapel. Briefe und Zeitungen wie zuvor. Sie legte die Taschenlampe so auf das Fensterbrett, dass sie die Papiere anstrahlte, und ging den Stapel auf der Suche nach einem Zettel mit einer Nachricht schnell durch. Es gab keinen Zettel. Dann untersuchte sie jedes Teil einzeln. Zwei Briefe. Eine Stromrechnung und ein Kontoauszug. Cara überprüfte die Umschläge von beiden Seiten, um nachzusehen, ob etwas darauf notiert war. Nichts. Auch der Gemeindebrief lag auf dem Stapel, und Cara blätterte ihn durch. Nichts Auffälliges. Als Nächstes checkte sie die Zeitung und wendete sie hin und her. Sie war so gefaltet, dass das Kreuzworträtsel sichtbar war. Maura hatte es angefangen, aber nur eine Spalte ausgefüllt. Cara faltete die Zeitung auseinander und prüfte jede einzelne Seite. Wieder nichts. Dann faltete sie sie wieder so, wie sie sie vorgefunden hatte. Sie wurde zunehmend frustrierter und glaubte immer weniger, dass ihr Geistesblitz sie auf die richtige Fährte gelenkt hatte.

Schließlich hob sie den ganzen Stapel auf den Arm. Vielleicht brauchte sie besseres Licht. Vielleicht gab es doch noch einen Hinweis, den sie schlicht übersehen hatte. Sie nahm die Taschenlampe und verließ das Haus. Sie schloss hinter sich ab, aber als sie sich umdrehte, rutschte ihr die Lampe aus der Hand und fiel mit einem dumpfen Knall zu Boden. Die Papiere mit einer Hand hochhaltend, hockte sie in der Dunkelheit und versuchte, die Einzelteile der Taschenlampe zusammenzusuchen, doch ihre Finger berührten nur kalten Schnee. Sie wollte nicht riskieren, dass die Briefe und Zeitungen nass wurden, denn wenn sie einen Hinweis enthielten, wäre der dann zerstört. Sie würde die Sachen erst ins Auto legen und anschließend noch mal nach der Taschenlampe suchen.

In dem bisschen Licht, das der Schnee reflektierte, vorsichtig einen Fuß vor den anderen setzend, stapfte sie zum Auto. Sie legte die Papiere auf den Beifahrersitz. Beim Zuschlagen der Tür schien es ihr, als müsste das Geräusch meilenweit zu hören sein. Cara betrachte die Silhouette des kleinen Cottages. Der Dachfirst hob sich düster vor dem letzten Licht am Himmel ab. Ein Vogel suchte neben dem Schornstein Schutz vor dem Wind. Cara überlief ein Schauder, der nicht von der Kälte herrührte.

Erneut vorsichtig einen Fuß vor den anderen setzend, folgte sie ihrer Spur wieder hinters Haus, um die heruntergefallene Lampe zu suchen. Dort war es inzwischen noch dunkler als zuvor. Cara ging in die Hocke und tastete nach den Batterien und dem Gehäuse. Als sie sich mit schneenassen Handschuhen eine lose Haarsträhne aus dem Gesicht strich, blieb eine feuchte Spur auf ihrer Wange zurück. Sie fand erst eine Batterie, dann zwei.

Plötzlich hörte sie ein Geräusch. Das war nicht der Wind, der durch die Ritzen in den niedrigen Steinmauern pfiff. Und kein schwerer Schnee, der von den Dächern rutschte. Auch kein schreiendes Tier. Sondern etwas anderes. Cara schaute nach links und rechts, um herauszufinden, wo es hergekommen war. Langsam erhob sie sich und ging ein paar Schritte zur Seitenwand des Hauses, wo ihre Sicht wenigstens wenige Meter weit reichte. Dort verharrte sie reglos wie eine Statue.

Links von ihr.

Sie wandte sich dorthin. Der Schuppen.

Dahinter kam jemand hervor. Sie konnte nur seine Umrisse erkennen, keine Details.

»Wer ist da!«, rief Cara.

Keine Antwort.

»Wer sind Sie?«, rief Cara erneut.

Sie hörte in der Dunkelheit jemanden weinen.

Bestürzt ging sie in die Richtung, aus der das Geräusch kam. Ihre Angst war sofort verflogen. Sie kannte das Gesicht.

»Patrick«, sagte sie, als sie das schmerzerfüllte Antlitz von Patrick Kelly sah.

»Ich hab sie seit Tagen nicht gesehen«, sagte er und schluckte laut. »Sonst ... sonst finde ich sie immer schnell wieder, wenn ich sie aus den Augen verloren hab. Wo ist sie? Wo ist Miss Conneely?«

»Komm her.« Cara streckte den Arm nach ihm aus und bekam seine Hand zu fassen, die so kalt war, dass sie beinahe zurückgezuckt wäre. »Du bist eiskalt, Patrick. Wie lange stehst du schon hier?«

»Ich hab auf sie gewartet.« Er schluchzte erneut. Cara nahm ihn sanft am Arm und führte ihn die Einfahrt hinunter zum Wagen. Sie öffnete die Beifahrertür, legte die Papiere, die sie gerade erst dort abgelegt hatte, vorsichtig aufs Armaturenbrett und ließ Patrick Platz nehmen. Anschließend holte sie eine alte Decke aus dem Kofferraum. Nachdem sie dafür gesorgt hatte, dass er sich damit zudeckte, setzte sie sich selbst auch wieder ins Auto.

Sie ließ den Motor an, drehte die Heizung hoch und schaltete die Innenbeleuchtung ein. Der arme Junge war bleich wie ein Blatt.

»Du kannst nicht draußen in der Kälte bleiben, Patrick. Du wirst sonst krank.«

Er schniefte, sagte aber nichts.

»Kann ich dich nach Hause bringen?«, fragte sie. Er schüttelte den Kopf. Cara war sich nicht sicher, ob das so eine gute Idee war. Denn in dem kleinen Wohnwagen schien es keine funktionierende Heizung zu geben. Cara beschloss, erst einmal mit ihm hier im Auto zu bleiben, bis er sich ein bisschen erholt hatte.

»Gibst du mir das da bitte mal?«, fragte sie, auf Mauras Stapel zeigend. Sie wollte sich alles noch einmal ansehen, um Patrick Zeit zu geben, sich aufzuwärmen, ohne sich zum Reden gedrängt zu fühlen. So konnte er einfach dasitzen und langsam auftauen.

Er reichte ihr die Papiere. Cara lehnte die Zeitung gegen den Schaltknüppel und ging die Briefe noch einmal in Ruhe durch. Doch sie fand nichts, was sie stutzen ließ oder handschriftlich hinzugefügt war. Sie überprüfte sogar die Innenseiten der Umschläge, für den Fall, dass dort etwas geschrieben stand. Aber auch da entdeckte sie nichts. Nachdenklich schaute sie in die Dunkelheit hinaus.

Wahrscheinlich irrte sie sich. In ihrer Aufregung hatte sie voreilige Schlüsse gezogen. Sie legte die Briefe vor die Zeitung an dem Schaltknüppel.

»Nicht«, sagte Patrick. Cara schaute ihn an.

»Bitte, was?«

Patrick nahm die Zeitung, die Cara gerade mit den Briefen verdeckt hatte.

»Das ist ihre Schrift.« Er zeigte auf die eine ins Kreuzworträtsel eingetragene Antwort.

»Ja, stimmt«, sagte Cara.

»Sie mag so was«, sagte er, auf das Rätsel starrend.

»Stimmt«, erwiderte Cara.

Maura hatte tatsächlich für ihr Leben gern Kreuzworträtsel gelöst. Und weil sie eine Schwäche dafür hatte, hatte sie sie sonst immer rasend schnell ausgefüllt. Doch bei diesem hatte sie nur eine Antwort eingetragen.

Cara nahm Patrick die Zeitung aus der Hand und schaute sich das Rätsel genauer an. Die einzige, in die Kästchen für zehn senkrecht eingetragene, Antwort lautete:

DER RUHENDE MANN

Cara las die Frage für zehn senkrecht: *Der Präsident von Irland.* Die Antwort passte in keiner Weise. Dabei war das kein spezielles, kryptisches Kreuzworträtsel, sondern eher ein stinknormales, das im Grunde jeder lösen konnte. Simple Fragen mit simplen Antworten. Das ergab keinen Sinn.

Aber vielleicht hatte es doch einen Sinn. Maura hatte nicht eine Frage in diesem Kreuzworträtsel beantwortet. Sie hatte einen Hinweis hinterlassen.

Darum hatte Maura die Schneekugel auf diesen Stapel gestellt. Sie wollte, dass Cara ihn findet.

DER RUHENDE MANN.

Aber jetzt stand Cara vor einem neuen Rätsel. Was, zum Teufel, bedeutete das?

KAPITEL 30

Cara blendete die Scheinwerfer voll auf. In der Hecke leuchteten reflektierende kleine Augen. Sie schlug das Lenkrad ein und setzte langsam aus der Einfahrt zurück. Dann folgte sie der Straße, ohne ein bestimmtes Ziel im Sinn zu haben. Die drei Wörter kreisten ihr weiter durch den Kopf. DER RUHENDE MANN. Was bedeutete das? Maura wollte, dass Cara irgendwo nachschaute, das war klar. Dieses Päckchen schien der Schlüssel zu allem zu sein. Und nach den Anstrengungen, die Maura auf sich genommen hatte, wollte sie offensichtlich nicht, dass es jemand anders als Cara in die Hände fiel.

Patrick schniefte neben ihr im Auto. Cara warf einen schnellen Blick auf den Jungen unter der dünnen Decke. Sie musste ihn irgendwo absetzen, sonst konnte sie sich nicht konzentrieren und herausfinden, was Maura ihr sagen wollte. Cara sah einige kleine Lichtpunkte in der Richtung, in der Kilronan lag; das waren die wenigen Gebäude mit eigenen Generatoren. Auch wenn es nicht ideal war, beschloss sie, Patrick nach Hause zu bringen und sicherzustellen, dass er sich dort aufwärmte. Wenn der Sturm vorbei war, würde sie sich darum kümmern, dass er echte Hilfe bekam. Maura hätte es so gewollt. Aber in der Zwischenzeit musste sie den Kopf frei haben, um ermitteln zu können. Sie konnte nicht auf ihn aufpassen, nicht jetzt.

»Hast du eine Heizung im Wohnwagen?«, fragte sie.

»Ja, eine kleine.«

»Funktioniert sie?«

»Ja. Aber das kostet einen Haufen Geld.«

»Lass sie laufen. Mach dir keine Gedanken wegen des Geldes. Darum kümmere ich mich.«

Danach herrschte wieder Schweigen im Wagen. Cara ging immer wieder die drei Wörter durch: DER RUHENDE MANN. Es musste sich um Cillian handeln. Meinte Maura Cillians Schlafzimmer? Konnte das Päckchen in dem Zimmer versteckt sein, in dem sie gerade zwei Nächte geschlafen hatte? War das möglich?

»Wo ist sie?«, platzte Patrick in die Stille.

Cara seufzte. Das war nicht der richtige Zeitpunkt, um Patrick die schlechte Nachricht zu überbringen. Er würde Beistand brauchen, wenn er die Wahrheit erfuhr.

»Ich seh sie sonst jeden Tag. Ich kenn alle Stellen auf der Insel, wo sie hingeht, aber ich hab sie nirgendwo gefunden.«

Cara fuhr langsamer. Ausflüchte und Ablenkungen erschienen ihr momentan als die einzige Option.

»Sie wird irgendwo sein, Patrick. Du darfst Leuten nicht einfach so nachstellen.«

»Ich pass nur auf sie auf. Das ist doch nichts Schlechtes.«

»Ich weiß nicht, Patrick.«

»Wo ist sie denn?«

»Du hast sie doch neulich selbst mit Seamus Flaherty an seiner Haustür gesehen.«

»Das war vor zwei Tagen, und seitdem nicht mehr. Ich war überall. Sogar an dem Haus, das sonst leer steht und das diesem Typen gehört, war ich. Ich wollte nachsehen, ob sie da ist. Ich hab in alle Fenster geguckt, aber sie war nicht da.«

»Du hast in alle Fenster geguckt? Wann war das?«

»Gestern.«

»War das mitten in der Nacht, Patrick?«

Patrick sagte nichts, aber Cara nahm im Augenwinkel ein Nicken wahr.

»Dann warst du das gestern Nacht an meinem Fenster? Du hast mich fast zu Tode erschreckt.«

»Tut mir leid, ich hab sie gesucht.«

Die Gestalt an ihrem Fenster war Patrick gewesen. Nicht der Mörder, der sich das nächste Mitglied ihrer Gruppe holen wollte. Cara war sich nicht sicher, was sie von dieser Information halten sollte. Bevor sie die Briefe gefunden hatten, hatten diese Augen dem mysteriösen Unbekannten eine konkrete Gestalt verliehen. Ihn real gemacht. Aber es war nur Patrick gewesen, und auch wenn die anderen das anders sahen, konnte Cara sich einfach nicht vorstellen, dass er der Mörder war. Wer auch immer für die Tat verantwortlich war, war jetzt noch weniger greifbar für Cara, noch mysteriöser.

»Ich hab sie gesucht«, wiederholte Patrick, doch es war kaum mehr als ein Flüstern.

»Sie wird irgendwo sein. Du hast sie bloß verpasst.« Cara hörte wieder die Angst in seiner Stimme. Sie hielt an und wandte sich Patrick zu.

»Sie bedeutet dir sehr viel, stimmt's?«

»Sie, sie ist ... immer so nett.« Aus Patricks Stimme sprach eine Mischung aus Traurigkeit und Hoffnung. »Als ich klein war, haben immer alle gesagt, ich wär dumm. Sogar mein Dad. Die anderen Kinder in der Schule waren gemein zu mir. Sie haben Witze über mich gemacht, weil meine Mam weggelaufen ist, und mich beschimpft. Nur Miss Conneely war anders. Sie war nett. Sie hat rausgefunden, dass ich nicht dumm bin, sondern dass mir immer die Buchstaben durcheinanderkommen, ohne dass ich was dafür kann.«

»Du bist Legastheniker?«

»Ja, ja, das ist das Wort. Sie hat gesagt, dass ich deswegen auch so schlecht schreiben kann. Und hat mir die ganze Zeit geholfen, bis ich besser geworden bin. Sogar als ich gar nicht mehr in ihre Klasse ging. Aber ich bin immer noch schlecht.« Er schüttelte den Kopf. »Früher bin ich schnell wütend geworden. Manchmal hab ich die anderen Kinder gehauen, wenn sie nicht aufgehört haben, mich zu hänseln. Aber sogar dann war sie nie sauer auf mich. Sie hat gesagt, sie kennt einen, der auch immer so schnell wütend geworden ist wie ich, und weiß darum, dass es nicht wirklich meine Schuld ist. Sie hat gesagt, dass ich sie an ihn erinner. Er ist auch immer wütend geworden. Aber sie wusste, dass er im Grunde ein guter Mensch war.«

»Wirklich?« Cara fragte sich, ob diese Person real war oder ob Maura sie erfunden hatte, um den Jungen zu trösten.

»So hat sie's mir erzählt. Sie hat gesagt, dass er ihr Freund war, früher, als sie noch sehr jung war. Er wurde von seinem Vater verhauen, so wie ich. Und er wurde auch immer schnell wütend. Darum hab ich sie an ihn erinnert. Aber sie hat gesagt, dass ich im Grunde auch gut bin.«

Also war es keine Erfindung. Das klang nach Seamus und seinem schrecklichen Vater. Er war der einzige Junge, mit dem Maura früher zusammen gewesen war. Cara hatte ihn in ihrer Jugend auch wütend und frustriert erlebt. Maura hatte immer einen sehr besänftigenden Einfluss auf ihn gehabt.

Patricks Stimme wurde ganz leise, fast wie ein Flüstern, und zitterte leicht, als er hinzufügte: »Einmal hab ich sie aus Versehen gehauen. Aber sie war nicht sauer auf mich. Ich wollt gar nicht sie treffen, aber sie ist dazwischengegangen, als ich Sean McDonough hauen wollte, in der Pause auf dem Schulhof ... sie, sie ... hat nur gesagt, dass ich so was nicht tun darf. Nicht mal aus Versehen. Sie hat gesagt, dieser Freund hätte sie auch gehauen, und darum hätte sie ihm sagen müssen, dass sie nicht mehr mit ihm befreundet sein kann. Und dass sie dasselbe mit mir machen muss, wenn ich nicht lerne, meine Wut besser in den Griff zu kriegen.«

Cara erstarrte.

Sie vermied es, den Jungen anzuschauen, und blickte aus dem Fenster.

»Ist das wahr, Patrick? Das alles hat sie dir erzählt?«

»Ich schwör! Ich schwör, dass das wahr ist.«

Maura hatte dem armen, missbrauchten Patrick Kelly erzählt, dass Seamus sie geschlagen hatte?

O Maura.

O Seamus. Sie konnte es nicht fassen.

»Und du bist sicher, dass sie genau das gesagt hat? Dass er sie geschlagen hat? Bringst du das nicht durcheinander, weil du damals noch klein warst und es lange her ist?«

Patrick nickte heftig. »Ja. Es hat mich traurig gemacht, als sie das erzählt hat. Ich wollte sie ja gar nicht hauen, das war nur aus Versehen. Aber ihr Freund? Ich finde nicht, dass sie recht hat. Ich finde nicht, dass er ein guter Mensch war.«

Cara konnte nichts mehr sagen. Von ihrem Herzen strömte eine immense Traurigkeit in ihre Glieder.

Das war vielleicht das schlimmste Geheimnis, das ihr je offenbart worden war. Seamus hatte Maura geschlagen. Die beiden hatten so verliebt gewirkt. Wie Cillian und sie. Sicher, sie hatten was von Heathcliff und Cathy gehabt, aber sie waren doch heftig ineinander verknallt gewesen. War es nur einmal vorgekommen, wie sie es Patrick erzählt hatte? Als Polizistin wusste Cara, dass es selten bei Einzelfällen blieb. Und warum hatte Maura ihr das nicht anvertraut? Stattdessen hatte sie es diesem schlichten, vernachlässigten Jungen erzählt, um den sie sich kümmerte? Vielleicht war das leichter gewesen.

»Hab ich was Falsches gesagt?«, fragte Patrick.

Cara schaute ihn an und schüttelte den Kopf.

»Nein.« Mehr brachte sie nicht heraus.

»Wo ist sie?«, fragte Patrick erneut, wiederholte es wie ein trauriges Mantra. Cara schüttelte nur den Kopf. »War sie das?«, fragte er plötzlich in einem veränderten Ton.

Cara schaute ihn an, sagte aber nichts. Sie verstand die Frage, die er stellte. Wenn ein Kind fragte, ob es den Weihnachtsmann wirklich gab, wollte es nicht die Wahrheit wissen, sondern die Lüge bestätigt bekommen. Und wenn Patrick wiederholt fragte: »Wo ist sie?«, wollte er eine Bestätigung dafür, dass sie irgendwo war. Eine Bestätigung dafür, dass sie noch existierte. Diese neue Frage. Sie war die Antwort. Die, die er nicht wollte.

»War sie das in der Serpent's Lair? War sie das? Kann ich sie deswegen nicht finden?« Seine Stimme brach.

»Patrick ...« Cara suchte nach Worten.

»Wenn ich nicht high gewesen wäre, hätte ich sie retten können. Wenn ich nicht schwach geworden wäre.«

»Nein, Patrick, so war das nicht.«

»Ich hätte sie retten können.«

»Nein, so ist ...«

»NEIN!«, brüllte er einen Schmerz heraus, der zu groß war, um ihn auszuhalten. Die Tür flog auf, und Patrick stürmte aus dem Wagen. Auch Cara stieg aus und lief auf die andere Seite, suchte in der Dunkelheit nach ihm. Doch er war bereits in der sternlosen schwarzen Nacht verschwunden.

»Nein, Patrick, du hättest sie nicht retten können«, rief Cara in die Leere. »Sie war schon tot.«

KAPITEL 31

Cara wusste, dass es keinen Sinn hatte. Sie würde ihn im Dunkeln niemals finden. Sie hatte die Insel zu diesem Zeitpunkt bereits zweimal umrundet. Selbst wenn der Strom nicht ausgefallen wäre und es nicht gestürmt hätte, wäre es schwierig gewesen, ihn nachts auf der Insel aufzustöbern.

Als sie an seinem Zuhause vorbeikam, wurde sie langsamer. Im Dunkeln konnte sie lediglich den vom Wind geschüttelten Baum mit der ausgestreckten Kralle erkennen, die aussah wie die Hand einer gierigen Alten, die Patricks Wohnwagen an sich riss. Cara parkte den Wagen. Ihre Taschenlampe lag noch immer in Einzelteilen auf dem Rücksitz. Aber da sie ihr Handy vorhin im Revier aufgeladen hatte, nahm sie das für den Weg zu Patricks Behausung. Sie spähte durch die dunklen Fenster und leuchtete hinein. Es war niemand da. Der Baum über ihr knarzte und ächzte, als würde er von den Windböen misshandelt. Schnee fiel herab und landete mit einem dumpfen Knall auf dem Dach des Wohnwagens.

Cara kehrte zum Auto zurück und fuhr weiter. Als sie sich dem Haus der Flahertys näherte, bremste sie ab, schaltete die Scheinwerfer und den Motor aus und ließ den Wagen ausrollen. Dann zog sie die Handbremse an und blieb einfach sitzen, um die anderen aus der Dunkelheit heraus zu beobachten. Seamus, Sorcha und Ferdy hielten sich im Wohnzimmer auf, halb von Kerzenschein erhellt und halb von Schatten verdeckt. Wie die drei Hexen in *Macbeth*, die an ihrem Kessel das Böse heraufbeschwören. Und aus Geheimnissen ein giftiges Gebräu mixen. Cara war zu weit entfernt, um ihr Mienenspiel erkennen zu können, aber ihre Körpersprache sprach Bände. Keiner von ihnen wirkte entspannt. Wenn einer aufstand, folgte ihm jemand. Das Misstrauen, das die Briefe gesät hatten, bestimmte ihr Verhalten. Statt »Molchesaug und Unkenzehe« wie die Hexen in *Macbeth* löffelten sie einen Brei aus üblen Verdächtigungen und boshaften Zweifeln.

Cara löste die Handbremse und ließ den Wagen weiterrollen. Im Augenblick traute sie sich selbst nicht. Mit allen Fasern ihres Seins wollte sie dort hineinplatzen und sie alle festnehmen. Sie einfach ins Revier verfrachten und einsperren. Diese sogenannten Freunde. Im Vorbeirollen wandte sie sich um und glaubte, das Fenster zu Cillians Zimmer ausmachen zu können. Da wollte sie hinein, um es zu durchsuchen. Aber sie würde noch warten, bis es später war, dunkler. Dann würde sie unbemerkt ins Haus schleichen. Auch sie konnte Geheimnisse wahren. Sobald sie genug Abstand zum Haus hatte, schaltete sie den Motor wieder ein und fuhr davon.

Die Straße beschrieb mehrere Kurven, und Cara gab es auf, die endlose Finsternis mit Blicken abzusuchen. Es war aussichtslos, Patrick auf diese Weise zu finden. Am Friedhof hielt sie an und stieg aus. Langsam gewöhnte sie sich an die großen Temperaturunterschiede; sie zuckte kaum noch zusammen, als ihr die eiskalte Luft entgegenschlug. Mit dem Handy beleuchtete sie den Weg. Um sie herum ragten die Grabsteine auf, doch der schmale Lichtstrahl aus ihrem Telefon bot ihr Sicherheit. Sie spürte die Gesellschaft der Friedhofsbewohner, während sie mit knirschenden Schritten durch die Stille lief.

Vor dem letzten Grab in der oberen linken Ecke des abschüssigen Geländes blieb sie stehen. Mit dem Handschuh wischte sie den Schnee von der Vorderseite des Granitsteins und leuchtete sie mit dem Handy an. Der Quarz im Granit glitzerte. Wie für immer schwebende Schneeflocken.

CILLIAN FLAHERTY 1988–2012

GELIEBTER EHEMANN, VATER UND SOHN

»IN ÁR GCROÍTHE GO DEO«

Für immer in unseren Herzen. Schlicht, aber wahr. Cara hockte sich hin, wischte den Schnee von der Grabbegrenzung und setzte sich.

»Hallo, Liebster«, flüsterte sie, und in ihre leisen Worte mischte sich ebenso viel Zärtlichkeit wie Angst. »Ich vermisse dich. Und ich vermisse Maura schon jetzt. Im Moment herrscht hier Chaos. Ein Riesenchaos. Aber eigentlich ist das die ganze Zeit schon so, seit du nicht mehr da bist.« Cara schlang die Arme um sich selbst und spürte, wie sich ihre Gesichtshaut durch die Kälte spannte. »Morgen sind es zehn Jahre. Ich fasse es nicht, dass es schon so lange her ist. Erinnerst du dich noch an unseren letzten gemeinsamen Abend? Nachdem wir den restlichen Truthahn von Weihnachten verputzt hatten, haben wir uns vor den Fernseher gesetzt. Weißt du noch? Die Babys waren endlich im Bett, und wir haben noch ein Glas Wein getrunken, nur du und ich auf dem Sofa. Wir haben uns eine alberne romantische Komödie angesehen, und du hast erzählt, dass du überlegst, am Silvesterabend mit Seamus mit dem Trawler rauszufahren. Dass ihr viel Geld verdienen könntet, wenn ihr die Restaurants rund um Galway zu Neujahr mit frischem Fisch versorgt. Und dass uns das helfen würde, all die Spielsachen zu bezahlen, die wir für Saoirse und Cathal besorgt hatten. Du hast mich gefragt, ob ich damit leben kann. Und ich meinte: ›Natürlich, mein Schatz.‹ Du hast so hart für unsere kleine Familie gearbeitet. Und als du am nächsten Abend weggegangen bist, hast du mich geküsst und ›Ich liebe dich‹ gesagt. Das waren deine letzten Worte. Wenn ich doch bloß gewusst hätte, dass du nicht wiederkommst. Dann hätte ich mich an dich gekettet. Ich hätte dafür gesorgt, dass du bleibst, oder wäre mit dir auf den Grund des Meeres gesunken.«

Eine der Wildziegen auf dem Feld hinter dem Friedhof stieß einen erstickten Schrei aus, einen dieser klagenden Rufe, die für Cara immer so klangen, als würden sie Schmerzen leiden. Eine zweite Ziege antwortete, und ihre Schreie trafen sich irgendwo in der Ferne. Cara zitterte. Es wurde Zeit, dass sie eine Entscheidung traf. Entweder sie machte sich jetzt zu Fuß auf und suchte Patrick, um sich zu vergewissern, dass es ihm gutging, oder sie fuhr zurück und durchforstete Cillians Zimmer.

Sie wollte nach dem Päckchen suchen. Sie wollte dieser Sache endlich auf den Grund gehen. Sie zu einem Ende bringen. Aber sie machte sich auch Sorgen um Patrick. Während sie an Cillians Grab saß und über den größten Verlust nachdachte, den sie je erlitten hatte, wurde ihr klar, dass Patrick gerade einen ebenso großen Verlust verschmerzen musste. Doch anders als sie hatte er niemanden, der ihn tröstete. Sie sollte diejenige sein. Sie fürchtete das Schlimmste für ihn. Sie konnte ihn jetzt nicht im Stich lassen.

Aber konnte sie es sich leisten, Gott weiß wie viel Zeit auf die Suche nach jemandem zu verschwenden, der gar nicht gefunden werden wollte? Jetzt, wo sie kurz davor war, den letzten, den wichtigsten Hinweis zu finden? Nach allem, was sie wusste, würde der Mörder erneut zuschlagen. Hatte das nicht Vorrang?

»Verdammt!«, schrie Cara in die Nacht. Das Wort verhallte. Sie konnte diese Entscheidung nicht treffen. Es musste noch eine andere Möglichkeit geben. Sie brauchte Unterstützung. Und es gab nur einen, den sie fragen konnte. Daithí. Ihn konnte sie bitten, nach Patrick zu suchen. Er würde es tun.

Sie eilte zurück zum Wagen, sprang hinein, wendete und fuhr Richtung Kilronan. Auf dem letzten Stück ließ sie sich von den hellerleuchteten Fenstern des Pubs leiten. Wenig überrascht von der Menge der dort parkenden Autos hielt sie vor dem *Derrane's*. Die Ortsansässigen, die es leid waren, ohne Strom zu Hause zu hocken, hatten sich wie Motten um das Licht versammelt, dort, wo es welchen gab. Cara spähte durchs Fenster in die Gaststube und erblickte die üblichen Stammkunden. Und, wie vermutet, noch zahlreiche andere. Aber sie hatte im Moment nicht die Kraft, sich ihnen auszusetzen. Wenn Cormac Mullen Gerüchte gehört hatte, dann kursierten sie auf der Insel. Diesmal würde keine Stille eintreten, wenn sie den Pub betrat. Ihr würden Fragen gestellt werden. Viele Fragen. Und dafür war sie nicht in der Stimmung. Wenn sie zu Daithí wollte, hatte sie allerdings wenig Alternativen. Sie konnte ihn durch die Scheibe nicht sehen. Momentan schien niemand hinter dem Tresen zu stehen. Wahrscheinlich war er hinten und wechselte das Bierfass oder so. Cara beobachtete die Trinkenden noch ein wenig länger und schaute dann in das flackernde Feuer im Kamin. Sie kam sich vor wie Tiny Tim in Dickens' Weihnachtsgeschichte oder Andersens Mädchen mit den Schwefelhölzern, irgendein Gassenkind, das draußen in der Kälte ausharren musste. Sie berührte die Glasscheibe. Ihre Finger blieben nicht daran kleben, also war sie nicht gefroren.

Cara holte tief Luft und drückte die Tür auf.

Zuerst verspürte sie Erleichterung. Die Hitze des Pubs legte sich wie eine warme Decke um sie. Doch das tröstliche Gefühl war nur von kurzer Dauer. Alle Blicke richteten sich auf sie.

»Oh, seht mal, wer da kommt!«, sagte jemand laut.

»Ist es wahr?«, fragte ein Alter, der auf einem Barhocker am Tresen saß.

Von jedem Tisch und Stuhl und aus jeder Ecke des Raums starrten Cara aufgebrachte, sorgenvolle Menschen an. Aufgestaute Wut und Feindseligkeit wurden freigesetzt wie Geister aus der Flasche und ließen die Muskeln spielen. Cara ging, ohne zu antworten, zum Tresen. An dem Tisch direkt daneben bemerkte sie einige freundliche Mienen. Noah und zwei Leute aus seinem Team. Aiden und Lexi. Noah flüsterte ihr zu: »Sie haben Gerüchte über eine Leiche gehört.«

»Wer ist es?«, fragte der Alte auf dem Barhocker.

Mrs. Powell, die Inhaberin des Supermarkts, trat zu ihm und schaute Cara an. Ihre Miene wirkte unfreundlich, aber ihre Worte klangen besorgt.

»Jemand erzählte, es gäbe einen Bericht, dass auf der Insel eine Leiche gefunden wurde«, sagte sie. »Ist das wahr?«

»Das hab ich auch gehört«, stimmte ihre Freundin an einem der Nachbartische ein. »Wer ist der Tote, Sergeant? Sagen Sie es uns, wir wollen die Wahrheit wissen.«

Der Geräuschpegel stieg sprunghaft, weil jetzt alle gleichzeitig redeten.

Cara räusperte sich.

»Beruhigen Sie sich! Gerüchte und Spekulationen machen die Angelegenheit, vor allem zu diesem Zeitpunkt, nur schlimmer.«

»Sie sind eine Garda und keine Politikerin, beantworten Sie die Frage, verdammt nochmal!«, ließ sich eine andere Stimme aus der Menge vernehmen.

Cara hoffte, dass es helfen würde, ihnen eine begrenzte Menge von Informationen zur Verfügung zu stellen.

»In Ordnung. Ja, es hat einen Unfall gegeben. Aber als Insulaner wissen Sie, dass so was passieren kann. Wir führen ein hartes Leben hier draußen. Unfälle passieren nun mal.«

»Halten Sie uns keine Vorträge über die harten Bedingungen hier draußen. Wir wohnen schließlich schon unser Leben lang hier«, sagte Mrs. Powell.

»Und wer sind die Leute da, die Fremden?«, fragte einer aus der Menge. Tomás, den sie am ersten Abend des Sturms auf der Straße getroffen hatte. Er sah heute Abend kein bisschen weniger grimmig aus und wies mit dem Kinn auf Noah und die anderen, die an einem Tisch saßen.

Noah warf ihr einen besorgten Blick zu.

»Diese Leute besuchen nur die Insel, Tomás, das sind Touristen.«

»Für mich sehen sie aber nicht wie Touristen aus. Und dann stirbt einer auf der Insel, und wir sollen glauben, dass das ein Zufall ist? Sie verarschen uns doch, Sergeant!«

»Gut, Sie haben recht. Es sind keine gewöhnlichen Touristen. Das ist der Filmregisseur Noah Jackson« – sie zeigte auf den Regisseur – »und seine Filmcrew. Sie sind mit Seamus Flaherty hier, den Sie alle sehr gut kennen. Es besteht also kein Grund zur Sorge.«

»Ich hab auch von der Leiche gehört«, sagte jemand von hinten.

»Ist es Maura Conneely?«, fragte Cáit Óg aus der Mitte heraus. »Sind Sie deshalb heute Morgen bei mir gewesen und haben nach ihr gefragt? Ist Maura tot?«

»Mir hat sie auch Fragen über sie gestellt«, meldete sich eine Nachbarin von Cáit Óg. »Ist es Maura Conneely?«

»Ich hab Ihnen alles gesagt, was ich bislang sagen kann.«

Cara wandte sich um. Sie hatte keine Zeit für so was. Sie lief um den Tresen herum und hob die Klappe, um Daithí zu suchen. Fackeln, Mistgabeln und wütende Dorfbewohner sollten verdammt sein.

»Hey, kommen Sie zurück!«, rief jemand.

»Wir verlangen Auskunft von Ihnen, Cara Folan!«, rief ein anderer aggressiv.

Cara ließ die Klappe herunterfallen, und der laute Knall sorgte dafür, dass es still wurde im Raum.

»Für Sie immer noch *Sergeant* Folan«, sagte Cara in die Stille. »Und Sie werden mehr erfahren, wenn ich den richtigen Zeitpunkt für gekommen halte. Schönen Abend.« Cara drückte die Tür hinter dem Tresen auf und schlug sie hinter sich zu. Das würden sie ihr noch heimzahlen. Aber im Augenblick war ihr das egal.

»Daithí?«, rief sie.

Cara schaute ins Lager, doch Daithí war nirgends zu finden. Also ging sie durch den Flur zur Rückseite des Gebäudes, wo seine Wohnräume lagen.

»Daithí? Ich bin's, Cara. Ich brauche deine Hilfe.«

Sie steckte den Kopf in die kleine Küche. Das Licht brannte, doch es war niemand da. Neben der Spüle standen Teller und Gläser, und in der Luft hing der Geruch eines vor kurzem beendeten Abendessens. Caras Magen knurrte, und sie fragte sich, wann sie zuletzt etwas gegessen hatte. Der Wind rappelte an dem Fenster am Ende des Raums. Sie drehte sich um und ging durch den Flur zum Wohnzimmer.

»Daithí?«, rief sie erneut, klopfte an die Tür und trat ein. »Daithí? Bist du hier?«

Er war da. Und bei ihm war Courtney. Sie lag in Daithís Armen. Die beiden drehten sich um und starrten Cara an wie Teenager, die vom Gemeindepfarrer erwischt werden. Ihre Gesichter waren gerötet, teils wegen des intimen Moments und teils, weil sie diesen nun nicht mehr für sich hatten.

»Oh«, sagte Cara und blieb wie angewurzelt stehen, auch die

beiden anderen waren wie erstarrt. Cara erwachte als Erste aus ihrer Starre, drehte sich um und verließ das Zimmer schnell wieder. Sie lief durch den Flur zurück und entschwand durch einen Nebenausgang, um der verärgerten Menge vorn im Gästeraum auszuweichen. Auf der Straße hörte sie Daithí hinter sich. Er rief ihren Namen. Aber sie eilte weiter. Daithí und Courtney. Das hatte nicht so ausgesehen, als wären sie gerade erst zusammengekommen. Noch mehr Geheimnisse. Sie hatte geglaubt, Daithí wäre anders.

Mitten auf der Straße blieb sie stehen. Durch die Fenster des *Derrane's* drang Licht nach draußen. Die Bäume, in die ihre Kappe geflogen war, standen wie Wachen davor. Aber sie machte sich nicht die Mühe, nachzusehen, ob ihre Kappe noch da oben hing.

»Cara!«

Daithí stand jetzt draußen auf dem Weg und schaute sie an.

Er hielt ihr etwas hin. Sie ging zurück.

Ihr Handy. Sie musste es in der Hast verloren haben.

»Oh, danke«, sagte sie tonlos. Mehr fiel ihr nicht ein. Sie nahm das Handy.

»Es lag im Flur auf dem Boden.«

»Hm.«

Daithí stand einfach da und sagte nichts. Cara schaute auf das Telefon in ihrer Hand.

»War's das?«, brachte sie schließlich heraus.

»Was?«

»Stell dich nicht blöd.«

»Ich bin mit Courtney zusammen, meinst du das?«

»Natürlich meine ich das.«

»Macht dir das was aus?«

Diese Frage konnte Cara nicht beantworten.

»Ich hatte keine Lust mehr zu warten, Cara. Ich konnte nicht mehr ...«

»Was?«

»Du weißt schon, was. In Cillians Schatten leben. Nicht so gut sein wie er. Nicht genügen.«

»Ich hab nicht ...«

»Du brauchst nichts zu sagen. Es ist nicht deine Schuld. Cillian war ziemlich perfekt. Darum habe ich ihn geliebt wie einen Bruder. Aber ich kann nicht länger darauf warten, dass du mich mehr liebst als einen Bruder. Das Leben geht weiter, so traurig das auch ist.«

»Ich wollte nie ...« Cara spürte, wie die Anzeige auf null sprang. Die Warnleuchte hatte die ganze Zeit schon rot geblinkt, aber jetzt war sie am Ende. Sie schaute Daithí an, ging zu ihrem Wagen und öffnete die Tür.

»Warte, Cara!« Daithí kam auf sie zu. »Fahr nicht, bitte!« Sie drehte sich zu ihm um. Dann fiel ihr Blick auf Courtney, die an der Tür stand. Sie stieg ein, ließ den Motor an und fuhr los.

KAPITEL 32

Cara fuhr über die dunklen Straßen der Insel. Sie hatte keinen Grund, sauer auf Daithí zu sein, aber sie war es trotzdem. Er hätte ihr vertrauen und von der Sache mit Courtney erzählen können. Oder aber mit ihr über seine Gefühle reden. Zu spüren waren sie schon lange, zwischen ihnen beiden. Nur waren weder er noch sie bereit gewesen, den nächsten Schritt zu tun. Zumindest hatte Cara geglaubt, dass es so war. Offenbar hatte Daithí nicht begriffen, dass sie dasselbe für ihn empfand. Und jetzt war er mit Courtney zusammen. Auch er hatte Geheimnisse – wenngleich das eine andere Liga war. Daithí hatte sie ebenfalls belogen. Lügen durch Unterlassung zählten auch.

Cara fuhr immer weiter, bis sie schließlich merkte, dass sie in die Richtung fuhr, in der das Flaherty-Haus stand. Und Patrick Kellys Wohnwagen. Vor lauter Schreck war sie so schnell vor Daithí geflohen, dass sie komplett vergessen hatte, warum sie überhaupt zu ihm gefahren war. Also war sie jetzt wieder da, wo sie angefangen hatte, und musste sich entscheiden, was sie tun wollte: weiter nach dem Jungen suchen, der sich womöglich etwas antun würde, oder Cillians Zimmer nach dem Gegenstand durchwühlen, der der entscheidende Beweis in diesem Fall sein könnte.

Sie würde beides tun müssen.

Zuerst würde sie zusehen, dass sie das Päckchen fand. Dann gab es nichts mehr, was sie bei ihrer Suche nach Patrick ablenkte. Und mit etwas Glück war der Junge doch wieder zu Hause, wenn sie sich erneut auf den Weg machte. Cara wusste, dass sie sich Argumente für das zurechtlegte, was sie als Erstes tun wollte. Aber letztendlich, sagte sie sich, waren beide Aufgaben gleich wichtig; es war unmöglich, die richtige Wahl zu treffen. Eine leise Stimme in ihrem Hinterkopf trug ihr auf, zurückzufahren, mit Daithí zu reden und ihn an Bord zu holen. Doch sie ignorierte sie. Sie wollte nicht mit Daithí reden. Nicht jetzt gleich.

Cara fuhr am Haus der Flahertys und an dem der Kellys vorbei. Aus dem Flaherty-Haus drang nach wie vor Kerzenschein, auf dem Grundstück der Kellys war alles dunkel. Sie parkte den Wagen und stieg aus. Sie würde zu Fuß gehen, denn sie wollte nächtliche Autogeräusche vermeiden, die die anderen auf ihre Rückkehr aufmerksam machen würden.

Sie versuchte es noch einmal am Wohnwagen. Immerhin war es möglich, dass Patrick weder Kerzen noch Taschenlampen hatte und drinnen im Dunkeln saß. Sie schlug gegen die Tür, spähte durch die Fenster. Nichts. Dann ging sie weiter zu Seamus' Haus.

Sie stapfte durch die Dunkelheit, in der sie gerade so erkennen konnte, wie sie einen Fuß vor den anderen setzte. Sicherheitshalber benutzte sie auch ihre Taschenlampe nicht. Sie rutschte und schlitterte und hätte einige Male beinahe das Gleichgewicht verloren. Schließlich erreichte sie das Haus. Eine Weile blieb sie ganz still stehen. Sie brauchte keinen Baum, keine Mauer oder Ähnliches, um sich zu verstecken, die Nacht reichte im Augenblick vollkommen aus. Dann ging sie so leise wie möglich die Einfahrt hoch. Sie betete, dass die einfach verglasten Fenster ihre Ankunft nicht verrieten, indem das Geräusch ihrer Schritte die anderen warnte. Sie konnte sie jetzt deutlich sehen. Seamus saß auf dem Sofa und versuchte krampfhaft, sich wachzuhalten, obwohl ihm die Augen zufielen und sein Kopf immer wieder nach vorn sank. Sorcha fläzte in einem der Sessel, in der einen Hand einen Drink, in der anderen ein Buch. Cara erkannte *Is Mise An tOileán*, Seamus' Memoir. Ferdy saß in dem anderen Sessel, nippte an einem Whiskey und starrte ins Feuer. Cara kam sich vor wie ein Spanner, der die anderen unerlaubt beobachtete. Sie bemerkte, dass Ferdy verstohlen zu Seamus hinschielte, der mit dem Schlaf kämpfte; seine schweren Lider flatterten. Und sie bekam mit, dass Sorcha, wenn sie sich unbeobachtet wähnte, über den Rand ihres Buches hinweg immer wieder schnell zu den beiden Männern schaute. Ein verzwicktes mexikanisches Patt.

Ihr wurde plötzlich bewusst, dass sie ein Problem hatte. Wie sollte sie ins Haus gelangen? Die Hintertür führte in die Küche, wo alle saßen. Aber sie wollte nicht, dass sie von ihrer Anwesenheit wussten. Ihr Blick glitt die Fassade entlang nach links zu dem Teil des Hauses, in dem die Schlafzimmer lagen. Vielleicht konnte sie eines der Fenster aufhebeln und so hineingelangen. Cillians Zimmer war ideal dafür. Doch unterwegs blieb sie stehen und blickte zur Haustür. Irgendetwas sagte ihr, dass es einen Versuch wert war. Sie schlich hin und drückte so lautlos wie möglich die Klinke nach unten. Die Tür öffnete sich; sie war nicht abgeschlossen. Wie oft hatte sie die anderen nun schon daran erinnert? Und selbst wenn nicht, war Angst nicht Motivation genug? Schließlich waren sie doch die Einzigen, die wussten, dass ein Mörder frei herumlief.

Cara trat ins Haus und war dankbar für den Teppich, der das Geräusch ihrer Schritte verschluckte. Eine LED-Campingleuchte war die einzige Lichtquelle im Flur. Sie schob die Tür mit beiden Händen hinter sich zu, langsam und vorsichtig.

Sie schaute nach rechts, zur Küche. Unter der Tür drang schwach ein orangefarbener Lichtstreifen hervor; sie war fest geschlossen, damit keine Wärme verlorenging. In diesem Teil des Hauses herrschte noch immer Eiseskälte. Jetzt war Cara zum ersten Mal froh darüber, denn die Kälte würde die anderen hoffentlich fernhalten. Und ihr Zeit zum Suchen verschaffen.

Sie wandte sich Cillians Zimmer zu.

Sie öffnete die Tür und trat ein. Ihr Blick fiel als Erstes aufs Bett. Das erschien ihr als der naheliegendste Ort, um die Suche zu beginnen. Sie sank auf die Knie. Bückte sich und leuchtete mit der Taschenlampe unters Bett. Nichts. Sie schob ihre Hände unter die Matratze, ließ sie darunter entlanggleiten wie beim Brustschwimmen und tastete herum. Nichts. Vielleicht hatte Maura einfach nur das Schlafzimmer gemeint und nicht das Bett im wörtlichen Sinn. Sie stand auf und leuchtete das Bücherregal ab. Alles war an seinem Platz. Nichts sah anders oder ungewöhnlich aus.

Cara erstarrte. Sie wandte sich um und schaute zur Zimmertür.

War da ein Geräusch gewesen? Eine aufgehende Tür?

Sie lauschte angestrengt. Schritte. Definitiv Schritte.

Da näherte sich jemand. Und sie konnte sich nicht sicher sein, dass er nicht ins Zimmer kam. Sie wirbelte herum. Wo konnte sie sich verstecken? Sie musste sich in Sekundenschnelle entscheiden. Unterm Bett oder im Schrank? Das Bett. Das war die Lösung, dort würde sie sicher sein. Sie rollte unters Bett und drückte sich eng an die Wand.

Gerade noch rechtzeitig. Die Tür ging auf.

KAPITEL 33

Wer auch immer da hereinkam, hatte keine Taschenlampe. Das spärliche Licht deutete auf eine Kerze hin. Das dunkle Zimmer war ein schwarzes Loch, das alle Helligkeit verschluckte. Cara konnte allenfalls schwache Umrisse erkennen, während sie den Atem anhielt, vage Schatten. Sie hörte, wie der Besucher im Raum herumging. Bücher aus dem Regal nahm und wieder zurückstellte. Die Schublade am Schreibtisch aufzog und dann mit mehr Kraft als nötig wieder zudrückte. Die Schranktüren öffnete. Suchte und suchte. Vieles von dem wiederholte, was Cara eben gemacht hatte.

Wie lange würde es dauern, bis er unters Bett schaute?

Ihr Herz schlug so heftig, dass sie nicht erstaunt gewesen wäre, wenn der Boden vibriert hätte.

Dann kamen die Schritte des Besuchers wieder in Richtung Bett. Sie erkannte vage Umrisse an den Stellen, wo das Kerzenlicht hinfiel.

Ein dumpfes Geräusch. Er hatte sich auf die Knie fallen lassen. Cara spürte das leichte Beben der Matratze, die abgesucht wurde. Derjenige würde nichts finden – genau wie sie. Und dann unters Bett schauen. Die Kerze spendete zwar wenig Licht, aber um ihre Anwesenheit preiszugeben, reichte es auf jeden Fall.

Das Bett war ein Fehler gewesen. Im Schrank hätte sie wenigstens gestanden. Und weglaufen oder sich wehren können.

Das Bett war eine Falle. Eine Sackgasse. Ohne Ausweg.

Die Matratze bewegte sich nicht mehr. Die Suche war beendet. Er hatte auch all die Stellen überprüft, wo sie noch nicht hingekommen war. Jetzt war nur noch ein Ort übrig.

Cara wappnete sich. Das war's. Sie würde entdeckt werden. Die einzige Erleichterung würde die sein, endlich zu wissen, wer der Suchende war.

Die Umrisse zweier Hände tauchten auf dem Teppich auf. Er war im Begriff, die Arme zu beugen und unters Bett zu schauen.

Dann ein Geräusch, aus dem Flur.

»Ferdy?« Sorchas Stimme aus der Küche, sie rief ihren Mann. Weil er zu lange, verdächtig lange, nicht mehr in ihrem Blickfeld war, kam sie ihn suchen.

Ferdy.

»Scheiße.« Sie hörte ihn nur einen knappen Meter von sich entfernt. Er kniete neben dem Bett.

Ein Rascheln, dann quietschten die Federn des Bettes, als er sich aufstützte, um sich aufzurichten.

Ferdy verließ das Zimmer. Mit leeren Händen.

Ferdy war also derjenige, der nach dem Päckchen suchte. Cara lag wie paralysiert da. Die Konsequenzen dieser Erkenntnis lähmten sie. Ferdy. Bedeutete das, dass er auch die Briefe geschrieben hatte? Und hieß das, dass er der ...

Cara erwachte aus ihrer Starre. Ein kräftiger Adrenalinstoß trieb sie unter dem Bett hervor. Sie musste hier raus. Sie durfte auf keinen Fall entdeckt werden. Sie hatte eine Gnadenfrist, doch wie lange würde es dauern, bis er zurückkam? An der Zimmertür blieb sie stehen und spähte auf den Flur. Ferdy war weg, die Küchentür geschlossen. Sie rannte zur Haustür. Das Herz schlug ihr bis zum Hals. Dann bremste sie ab, öffnete so vorsichtig die Tür, als hätte sie alle Zeit der Welt, und zog sie gerade in dem Moment hinter sich zu, als die Küchentür erneut aufging. Sie drückte sich flach an die Hauswand. Überließ sich der Dunkelheit.

Ferdy. Er hatte nach dem Päckchen gesucht. Und alle Stellen

in Cillians Zimmer überprüft, an denen sie auch nachgeschaut hatte. Genau wie sie hatte er offenkundig auf eine Gelegenheit gewartet, das zu tun. Als Seamus schlief, Sorcha anscheinend in das Buch vertieft und Cara nirgends zu sehen war. War er auch derjenige gewesen, der Mauras Tür aufgebrochen und dort alles durchwühlt hatte? War das der Grund, warum er an jenem ersten Morgen in diesen albernen Klamotten an ihrem Haus aufgetaucht war? Nicht, weil er Maura suchte, sondern das Päckchen? Und war er derjenige gewesen, der in ihr, Caras, Haus eingedrungen war, *mamó* in Angst und Schrecken versetzt und ihr Zimmer verwüstet hatte? Der mit ihren Sachen erheblich weniger vorsichtig umgegangen war als mit Mauras? Sie wurde wütend. Wie konnte er es wagen, ihrer Großmutter das anzutun? Sie wollte die Haustür aufreißen, reingehen und ihn verprügeln. Festnehmen? Ach was! Das reichte jetzt nicht mehr.

Sie trat einen Schritt von der Hauswand zurück und schaute in die Küche. Sie sah nur Sorcha und den schlafenden Seamus. Ferdy war bereits wieder verschwunden. Cara bewegte sich so schnell, wie es, ohne auszurutschen, ging, zu Cillians Fenster. Es war ihr egal, ob sie gehört wurde. Aber sie sah kein Kerzenlicht in dem Zimmer. Dort war niemand. Sie folgte der Mauer weiter ums Haus. Auch im letzten Zimmer, dem von Ferdy und Sorcha, war niemand. Cara ging auf die Rückseite des Hauses. Aus dem nächsten Fenster – dem von Seamus' Zimmer – drang der verräterische Lichtschimmer und verriet ihr, dass Ferdy sich dort aufhielt.

Sie schob sich an der Mauer entlang und spähte hinein. Während sie sich so weit wie möglich im Dunkeln hielt, beobachtete sie ihn. Ferdy durchwühlte Seamus' Sachen. Machte dasselbe wie in Cillians Zimmer. Er suchte im Schrank, im Schreibtisch. In Seamus' Taschen.

Und suchte weiter.

Cara hatte sich also geirrt. Das Päckchen befand sich nicht in Cillians Zimmer, weder sie noch Ferdy hatten es gefunden. Das war also nicht das, was Maura versucht hatte, ihr mitzuteilen. Sie war der Verzweiflung nahe. Dieses Durcheinander war unerträglich. Sie wollte in die Nacht hinausbrüllen, die Stille mit ihrem Frust zerreißen. Doch sie beherrschte sich. Verharrte im Schutz der Dunkelheit, beobachtete Ferdy und ließ die eiskalte Nacht ihren Schmerz betäuben.

Langsam dämmerte ihr noch etwas anderes.

Ferdy konnte nicht derjenige sein, der in ihr Haus eingebrochen war. Er war in Kilronan gewesen, sie war an ihm und Daithí vorbeigefahren, als sie ihrer Großmutter zu Hilfe geeilt war.

Was bedeutete das? Je mehr sie herausfand, desto weniger verstand sie.

Suchten *zwei* Leute nach dem Päckchen?

KAPITEL 34

Sie beobachtete von draußen, wie der nur schemenhaft erkennbare Ferdy systematisch Seamus' Zimmer durchsuchte. Doch er fand nichts. Cara konnte erkennen, dass seine Enttäuschung wuchs. Er gab sich zunehmend weniger Mühe, die Sachen ordentlich an ihren Platz zurückzulegen. Er knallte die Schranktür zu. Durch die dünne Fensterscheibe hörte sie ihn leise fluchen.

Cara bewegte sich vom Haus weg und lehnte sich gegen die Wand des Torfschuppens. Von hier aus konnte sie das gesamte Zimmer überblicken und wusste, dass sie selbst nicht zu sehen war. Sie fühlte sich wie die einzige Zuschauerin bei einer Horrorshow.

Sie sah es, bevor Ferdy es bemerkte.

Die Tür öffnete sich.

Ein müde aussehender Seamus kam mit einer Kerze in der Hand herein. In dem schwachen, zweifachen Kerzenlicht brauchte er eine Weile, um zu begreifen, was los war, dass jemand im Zimmer war. Und um Ferdy zu erkennen.

Plötzlich war er hellwach.

Und Cara hörte sofort ihre erhobenen Stimmen. Seamus schnauzte Ferdy an. Und weil er so laut sprach, konnte Cara einiges verstehen. Doch es waren alles irische Wörter. Wenn sie nicht dabei war, sprachen sie in ihrer Muttersprache miteinander.

Seamus fuhr Ferdy wütend an, aber dieser blickte ihn nur schweigend an. Dann sagte er etwas, was Cara nicht hören konnte. Seamus schüttelte den Kopf. Ferdy machte einen Schritt nach vorn und blieb dicht vor Seamus stehen. Nase an

Nase verharrend, die Fäuste geballt, plusterten die beiden Männer sich auf wie Pfauen. Strafften sich. Hielten breitbeinig die Stellung. Es konnte jederzeit zu einem Ausbruch von Gewalt kommen.

Cara hörte die Worte, die jeder kannte – »le do thoil«. Bitte. Wie bei dem letzten Streit, den die beiden gehabt hatten, gestern Abend, draußen an der Hintertür. Und wie gestern Abend klang dieses Bitte nicht sonderlich demütig, nicht flehentlich. Eher ungehalten und zornig. Vielleicht irrte sie sich? Vielleicht hörte sie gar nicht »le do thoil«, sondern etwas anderes, was so ähnlich klang?

Eine Bewegung. Die Tür hinter den beiden öffnete sich erneut. Seamus drehte sich um.

Es war Sorcha.

Wie Marionetten, denen plötzlich die Fäden durchtrennt worden waren, sackten die beiden Männer in sich zusammen. Ferdy wandte sich halb ab. Seamus drehte sich Sorcha zu und streckte eine Hand nach ihr aus. Cara wusste, dass er lächelte. Charmant wie immer. Sorcha wirkte unsicher. Sie blickte zwischen Ferdy und Seamus hin und her. Cara fragte sich, welche Lügen Seamus ihr erzählte. Wie er die erhobenen Stimmen erklärte. Ferdy gab sich keine Mühe, ihn dabei zu unterstützen. Er trat ans Fenster. Obwohl sie wusste, dass er sie nicht sehen konnte, presste sich Cara in der Dunkelheit an die Schuppenwand; Ferdy starrte in die Nacht. Genau in ihre Richtung. Cara musste sich zwingen, sich nicht zu rühren. Dem Impuls, sich zu verstecken, nicht nachzugeben. Nur wenn sie sich bewegte, würde sie ihre Position hier draußen verraten.

Mit angehaltenem Atem und eng an die Schuppenwand gedrückt, harrte Cara aus, ohne einen Muskel zu bewegen. Sie sah, dass Sorcha das Zimmer verließ. Seamus folgte ihr, wartete aber an der Tür und ging nicht einen Schritt weiter, bis Ferdy sich umdrehte und sich ihm anschloss. Dann waren sie verschwunden.

Cara ließ sich einen Moment Zeit. Sie atmete auf und sackte dann genauso in sich zusammen wie Ferdy und Seamus vorher.

Was hatte sie da gerade beobachtet? Was hatte sie mitangesehen?

Ihre Idee, was Mauras Hinweis anging, war falsch gewesen, doch sie würde die Lösung finden, da war sie zuversichtlich. Aber angesichts dessen, was sie gerade herausgefunden hatte, erschien sie beinahe bedeutungslos.

Ferdy suchte nach dem Päckchen.

Würde sie ihn jetzt wegen Mordverdachts festnehmen, wenn ihr nicht eingefallen wäre, dass er ihr Zimmer zu Hause gar nicht verwüstet haben konnte? Der Gedanke raubte ihr den Atem. War er derjenige, auf den die Briefe abgezielt hatten? Die bloße Tatsache, dass noch jemand das Päckchen suchte, entlastete ihn noch nicht. Es verkomplizierte die unklare Lage nur noch mehr.

Cara ging wieder ums Haus herum und begab sich dabei noch ein Stück weiter in die Dunkelheit. Im Grunde war sie bei dem Versuch, zu begreifen, was mit Maura passiert war, noch kein Stück weitergekommen. Das einzige Ergebnis bislang war, dass die soliden Fundamente ihrer Welt durch tektonische Platten ersetzt worden waren, die drifteten und aneinanderstießen und dabei jedes Mal ein Erdbeben auslösten.

Cara blickte noch einmal zum Haus zurück. Die drei saßen wieder da, wo sie vor wenigen Minuten gesessen hatten, in den Sesseln und auf dem Sofa am Kamin. Zwischen ihnen herrschte eine von Argwohn und Wachsamkeit begleitete Waffenruhe. Cara achtete darauf, sich leise davonzuschleichen, und bog auf die Straße ab. Es war an der Zeit, dass sie weiter nach Patrick suchte. Sie hatte es aufgeschoben, um einer Spur nachgehen zu können. Einer Spur, die sie in die Irre geführt hatte. Sie war so zuversichtlich gewesen, das Rätsel gelöst zu haben. Jetzt würde sie Patrick ausfindig machen, und wenn es die ganze Nacht dauerte. Sie würde ihn zu sich nach Hause bringen, dafür sorgen, dass er sich aufwärmte, ihm das freie Zimmer geben und sich zu ihm setzen. Sie hatte zwei Tage Vorsprung mit ihrer Trauer. Und genoss dabei außerdem die Unterstützung von ihrer Großmutter, Daithí und den anderen. Trotzdem war es furchtbar schwer. Der Schmerz war noch so frisch und unerträglich, als hätte ihr jemand ein Messer in den Bauch gerammt. Dem armen, verwirrten Jungen musste es noch schlimmer gehen. Dieser Gedanke beschleunigte ihre Schritte. Sie verbot sich jegliches Selbstmitleid. Sie hatte mamó und die Kinder. Diesen perfekten Verband, dem nichts etwas anhaben konnte. Aber Patrick hatte nicht einmal das.

Inzwischen bewegte Cara sich sicherer durch die Dunkelheit. Sie gewöhnte sich langsam an sie; ihre anderen Sinne kompensierten das, was fehlte. Ihr Gehör verstand die Informationen, die das Echo ihrer Schritte ihr meldete, und verschaffte ihr so das nötige Selbstvertrauen, um weiter ins Unbekannte vorzudringen. Zudem hatte sie ein besseres Gespür für den unebenen, rutschigen Boden entwickelt, dafür, wie tief ihre Füße in den Schnee einsanken. Ihr Geruchssinn nahm einzelne verhaltene Duftnoten des Ginsters und der Dornensträucher neben den Steinmauern wahr und half ihr, nicht vom Weg abzukommen.

Sie stoppte ab. Schnupperte. Atmete tief ein. Der moschusartige Duft der Hecken füllte ihre Lunge. Sie ging weiter, auf ihr Auto zu, das in der Nähe von Patricks Wohnwagen stand. Vielleicht schaute sie noch einmal dort nach. Vielleicht hatte sie ja beim dritten Versuch Glück.

An der Stirnseite des verfallenen Hauses seiner Familie blieb sie erneut stehen und blickte in Richtung des Wagens. Er war noch zu weit weg, als dass sie seine Umrisse am Ende des Gartens hätte erkennen können. Und obwohl sie jetzt weit genug vom Haus der Flahertys entfernt war, um die Taschenlampe an ihrem Handy einzuschalten, ließ das Geräusch sie aufschrecken.

Das Ächzen des Astes unter einer schweren Last.

Cara rannte los. Nach ein paar Schritten stieß sie gegen ein Hindernis, das unter dem frischen Schnee verborgen lag, stolperte und stürzte. Und weil sie sich nicht schnell genug mit den Händen abfangen konnte, knallte sie mit dem Kopf auf den Boden. Sie verspürte einen starken Schmerz und stöhnte, rappelte sich aber schnell wieder auf und lief weiter. Ihr Kopf hämmerte im Rhythmus ihrer Schritte.

Auf halbem Weg verharrte sie und richtete den Lichtstrahl ihrer Taschenlampe auf das Dach des Wohnwagens. Auf die Äste des verkrüppelten Baums, die ihn überragten. Die gierige Alte war erfolgreich gewesen. Sie hatte ihren Besitz an sich gerafft. Cara sah ihn. Die hin und her schwingende Silhouette. Und erkannte, dass es zu spät war.

Patrick war tot.

KAPITEL 35

»Können Sie auf sie aufpassen? Sie sollte nach dem Sturz auf den Kopf heute Nacht nicht allein bleiben.«

Cara hörte Dr. De Barras Stimme zwar, doch sie schien von ganz weit her zu kommen. Daithí nickte, er hatte einen Arm um sie gelegt, und jemand hatte ihr, ohne dass sie es mitbekommen hatte, eine Decke umgehängt. Sie glaubte nicht mal, dass sie sie brauchte. Sie spürte die Kälte nicht. Sie spürte nichts. Sie war wie betäubt.

Die Hilfe war schnell eingetroffen. Cara war zum nächsten Nachbarn gelaufen und dann zurück zum Grundstück der Kellys. Die Freiwillige Feuerwehr der Insel war angerückt und hatte den Toten vom Baum geholt. Bei ihrer Ankunft hatten die Feuerwehrmänner Cara zurückgezogen und wiederholt von ihren Bemühungen abhalten müssen, zu Patrick hinzugehen. Obwohl offensichtlich war, dass er tot war, hatte sie verzweifelt versucht, zu ihm zu gelangen. Dann war Dr. De Barra eingetroffen. Wann genau, wusste Cara nicht mehr. Auf einmal war die Ärztin da gewesen, hatte Patricks Leichnam untersucht, den die Männer auf dem Weg abgelegt hatten, und währenddessen immer wieder geseufzt und den Kopf geschüttelt. Anschließend kam sie zu Cara, um sich die Wunde an ihrer Stirn anzusehen. Dann war Daithí plötzlich wie aus dem Nichts aufgetaucht, hatte den Arm um sie gelegt und mit der Ärztin geredet.

»Ja, wir werden auf sie aufpassen. Danke, dass Sie gekommen sind, Dr. De Barra.«

»Kein Problem, das ist mein Job.«

Daithí schaute auf Cara hinab.

»Komm, ich bring dich zum Haus der Flahertys. Wir können uns alle zusammen um dich kümmern.«

Und trotz allem, was sie gesehen hatte, trotz allem, was sie über ihre Freunde wusste, erhob Cara keine Einwände. Sie sagte Daithí nicht, dass er sie in Ruhe lassen oder woanders hinbringen sollte. Fügsam wie ein Kind ging sie mit ihm über die Straße zurück und zu dem Haus, um das sie vor weniger als einer Stunde noch herumgeschlichen war. Auch was sie bei ihm zu Hause gesehen hatte, ihn zusammen mit Courtney, thematisierte sie nicht. Denn in diesem Moment war nur für einen einzigen Gedanken Platz in ihrem Kopf: »Ich bin schuld, dass Patrick tot ist.« Caras strikte Konzentration auf ihre Ermittlung hatte dazu geführt, dass sie zuerst Mauras Hinweis nachgegangen war, anstatt sich um Patrick zu kümmern. Möglicherweise war er die ganze Zeit im Wohnwagen gewesen und hatte sich nur vor ihr versteckt. Hätte sie nicht – getrieben von dem Wunsch, herauszufinden, wer ihre beste Freundin auf dem Gewissen hatte – die Ermittlung in den Vordergrund gestellt, hätte sie Patrick vielleicht noch rechtzeitig entdeckt. Einer der Feuerwehrmänner überreichte ihr ein Briefchen, das er in Patricks Jackentasche gefunden hatte. Es war für sie bestimmt. SERGEANT FOLAN stand in unsicherer Handschrift darauf.

Ich bin zu traurig one Mis Conneely. Sie wahr die einzige, die sich um mich gekümert hat. Tut mir leit, das ich nicht gesehn hab wer das getan hat. Tut mir leit, das ich nicht helfen konte.

In einem Punkt hatte er recht. Maura war die Einzige, die sich wirklich um ihn gekümmert hatte. Selbst Cara, die für sich in Anspruch nahm, ein guter Mensch zu sein, und Patrick helfen wollte, war nicht für ihn da gewesen, als er es am dringendsten

brauchte. Als Daithí sie nun die Einfahrt zu Seamus' Haus hoch-
führte und sie die drei anderen durchs Fenster auf dem Sofa sitzen sah, kam sie sich ihnen nicht mehr so überlegen vor wie
zuvor. Sie fühlte sich genauso mies, wie sie diese drei Freunde
fand. Sie konnte sich nichts mehr vormachen.

»Komm.« Daithí öffnete die Hintertür. Als sie in die Küche
traten, schauten die anderen überrascht hoch.

»Hallo!« Seamus erhob sich. »Habt ihr mitbekommen, was
draußen los ist? Wir dachten, wir hätten die Feuerw…« Er verstummte, als er Cara sah, und eilte zu ihr. »Ist alles in Ordnung,
Cara? Was ist passiert? Dein Kopf …« Er schaute von ihr zu
Daithí. Daithí führte sie zum Sofa.

»Was ist denn los?«, fragte Seamus. Auch Ferdy und Sorcha
sahen sie besorgt an.

»Patrick Kelly hat sich umgebracht«, erklärte Daithí. »Und
Cara ist gestürzt. Es geht ihr gut, Dr. De Barra hat sie untersucht.«

»O Gott«, sagte Sorcha. Sie stand auf, griff nach Caras Hand
und setzte sie aufs Sofa. Dann wandte sie sich Ferdy zu. »Hol ihr
einen Whiskey, Ferdy.«

»Natürlich.« Ferdy stand auf, holte ein Glas und goss ordentlich ein. Cara spürte ein Brennen in der Kehle, als sie daran
nippte. Doch selbst das konnte sie nicht aus ihrer Starre reißen.
Seamus ließ sich wieder in einem Sessel nieder und blickte besorgt drein. Daithí und Sorcha flankierten Cara auf dem Sofa.
Sorcha streichelte Caras kalte Hand.

»Was ist passiert?«, erkundigte sich Seamus.

Cara wandte sich ihm zu und fing langsam an zu erzählen.

»Er … er hat rausgefunden, dass Maura tot ist.« Sie schüttelte
den Kopf und holte tief Luft. »Diese Nachricht wäre ohnehin
schon schlimm genug für ihn gewesen. Aber wie ihr wisst, war

er ja auch am Kliff und hat gehört, wie Maura in die Serpent's Lair geworfen wurde. Er fühlte sich schuldig, weil er zu high war, um richtig mitzubekommen, was da passierte, und sie zu retten. Ich hätte mir mehr Mühe geben sollen, ihn zu finden und ihm beizustehen.«

»Quäl dich nicht mit solchen Vorwürfen, Cara«, sagte Seamus. »Der Junge war gestört, und das weißt du auch.«

»Seamus hat recht«, sagte Sorcha. »Seine miesen Eltern sind schuld. Die haben ihn schon vor einer Ewigkeit vermurkst. Selbst wenn du ihn gefunden und es ihm erzählt hättest, hätte das seine Probleme nicht gelöst.«

»Das stimmt, Cara«, pflichtete Ferdy ihnen bei.

Cara schaute ihn an. Ihr wurde übel, als sie hörte, mit welcher Gleichgültigkeit Ferdy über den armen Patrick sprach. Und das, obwohl er ihn mit Drogen versorgt hatte und möglicherweise noch ganz andere Dinge im Schilde führte. Auch Seamus konnte sie nicht mehr in die Augen sehen. Die schreckliche Geschichte, die Patrick ihr über den jungen Seamus und Maura erzählt hatte, ging ihr nach. Warum hatte Maura ihm vergeben? Cara war angewidert. Enttäuscht. Untröstlich. Doch in diesem Moment kam es ihr so vor, als hätte sie das Recht verwirkt, sich den anderen moralisch überlegen zu fühlen, als könnte sie selbst nicht mehr länger jeder Beurteilung standhalten. Sie ließ den Kopf hängen und zuckte mit den Schultern.

»Cara, du bist ein guter Mensch«, sagte Daithí. »Aber selbst die besten Menschen auf der Welt schaffen es nicht, immer alles richtig zu machen. Du darfst nicht von dir erwarten, dass du in jeder Sekunde hundert Prozent gibst. Diese Einstellung treibt dich nur in den Wahnsinn. Das ist nicht möglich. Manchmal geschehen einfach schlimme Dinge.«

Cara spürte, wie ihr die Tränen in die Augen stiegen. Die letzten beiden Tage waren der Horror gewesen. Nichts auf der Welt hätte sie auf dieses verdammte, unentwirrbare Chaos vorbereiten können. Sie hatte immer geglaubt, Cillian vor all den Jahren verloren zu haben, das sei das Schlimmste gewesen, was ihr im Leben passieren konnte. Und in vielerlei Hinsicht würde das auch immer so sein. Doch die Art, wie Maura ums Leben gekommen war, und jetzt Patrick, die Dinge, die sie über die Menschen erfahren hatte, die ihr immer nahegestanden hatten – all das gab ihr auf einmal das Gefühl, Teil eines Experiments oder einer perversen Reality-Show zu sein. Nichts war mehr echt. Nichts war so, wie es zu sein schien. Wenn sie nur weit genug fahren würde, würde sie an die Stelle kommen, an der die Illusion, die sie umgab, endete. Wenn jemand wollte, dass sie sich noch einsamer fühlte – und sie hätte nicht gedacht, dass das überhaupt möglich war –, dann war es ihm gelungen. Wenn sie hier und jetzt, in diesem Moment, losschreien würde, würde es – so ihre Befürchtung – niemand hören. Also starrte sie nur reglos ins Feuer und kam sich vollkommen verloren vor.

Seamus stand auf und füllte, von einem zum anderen gehend, alle Gläser auf. Sorcha erhob mit einem traurigen Lächeln ihr Glas. Die drei, die Cara durchs Fenster beobachtet hatte, hatten schon einen leicht glasigen Blick und bewegten sich langsamer; der Alkohol, den sie während des Abends bereits getrunken hatten, machte sich bemerkbar. Ihr kam wieder in den Sinn, was Seamus über Doppelgänger gesagt hatte, als Ferdy die Schauspieler so genannt und er ihn korrigiert und erklärt hatte, der Begriff würde etwas Böses implizieren. Eigentlich hatte Ferdy richtig gelegen, nur dass nicht die Schauspieler die Doppelgänger waren, sondern sie selbst. Jeder Einzelne von ihnen war niederträchtig.

Daithí stand auf, um die Hintertür abzuschließen, und

schlüpfte dann in den Flur hinaus, um dasselbe mit der Haustür zu machen. Daithí ebenfalls als Doppelgänger zu bezeichnen war vermutlich unfair. Er verdiente es nicht, denn er hatte sie nicht wirklich angelogen. Aber sie war trotzdem verletzt. Und schlimmer noch – sie hatte das Gefühl, ihn doch nicht so gut zu kennen, wie sie geglaubt hatte. Das schmerzte am meisten.

»Können wir bitte die Türen im Blick behalten?«, sagte Daithí, als er zurückkam. »Ich weiß, dass das hier in der Gegend eigentlich unnötig ist, aber lasst sie uns trotzdem immer abschließen, ja?«

»Wieso? Jetzt ist doch alles gut, oder?«, fragte Sorcha.

»Was?«, fragte Daithí.

»Er war's doch, oder? Muss er's nicht gewesen sein?«, sagte Sorcha, mit Blicken die Bestätigung der anderen suchend. »Dann brauchen wir uns doch keine Sorgen mehr zu machen, oder?«

»Ja, bestimmt«, sagte Seamus. »Er war besessen von ihr, hast du das nicht selbst gesagt, Cara? Und ich hab ja am eigenen Leib erlebt, wie wenig er sich unter Kontrolle hatte.«

»Er ist gerade erst gestorben, Leute, und ich glaube nicht, dass er …«, begann Cara.

»Du bist keine Kriminalbeamtin, Cara«, sagte Ferdy ruhig.

»Vielleicht nicht. Aber ich bin auch nicht blöd.« Cara blickte Ferdy wütend an.

»Ich glaube nicht, dass Ferdy dir das unterstellen wollte«, erwiderte Seamus. »Er sagt nur, dass du nicht für so was ausgebildet bist. Darum kann es sein, dass du was übersiehst. Ich bin sicher, der Junge hatte seine guten Seiten, und vielleicht war's auch keine Absicht, aber wenn etwas geht wie eine Ente und quakt wie eine Ente, dann ist es auch eine …«

»Musst du so geringschätzig über ihn reden, Seamus?«

»Entschuldige, Cars, ich wollte nicht respektlos sein.«

»Wer soll es denn sonst gewesen sein? Und warum?«, konstatierte Ferdy nüchtern, ganz ohne cooles, selbstgefälliges Grinsen. »Es war jemand, der einen Grund hatte, Maura zu töten. Und außer ihm hatte keiner einen. Dieser Junge hatte ein Motiv. Und ich sehe nicht, welche zahlreichen anderen Möglichkeiten da noch bleiben sollten.«

»Ich weiß nicht«, sagte Cara.

»Komm schon, Cara«, sagte Seamus. »Betrachte doch mal die Faktenlage. Patrick war ein merkwürdiger Typ und von Maura besessen.« Er zählte die Fakten an den Fingern ab: »Er ist ihr gefolgt, er hat zugegeben, dass er vor Ort war, als sie vom Kliff geworfen wurde, und er war zu der Zeit high. Und dann hat er sich umgebracht, weil er sich schuldig fühlte und es ohne sie nicht aushielt. Ich für meinen Teil werde heute Nacht jedenfalls besser schlafen.«

»Was ist mit den Briefen?«, fragte Cara. »Du hast ihn doch getroffen. Glaubst du, dass er dazu imstande war? Zumal er schwerer Legastheniker war. Willst du mal seinen Abschiedsbrief sehen?«

»Diese Briefe waren ja nicht *Krieg und Frieden*, Cara! Und wenn er einen Abschiedsbrief geschrieben hat, hat er offenbar gern über Briefe kommuniziert. Jetzt bin ich noch mehr davon überzeugt, dass er's war.«

Cara starrte ihn an.

Sorcha meldete sich zu Wort.

»Ich auch, Cara. Das ist das Einzige, was Sinn ergibt.«

Cara sagte nichts. Weil sie gegen dieses Argument nichts einwenden konnte. Es ergab durchaus Sinn. Theoretisch. Wenn man keine Zeit mit dem Jungen verbracht und seinen Kummer nicht gesehen hatte. Seine Unschuld. Aber wer war sie, um sicher sein zu können, dass er kein falsches Spiel mit ihr gespielt hatte? Oder dass es sich nicht doch um einen schrecklichen Unfall gehandelt hatte? Sie wusste es nicht. Und ohne volle Rückendeckung aus Galway konnte sie auch nichts sagen. Ihr Bauchgefühl, was Patrick Kelly anging, war bedeutungslos. Darüber würde man vor Gericht nur lachen. Und auch für dieses unfaire Tribunal hier hatte es keinen Wert.

»Warum konzentrieren wir uns jetzt nicht einfach mal auf morgen?«, schlug Daithí vor.

»Morgen?«, fragte Sorcha.

Cara, Ferdy und Seamus schauten ihn verdutzt an.

»Morgen ist Silvester, und dann jährt sich Cillians Todestag, schon vergessen?«, erwiderte er. »Das ist doch der Grund, warum wir überhaupt hier sind.«

KAPITEL 36

Cara spülte das Frühstücksgeschirr in lauwarmem Wasser, das sie auf Daithís Gaskocher erhitzt hatte. Das Licht, das durch die mattierte Glasscheibe in der Hintertür fiel, hatte heute Morgen eine andere Qualität. Es war heller. Weniger grau. Ferdy zeigte sich ausnahmsweise einmal hilfsbereit und trocknete ab.

»O Gott, mein Kopf«, klagte er. »Warum haben wir gestern bloß so viel Whiskey getrunken?«

»Ich glaube, das warst vor allem du«, erwiderte Cara, während sie ihm einen nassen Teller reichte. »Mein Kopf tut aus anderen Gründen weh.«

Sorcha trat durch die Hintertür ein, und mit ihr wehte ein Schwall eiskalter Luft herein. Sie stampfte auf, um den Schnee von ihren Stiefeln zu lösen. Dann stellte sie den Eimer mit den Torfbriketts, die sie geholt hatte, neben sich auf die Matte und zog die Stiefel aus. »Wie geht's deinem Kopf denn, Cara? Wegen der Beule, meine ich. Im Gegensatz zu uns hast du gestern Abend ja kaum was getrunken. Und Daithí auch nicht, glaube ich.« Sie schaute zu ihm. Er saß noch am Frühstückstisch und hob seinen Kaffeebecher zum Gruß.

»Ich hab Dr. De Barra versprochen, dass ich auf sie aufpasse.«

Sorcha ging zu Cara und strich ihr mit kalten Fingern die Haare aus dem Gesicht. An der rechten Schläfe waren eine hässliche Beule und ein dunkelvioletter Bluterguss zu sehen.

»Ach, Mensch«, sagte Sorcha und verzog das Gesicht bei dem Anblick.

»So schlimm ist es gar nicht. Und die Kopfschmerzen lassen auch schon wieder nach.«

Seamus sah vom Kamin hoch, wo er ein neues Feuer für den Tag vorbereitete. Er war blass und blickte lächelnd zu Cara, sagte aber nichts. Cara spülte den letzten Teller, ließ das Wasser aus der Spüle auslaufen und trocknete sich die Hände ab.

Dann nahm sie den Eimer mit den Torfbriketts.

»Ich bring sie schon mal rüber«, sagte sie zu Sorcha.

Sie durchquerte den Raum und stellte den Eimer am Kamin ab. »Bitte schön.«

»Danke«, sagte Seamus.

»Geht's dir gut?«, fragte Cara. »Ich meine, wegen dem speziellen Tag heute und so.«

Er nahm ein paar von den Torfbrocken und schichtete sie im Kamin auf, damit alles fertig war, wenn sie vom Friedhof zurückkamen. Er nickte, schaute sie aber nicht an.

»Das ist immer ein schwieriger Tag für mich«, sagte er, weiter mit dem Kamin beschäftigt. »Ich weiß, wir verbringen ihn jetzt das erste Mal zusammen ... Für dich war's all die Jahre bestimmt genauso schwer.«

»Ja, leicht ist es nie.« Sie seufzte und blickte auf die Fotos von Cillian, die an der Wand hingen.

»Nimmst du die Kinder mit zum Grab?«

»Wir gehen immer erst am nächsten Morgen zusammen hin. Am Neujahrstag. Ich möchte, dass es eine positive Erfahrung für sie ist. Nun ja, so weit das überhaupt möglich ist. Ich fahre sie hin, und wir erzählen Cillian von unseren Hoffnungen und Träumen für das nächste Jahr.«

Seamus sah zu ihr hoch.

»Das ist eine schöne Idee.«

»Ja, es hilft, den Tag mehr zu einer Art Feier zu machen.«

»Wir werden unser Bestes geben, damit das heute auch zu einer Feier für ihn wird.«

»Ja, das tun wir.«

»Genau«, sagte Sorcha aus der Mitte des Zimmers. »Können wir uns dann fertig machen und losfahren? Um Cillian endlich persönlich hallo zu sagen?«

Daithí schob seinen Stuhl zurück und stand auf.

»Ja, sehen wir zu, dass wir loskommen!«

Ferdy räumte den letzten Teller weg und faltete das Geschirrhandtuch zusammen. Seamus erhob sich vom Kamin und wischte sich den Staub von den Händen. Dann ging er um das Sofa herum und gesellte sich zu Sorcha an der Küchentür.

Cara betrachtete sie alle. Mit diesen Händen, von denen er gerade den Staub abgeklopft hatte, hatte Seamus ihre Freundin geschlagen? Und Ferdy – wie viele gefährdete junge Leute hatte er noch mit Drogen versorgt? Und schließlich Sorcha. Wie leicht es ihr gefallen war, sich besorgt zu zeigen, als sie vorhin ihre Kopfverletzung untersucht hatte. Wo war diese Empathie gewesen, als sie ihrer Freundin am Arbeitsplatz Drogen untergeschoben hatte? Cara fühlte sich schlapp. Sie schaffte es weder, Wut zu empfinden, noch Schmerz, wenn sie diese Bande von Blendern ansah. Sie hatte das Gefühl, dass der Boden unter ihr schwankte und die Wände jederzeit nachgeben konnten. Ihr Energielevel glich dem einer vollständig entladenen Autobatterie; auch wenn man den Schlüssel noch so oft drehte, würde man sie nicht wieder aktivieren können. Sie verspürte eine ungewohnte Distanz zu den anderen. Vielleicht mit Ausnahme von Seamus, der sehr still war; verständlicherweise, da heute der Todestag seines Bruders war, der Jahrestag des Unfalls. Den anderen war leichter ums Herz. Lag es daran, dass sie glaubten, dass Patrick für den Mord verantwortlich war? Und dass jetzt, wo er nicht mehr lebte, auch die Gefahr gebannt war? Oder daran, dass der Sturm laut Vorhersage am Abend abflauen würde?

Bald würden wieder Schiffe fahren und Flugzeuge fliegen. Das kleine Inishmore würde wieder Anschluss an den Rest der Welt finden. Womöglich verlieh beides diesem Morgen so eine unpassende, ja fast unangebrachte Leichtigkeit.

Zwanzig Minuten später versammelten sie sich, alle gut eingemummt gegen die Kälte, vor der Haustür. Cara hatte Seamus' alte Violine dabei. Sorcha einen Strauß Trockenblumen, den sie aus London mitgebracht hatte, um ihn aufs Grab zu legen. Bei seinem Anblick fielen Cara die kleinen weißen Blütenblätter wieder ein, die sie in Mauras Hosentasche gefunden hatte, das Hirtentäschelkraut. Sie schob die Erinnerung beiseite. Darüber wollte sie jetzt nicht nachdenken. Ferdy kam mit einer Packung Kekse aus der Küche.

»Was hast du denn da, Ferdy?«, fragte Sorcha.

»Jaffa Cakes«, antwortete er.

»Das sehe ich, aber was willst du damit? Kannst du nicht warten, bis wir später einen Happen essen?«

»Sie sind für Cillian.«

»Bitte?«

»Das waren seine Lieblingskekse.«

»Das stimmt«, sagte Cara und berührte Ferdy an der Hand. »Die hat er geliebt.«

»Ich dachte ja nur … dass er sich vielleicht darüber freut«, sagte Ferdy mit einem angedeuteten Lächeln.

Cara spürte, wie ihre Augenwinkel feucht wurden. Sie holte tief Luft.

»Okay, kommt, wir gehen.«

Daithí öffnete die Haustür, und sie marschierten alle hinaus. An diesem Morgen war es weniger trüb. Zwar schmückte immer noch kein Fleckchen Blau den Himmel, aber die ein wenig dünner gewordene Wolkendecke ließ schon etwas mehr Licht durchdringen. Erste Anzeichen dafür, dass das schlechte Wetter auf dem Rückzug war. Der Wind war auch abgeflaut. Sie hatten beschlossen, zu Fuß zu gehen, so wie sie als Kinder die Insel zu Fuß unsicher gemacht hatten. Sie wollten sich Zeit nehmen. Und dabei Erinnerungen an Cillian austauschen.

»O, da kommen die ›Seven Churches‹ ...«, sagte Sorcha, als sie sich nach einer Weile einer Gruppe von Ruinen näherten. Sie hatte sich bei Cara untergehakt. Nur zwei der Kirchen waren noch erhalten, allerdings ohne Dächer, und standen zwischen anderen jahrhundertealten Ruinen. Im Augenblick lag alles unter Schnee verborgen. Doch unter der weißen Decke befanden sich zahlreiche namenlose Gräber und etliche Steinstufen. Keltische Kreuze und gewölbte Grabsteine, alles krumm und schief. Der perfekte Ort für sonnige Sommerabende, wenn man für sich sein wollte.

»Wirst du rot, Cara Folan?« Sorcha kicherte. »Das solltest du nämlich! Ich sag nur: erster Kuss!«

»O mein Gott!«, erwiderte Cara lachend. »Ich fasse es nicht, dass du das noch weißt!«

»Wie könnten wir das vergessen?«, stimmte jetzt auch Ferdy mit ein. »Ihr zwei hattet euch schon monatelang gegenseitig angeschmachtet. Glaubst du etwa, es war Zufall, dass ihr in der Abenddämmerung allein hier zwischen den romantischen – und abgelegenen – Ruinen zurückgeblieben seid? Hmm?«

»Was? Nein, das habt ihr nicht getan!«

Seamus blieb am Eingang zu dem Ruinengelände stehen. Er strahlte Cara an.

»Und ob wir das eingefädelt hatten!«

»Du liebe Zeit ...« Cara war überwältigt, als sie zum ersten Mal seit langem an diesen Tag zurückdachte. Sofort spürte sie

Cillian ganz dicht neben sich und war wieder fünfzehn Jahre alt, so wie er. Die Sonne wärmte ihre Haut und die Liebe ihre Körper. Cillians sonnengebräunter Arm streifte ihren, während sie vor einer Mauer saßen, die älter war, als sie sich vorstellen konnten. Die Zeit schien stehengeblieben zu sein, und es gab nur noch sie beide. Den Gesang der Vögel. Die tanzenden, einander nachjagenden Schmetterlinge. Und eine einzelne Wolke, die träge über den Himmel zog, ohne Eile. Auch Cillian ließ sich Zeit. Ganz sacht nahm er ihre Hand. Und sie überließ sie ihm. Es hatte sich so angefühlt, als hielten sie Sonnenstrahlen in ihren verschränkten Händen, mit deren Wärme man einen Planeten hätte versorgen können.

KAPITEL 37

Seamus beugte sich vor und wischte Schnee von dem Grabstein, so wie Cara es am Vorabend gemacht hatte. Das war wirklich erst gestern gewesen, dabei schien es ihr viel länger her zu sein.

CILLIAN FLAHERTY 1988–2012
GELIEBTER EHEMANN, VATER UND SOHN
»IN ÁR GCROÍTHE GO DEO«

Cara las die Worte erneut. Geliebt. So sehr geliebt.

»Wir hätten auch Bruder dazuschreiben sollen, Seamus. Tut mir leid. Ehemann, Vater, Sohn und Bruder.«

»Nein, Cara, dafür brauchst du dich wirklich nicht zu entschuldigen.« Er tat ihre Sorge mit einem wehmütigen Kopfschütteln ab.

Sorcha legte die Trockenblumen vor den Grabstein. Die gedeckten Pink- und Orangetöne und das goldene Laub wirkten passend. Das war Cillian inzwischen für sie, eine schöne Erinnerung, aber eben eine Erinnerung.

»Äh, jetzt komme ich mir irgendwie albern vor«, sagte Ferdy mit den Keksen in der Hand.

»Wie wär's, wenn wir sie einfach essen?«, schlug Daithí vor.

»Für Cillian«, sagte Seamus grinsend.

»Das ist doch eine schöne Idee.«

Ferdy öffnete die Schachtel, riss die Zellophanhülle auf und reichte die Packung den anderen. Nun standen sie alle mit Keksen in der Hand um das Grab herum.

»Fehlt nur noch eine Tasse Tee«, sagte Cara. »Er hat für sein Leben gern Kekse zum Tee gegessen.«

»Nächstes Mal«, sagte Seamus. »Na dann!« Er verdrückte seinen Keks in zwei Bissen und leckte sich anschließend über die Lippen. »Ich hatte ganz vergessen, wie herrlich Jaffa Cakes schmecken. In Kalifornien gibt's die nicht. Cill, kein Wunder, dass das deine Lieblingssorte war.« Die anderen murmelten zustimmend, während sie seinem Beispiel folgten.

Ferdy reichte Seamus die Packung.

»Hier, nimm noch einen.«

Cara öffnete unterdessen den Geigenkasten. Cillians Grab war das letzte in der Reihe ganz hinten auf dem Friedhof. Es lag an der Ecke, wo zwei niedrige Mauern zusammentrafen. Sie wischte den Schnee vom oberen Rand der Mauer, die parallel zum Grab verlief, und setzte sich auf die Kante. Als sie langsam mit dem Bogen über die Saiten strich, erhob sich ein leiser, klarer Ton vibrierend in die kühle Stille. Dann blickte sie zu den anderen, zog den Bogen zurück und ließ ihn mit einem breiten Lächeln über die Saiten tanzen. Sie spielte »Always Look on the Bright Side of Life«. Die anderen brauchten einen Moment, doch dann lachten sie. Sorcha fing an zu singen, und die anderen stimmten ein, Ferdy mit dem halben Mund voll Keksen.

»O mein Gott, schluck erst mal runter, Ferdy!«, rief Sorcha lachend. Er grinste und klappte den Mund zu.

Am Ende des Liedes applaudierte die Runde Cara. Als Seamus sich räusperte, schauten ihn alle an.

»Ich möchte nur ein paar Worte sagen.« Seamus fuhr sich mit der Hand durchs Haar und sammelte sich kurz. »Dieser Tag wird nie leichter. Aber das gerade war ganz wunderbar. Zusammen zu lachen, zu singen und Kekse zu essen. Ich glaube, mein großer Bruder lacht mit uns, wo immer er jetzt ist. Ich vermisse ihn. Ich weiß, dass ihr das auch alle tut, sehr sogar. Und diese Woche ... nun, ich glaube, es gibt keine Worte dafür, oder? Unsere liebste Maura ...« Er stockte, schaute zu Boden und schüttelte den Kopf. Ferdy trat vor und umarmte ihn. Auch er kämpfte mit den Tränen. Dank des seltsamen Zaubers, unter dem sie heute Morgen zu stehen schienen, herrschte Waffenruhe zwischen ihnen.

Aber anstatt die Wärme der Versöhnung zu spüren, bemerkte Cara, dass die Wirkung dieses Zaubers allmählich schon wieder nachließ. Dabei benötigte ihre leere Batterie dringend neue Nahrung, damit sie frischen Mut schöpfen konnte. Gestern Abend waren sich diese beiden Männer, die sich nun in den Armen lagen, noch gegenseitig an die Gurgel gegangen. Daher konnte Cara diese Szene beim besten Willen nicht als erlösend und herzerwärmend empfinden. Stattdessen fühlte sie sich falsch an. Plötzlich regte sich Unmut in ihr. Ihr war, als würde sie gerade aus einem Traum erwachen. Doch sie rührte keinen Muskel und behielt das traurige Lächeln, das sie aufgesetzt hatte, bei.

Daithí kam zu ihr, legte den Arm um sie und küsste sie auf den Kopf.

»Es tut mir leid«, flüsterte er.

»Ach, Daithí, nein«, flüsterte sie zurück. »Du bist nicht der, der sich entschuldigen muss.«

Seamus, Ferdy und Sorcha schauten sie an. Cara ließ ihren Blick von einem zum anderen wandern. Sie musterte den gutaussehenden Seamus, der trotz allem immer noch wirkte wie der Junge von nebenan. Sie schaute in das kantige Gesicht von Ferdy, der stets so eine dunkle Coolness ausstrahlte, und sie betrachtete die schöne blonde Sorcha. Und sie alle blickten sie an. Durch ihre Masken. Sie alle versteckten sich, und nicht einem von ihnen tat hier irgendetwas leid.

»Vielleicht sollten wir wieder los? Das war echt superschön«, sagte Seamus. »Das ist mein schönster Silvestermorgen, seit wir Cillian verloren haben. Vielen Dank euch allen! Die Woche war furchtbar, aber ich bin trotzdem froh, dass wir gekommen sind. Jetzt lasst uns tun, was wir eigentlich die ganze Zeit vorhatten: Wir kochen ein richtig tolles Essen, trinken endlos viel Wein und reden den ganzen Tag über Cillian. Und Maura können wir dabei gleich mitfeiern.«

»Ja, lasst uns das machen«, stimmte Sorcha zu. Und Ferdy nickte.

»Das tut uns bestimmt allen gut«, sagte Daithí.

Seamus wandte sich noch einmal dem Grab zu.

»Cillian. Das nächste Mal lasse ich mir nicht so lange Zeit, bis ich dich wieder besuche. Ruhe in Frieden, Bruder, ich liebe dich.«

Ferdy trat vor und berührte den oberen Rand des Grabsteins.

»Ruhe in Frieden, mein Freund«, wiederholte er.

Daithí und Sorcha schwiegen einen Moment und gingen dann von dem Grab weg. Alle außer Cara machten sich auf den Weg. Seamus schaute zu ihr zurück.

»Kommst du, Cara? Geht es dir gut?«

Sie nickte.

»Ja, alles okay, mir geht's gut. Ich möchte nur noch ein paar Minuten allein hier bei ihm bleiben. Ist das in Ordnung?«

Seamus kam zurück und zog Cara in seine Arme. Sie musste sich zwingen, ihn nicht abzuwehren und jeden Muskel anzuspannen.

»Natürlich, das ist doch keine Frage.«

Cara nickte.

»Wir treffen uns am Supermarkt«, sagte Sorcha. »Wir kaufen jetzt lauter leckere Sachen ein.«

»Ja, dann bis gleich am Supermarkt.«

Die anderen winkten lächelnd und verließen den Friedhof. Cara lauschte ihren fröhlichen Stimmen, während sie in Richtung Kilronan davongingen. Sie blieb so lange dort stehen, bis sie keinen von ihnen mehr hörte. Dann drehte sie sich wieder zu Cillian um.

»Ich glaub, jetzt hab ich's kapiert, Cillian.« Cara trat einen Schritt näher und legte ihre Hand an der Stelle auf den Grabstein, wo Ferdy ihn berührt hatte. »Hast du gehört, was sie zu dir gesagt haben? ›Ruhe in Frieden.‹ Ruhen.«

DER RUHENDE MANN.

KAPITEL 38

Cara schaute auf das Grab. Wo war es? Wo hatte Maura es versteckt? Das Päckchen. Das mysteriöse, kostbare, vielgesuchte Päckchen. Als Maura auf dem Rückweg von Caras Haus hier vorbeigekommen war und es schlauerweise versteckt hatte, hatte noch kein Schnee gelegen. Vielleicht war es auch gar nicht wirklich schlau gewesen. Denn wenn sie das Päckchen ihrem Mörder überlassen hätte, wäre sie heute möglicherweise noch bei ihnen. Ja, sicher sogar. Aber was auch immer dieses verfluchte Päckchen enthielt, Maura hatte es für wert befunden, das Risiko einzugehen.

Cara war ganz nahe dran. Sie spürte es. Nervös lief sie vor dem Grab hin und her und stampfte fest mit den Füßen auf, denn jetzt, wo die anderen weg waren, leistete ihr nur noch die Kälte Gesellschaft.

Gut. Also, es hatte noch nicht geschneit, aber es war nass gewesen. Und sehr windig. Wo konnte Maura es also deponiert haben? Welcher Ort war sicher, aber unauffällig genug? Da gab es nicht viele Möglichkeiten. Einen Moment lang kamen Cara Zweifel. Sie war doch wieder auf der falschen Fährte.

Nein, nein, nein. Es war hier. Cara war sich sicher.

Sie betrachtete die Grabstelle. Musste sie in der Erde graben? Konnte das sein?

Nein. Das kam ihr falsch vor. Als sie sich umsah, fiel ihr der Geigenkasten auf der Mauer hinter dem Grab ins Auge.

Nachdem Cara sich mit einem schnellen Blick über die Schulter vergewissert hatte, dass sie weiterhin allein war, ging sie an den hinteren Rand der Grabstelle, beugte sich über den

Grabstein und schaute nach, was sich dahinter befand, in dem schmalen Raum zwischen Stein und Mauer. Dort lag nur wenig Schnee. Und ein Teil davon war der Schnee, den Seamus vom Grabstein gewischt hatte. Das war ein geschütztes Plätzchen, doch es gab dort nichts, das Cara ins Auge sprang. Nur dürres Gras und Unkraut.

Aber tatsächlich war es nicht nur Gras und Unkraut. Sondern Gras und ein vertrautes Unkraut. Eine vertraute Wildblumenart.

Hier, hinter Cillians Grab, wuchsen einige Büschel Hirtentäschelkraut. Die Pflanze, die sie aus Mauras Hosentasche herausgezogen hatte. Und noch dazu war sie das Einzige gewesen, was sie – abgesehen von Mauras Schlüssel und Handy – bei der Leiche gefunden hatte. Die Wildblume mit den winzigen herzförmigen Schoten. Diesmal war Cara auf der richtigen Spur. Das war der Ort, zu dem Maura sie führen wollte.

Aber da war nichts. Cara schob sich an dem Grabstein vorbei, tauchte ihre Hand in das verschneite Gras und tastete darin herum. Nichts. Als sie sich auf den Boden kniete, drang die Nässe sofort durch ihre Hosenbeine und legte sich kalt auf ihre Haut. Sie stützte sich mit einer Hand an der Mauer ab und suchte ein Stück weiter hinter dem Grab. Immer noch nichts. Der Stein in der alten Mauer bewegte sich, der Mörtel hatte sich gelöst, und Cara fluchte, als sie sich die Haut an der rauen Oberfläche aufschürfte.

Sie setzte sich auf die Fersen und blies auf ihre kalte, wundgescheuerte Hand.

Dann fiel ihr Blick auf die Mauer. Ihr Magen machte einen Purzelbaum, und sie richtete sich sofort wieder auf.

Sie stupste den Stein an, und er bewegte sich erneut. Dann zog sie daran. Ihr Herz fing an zu rasen. Er glitt heraus.

Und da, in dem Loch in der Mauer, lag etwas. Es war in einen grau-pinkfarbenen Schal gewickelt, den sie als Mauras Schal erkannte. Die Schrammen auf ihrer Hand waren vergessen. Sie griff in das Loch und zog den Gegenstand vorsichtig heraus. Von den Maßen her entsprach er dem, was ihre Großmutter beschrieben hatte. Mit steifen Fingern löste Cara die Knoten in dem Schal und wickelte ihn ab. Dabei kam nach und nach das alte Packpapier zum Vorschein, von dem *mamó* ebenfalls gesprochen hatte.

Das war er.

Der Grund für all die schrecklichen Geschehnisse. Diesen Horror. Adrenalin schoss Cara durch den Körper; sie war wie elektrisiert.

Sie drehte sich um und ließ den Blick noch einmal über den Friedhof gleiten. Über das Meer der Grabsteine aus grauem Granit und Kalkstein, über die Mauern, die das Gelände umfriedeten, über die Insellandschaft dahinter. Sie hielt nach Menschen Ausschau. Aber es war niemand da. Sie war vollkommen allein. Sie lauschte auf Stimmen, nur für den Fall, dass sich jemand näherte. Aber nein. Es bestand keine Gefahr.

Sie setzte sich auf die niedrige Grabeinfassung und streckte die Beine aus. Dann legte sie das Päckchen auf ihren Schoß und wickelte es aus dem Papier.

Sie starrte auf den Inhalt.

Ein Notizbuch.

Ein altes Notizbuch mit schwarzem Einband. Ramponiert, mit vielen Eselsohren. Cara drehte es hin und her. Das war alles?

Sie schlug es vorn auf und las den handgeschriebenen Titel:

Is Mise An tOileán – Seamus Flaherty

Seamus' Erinnerungen? Was, zum Kuckuck, bedeutete das?

Sie blätterte darin. Alles handgeschrieben, alles auf Irisch. Das Ganze sah aus wie eine handschriftliche Originalvorlage. War das möglich? Konnte das die allererste Niederschrift sein? Die, die laut Seamus wirklich als Tagebuch begonnen hatte?

Warum, um Himmels willen, war das einen Mord wert?

Dann bemerkte sie es.

Oben gegen Ende des Notizbuches lugte etwas Grünes zwischen den Seiten hervor. Cara schlug die gekennzeichnete Seite auf. Ein Stiel Hirtentäschelkraut. O Maura, clever bis zum Schluss. Auf Schritt und Tritt nutzte sie die Vertrautheit, die sie beide verbunden hatte, um Cara den Weg zu weisen. Um ihr zu helfen. Um sie hierzuführen.

Cara überflog die Seite. Worauf wollte Maura sie hinweisen? Was wollte sie ihr sagen? Der ganze Text war auf Irisch verfasst. Aber sie brauchte kein Irisch zu können, um ein bestimmtes Wort zu erkennen. Ein Wort, das ständig auf dieser Seite auftauchte. Nur war es kein Wort, sondern ein Name: Cillian.

Er kam auf der von Maura markierten Seite in jedem Absatz vor.

Cara starrte auf die Wörter, die dort geschrieben standen. Fuhr mit den Fingern über die Zeilen und ließ sie auf Cillians Namen verweilen. Schließlich klappte sie das Notizbuch zu. Energisch. Wie auf Autopilot wickelte sie es wieder in das Packpapier und in Mauras Seidenschal, stand auf und steckte es in die Notentasche vorn in dem Geigenkasten, hinter die Noten. Sie blickte sich noch ein letztes Mal um, um sich zu vergewissern, dass sie immer noch allein war. Dann schloss die den Reißverschluss des Instrumentenkoffers und hob ihn hoch. Sie wusste, was sie zu tun hatte.

KAPITEL 39

Cara stand vor dem Revier. Sie klopfte auf ihre Jacke, um sicherzustellen, dass sich die Funkgeräte in der Innentasche befanden. Eigentlich wusste sie, dass sie dort waren, denn sie hatte sie erst wenige Augenblicke vorher eingesteckt, aber ihr schwirrte der Kopf von all den Gedanken und Erkenntnissen, die sich überschlugen und um Aufmerksamkeit heischten und jeweils ein bisschen mehr Klarheit brachten. Sie schaute aufs Meer hinaus, zum Horizont, und ließ die schon deutlich ruhigeren Wellen sowie den aufklarenden Himmel auf sich wirken. Sie war sich nicht hundertprozentig sicher, aber ganz hinten in der Ferne glaubte sie sogar ein winziges Fleckchen Blau zu erspähen, das näher kam.

Cara machte sich auf den Weg zum Supermarkt. Unterwegs begegnete sie Noah und zweien der Schauspieler.

Noah blieb stehen. »Hallo, Cara!« Er strahlte sie an. »Ich hab eben Seamus getroffen. Danke für die Einladung! Wir sehen uns dann ja später noch.«

»Ja, vielen Dank«, schloss Aiden sich an. »Schön, dass wir ein bisschen zusammen feiern.«

»Bis gleich«, sagte Lexi lächelnd. Sie winkte, und die drei gingen weiter.

»Ja, toll«, sagte Cara und winkte ebenfalls. Wie es klang, hatte Seamus sie zu ihrer Silvesterfeier eingeladen. Sie überlegte, ob die Idee, die sich gerade in ihrem Kopf entwickelte, auch funktionieren würde, wenn die anderen dabei waren? Ja, dafür würde sie schon sorgen. Sie bog um die Ecke und näherte sich dem Eingang des Supermarkts. Die Kunden, die herauskamen, machten einen noch größeren Bogen um sie als sonst. Cara entdeckte Sorcha an der Kasse und ging zu ihr. Auf dem Weg wich ihr erneut jemand aus, und Sorcha bemerkte es auch.

»Was hat das denn zu bedeuten?«

»Hängt bestimmt mit dem *piséog* zusammen«, erklärte Cara.

»Es ist doch erst zwei Uhr! Wenn's fünf Minuten vor Mitternacht wäre, schön und gut, aber ...«

»Schön und gut?«

»Na ja, nein, natürlich nicht, aber du weißt schon, was ich meine.«

Cara nickte.

»O hallo, du hast uns gefunden!« Seamus gesellte sich mit zwei Tüten voller Essen und Wein zu ihnen. Dahinter tauchten Ferdy und Daithí mit weiteren Tüten auf.

»Hast du Noah und sein Team eingeladen?«, fragte Cara.

»Ja, sie sind uns gerade über den Weg gelaufen, und es wäre mir unhöflich erschienen, sie nicht dazuzubitten. Tut mir leid, ist das ein Problem für dich?«

»Ach was, nein.«

»So bekommst du endlich eine Silvesterparty geboten, bei der nicht alle um Mitternacht vor dir wegrennen, weil du rothaarig bist«, sagte Seamus grinsend. »Das ist doch mal was, oder?«

»Vermutlich werden die Leute trotzdem einen Grund finden, um vor mir wegzulaufen.«

Ein Einheimischer kam erst auf die Gruppe zu und machte dann auf einmal einen großen Bogen um sie.

»Seht ihr!«, sagte sie.

»Das ist doch echt albern!«, sagte Ferdy. »Die Leute haben da was falsch verstanden, wenn sie glauben, dass es Unglück bringt, dir am Neujahrstag über den Weg zu laufen.«

»Danke, Ferdy.«

»Du bringst nämlich das ganze Jahr hindurch Unglück!«, fügte er hinzu und lachte.

Sorcha stieß ihm den Ellenbogen in die Seite.

»Jetzt lass das doch mal«, zischte sie.

»Los jetzt!«, sagte Daithí und setzte sich an die Spitze der Gruppe. »Die Tüten werden nicht leichter, wir sollten zusehen, dass wir nach Hause kommen.«

»Ja, Sir«, sagte Seamus.

Auf dem Rückweg zum Haus schien sich die gute Stimmung, die schon beim Frühstück geherrscht hatte, noch weiter zu verbessern. Alle waren albern, und die schmalen Straßen, durch die sie zogen, hallten von angeregten Gesprächen und Gelächter wider, was Cara ganz ungewohnt vorkam. Es war wie früher. Natürlich mit den offenkundigen Lücken. Aber aus irgendeinem Grund fühlte es sich so an, als wären die beiden, die fehlten, nur mal kurz weg und würden später dazukommen. Vielleicht waren sie auch wirklich da, dachte Cara, im Geiste. Und behielten alles im Auge.

Sorcha schaute zurück zu Cara, die neben Daithí herlief.

»Der Sturm legt sich langsam, oder?«, fragte sie hoffnungsvoll, ihre Augen glänzten.

»Ja, die Lage beruhigt sich«, stimmte Cara ihr zu.

Seamus, der vorausging, blickte über seine Schulter.

»Laut Vorhersage soll sich das Wetter am Mittag ändern.«

»Oh, phantastisch! Ich hoffe, dann fahren morgen wieder Fähren. Was meinst du, Cara? Wird der Betrieb morgen wieder aufgenommen?

»Vielleicht«, sagte Cara. »Kann sein.« Und nein, dachte sie bei sich, es kränkt mich nicht, dass du es nicht erwarten kannst, von hier wegzukommen. Ist sicher nicht persönlich gemeint.

»Ja, morgen fährt eine«, behauptete Ferdy, und Sorcha schaute ihn an.

»Sicher?«

»Ja.«

»Ich wär mir da nicht so sicher, Ferdy«, mischte Daithí sich ein. »Mag sein, dass für heute Mittag besseres Wetter angesagt ist, aber es soll auch noch was nachkommen. Heute Abend wird es noch mal ungemütlich. Außerdem wär ich mir nicht so sicher, dass am Neujahrstag Fähren verkehren.«

»Wir werden es ja sehen«, sagte Ferdy.

»Fährst du dann auch gleich wieder, Seamus?«, erkundigte sich Sorcha.

»Nein. Noah, die Crew und ich haben noch einiges zu drehen, darum bleibe ich noch eine Weile.«

Cara legte eine Hand auf Daithís Arm und forderte ihn mit einem Seitenblick auf, langsamer zu gehen. Nach und nach fielen sie zurück, und es entstand ein kleiner Abstand zwischen ihnen und den anderen. Das Geplauder über die Dreharbeiten, das Wetter und die bevorstehende Abreise drang nur noch undeutlich zu ihnen.

»Geht's dir gut?«, fragte er.

»Ja, mir geht's gut.«

»Wir sollten mal in Ruhe über alles reden.«

»Du hast recht, das sollten wir tun. Aber nicht jetzt. Das ist nicht der Grund, warum ich langsamer werden wollte.«

»Nicht?«

»Nein ... hör zu ...« Cara hielt inne und schaute zu den dreien vor ihnen. Sie wartete einen Moment, um zu hören, wie viel sie von deren Unterhaltung verstand, und passte ihre Lautstärke entsprechend an.

»Du musst etwas für mich tun«, sagte sie leise.

»Klar«, erwiderte er und sah sie verdutzt an.

Cara griff in ihre Innentasche, holte eines der Funkgeräte heraus und steckte es rasch in seine Jackentasche.

»Das ist ein Polizeifunkgerät«, flüsterte sie. »Ich hab auch eins hier drinnen.« Sie klopfte auf ihre Jacke.

»Was zum …?« Seine Verwirrung wuchs.

»Hör mir einfach zu … Später werd dir irgendwann zunicken. Du würdest mir sehr helfen, wenn du dann so tust, als wäre dir gerade eingefallen, dass du in all dem Chaos vergessen hast, die Fässer im *Derrane's* zu wechseln. Irgend so was in der Art. Und dass du sofort losmusst, zumal an einem Abend wie heute bestimmt viel getrunken wird.«

»Okay …«

»Aber ich möchte, dass du, statt zum *Derrane's* zu gehen, zum Hafen runterläufst und dir eine Stelle suchst, von der aus du unauffällig überblicken kannst, was dort passiert. Der Aufgang zum Gasthaus am Hafen eignet sich vielleicht ganz gut dafür. Tut mir leid, dass ich dich bei der Kälte um so was bitten muss, aber es ist wirklich wichtig für mich.«

»Was hat das alles zu bedeuten, Cara?«

»Das erkläre ich dir später, versprochen.«

»Und was soll ich machen, wenn ich da unten bin?«

»Halte einfach Ausschau und informiere mich übers Funkgerät, wenn sich was tut, ja?«

»Aber wonach halte ich denn Ausschau?«

»Nach jemandem, der von der Insel fliehen will.«

KAPITEL 40

»Mach die Tür zu, Ferdy! Willst du, dass wir erfrieren?«, rief Seamus über das Geplapper am Esstisch hinweg. Ferdy gehorchte und schloss die Hintertür.

»Was machst du denn?«, fragte Seamus.

»Nichts.« Ferdy nahm eine Weinflasche und brachte sie zum Tisch. Er goss sich Wein ein und stellte die Flasche dann auf den Tisch.

Noah schob seinen Teller weg, griff nach der Flasche und schenkte allen nach. Er sagte etwas zu Seamus, und sie lachten beide. Wegen des Geredes und Gelächters der anderen verstand Cara nicht, was so lustig war. Sie sah nur, wie Noah die Flasche an Seamus weiterreichte, der sie dann so abstellte, dass die anderen an der langen Tafel sie erreichen konnten. Damit genug Platz für alle war, hatten sie einen alten Gartentisch trocken gewischt und ins Haus getragen. Da ein Tischtuch darüber gebreitet war, merkte man es jedoch kaum, abgesehen von dem leicht feuchten Geruch in der Luft. Sorcha und sie hatten so viele Kerzen und Campingleuchten aufgestellt, wie sie finden konnten, um den Raum ein wenig aufzuhellen. Das warme Licht der auf den Bücherregalen, am Kamin und in allen sicheren Ecken und Winkeln verteilten Kerzen verlieh ihm nun die gemütliche Atmosphäre eines Kellerlokals. Es war ungefähr neun Uhr abends, fühlte sich jedoch in dem kuscheligen Halbdunkel so vieler flackernder Flammen wie zwei Uhr nachts an. Daithí saß am anderen Ende des Tisches, gegenüber von Lexi. Er fing Caras Blick auf und zog fragend die Augenbrauen hoch. Sie schüttelte den Kopf. Noch nicht, dachte sie. Daithí nickte kaum merklich und unterhielt sich weiter mit Lexi. Cara wandte sich ihrem Sitznachbarn zu, es war ein Mann aus der Filmcrew – Alex, oder? Soweit sie sich erinnerte, war er für den Ton verantwortlich. Er erzählte gerade etwas, was mit seiner Arbeit zu tun hatte, aber Cara hatte sich schon vor einer Weile aus dem Gespräch ausgeklinkt. Er hatte es weder bemerkt, noch kümmerte es ihn. Ferdy, rechts von ihr, klopfte unaufhörlich mit dem Fuß auf den Boden und spielte mit seinem Besteck herum. Allmählich nervte das ganz schön. Sie schaute zu Sorcha hinüber. Sie war über ihren leeren Teller gebeugt, hatte das Kinn auf die Hand gestützt und sagte mit glänzenden Augen immer wieder »Oh, wie toll!« oder Ähnliches; Cara konnte nicht alles verstehen. Sorchas kokette Aufmerksamkeit schien ganz dem Ferdy-Darsteller Will zu gehören, doch Cara entging nicht, dass sie mit schnellen Seitenblicken zum echten Ferdy prüfte, ob er sie beobachtete. Sorchas demonstrative Flirterei enttäuschte Cara, denn sie hatte den Eindruck gehabt, dass zwischen ihr und Ferdy heute eine bessere Stimmung herrschte.

»Darf ich dir das Geschirr abnehmen?«, fragte Cara lächelnd und griff nach dem leeren Teller, der vor Alex, dem Ton-Mann, stand. Das Besteck darauf klirrte, als sie ihn hochhob.

»Danke, das war alles sehr köstlich«, sagte er ebenfalls lächelnd.

»Hey, lass das, Cara!«, rief Seamus über den Tisch hinweg. »Ihr Frauen habt gekocht, wir Männer räumen auf.« Er fing an, das benutzte Geschirr in seiner Nähe zusammenzustellen.

»Daithí, Ferdy, geht ihr mir zur Hand?«

»Ich kann auch helfen!«, sagte Noah, erhob sich und stapelte ein paar Teller aufeinander. »Vielen Dank für das wunderbare Abendessen und dafür, dass ihr uns eingeladen habt! Es ist wirklich was ganz Besonderes für uns, heute Abend dabei sein zu können und mit so angenehmen Menschen das neue Jahr einzuläuten.« Er stellte die Teller wieder ab und griff stattdessen nach seinem Glas. Der Wein darin wäre beinahe übergeschwappt, als er es allzu schnell und offensichtlich angetrunken erhob. »Auf euer aller Wohl!«

Jubel ertönte, und die Klänge allgemeinen Gelächters und Anstoßens erfüllten den Raum. Seamus stand ebenfalls mit seinem Glas in der Hand auf. Noah setzte sich wieder. Seamus ließ den Blick über die Runde schweifen.

»Ich möchte nur sagen: Das war ein schwieriger Jahrestag und eine schwierige Woche. Ich erhebe mein Glas auf abwesende Freunde.« Er machte eine Pause, und über die Anwesenden senkte sich Stille. »Und ich erhebe mein Glas auf neue Freunde. Auf euch möchte ich einen traditionellen irischen Trinkspruch ausbringen: *Go raibh do ghloine lán go deo. Go raibh láidir go breá an dion thar do cheann. Go raibh tú í Neamh, leathúair os comhair a bhfuil a fhíos ag an diabhal atá tú bás.*«

»Oh, das klingt herrlich«, sagte Alex, an Cara gewandt, »Was bedeutet das?«

»Cara darfst du das nicht fragen«, sagte Ferdy. »Sie spricht unsere Sprache schändlicherweise nicht. Darum können die Einheimischen sie auch nicht leiden.« Er grinste.

»Ich dachte, das läge an den roten Haaren?«, sagte Noah.

»Nein, das gilt nur am Neujahrstag. Im ganzen Rest des Jahres liegt es daran, dass sie eine nervige Außenseiterin ist.«

»Oh, sei still, Ferdy, vielen Dank auch!«, sagte Cara und stieß ihn mit dem Ellenbogen an. »Seamus, möchtest du das vielleicht mal für uns übersetzen?«

»Aber gern, *mo stór*. Das heißt: Auf dass eure Gläser immer voll sind. Auf dass das Dach über eurem Kopf immer hält. Und« – er lächelte und hob sein Glas noch ein bisschen höher –

»auf dass ihr im Himmel ankommt, bevor der Teufel merkt, dass ihr tot seid!«

Wieder ertönte Jubel, die Gäste klopften zustimmend auf den Tisch, und es wurde erneut angestoßen. Vom anderen Ende des Tisches kam ein: »Oh, ja, darauf trinken wir!«

»Das muss ich lernen!«, rief Alex.

»Cara aber auch«, stimmte Ferdy ein.

»Herrgott, Ferdy, hör doch mal mit dem Gestichel auf! Lass gut sein.«

»*Gabh mo leithscéal!*« Das hieß: Entschuldige. Cara hatte Maura diesen Ausdruck mal verwenden hören. Die wörtliche Übersetzung lautete: »Nimm meine halbe Geschichte«, also die halbe Wahrheit, was die Leute immer wieder amüsierte. Man erzählte Halbwahrheiten, um sich aus der Affäre zu ziehen. Cara schaute sich an der Tafel um. Hier gab es gerade viele halbe Geschichten, viele Halbwahrheiten. Ausflüchte. Lügen. Mord.

Sie holte tief Luft, sah zu Daithí am anderen Tischende und suchte seinen Blick. Dann nickte sie kaum merklich. Daithí stand so schnell auf, dass sein Stuhl über den Boden schrammte. Die anderen verstummten und blickten zu ihm hoch, weil sie einen weiteren Toast erwarteten.

»Ach, herrje!« Er zog seinen Ärmel hoch, als vermutete er darunter eine Uhr. »Hat jemand die Uhrzeit?«

Seamus blickte ihn an. »Müsste ungefähr Viertel nach neun sein. Was ist los?«

»Ich hab vergessen, die Fässer auszuwechseln. Ich hatte es Courtney versprochen. Im Pub ist heute bestimmt die Hölle los. Ich hoffe, sie sitzen noch nicht auf dem Trockenen.« Daithí trat vom Tisch zurück und ging zur Hintertür.

»Hey, Daithí, du kannst jetzt nicht gehen!« Sorcha wirkte gekränkt.

»Ich komm wieder, versprochen!«, sagte er. »Hebt mir was von dem Nachtisch auf.«

»Es gibt Tiramisu.«

»Dann ganz sicher! Bitte entschuldigt mich.« Damit schlüpfte er durch die Tür hinaus.

»Es ist schon Viertel nach neun?«, fragte Ferdy. Er stand auf, setzte sich dann aber wieder hin.

»Komm, fass mal mit an!«, forderte Seamus ihn auf, als er und Noah sich daran machten, den Tisch abzuräumen. Sorcha riss sich von dem Ferdy-Verschnitt los, um alles Notwendige für die Nachspeise zusammenzusuchen. Sie und Cara hatten wegen der zusätzlichen Gäste eine doppelte Portion Tiramisu gemacht.

»Hast du nicht Lust, später für unsere Gäste zu spielen, Cara?«

Seamus' Stimme lenkte Caras Aufmerksamkeit zurück an den Tisch.

»Hm, was?«

»Seamus hat mir erzählt, dass Sie eine wunderbare Fiddle-Spielerin sind«, sagte Noah.

»Oh, das ist arg übertrieben. Das meiste hab ich mir selbst beigebracht.«

»Glaub ihr kein Wort, Noah. Als ich vor zehn Jahren hier weg bin, klang es noch, als würde sie kleine Tiere quälen, wenn sie gespielt hat. Aber inzwischen ist sie hervorragend.«

»Hör auf, Seamus, sonst werde ich noch rot. Wie Ferdy ja freundlicherweise schon erwähnt hat, bin ich nicht gerade die beliebteste Person hier auf der Insel. Darum hab ich jede Menge Zeit zum Üben. Und auf YouTube findet man hervorragende Anleitungen.«

»Dann müssen Sie für uns spielen!«, beharrte Noah.

»Mal sehen, vielleicht später.« Cara lächelte, als sie seine erwartungsvolle Miene sah. Sie ließ den Blick über die fröhlichen Gesichter bei Tisch gleiten. Sorcha stand am Kopf der erweiterten Tafel und verteilte Portionsschüsseln mit Tiramisu, die von gierigen Händen entgegengenommen wurden. »Du bekommst extra viel«, hörte sie Sorcha sagen, als sie dem Objekt ihrer Aufmerksamkeit, Will, eine Portion reichte. Ferdy musste es auch gehört haben. Er schüttelte den Kopf und murmelte nur leise »peinlich«.

»Sie macht das wegen dir«, sagte Cara.

Ferdy schaute Cara an.

»Das ist dir aufgefallen?«

»Es ist schwer zu übersehen.«

»Sie kann tun und lassen, was sie will. Mir vollkommen schnurz.«

Cara sah ihn an, sagte aber nichts. Sie schaute wieder zu Sorcha.

»Sorcha?«, rief sie.

»Ja?«

»Ich wollte dir nur sagen, dass es Ferdy total schnurz ist, dass du mit einem anderen flirtest. Dann kannst du ja jetzt vielleicht mal damit aufhören.«

Die Unterhaltung am Tisch geriet ins Stocken. Lexi lachte nervös auf.

»Was soll das, Cara?«, zischte Seamus durch zusammengepresste Zähne. »Willst du Sorcha lächerlich machen?«

Ferdy schaute Cara mit ausdrucksloser Miene an.

»Das besorgt sie doch selbst ganz gut. Viel schlimmer kann ich es gar nicht mehr machen.«

Sorcha starrte Cara an. Ihr Mund stand leicht offen, und in ihren Augen bildeten sich Tränen. Sie ließ den Servierlöffel scheppernd fallen, so dass Creme und Biskuitstückchen auf die Leute in ihrer Nähe spritzten.

»Sei nicht so gemein, Cara.«

»Tut mir leid, Sorcha. Das war ein bisschen fies von mir. War Maura so? War das die Art, wie sie als Kind gemein zu dir war?«

»Äh ... was?« Sorcha sprach langsam. Caras seltsame Attacke verunsicherte sie.

»In Wahrheit glaube ich gar nicht, dass sie früher so schlimm zu dir war«, sagte Cara. »Das wär mir nämlich aufgefallen. Oder sonst irgendwem.« Cara wandte sich an Seamus. »Hast du je mitbekommen, dass Maura gemein zu Sorcha war?«

Seamus starrte sie entgeistert an. Caras Verhalten machte ihn genauso sprachlos wie alle anderen.

»Und? Hast du, oder hast du nicht?«, drängte Cara.

»Äh. Nein. Nein, kann ich nicht sagen.«

»Du, Ferdy? Hast du es je mitbekommen?«

»Nein«, sagte Ferdy, sie genau im Blick behaltend.

»Ich glaube schon, dass sie dich verletzt hat, Sorcha. Das glaube ich sogar ganz bestimmt. Aber das liegt deutlich weniger weit zurück, als du behauptest. Was könnte eine Freundin, die du seit zehn Jahren nicht gesehen hast, dir angetan haben, dass du versuchst, sie in der Schule zu diskreditieren?«

»Ich hab nie ...«

»Ich habe Bilder von einer Videokamera, die zeigen, wie du in die Schule einbrichst, um Drogen in Mauras Klassenzimmer zu deponieren. Verschwende keine Zeit damit, es zu leugnen.«

»Was?« Seamus rang nach Luft. Er schaute zum Kopf der Tafel. Alle Blicke richteten sich nun dorthin.

»Ja, sie hat Drogen in Mauras Klassenzimmer deponiert. Das mit dem Einbruch in die Schule waren keine gelangweilten Jugendlichen. Tut mir leid, dass ich euch in dem Punkt belogen hab. Ich vermute mal, der Schulleiter hätte zu gegebener Zeit einen anonymen Tipp bekommen, nicht wahr, Sorcha? Spar dir die Mühe zu antworten ...«

»Niemals ...« begann Sorcha wieder, doch ihr bleiches Gesicht und ihr ängstlicher Blick verrieten die Wahrheit.

»DU HAST WAS GETAN?«, brüllte Ferdy, seine Maske der Gleichgültigkeit war abgefallen. Er stand so plötzlich auf, dass sein Stuhl nach hinten kippte. Alex, der Ton-Mann, und Noah auf der anderen Tischseite, zuckten erschrocken zurück.

Cara legte eine Hand auf Ferdys Arm.

Sie schaute in sein wutverzerrtes Gesicht. Er blickte auf sie hinab, schien sie aber kaum wahrzunehmen.

»Ich glaube kaum, dass du dich hier als moralische Autorität aufspielen kannst, Ferdy. Sie hat es ohnehin nur deinetwegen getan. Genauso wie sie versucht hat, dich mit Daithí und ihrer Flirterei heute Abend eifersüchtig zu machen. Sie versucht alles, um dich genauso krank vor Eifersucht und Wut zu machen wie du sie. Hab ich recht?«

Ferdy schaute Cara zornig an. Die Hasstirade, die er auf seine Frau loslassen wollte, blieb ihm im Hals stecken.

Cara stand auf und schob ihren Stuhl zurück.

»Seit wann lief die Affäre zwischen dir und Maura?

KAPITEL 41

»Ach, antworte mir nicht! Ich glaub, ich weiß, wie lange das schon lief. Seit anderthalb Jahren ungefähr? Ja, das müsste hinkommen. Damals warst du auf Inishmore, um die Asche deiner Mutter zu verstreuen, stimmt's?«

»Ich ... hatte keine ... wir, nein ...«, stotterte Ferdy. Seine Wut war plötzlich verraucht.

»Mach dir nicht die Mühe, dir irgendwelche Geschichten oder Lügen auszudenken, Ferdy. Das ist Energievergeudung.« Cara trat ein paar Schritte vom Tisch weg. Und wie Planeten, die um ihre Sonne kreisen, wandten sich alle ihr zu – Ferdy eingeschlossen. »Für mich sah es zuerst so aus, als wäre Seamus Mauras geheimer Liebhaber. Weil das Sinn ergab. Unser großes tragisches Liebespaar. Waren die beiden nicht schon immer füreinander bestimmt? Aber warum hätten sie es geheim halten sollen? Wir hatten uns doch alle gefreut, wenn sie wieder zusammengekommen wären. Aber wäre er wirklich immer den ganzen Weg von Kalifornien bis hierher gejettet, um sie zu sehen? Das war, ehrlich gesagt, zu unwahrscheinlich ... Es erschien nur möglich, weil die besten Täuschungen genau darauf setzen: auf unsere Bequemlichkeit im Denken, auf unseren Wunsch, dass etwas so sein möge und nicht anders.«

»Du hast gedacht, wir wären wieder zusammen?«, sagte Seamus. »Nein, völlig abwegig.«

»Kurze Zeit erschien es mir möglich«, erwiderte Cara und blickte Seamus an. »Aber keine Sorge, ich kenne die Wahrheit inzwischen.«

Cara trat noch einen Schritt vom Tisch weg. Ferdy tat es ihr nach, spiegelte ihre Bewegungen wie ein Tanzpartner im Ballsaal. Cara spürte alle Blicke auf sich. Sie schloss nicht aus, dass einer aus der Filmcrew sie mit seinem Handy filmte. Aber das war ihr egal. Sie konzentrierte sich nur auf ihre Aufgabe.

»Ich habe mir eine Frage gestellt. Warum halten Menschen Dinge geheim? Weil sie den anderen Informationen vorenthalten *müssen*. Weil sie etwas zu verlieren haben. Maura wusste, dass wir es nicht gut gefunden hätten, wenn sie mit einem verheirateten Mann zusammen ist. Zumal dieser nicht nur verheiratet war, sondern auch noch der Ehemann einer Freundin von uns. Sie hätte unsere Freundschaft aufs Spiel gesetzt. Was auch immer du ihr weisgemacht hast, sie hat den Quatsch offenbar geglaubt, Ferdy. Hast du ihr erzählt, deine Ehe bestünde ohnehin nur noch auf dem Papier? Ich kann mir nämlich nicht vorstellen, dass sie sich andernfalls mit dir eingelassen hätte. Aber sie hätte es trotzdem besser wissen müssen.«

Cara wandte sich Sorcha zu, die wie erstarrt dasaß, so als stünde *sie* im Mittelpunkt der Enthüllungen.

»Sorcha, ich möchte mich bei dir entschuldigen. Du hattest recht. Ich hab Maura immer für perfekt gehalten. Aber sie hätte dir das nicht antun sollen, auch wenn Ferdy sie belogen hat, und ich glaube, das hat er. Maura war ein guter Mensch. Aber sie hat einen Fehler gemacht. Sie ist nicht mehr hier, um sich zu entschuldigen, aber ich glaube, wenn sie gesehen hätte, wie dir das zusetzt, hätte sie es getan.«

»Danke, Cara«, murmelte Sorcha.

»Wie bist du dahintergekommen?«, fragte Cara sie sanft.

Sorcha schwieg einen Moment. Einer der Kameramänner stieß seinen Sitznachbarn an und griff ostentativ in einen imaginären Popcorn-Eimer. Cara bedachte ihn mit einem vernichtenden Blick.

Sorcha schaute Ferdy an und dann über den Tisch hinweg zu dem überall verkleckerten Tiramisu.

»Indem ich sein Handy überprüft habe. Ich hab an seinem Verhalten erkannt, dass er mich wieder betrügt.«

»Dann war Maura also nicht die Erste?«

Sorcha schüttelte den Kopf.

»Ich hab Maura geliebt!«, platzte Ferdy heraus, in seinem Blick stand selbstgerechte Wut.

»Du hättest deine Frau lieben sollen«, blaffte Cara.

Ferdy knurrte Cara an. »Scheinheilige Kuh!« Er trat gegen seinen Stuhl, der krachend über den Boden polterte. Seamus und Noah standen auf. Cara wandte sich ihnen zu und bedeutete ihnen mit einer Handbewegung, dass sie sich wieder setzen sollten.

»Wie es aussieht, ist deine Lüge wahr geworden, Ferdy. Die Affäre hat deine Ehe zu einer Farce gemacht. Ihr zwei liegt euch, seit ihr hier angekommen seid, permanent in den Haaren. Weshalb ich mich gefragt habe, warum ihr überhaupt gekommen seid. Du« – sie wandte sich Sorcha zu – »hast klipp und klar gesagt, dass deine Freunde nicht auf Inishmore, sondern in London sind. Du bist gekommen, um dich zu rächen, stimmt's? Und Ferdy? Ich glaube, du bist gekommen, weil du Maura überreden wolltest, dich nicht zu verlassen. Sie hat mir erzählt, dass sie mit ihrem mysteriösen Geliebten nicht mehr glücklich war. Sie befürchtete, dass er nicht ganz sauber ist. Und ich glaube nicht, dass sie nur deine Ehe meinte.«

Ferdy kniff die Augen zusammen.

»Was willst du damit sagen?«

»Ich glaube, dass es eher mit dem Riesenhaufen Drogen zu tun hatte, den du in deinem Zimmer unterm Bett versteckst.«

»Ich hab nirgendwo Drogen versteckt!« Ferdy warf die Hände hoch und verdrehte die Augen.

»Stimmt, jetzt nicht mehr. Ich hab sie nämlich vorhin da rausgeholt. Sie liegen jetzt sicher verwahrt draußen im Streifenwagen. Sorgfältig dokumentiert und fotografiert, damit ich sie morgen meinen Kollegen übergeben kann.«

»Was? Aber ich brauche ...«

»Ja, was denn jetzt, Ferdy? Keine Drogen oder ein versteckter Vorrat, den du brauchst? Dieses kleine Rätsel konnte ich noch nicht entschlüsseln. Wozu brauchst du so eine Riesenmenge Pillen, die ausreichen würde, um alle Erwachsenen und Kinder dieser Insel umzubringen?«

Ferdy stand einfach nur da und starrte Cara wütend an, sagte aber nichts.

»Weniger rätselhaft erscheint mir hingegen, was Maura über dich gedacht hat, als sie hinter deine kriminellen Aktivitäten kam. Mag ja sein, dass sie anfangs schwach war und geglaubt hat, dass die Sache zwischen dir und Sorcha aus wäre. Aber illegale Geschäfte ... nein. Sie hätte dich stehen lassen. Ach was, Reißaus genommen hätte sie vor dir! Sie wollte eure Affäre beenden, hab ich recht? So war Maura nun mal. Sie mag einen Fehler begangen haben, aber als sie es gemerkt hat, hat sie den Fehler korrigiert. Genau wie damals, als sie Seamus verlassen hat, weil er sie geschlagen hat. Nicht wahr, Seamus?«

Seamus wich alle Farbe aus dem Gesicht.

»Niemals hätte ich ...«

Cara schüttelte den Kopf.

»Spar dir die Mühe, Seamus. Sie hat es mir nie erzählt. Wahrscheinlich wollte sie es nicht an die große Glocke hängen. Aber sie hat die Beziehung mit dir damals beendet und dir nicht verziehen. Noch ein Grund, warum es mir, als ich dahinterkam, weitaus weniger wahrscheinlich erschien, dass du ihr mysteriöser Geliebter warst. Ihr zwei wart alles andere als Romeo und

Julia. Maura hat Fehler gemacht, aber im Gegensatz zu uns hat sie aus ihren Fehlern gelernt. Wenn sie eure Affäre beenden wollte, Ferdy, dann hat sie sich garantiert durch nichts umstimmen lassen. Hat dich das wütend gemacht? Sorcha hat mir erzählt, wie sehr du Maura früher schon verehrt hast. Dass sie sich deswegen immer wie die zweite Wahl gefühlt hat. Warst du wütend, dass du's verbockt hast, nachdem du nach all den Jahren endlich deine Chance bekommen hattest? Du hattest so viele Gründe, wütend zu sein ...

Wir haben alle erlebt, wie du bist, wenn du in Rage gerätst. Der coole, entspannte Ferdy kann tatsächlich die Nerven verlieren, wer hätte das gedacht? Als du neulich Abend zurückgekommen bist, nachdem du von Mauras Tod erfahren hattest, konntest du kaum an dich halten. Du warst so außer dir, dass ich Sorcha gefragt hab, ob sie sich in deiner Gesellschaft überhaupt noch sicher fühlt. Und ich kenne dein Vorstrafenregister. Gestern war ich im Revier und hab in der Datenbank nachgesehen. Du bist mehrfach wegen Körperverletzung verurteilt worden. Neben all den Vorstrafen wegen Drogenhandels. Du hast dir einiges zuschulden kommen lassen, Ferdy Hennessy. Da bleibt für mich nur eine Frage offen:

Bist du so wütend auf sie geworden, dass du sie umgebracht hast?«

KAPITEL 42

»O nein, Ferdy, das hast du nicht getan.« Sorcha schnappte nach Luft.

»Natürlich nicht!«, knurrte Ferdy und blähte die Nasenflügel. »Das ist lächerlich! Ich hab Maura gar nichts angetan.«

»Du warst also nicht sauer, als sie Schluss gemacht hat?«, fragte Cara.

»Du irrst dich, sie hat nicht Schluss gemacht. Ich wollte selbst Schluss machen. Es wurde mir zu blöd, dauernd nach Dublin oder Galway zu fahren. Und zu teuer obendrein. Außerdem, warum sollte ich ihretwegen sauer werden? So viel hat sie mir auch nicht bedeutet. Sie war ein Zeitvertreib. Eine nicht vollendete Eroberung von früher.«

»Vor ein paar Minuten hast du sie noch geliebt!«

»Ich wollte Sympathiepunkte sammeln«, gab Ferdy patzig zurück.

»Verstehe«, sagte Cara.

Diesmal übernahm Ferdy die Führung in dem Tanz. Er machte einen Schritt zur Küche, und Cara folgte ihm. Quick, quick, slow.

»Außerdem: Selbst wenn wir uns geliebt hätten oder getrennt oder was auch immer, täte das nicht das Geringste zur Sache, *Sergeant*. Von einer Trennung zu einem Mord ist es ein verdammt großer Schritt.«

»Wo warst du denn an dem Morgen, als sie verschwand?« Cara ließ sich nicht beirren.

»Bitte?«

»Das war eine einfach Frage.«

»Ich war hier und hab geschlafen.«

»Kann das jemand bezeugen?«

»Sorcha. Sie hatte in der Nacht nichts eingenommen.«

»Nein, kann sie nicht. Sie war unterwegs und hat Maura ihr falsches Beweismaterial in der Schule untergeschoben. Also lag sie nicht neben dir im Bett. Was du wüsstest, wenn du selbst dort gewesen wärst.«

»Ich hab geschlafen. Davon wusste ich nichts.«

»Ich hab an dem Morgen hier an die Tür geklopft, aber es hat niemand aufgemacht. Willst du immer noch behaupten, du wärst da gewesen?«

»Ja! Was ist denn mit Seamus? Er hat zu der Zeit auch noch geschlafen, warum fragst du ihn nicht?«

»Lass mich da raus, du Wichser!«, schrie Seamus. »Ich hab sie wirklich geliebt!«

»So sehr, dass du sie geschlagen hast? Toller Liebesbeweis.«

»Wir waren noch Kinder. Das war ein blödes Missverständnis, und das weißt du auch!«

»Tu Ich das?«, giftete Ferdy zurück. »Ich weiß eine Menge, Seamus Flaherty. Du kannst dich also schön wieder hinsetzen und die Klappe halten. Ich weiß, dass unsere gute Sergeant Folan hier vor ein paar Tagen gesagt hat, dass die Partner von Opfern immer als verdächtig eingestuft werden. Vor allem, wenn sie gewalttätig sind. Das ist der Grund, warum sie mit ihrem verdammten Finger auf mich zeigt!« Schäumend vor Wut wandte Ferdy sich Cara zu und wies in Seamus' Richtung. »Ich möchte wissen, warum du den Heuchler da nicht mal unter die Lupe nimmst, Cara. Er passt nämlich genauso gut ins Profil wie ich.«

»Weil er nicht gerade von dem Mordopfer verlassen wurde, keine riesigen Drogenvorräte hier versteckt und keine ellenlange Liste von Vorstrafen hat.« Cara zählte die vernichtenden Umstände an den Fingern ihrer rechten Hand ab.

»Das hat alles nichts zu sagen.«

»Außerdem war er nicht derjenige, der letzte Nacht Cillians Zimmer und sein eigenes durchwühlt und vermutlich nach dem mysteriösen Päckchen gesucht hat.«

Ferdy verstummte. Seine Aggression flaute ab, und sein schnelles Blinzeln verriet Cara, dass sie ihn überrascht hatte. Er suchte nach einer passenden Erwiderung. Aber sie war schneller.

»Ich lag unter dem Bett. Du hättest mich beinahe ertappt.«

Ferdys Augen weiteten sich.

Cara fuhr fort: »In diesen Briefen stand, dass der Mörder das Päckchen zurückhaben will, und du, Ferdy, wolltest es auch haben.«

»Oh, nein. Nein, nein! Das ist nicht so, wie es scheint. Du hast da was falsch verstanden.«

»Dann erklär's mir.«

Ferdy machte noch einen Schritt nach hinten. Er schaute erst über die Schulter zur Tür, dann zu Cara, Sorcha und Seamus.

Aus seiner Jackentasche drang ein Piepton.

Er ließ seine Hand hineingleiten und holte einen Pager heraus.

»Die Neunziger sind zurück«, murmelte Aiden, der am Tisch saß.

Cara warf ihm einen Blick zu, und er verstummte.

»Hast du eine Nachricht bekommen?«, fragte Cara.

»Die wird von seinen Leuten sein«, sagte Sorcha.

»Seinen Leuten?«

»Hm. Diesen Drogen-Typen. Er hat richtig Angst vor ihnen.«

»Halt die Klappe, du dumme Kuh«, giftete Ferdy sie an und

steckte den Pager wieder weg. Dann warf er erneut einen Blick über die Schulter. »Ich war's nicht«, sagte er. »Ich hab Maura nicht umgebracht.«

»Dann beweis es«, sagte Cara. »Erklär mir, was ich falsch verstanden habe.«

»Das werd ich auch.« Noch ein Schritt nach hinten. »Aber vorher muss ich was erledigen.«

Plötzlich ertönte ein Krachen und Fiepen. Das Funkgerät in Caras Tasche erwachte geräuschvoll zum Leben.

»Cara, Cara, bitte kommen!«, drang Daithís Stimme roboterhaft aus dem Lautsprecher.

Ferdy nutzte die Ablenkung, stürmte zur Tür hinaus und war verschwunden. Cara wollte ihm nachlaufen, blieb aber stehen, als Daithí sich erneut meldete.

»Cara, hörst du mich? Hier unten ist was total Merkwürdiges im Gange.«

KAPITEL 43

»Was denn, Daithí?«, rief Cara in das Funkgerät und rannte hinaus. Die anderen schauten ihr verblüfft nach.

»Hier sind Leute, total viele Leute! Komm einfach schnell her! So schnell du kannst.«

Cara lief um das Haus herum zu ihrem Wagen. Ferdy war bereits von der Schwärze der Nacht verschluckt worden. Sie blickte zum Kofferraum. Er stand offen. Ferdy hatte sich seine Ware zurückgeholt.

»Verdammt!«, rief Cara und trat frustriert gegen den Hinterreifen. Wenigstens hatte sie jede Menge Fotos von dem Drogenvorrat gemacht und alles vollständig protokolliert. Das war besser als nichts. Sie schloss den Kofferraum. Dann sprang sie ins Auto und bretterte, übers Eis schlitternd, die Einfahrt hinunter.

Doppelt so schnell unterwegs wie auf der Insel erlaubt, flog sie förmlich in Richtung Kilronan. Sie hatte den Wagen nur halb unter Kontrolle, und als sie sich der Ortschaft näherte, musste sie langsamer werden. Plötzlich verstopften Horden von jungen Leuten die Landstraße wie eine Schafherde. Horden von jungen Leuten in Partylaune. Wo kamen die bloß her? Die Wege waren schwarz von ihnen. Oder eigentlich waren sie gar nicht schwarz, ging es Cara durch den Kopf, sondern sie leuchteten. Denn diese Jugendlichen hatten nicht nur Taschenlampen bei sich, sondern trugen auch fluoreszierende Accessoires wie Leuchtstäbe, Stirn- und Armbänder. Manche waren sogar von Kopf bis Fuß in Leuchttextilien gehüllt. Sie sahen aus wie Aliens.

Cara hielt an und stieg aus.

»Wer seid ihr?«, rief sie denen zu, die ihr am nächsten waren. Eine junge Frau schaute sie benebelt an, sie hatte sich dünne fluoreszierende Schläuche ins Haar geflochten, und auf ihrem Technicolor-Make-up schimmerten wie hingetüpfelt aussehende Schmucksteine. Trotz der eiskalten Temperaturen trug sie kurze Ärmel und einen kurzen Rock.

»Wir sind wegen der Party hier. Es ist Silvester, Sie sollten mitfeiern. Alle sind willkommen!« Sie strahlte Cara an.

»Verdammter Mist!«, erwiderte Cara und sprang zurück ins Auto. Sie ließ den Motor aufheulen und behielt die Hand auf der Hupe, um sich einen Weg durch die Menge zu bahnen. Sie versuchte zu schätzen, an wie vielen Menschen sie vorbeikam. Gefühlt waren es Hunderte. Und sie alle waren jung und aufgeregt.

Cara gelangte zum Hafen.

Sie sprang aus dem Wagen und hob das Funkgerät an ihre Lippen.

»Wo bist du, Daithí? Und was, zum Teufel, ist hier los?«

»Ich stehe neben dem Pier. Versuch, mich in dem Gedränge zu finden. Halt nach der blauen Fähre Ausschau.«

Cara reckte den Hals und schob sich durchs Gewühl.

»Aus dem Weg, aus dem Weg!« Ihre Kommandos zeigten kaum Wirkung. Doch irgendwann wurden es weniger Leute, und sie entdeckte Daithí. Er stand neben einem Mann, der allem Anschein nach ein Schiffskapitän war. Sie lief hin.

»Daithí, was ist los?«

In diesem Moment setzte in weiter Ferne ein stampfender Rhythmus ein. Daithí blickte über ihre Schulter, und Cara wandte sich um. Das Geräusch kam von *Dun Aengus*, der Fort-Ruine direkt am Klippenrand, dem höchsten Punkt der Insel. Das leise Wummern hörte nicht mehr auf. Und dann sah man regelmäßig aufblitzende Stroboskoplichter, die in die Wolken und aufs Meer hinaus leuchteten.

»Tut mir leid, Cara, aber wie's aussieht, hat jemand einen Silvester-Rave organisiert. Caitlín aus dem Gasthaus erzählte mir, vor ein paar Stunden, als der Sturm nachließ, wären ein paar Typen hier angelandet. Sie dachte, die ganze Ausrüstung, die sie abgeladen haben, wäre für Seamus' Film. Aber offenbar war sie für die Party.«

Ein Rave in *Dun Aengus*. Die Ruinen der Festung blickten auf den Atlantik hinaus. Und gleich dahinter ging es fast hundert Meter in die Tiefe. Das ursprünglich kreisrund angelegte Fort war vor Jahrhunderten zur Hälfte ins Meer gestürzt. Einen spektakuläreren – und gefährlicheren – Ort für einen illegalen Rave konnte Cara sich nicht vorstellen.

Daithí wandte sich dem Kapitän zu.

»Den Rest kann dir Captain Smyth erzählen.«

»Ich tue nur, wofür man mich engagiert hat«, sagte der Mann.

»Ihr Schiff wurde gechartert, haben Sie gesagt?«

Der Mann nickte.

»Von wem?«, fragte Cara. »Hatte Ferdy Hennessy irgendwas damit zu tun?«

»Ja, das war einer davon.«

Jetzt wusste sie, wofür der riesige Drogenvorrat gebraucht wurde. Und kein Wunder, dass Ferdy sich vorhin so sicher gewesen war, dass morgen Schiffe von der Insel ablegen würden. Er hatte sie gemietet. Gut, jetzt war wenigstens klar, wo sie ihn finden konnte. Oben in der Ruine, am Ende der Welt.

KAPITEL 44

»Kannst du vielleicht hierbleiben, Daithí? Es wär toll, wenn du für mich aufpassen könntest, dass keiner von hier verschwindet. Nicht mal diese Typen.«

»Planmäßig legen wir morgen früh um sechs Uhr ab«, sagte der Captain.

»Sie werden ablegen, wenn ich Ihnen sage, dass Sie ablegen können. Wenn Sie was anderes tun, kriege ich Sie dran und lasse Ihnen die Fahrerlaubnis entziehen.«

Der Captain hielt die Hände hoch.

»Entspannen Sie sich. Mir soll es recht sein. Ist gar nicht nötig, schwere Geschütze aufzufahren. Sie müssen ja damit klarkommen, wenn zweihundert lärmende, verkaterte Jugendliche auf Ihrer Insel festhängen. Mir ist das egal.«

Daithí nahm Cara am Arm und führte sie ein Stück weg. Inzwischen hatten die letzten Partygäste den Pier verlassen und strömten den Lichtern und der Musik im oberen Teil der Insel entgegen. Der Wind frischte wieder auf, wie Daithí vorhergesagt hatte. Die kleineren Jollen in der Bucht hüpften auf den Wellen und schwankten heftig hin und her. Caras Haare tanzten im Wind. Sie schob sie sich hinter die Ohren und hielt sie dort fest. Dann blickte sie in Daithís ernstes Gesicht.

»Was ist denn los, Cara?«

»Das kann ich dir im Augenblick nicht erklären. Ich muss dringend Ferdy suchen.« Sie blickte in die Richtung, in der Dun Aengus lag.

»Ich werde hier tun, was ich kann, versprochen«, sagte Daithí, »aber ... hör zu, halte Kontakt zu mir.«

Cara drückte seinen Arm.

»Mach ich. Sorg du nur dafür, dass keiner die Insel verlässt, okay?«

Daithí nickte. »Ich geb mein Bestes.«

Cara drehte sich um und rannte los. Die erste wolkenlose Nacht seit Tagen half ihr, im Dunkeln nicht über Hindernisse zu stürzen. Der Mond, in der Zwischenzeit schon ganz fremd geworden, war zurück, und Schnee und vereiste Felsen reflektierten sein klares Licht. Die Insel funkelte in der Dunkelheit.

Als sie die Ortschaft hinter sich gelassen hatte, schloss sie zu den Langsamsten aus dem Strom der Feierwilligen auf, die lachend, trinkend und rauchend Richtung *Dun Aengus* zogen. Cara schlängelte sich durchs Gewühl. Ihre Anwesenheit schien niemanden groß zu kümmern. Es kreisten Tüten, aber auch exotischerer Kram war im Angebot. Cara fühlte sich eingekeilt; auf den schmalen Inselwegen gingen so viele Leute, Schulter an Schulter schoben sie sich vorwärts. Cara hatte die letzten Tage wenig mehr gesehen als ihre vier Freunde und die offene, stille Landschaft der Insel. Die plötzliche Kehrtwende, dieses alternative Universum, war verwirrend. Die wummernden Bässe wurden langsam lauter. Cara war ganz schwindlig.

Die Ruine des Forts befand sich am Ende eines gewundenen felsigen Pfades, der immer steiler und steiler wurde, je höher man kam. Die Jugendlichen bewältigten den Aufstieg spielend und hüpften mit den grellen Farben und Lichtern wie bunte Glühwürmchen durch die Dunkelheit. Nur diejenigen, die schon sehr zugedröhnt waren, rutschten aus oder gerieten ins Stolpern, doch ihre Freunde fingen sie lachend auf und stellten sie wieder auf die Füße. Hier oben blies der Wind stärker, und Cara spürte auch im Schutz der Menge seine Kraft.

Auf halbem Weg blieb sie stehen, und die Raver strömten um

sie herum wie ein bergauf fließender Fluss. Cara drehte sich um und ließ den Blick über die Küstenlinie schweifen. Die See war zwar ruhiger als zuvor, aber immer noch kabbelig und aufgewühlt. Lebendig und wütend. Es war, als würde sie den hektischen Rhythmus der Musik vorgeben. Caras Blick glitt bis zu der Stelle, an deren Fuß die Serpent's Lair lag. Zu dem Ort, an dem all die schrecklichen Ereignisse ihren Anfang genommen und Mauras Geschichte ihr Ende gefunden hatte. Der heutige Abend würde ihr Epilog sein. Cara würde das Buch schließen.

Sie wandte sich wieder dem Pfad zu und setzte den Aufstieg fort. Auch die langsamsten Partygäste hatten sie inzwischen überholt und waren am Ziel angekommen. Dort schlüpften sie durch den Spalt in der grauen Außenmauer in den äußersten halbkreisförmigen Ring des Forts. Dröhnende elektronische Beats nahm den ganzen Raum um Cara herum ein, als besäßen sie materielle Gestalt. Weiße Lichtstrahlen blitzten aus dem Inneren des Forts auf und zogen kreuz und quer über den Himmel. Cara spürte die Vibrationen bei jedem Schritt unter ihren Füßen. Nun erreichte auch sie das obere Ende des Pfads und schlüpfte durch den Spalt. Vor ihr tanzten diejenigen, die im Inneren der Festung keinen Platz mehr fanden. Die Raver überließen sich dem Rhythmus des Basses und bewegten sich, angetrieben von dem Beat und dem Kommando des Windes, wie eine Wassermasse an Land. Blinkende, am Fuß der Festungsmauer aufgestellte Strahler erhellten die Szene. Durch den rechteckigen Durchbruch in der inneren Festungsmauer sah Cara eine noch dichtere Menschenmenge, die sich im Gleichtakt bewegte, ein Gitter aus flackerndem Licht drang über die Mauern nach außen. Einst zu Schutzzwecken erbaut, beherbergte das Fort heute eine spektakuläre Party. Einziger Misston war der Dieselgeruch der Generatoren, den der Wind ins Landesinnere trug. Aber das schien niemanden zu interessieren.

Cara eilte weiter. Sie spürte die Vibrationen nun im ganzen Körper, von den Füßen bis zum Kopf, und suchte alle entrückten Gesichter um sie herum nach Ferdy ab. Die Musik war so laut, dass ihre Gedanken schreien mussten, um Gehör zu finden.

Sie trat durch die Öffnung in den innersten Festungsring. Die Mauern beschrieben einen Halbkreis und schlossen sie alle ein. Außer der Öffnung, durch sie gerade gekommen war, führte von hier nur noch ein einziger Weg nach draußen, der Weg über den Rand der steil ins Meer abfallenden Klippen.

Dieser Ort war ein Schmelztiegel aus Lärm, Rauch und Lichtern, ein Angriff auf die Sinne. Alle Tanzenden waren dem DJ zugewandt, der mit dem Ozean als Hintergrund auf einem natürlichen Podest aus Felsgestein stand, das die Linie des Klippenrands unterbrach. Eine perfekte, von der Natur geschaffene Bühne. Die Wellen hinter ihm wirkten wie ein Teil der Show, so programmiert, dass sie sich, wie die Strahler, zu seinen hektischen Beats bewegten. Eine behelfsmäßig errichtete Lichtanlage rahmte den DJ ein, und die rotierenden, blinkenden Scheinwerfer erschwerten Cara die Orientierung noch weiter. Sie brauchte keinen chemischen Verstärker, diese Umgebung war schon für sich genommen bewusstseinsverändernd genug. Die Hitze der Menschen und von den Lichtern hatte die Tanzfläche vom Schnee befreit, nur die Mauern trugen noch Reste davon wie einen Hermelinkragen.

Sie durchsuchte die Menge der Tanzenden, so gut sie konnte, hielt in dieser extrem ungewohnten Situation nach etwas Vertrautem Ausschau. Das Tempo der Musik steigerte sich immer weiter, und die Menge brüllte vor Begeisterung. Cara fühlte, wie sich ihr Puls beschleunigte. Die Leute tanzten und tanzten. Von vielen stieg Dampf auf; Körperwärme, die auf die kalte Luft traf. Vom Meer her wehte eisiger Wind. Der Mond wetteiferte mit der Lichtshow darum, wer das größere Spektakel lieferte. Und die Musik wurde noch ein bisschen schneller. Cara spürte die Spannung in ihren Körperzellen, die den Bass anflehten, sie von diesem Druck zu befreien. Die Menge schrie ihre gequälte Ekstase hinaus.

Und plötzlich ein Aufatmen. Der DJ rammte eine Adrenalinspritze in die kollektive Brust der Tanzenden und nahm Tempo raus, eine Frauenstimme erklang, und die Lichter flackerten. Cara kam sich vor wie in einem Film, aus dem jedes zweite Bild herausgeschnitten ist. Alle bewegten sich ruckartig. Waren erst hier, dann da, ohne das verbindende Dazwischen.

Dann entdeckte sie Ferdy. Links vom DJ-Podest. Als dunkle Silhouette vor dem Meer. Auch seine Bewegungen wirkten in dem Stroboskoplicht ruckartig, roboterhaft. Er war abwechselnd sichtbar und wieder verschwunden. Cara strebte in seine Richtung. Schlängelte sich durch die faszinierte, elektrisierte Menge. Die hypnotische Lichtshow machte jeden Schritt zu einem zuckenden Albtraum.

Neben Ferdy trat eine Gestalt aus dem Schatten der Festungsmauern.

Und wie alle anderen bewegten sich die beiden wie abgehackt in dem blitzenden Licht.

Seamus.

Ferdy sah ihn jetzt auch. Cara ging schneller, schob die Tanzenden hektisch aus dem Weg. Sie kam näher. Ferdy und Seamus standen jetzt ganz dicht voreinander.

Und so nahe am Rand.

An den hundert Metern, die in den Abgrund führten.

Und obwohl sie sie über die dröhnende Musik hinweg nicht hören konnte, sprachen die Mienen, die Fäuste, die Energie zwischen ihnen laut genug. Sie schrien Entrüstung. Und Zorn.

Als Cara sich zwischen den letzten Tanzenden hindurchschob, schwang Ferdy gerade seine Faust.

Sie traf, und Seamus fiel nach hinten. In die Menge.

»Aufhören!«, rief Cara, aber ihr Schrei wurde im selben Moment verschluckt. Ihr Herz raste. Seamus war wieder auf den Beinen und führte jetzt einen völlig anderen Tanz auf, um Ferdy herum.

Endlich wurde Cara von der Menge ausgespien. Sie taumelte hinter den Lautsprechern und dem DJ hervor und starrte ihre Freunde an.

»Aufhören!«, schrie sie erneut. Hinter den Lautsprechern war es etwas ruhiger, und diesmal bemerkten sie sie und drehten sich um. Beide überrascht von ihrem plötzlichen Auftauchen. Dann vollzog sich eine Veränderung in Seamus' Miene. Cara verstand diesen Blick. Er hatte die Ablenkung, für die sie gesorgt hatte, als seine Chance erkannt. Er holte aus. Sein Schlag traf Ferdy unvorbereitet und trieb ihn nach hinten.

Auf den Rand zu.

Ferdy ruderte mit den Armen, stolperte auf dem eisigen Boden und riss die Augen weit auf, als ihn die schreckliche Erkenntnis traf. Als er begriff, was gleich passieren würde. Cara stürmte mit ausgestreckten Armen auf ihn zu. Versuchte, ihn noch rechtzeitig zu erreichen. Fast berührten sich ihre Finger schon. Nur wenige Millimeter trennten sie noch.

Dann stürzte er ab.

Von der Schwerkraft hinabgerissen, als ob ihn ein Dämon in die Hölle zerrte, fiel er in die Tiefe.

Cara stand taumelnd an der Kante. Sie hatte ihren eigenen

Schwung nicht bedacht, der sie nun ebenfalls an den Rand beförderte und ihr, vornübergebeugt dastehend, Gelegenheit gab, den stürzenden Ferdy zu beobachten, der immer kleiner und kleiner wurde.

Und sie zum nächsten Opfer der Schwerkraft erkor.

Hundert Meter Abgrund schrien nach ihr.

KAPITEL 45

Cara wurde nach hinten gerissen und ihr Arm dabei fast ausgerenkt. Jemand zog sie von der Kante weg. Ihr Schwung kehrte sich um. Jetzt taumelte sie rückwärts, auf die Menge zu, und fiel über den zurückstolpernden Seamus, ihren Retter, der ihren Arm weiter fest umklammert hielt. Sie schlugen beide auf dem festen, kalten Boden auf. Blieben oben auf den Klippen. Lebten. Stürzten nicht ab. Starben nicht.

Als eine einzige keuchende, schreckstarre Masse blieben sie liegen. Cara schnappte nach Luft, Seamus schluchzte. Der Boden vibrierte.

»Das wollt ich nicht, das wollt ich nicht. O Gott, Ferdy, mein Freund! Mein Freund! Was hab ich getan?«, weinte Seamus so dicht an Caras Ohr, dass sie jedes klägliche Wort hörte. Sie rollte auf die Seite, legte die Arme um ihn und zog ihn an sich.

»Ich war so wütend auf ihn. Er hat meine Maura umgebracht, meine Maura! Ich hab sie noch immer geliebt, Cara. Ich hab sie immer geliebt.« Er schluckte und schluchzte, sein Körper bebte in ihren Armen. »Ich wollte nicht, dass er abstürzt, das musst du mir glauben. O Cara.«

»Ich glaube dir, Seamus. Ich glaub dir ja«, flüsterte sie. Ihre Worte wurden von der Musik verschluckt, die nicht aufgehört hatte. Cara hielt Seamus ganz fest und blickte in den Himmel hinauf, betrachtete den hellen Atlantikmond im dunkelsten aller marineblauen Himmel. Lichtstrahlen aus den Scheinwerfern schossen über sie hinweg. Cara spürte, dass die Menge hinter ihr sich wie ein Mann bewegte. Niemand hatte bemerkt, was gerade passiert war. Cara schaute zu den Sternen hoch und dachte an eine Silvesternacht wie diese vor zehn Jahren zurück. Eine Nacht, in der die See ebenfalls rau gewesen war. Eine andere Nacht, in der sie und Seamus jemanden verloren hatten, den sie liebten. Nun kamen auch ihr die Tränen. Sie drückte Seamus noch fester, und er zog sie auch an sich. So lagen sie beide am Boden und schluchzten unter dem unbekümmerten Blick eines gleichgültigen, herzlosen Mondes.

KAPITEL 46

Hand in Hand machten sie sich an den steilen Abstieg von *Dun Aengus*, vorbei an den feiernden, vollkommen ihrer Musik und ihrem Rauschzustand hingegebenen jungen Leuten. Sie schwiegen, bis sie die Straße erreichten und den Weg nach Hause einschlugen. Erst dann begann Seamus mit leiser Stimme zu erzählen.

»Nachdem du weggefahren warst, bin ich ihm nach. Ich wollte nicht, dass er davonkommt. Wenn er es irgendwie von der Insel geschafft hätte, hätte er womöglich nie für das bezahlt, was er getan hat. Den Gedanken konnte ich nicht ertragen.«

»Schon gut, Seamus, ich verstehe das.«

»Ich wollte nicht, dass er abstürzt ... Ich wollte nur ...« Seamus schüttelte den Kopf. »O Gott, was passiert jetzt?« Er schluckte und rieb sich übers Gesicht.

»Wir gehen jetzt erst mal zurück zum Haus. Mach dir keine Sorgen. Ich kümmere mich um alles.«

»Danke, Cara. Es tut mir so leid, dass das alles passiert ist. Und vor allem ausgerechnet heute.«

Cara drückte seine Hand.

»Ich kann nicht fassen, dass er Maura das angetan hat.« Seamus atmete zitternd ein, der Schock saß noch tief.

Cara schüttelte den Kopf.

»Ich auch nicht. Aber ich vermute, dass er es eigentlich nicht wollte. Dass es nicht vorsätzlich passiert ist, sondern im Affekt.«

Seamus kämpfte erneut mit den Tränen. Cara wunderte es nicht. Es war furchtbar, was die hilflose, verwundete Maura durchgemacht haben musste. Unvorstellbar.

Schweigend gingen sie weiter. Nach ein paar Minuten ergriff Cara das Wort.

»Hast du Sorcha im Haus zurückgelassen? Wir werden es ihr sagen müssen.«

Seamus blieb stehen und schaute Cara an. Er war bleich.

»Sie ist weggerannt.«

»Sie ist was?«

»Du bist weg ... und Ferdy. Und gleich danach sind auch Noah und seine Leute aufgebrochen. Sie hatten es plötzlich sehr eilig. Da ist Sorcha in ihr Zimmer gerannt, hat ihre Sachen gepackt und ist abgehauen. Danach hab ich dann beschlossen, Ferdy zu suchen. Ich hatte plötzlich Angst, dass sie alle entkommen.«

»Verdammt!« Cara griff in ihre Jackentasche und holte das Funkgerät heraus. Als sie auf den Knopf drückte, erwachte es krachend zum Leben.

»Daithí, ich bin's.«

»Ist alles in Ordnung?«, kam seine Stimme knisternd zurück.

»Ich fürchte, nein. Du müsstest mir noch einen Gefallen tun. Könntest du als Erstes deine Kumpel von der Seenotrettung kontaktieren und ihnen sagen, dass eine Leiche im Wasser treibt? Bei Dun Aengus ist jemand vom Kliff gestürzt. Sag ihnen, es geht nur darum, die Leiche zu bergen.«

»Kenne ich den, den sie suchen sollen?«

Cara antwortete nicht sofort. Sie holte tief Luft.

»Es ist Ferdy«, sagte sie. Danach herrschte lange Stille. Dann fing das Gerät erneut an zu knistern.

»Bist du sicher?«

»Ja. Ich erzähle dir alles, wenn wir zurück im Haus sind.«

»O Gott. Ja, in Ordnung.«

»Und du müsstest bitte noch was für mich tun. Halt bitte nach Sorcha Ausschau. Wenn sie noch nicht da ist, wird sie bald am Hafen aufkreuzen und versuchen, von der Insel wegzukommen. Ich möchte, dass du sie zum Haus zurückbringst. Nimm das Auto.«

»Und was, wenn sie nicht will?«

»Du hast meine Erlaubnis, sie gegen ihren Willen zurückzufahren.«

»Ich hoffe, ich kann mich drauf verlassen, Cara. Aber Zwang auszuüben ist eigentlich nicht mein Stil.«

»Keine Sorge, Daithí. Wenn wir erst geredet haben, wirst du ihr gegenüber kein schlechtes Gewissen mehr haben.«

»Soll ich sie wirklich zum Haus bringen? Dann ist nämlich keiner mehr hier am Hafen, um aufzupassen.«

»Kein Problem. Das spielt jetzt keine Rolle mehr.«

Das Haus lag im Dunkeln, als sie dort ankamen. Cara hatte sich Sorgen gemacht, es könnte ein Feuer ausgebrochen sein, wegen all der brennenden Kerzen im Wohnzimmer. Aber das Haus stand noch, und sie traten durch die Hintertür ein. Der Mond schien durchs Fenster und tauchte den Raum in ein kaltes Licht. Im Kamin brannte ein letzter Rest Glut. Am Bücherregal war seitlich Wachs heruntergetropft, nachdem mehrere Kerzen miteinander verschmolzen waren. In der Luft hing noch der Duft von gutem Essen. Wieder war es so, als wäre die Zeit in diesem Raum stehengeblieben. Cara schaute sich um. Noch vor kurzem war er voller Menschen gewesen, die sich unterhalten, amüsiert und gut gegessen und getrunken hatten. Jetzt wirkte er verlassen. Auf dem Tisch standen die Reste des Tiramisus und halbvolle Weingläser. Es sah aus wie auf der *Mary Celeste*, dem mysteriösen Geisterschiff, von dem Seamus an ihrem ersten Abend hier gesprochen hatte. Cara erschauderte. Sie hörte die Stimmen ihrer Freunde. Aus der Zeit, als sie noch Teenager gewesen waren. Ausgelassen und unschuldig. Und dann ihre heutigen Stimmen. Erwachsen, verlogen, verdorben. Sie war nicht gern in dieses Haus zurückgekehrt. Wegen der vielen schmerzhaften Erinnerungen, die daran hingen. Doch sie hatte sich selbst davon überzeugt, dass Cillians zehnter Todestag ein guter Zeitpunkt war, um die alten Geister zur Ruhe zu betten. Aber stattdessen gab es jetzt noch mehr. Nie wieder wollte sie hierherkommen. Es war an der Zeit, dieses Haus zu verrammeln und niemals mehr zu betreten.

Seamus legte ein paar Holzscheite auf die Glut im Kamin, und als sie Feuer fingen, fügte er noch ein paar Torfbriketts hinzu. Cara schaffte einige frische Kerzen aus der Küche herbei und zündete sie an. Ein paar davon stellte sie zwischen das Geschirr vom Abendessen auf den Küchentisch, den Rest verteilte sie um den Kamin. Ein Hauch der gemütlichen Atmosphäre von vorher kehrte zurück. Anschließend holte sie die Gläser, die sie und Seamus benutzt hatten, und die halbvolle Rotweinflasche, füllte die Gläser auf und reichte eines an Seamus weiter. Er hatte sich in einem der Sessel niedergelassen und starrte mit leerem Blick ins Feuer. Sein Glas trank er in einem Zug leer. Cara nahm den Geigenkasten, der an der Wand lehnte, legte ihn auf den Couchtisch und setzte sich aufs Sofa.

»Alles wird gut«, sagte sie, bevor sie an ihrem Wein nippte, hörte jedoch selbst, wie wenig überzeugend ihre Worte klangen. Natürlich würde nicht alles gut. Es würde nie wieder gut werden. Sie stellte das Glas ab, öffnete den Kasten und holte Geige und Bogen heraus. Sie hob das Instrument an ihre Schulter, ließ es dann aber mit einem langen Seufzer wieder sinken und legte es zurück in den Kasten. Kein Klagelied war traurig genug, um ihr schweres Herz zu trösten. »Alles wird gut«, wiederholte sie mit noch weniger Überzeugung.

»Ich weiß nicht«, sagte Seamus leise. »Ich hab meine ältesten Freunde verloren. Den Film sag ich ab, ich kann hier nicht länger bleiben. Selbst wenn, will ich den Film nicht sehen. Ohne Maura, ohne Fer ...« Er konnte den Namen nicht aussprechen und schüttelte nur den Kopf. Erneut liefen ihm Tränen übers Gesicht. Er wischte sie weg.

»Ja, vielleicht nicht«, stimmte Cara ihm zu. Seamus schenkte sich Wein nach und bot auch Cara welchen an. Sie lehnte ab. »Mach langsam. Für einen, der zu den Anonymen Alkoholikern geht, hast du diese Woche ganz schön zugelangt.«

»Ich hab doch gesagt, dass ich da nur wegen der Kontakte hingehe.«

»Aber du hast auch gesagt, dass du nicht mehr viel trinkst. Ich mache mir Sorgen um dich. Wahrscheinlich stehst du unter Schock.«

Er stellte sein Glas auf den Couchtisch, lehnte sich zurück und schaute sie an.

»Wie viel Ärger hab ich jetzt am Hals, Cara? Kann ich morgen abreisen? Ich möchte wirklich nicht länger bleiben.«

»Ich weiß es nicht. Morgen früh kommen meine Vorgesetzten. Sie entscheiden das. Aber ich lege ein gutes Wort für dich ein, vielleicht findet sich ja eine Lösung ...«

»Danke.«

»Mal sehen, vielleicht schließe ich mich ja an.«

»Du wirst hier schon klarkommen, Cara. Mach dir keine Sorgen.«

»Unsere geliebte Maura ist tot. Ferdy – weniger heißgeliebt, aber ein Freund, was nicht unbedingt für mich spricht – war für ihren Tod verantwortlich. Das Leben wird ganz schön hart werden.«

»Tut mir leid.«

Cara zuckte mit den Schultern. »Du kannst ja nichts dafür.«

Seamus schaute auf den Mond draußen am Himmel. In der Ferne war noch der stampfende Rhythmus der Musik zu hören. Der Rave lief einfach weiter. Seamus blickte auf die Uhr.

»Es wird langsam spät.«

»Wie viel Uhr ist es?«

»Fünf vor halb zwölf.«

»Ich glaub nicht, dass wir bis nach Mitternacht warten müssen, um sagen zu können, dass das neue Jahr schrecklich wird.«

»Ach, Cara.« Seamus sah sie zerknirscht an.

Plötzlich ging die Hintertür auf, und sie drehten sich beide um. Sorcha trat missgelaunt ein und zog ihren Koffer hinter sich her. Daithí folgte gleich dahinter. Ein kalter Luftzug wehte herein und blies die Kerzen auf dem Tisch aus. Die am Kamin flackerten heftig, gingen aber nicht aus.

»Also, was gibt's?«, fragte Sorcha giftig. »Ich hatte diese verfluchte Insel schon fast hinter mir gelassen. Ich hatte nämlich tatsächlich jemanden gefunden, der mich fahren wollte. Ich war fast weg, und ihr zerrt mich hierher zurück! Hasst du mich jetzt auch, Cara? Was ist los?«

»Sei still, Sorcha«, sagte Daithí ruhig, aber bestimmt. Und man hörte deutlich die vielen Worte heraus, die er unausgesprochen ließ.

»Möchtest du dich setzen?« Cara zeigte auf den leeren Sessel auf der anderen Seite des Kamins.

»Das klingt eher nach einer Anweisung als nach einer Frage.«

»Jetzt krieg dich bitte wieder ein, Sorcha. Wir müssen dir was sagen.«

Sorcha klappte den Mund auf, um etwas zu erwidern, überlegte es sich dann jedoch anders. Sie ließ sich in den Sessel fallen, und Daithí reichte ihr ein Glas Wein. Sorchas Blick flog zu

Seamus und dann zurück zu Cara. Daithí nahm neben Cara auf dem Sofa Platz.

»Was ist denn? Was ist passiert?« Sorcha schaute erneut von einem zum anderen. Dann hob sie mit resignierter Miene das Glas an die Lippen und trank. »Was ist *noch* passiert, sollte ich wohl sagen. Ein mordender Ehemann ist schon so ziemlich das Schlimmste, was einem passieren kann, findet ihr nicht? Ich kann mir nicht vorstellen, dass es noch schlimmer kommen kann.«

Cara holte tief Luft.

»Ich weiß, dass ihr viel Stress miteinander hattet ... aber trotzdem ... Hör zu, Sorcha, es gibt keine schonende Art, es dir zu sagen. Ferdy ist tot.«

»Was?«

»Es hat einen Unfall gegeben«, sagte Seamus.

Sorcha starrte sie alle mit offenem Mund an.

»Ich ... das glaub ich jetzt nicht«, sagte sie schließlich und blickte zu Cara.

»Solltest du aber. Und tu nicht so überrascht. Das war doch die ganze Zeit dein Plan, oder?«

KAPITEL 47

Sorchas tränenfeuchte Augen weiteten sich. Sie klappte den Mund auf und zu und wartete darauf, dass sie begriff, was los war.

»Plan? Was soll das heißen? Ich wollte doch nicht, dass er stirbt!«, stieß sie hervor. Sie schaute erst Daithí, dann Seamus und schließlich wieder Cara an. »Wie kannst du so was sagen?«

Seamus und Daithí schienen ebenfalls schockiert zu sein.

»Okay.« Cara hob die Hände. »Du hast recht, das war nicht genau dein Plan. Ich finde, das kann man von diesem ganzen furchtbaren Debakel sagen: Du wolltest nicht, dass Ferdy stirbt. Oder Maura. Aber es ist passiert. Und ich glaube, du weißt, dass die beiden noch leben würden, wenn du deinen kleinen Racheplan nicht ausgeheckt hättest.«

»Was um alles in der Welt soll das heißen, Cara?« Daithí hatte seine Sprache wiedergefunden.

Cara schüttelte den Kopf. »Ich weiß, was ich tue, Daithí. Keine Sorge.«

Sorcha stand auf. Ihr Blick huschte zur Hintertür. »Das ist nicht alles meine Schuld. Was, zur Hölle, willst du von mir?«

»Das kann ich dir erklären. Wenn du dich wieder hinsetzen würdest? Und mach dir gar nicht erst die Mühe, abzuhauen. Du kommst eh nicht weit.«

Sorcha setzte sich hin und ließ die Schultern hängen.

»Wie schon beim Abendessen erwähnt, hast du Maura Drogen untergeschoben, um sie in Schwierigkeiten zu bringen. Aber das war nur Teil eins deines Plans. Genauso wichtig war dir, auch Ferdy komplett zu ruinieren.«

Sorcha schaute erst Daithí, dann Seamus und Cara an. Sie zögerte, und schließlich seufzte sie.

»Ja, ich wollte Rache. Nach dem, was sie mir angetan haben, hättest du das auch gewollt, Cara.«

»Da bin ich mir nicht so sicher.«

»Ha! Weil bei dir alles perfekt war.« Sorcha riss die Hände hoch. »Perfekter Mann, perfekte Kinder, perfekte beste Freundin. Und was hatte ich? Nichts. Alles, was ich wollte, war, Ferdy zu heiraten und eine Familie zu gründen. Das ist nicht zu viel verlangt.« Sie sank wieder in sich zusammen, ihr Gesicht lag jetzt halb im Schatten. »Er hat mich vom ersten Tag an betrogen. Er wollte weder eine Familie noch einen richtigen Job. Er ist in die Drogenszene geraten und hat sich verschuldet. Aber er dachte, er wäre schlauer als die und könnte noch ein bisschen was dazuverdienen, ohne dass sie was merken. Der Blödmann. Hat natürlich nicht funktioniert. Sie haben ihn verprügelt und dann gezwungen, noch mehr für sie zu arbeiten. Er hat's nie geschafft, alles zurückzuzahlen. Es wurden immer mehr Schulden. Schrecklich. Die letzten zehn Jahre waren der Horror. Aber ich hab tapfer durchgehalten. Ich bin nie fremdgegangen und hab immer zu ihm gestanden. Und was war die Belohnung? Er kommt hierher und fängt was mit Maura an. Perfekt, seine erste Wahl, Maura.«

»Das tut mir alles aufrichtig leid, Sorcha.«

Sorcha schniefte und wandte den Kopf ab. Nun lag ihr Gesicht vollständig im Schatten.

»Was auch immer du glaubst, was ich getan hätte«, sagte sie ruhig, »ich hab sie nicht umgebracht.«

»Nein, nicht direkt. Aber du hast eine Zündschnur gezündet.«

Sorcha sah sie an.

»Ich wüsste nicht, wie. Echt, Cara, das ist lächerlich.«

»Leider nicht. Ausschlaggebend war der Teil deines Plans, der zu Ferdys Bestrafung führen sollte. Du wolltest seine illegalen Geschäfte offenlegen, stimmt's? Damit er Schwierigkeiten bekommt wegen des Dealens.«

Sorcha sagte nichts, stritt es aber auch nicht ab.

Cara fuhr fort: »Ich vermute, dass du auch ihre Beziehung zerstören wolltest. Darum bist du nicht direkt zu mir gekommen und hast mir erzählt, was er vorhatte. Stattdessen wolltest du zwei Fliegen mit einer Klappe schlagen. Du wolltest Maura die Augen öffnen, was seine Machenschaften anging, damit sie sich von ihm trennt, und du wolltest ihn ans Messer liefern. Du wusstest, dass sie als Erstes zu mir kommen würde. Dass sie angewidert sein würde und ernüchtert, was ihn anging. Du hast zwar behauptet, sie wäre ein schlechter Mensch gewesen, aber du weißt genau, dass das nicht stimmt. Du hast fest damit gerechnet, dass sie sich absolut korrekt verhalten würde. Du darfst mich gern verbessern, wenn ich falsch liege.«

Sorcha schwieg.

»Bist du dir sicher, Cara?«, fragte Daithí.

»O ja, sehr sicher sogar«, sagte Cara und schaute Daithí an. »Mir kam es die ganze Zeit schon seltsam vor, dass der Abend im *Derrane's* so früh zu Ende war. Du hast mir erzählt, dass gegen halb zwölf bereits Schluss war und Maura dann nach Hause gegangen ist. Du hast sie selbst begleitet.«

Cara stand auf und legte einen Brocken Torf nach. Dann stocherte sie mit dem Schürhaken im Kaminfeuer herum und schaute in die Flammen, während sie weiterredete.

»Ihr trefft euch das erste Mal seit zehn Jahren und geht dann so schnell wieder auseinander?« Cara schüttelte den Kopf. »Das klang ganz und gar untypisch für unsere Runde. Vor allem, da ihr euch alle so lange nicht gesehen hattet. Später, als mir ein paar Sachen klargeworden waren, hab ich zuerst gedacht, das wäre alles Teil eines Plans gewesen, um uns – was Maura und Seamus angeht – auf eine falsche Fährte zu locken. Und dass Maura sich in Wahrheit heimlich hierher eingefunden hätte, damit wir den beiden nicht draufkommen. Denn war sie nicht von zwei Personen am nächsten Morgen hier auf der Türschwelle gesehen worden, in demselben Outfit, das sie am Abend angehabt hatte? Der typische Walk of Shame. Es schien alles zu passen. Das Einzige, was ich mir nicht erklären konnte, war, warum Maura die Beziehung zu Seamus geheim halten sollte. Wir hätten uns doch alle gefreut.

Aber als ich kapiert habe, dass nicht Seamus, sondern Ferdy Mauras geheimer Liebhaber gewesen ist, musste es einen anderen Grund dafür gegeben haben, dass der erste Abend so schnell zu Ende war. Erinnerst du dich, wie du und Ferdy Maura am ersten Nachmittag, direkt nach eurer Ankunft auf der Insel, einen Besuch abgestattet habt, bei dem sie euch erzählt hat, dass die Katze des Nachbarn ihren WLAN-Router ruiniert hat? Ich glaube, da hatte Ferdy etwas bei sich. Etwas, was er nicht hier im Haus rumliegen lassen wollte. Und er wusste, dass Maura es sicher für ihn aufbewahren würde. Später im Pub hast du Maura dann zur Seite genommen, Sorcha. Du hast ihr gesagt, dass du über sie und Ferdy Bescheid weißt. Und ihr die Augen geöffnet, was ihn betraf. Du hast ihr erzählt, dass das Päckchen, das sie für ihn aufheben sollte, Drogen enthält und dass sie ihren Job, ihre Freiheit, alles riskiert, wenn sie es bei sich zu Hause aufbewahrt. Danach musste Maura natürlich sofort gehen. Um es loszuwerden. Sie wäre sonst ausgeflippt. Du wusstest, dass sie das tun und so schnell wie möglich zu mir kommen würde. Und dass für Ferdy dann die Hölle losbrechen würde. Das war deine Hoffnung, so war dein Plan, hab ich recht?«

Sorcha starrte sie wütend an. Dann hob sie ihr Glas und nippte daran, ohne Cara aus den Augen zu lassen. Als sie das Glas wieder abstellte, waren ihre Lippen von dem Wein blutrot.

»Ich höre an keiner Stelle von allem, was du sagst, wie ich für ihre Tode verantwortlich sein soll«, sagte Sorcha dann langsam.

»Das kommt daher, dass du trotz deiner sorgsamen Planung einen Fehler gemacht hast.«

KAPITEL 48

Cara ging vor dem Kamin auf und ab.

»Einen Fehler? Welchen Fehler?«, fragte Sorcha.

»Das Päckchen.« Cara blieb stehen und schaute zu Sorcha hinüber. »Es waren keine Drogen.«

»Was? Nicht?«

»Nein.«

»Was denn dann?«, fragte Daithí.

»Ja, was war's?«, fragte auch Seamus, seine Miene war angespannt.

Cara machte eine Pause. Sie wandte sich dem Couchtisch zu und kniete sich davor. In dem schwachen Licht öffnete sie die Notentasche am Geigenkasten und zog das Päckchen heraus. Sorcha, Daithí und Seamus beugten sich vor. Cara setzte sich auf ihre Fersen und packte das Päckchen vorsichtig aus. Zuerst löste sie den Schal, ließ ihn auf ihren Schoß fallen und zeigte ihnen die nächste Schicht, das verknitterte alte Packpapier. Dann wickelte sie auch das ab und enthüllte das alte Notizbuch in all seiner unscheinbaren Pracht.

»Ach, du meine Güte, wo hast du das denn gefunden, Cara?«, rief Seamus aus, der es trotz der schlechten Lichtverhältnisse erkannte. »Das suche ich schon seit Jahren.« Er streckte die Hand danach aus. Aber Cara hielt es von ihm weg.

»Was ist das?« Sorcha schaute erst Seamus und dann Cara an.

»Das sind Seamus' Erinnerungen«, antwortete Cara mit einem Blick zu Seamus. »Das ist das Original, nicht wahr? Die erste Fassung, handgeschrieben auf Irisch.«

»So sieht es jedenfalls aus.« Seamus rückte auf die Kante

seines Sessels vor. Seine Hände zuckten, und es hatte den Anschein, als müsse er arg an sich halten, um es ihr nicht zu entreißen. »Das kann ich erst sagen, wenn ich es mir richtig angesehen hab ... Darf ich?« Er streckte erneut die Hand danach aus.

Cara ignorierte ihn. Sie stand auf und blätterte darin herum.

»Zuerst dachte ich, es wäre ein Tagebuch. Aber ich glaube, du hast gesagt, dass es anfangs auch eines war, dann ergibt das ja Sinn.«

»Ja, war es, ein privates Tagebuch«, sagte Seamus spitz.

»Also, ich kapier gar nichts mehr«, sagte Daithí. »Das Päckchen, nach dem die ganze Zeit gesucht wurde. Der mysteriöse Gegenstand, den der Mörder – den Ferdy – so dringend haben wollte, dass er Maura deswegen umgebracht hat ... das waren Seamus' Erinnerungen? Warum denn, in Gottes Namen?«

»Ich erklär's dir.«

Cara sah den ungeduldigen Seamus direkt an.

»Und das erste kleine Detail, das ich klarstellen möchte, ist, dass Ferdy Maura gar nicht getötet hat. Oder, Seamus?«

KAPITEL 49

»Ich weiß nicht, warum du mich das fragst! Offenbar bist du ja diejenige, die alle Antworten kennt.« Seamus lehnte sich zurück, schlug die Beine übereinander und verschränkte die Arme vor der Brust. Dabei drehte er sich ein Stück vom Kaminfeuer – und von Cara – weg.

»Nicht alle. Aber genug. Soll ich vielleicht einfach weitermachen?«

»Tu, was du willst«, erwiderte Seamus.

»Okay. Dann gehe ich zurück ... und beginne ganz am Anfang. Bei dem Abend im Pub«, sagte Cara und wandte sich Sorcha zu, »an dem du deinen Racheplan eingeleitet hast. Du hast Maura beiseitegenommen und auf sie eingeredet, bis sie davongeeilt ist, um nachzusehen, ob sie wirklich Drogen zu Hause hat. Das hier« – Cara schlug mit dem Notizbuch auf ihre Handfläche – »war das, was sie stattdessen gefunden hat. Und sie ist die ganze Nacht aufgeblieben, um es zu lesen. Sie hat sich nicht mal die Zeit genommen, sich was anderes anzuziehen. Maura war eine kluge Frau, und sie hat sich natürlich gefragt, was an diesem Notizbuch so wichtig war, dass Ferdy es bei ihr in Sicherheit gebracht hatte, und dass du dachtest, es wären Drogen. Also hat sie sich hingesetzt und es gelesen. Und ist dabei auf etwas gestoßen, was sie schockiert hat.

Dich, Seamus, hat sie deswegen zur Rede gestellt. Das war am frühen Morgen, als meine Großmutter und Patrick sie an deiner Tür gesehen haben. Sie hat sich nicht aus dem Haus geschlichen, nachdem sie heimlich die Nacht mit dir verbracht hatte. Nein, sie kam her, nachdem sie das hier gelesen hatte.«

Cara drückte das Büchlein an sich, ihre Finger spielten mit dem Hirtentäschelkraut, das noch immer oben herausschaute. »Aber sie hat dich unterschätzt, nicht wahr? Trotz dieses Vorfalls in eurer Vergangenheit hat Maura in jedem Menschen stets das Gute gesehen. Der Gedanke, dass sie sich in Gefahr bringen könnte, wenn sie hierherkommt, lag ihr fern. Aber irgendwas an deiner Reaktion muss sie beunruhigt haben. Sie merkte, dass sie die Situation völlig falsch eingeschätzt hatte, zog sich zurück und suchte nach mir. Bei mir zu Hause traf sie meine Großmutter an, aber ich war nicht da. Ich bin sicher, dass sie versucht hat, mich anzurufen, aber wir wissen ja alle, wie das mit dem Empfang auf der Insel ist. Ich war draußen unterwegs, da hatte sie keine Chance, mich zu erreichen. Sie wollte das Päckchen nicht bei mamó lassen und sie damit womöglich in Gefahr bringen. Aber sie wusste auch, dass sie es nicht mit zu sich nach Hause nehmen konnte, weil du da als Erstes suchen würdest. Sie brauchte ein Versteck, denn sie hatte keinen Zweifel, dass du hinter ihr her warst. Auf ihrem Heimweg kam sie am Friedhof vorbei. Dort hat sie es versteckt, und dort hat es seitdem gelegen.«

»Es war auf dem Friedhof?«, sagte Daithí. »Bist du deshalb noch allein dortgeblieben?«

»Ja. Der gute Cillian. Auf ihn ist noch im Tod Verlass, er hat es für sie gehütet. Für mich. Ich weiß nicht, ob sie danach direkt nach Hause gefahren ist oder ob sie noch weiter nach mir gesucht hat. Was auch immer passiert ist – als sie zu Hause ankam, war sie in Eile. Sie hat sich nicht die Zeit genommen, ihr Fahrrad reinzustellen, sondern es einfach an die Wand gelehnt und ist ins Haus geeilt. Sie wusste, dass sie einen Weg finden musste, mir einen Hinweis zu hinterlassen. Einen Hinweis, der dir nicht auffallen würde, mir aber schon. Deshalb entschied sie sich dafür, die Schneekugel zu verwenden.«

»Schneekugel?« Seamus schaute Cara verständnislos an.

»Siehst du, du weiß nicht mal, wovon ich spreche. Clevere Maura. Sie hat mich zu einem Stapel Papierkram geführt, in dem ich einen zweiten Hinweis fand. Auch er war wieder versteckt, diesmal in einem Kreuzworträtsel, nur für den Fall, dass du zufällig doch darauf stößt. Sie konnte ja nicht einfach schreiben, ›Ich hab's auf dem Friedhof deponiert.‹ Du kannst mich gern korrigieren, wenn du findest, dass ich irgendwas falsch erzähle, Seamus.«

Cara wartete, um ihm Gelegenheit zu geben, sich zu äußern, doch er presste nur die Lippen aufeinander.

»In Ordnung, dann schließe ich aus deinem Schweigen, dass ich auf der richtigen Spur bin. Du kamst an ihrem Haus an. Ich vermute, dass du anfangs versucht hast, deinen Charme spielen zu lassen. Aber sie ließ sich nicht beirren. Und sie wollte dir auch nicht sagen, wo das Notizbuch ist. Ich frage mich, wie schnell die Situation eskaliert ist. Wie schnell hast du die Beherrschung verloren? Was hat das Fass zum Überlaufen gebracht, Seamus? Was hat letztlich dazu geführt, dass du zugeschlagen hast?«

Seamus stand auf und zeigte mit dem Finger auf Cara.

»Mach dich nicht lächerlich! Ich bin hier der Autor, nicht du. Das ist alles Unsinn. Ich soll Maura umgebracht haben? Im Ernst? Du bist ja völlig übergeschnappt. Vor ein paar Stunden war es noch Ferdy. Dann war es Sorchas Schuld. Und jetzt soll ich es gewesen sein? Wird Daithí der Nächste sein? Damit alle mal dran waren? Hey, vielleicht hat Maura sich selbst umgebracht? Was meinst du? Hm? Hat sie sich gefesselt und dann selbst in die Serpent's Lair gestürzt?«

»Ich sollte wohl klarstellen, dass ich Ferdy nie wirklich für den Täter gehalten habe. Ich hab ihn lediglich gefragt, ob er wütend genug war, um sie umzubringen. Ich hab ihn nie direkt beschuldigt. Und wenn er uns nicht alle überrumpelt hätte, indem er abgehauen ist, um seine Drogen zu verhökern und die Befehle seiner Bande zu befolgen – und du nicht beschlossen hättest, dafür zu sorgen, dass er keine weiteren Details ausplaudern kann –, dann hätte ich das auch klar gesagt.«

»Wozu ihn dann überhaupt beschuldigen? Was wolltest du erreichen, Cara? Ich weiß, die letzten Tage waren furchtbar, aber ich glaub, du drehst wirklich langsam durch.« Seamus schüttelte den Kopf. Mit hochgezogenen Brauen und erhobenen Händen wandte er sich hilfesuchend den anderen zu.

»Was ich erreichen wollte?«, sagte Cara, Seamus keine Sekunde aus den Augen lassend. »Ich wollte, dass du denkst, dass ich die falschen Schlüsse ziehe. Ich wollte, dass du dir sicher bist, dass du davonkommst. Ich hab gehofft, dass du dann unvorsichtig wirst. Dass dir ein Fehler unterläuft.«

»Was?« Seamus schaute sie herausfordernd an und machte einen Schritt auf sie zu. »Da ich nichts getan habe, kann mir auch kein Fehler unterlaufen.«

»Da bin ich anderer Ansicht. Denn tatsächlich hast du den Fehler gerade eben gemacht.«

»Bitte?«

»Ja, gerade eben. Du hast erwähnt, dass Maura gefesselt war. Das hab ich euch aber nie erzählt.«

»Doch, hast du.«

»Nein. Daithí wusste es, weil er mit mir vor Ort war. Aber von euch hab ich es niemandem erzählt, weil das unprofessionell gewesen wäre.«

»Aber ...«

»Daithí, hast du es irgendwem erzählt?«

»Nein, keiner Menschenseele.«

»Ich glaube auch nicht, dass Dr. De Barra es dir gesagt hat. Der Einzige andere, der es wissen kann, ist die Person, die Maura gefesselt hat. Was mich zu dem bringt, was passierte, nachdem du sie umgebracht hattest ...«

»Herrgott nochmal!«

»Lass sie ausreden«, sagte Sorcha. Sie rutschte an die Sesselkante vor und runzelte die Stirn.

»Ja, ich will es auch hören«, sagte Daithí. »Und setz dich wieder hin.« Seamus schaute den größeren Mann einen Moment lang an und fügte sich dann. Er ließ sich zwar nieder, blieb aber vorn auf der Kante sitzen.

»Ich danke euch. Okay ... wo waren wir? Ach ja, du hast Maura gegenüber die Beherrschung verloren und sie umgebracht. Jetzt musstest du aber alles, woran man ablesen konnte, dass du die Beherrschung verloren hast, kaschieren. Also hast du dein kleines Autorenhirn angestrengt und dir etwas ausgedacht. Du musstest uns eine Geschichte präsentieren, die von dir ablenkt. Dir war klar, dass du in Verdacht geraten würdest, wenn es nach einem Mord im Affekt aussieht – vor allem für den Fall, dass Maura oder Cillian mir je erzählt hätten, dass du ihr gegenüber schon einmal gewalttätig geworden warst. Hatten sie übrigens nicht, falls es dich interessiert. Sie haben es für sich behalten, damit ich dich nicht hasse. Die beiden waren gute Menschen. Aber leider hast du ihre Güte nicht verdient. Was war also deine Idee? Ein Einbruch, der eskaliert ist? Sollte das die Geschichte sein? Du hast sie gefesselt und geknebelt, damit es nicht mehr nach einem Mord im Affekt aussieht. Du musst dich so geärgert haben, als du erst im Nachhinein von ihrem kleinen Stalker erfahren hast. Patrick wäre der perfekte Sündenbock gewesen. Das wäre so ein schönes, sauberes kleines Ende für Maura gewesen.

Aber du hast es dir noch mal anders überlegt. Hast den ursprünglichen Plan nach dem Einbruch wieder verworfen. Das hat mich echt eine ganze Weile verwirrt. Maura war erst nach ihrem Tod gefesselt und dann in die Serpent's Lair geworfen worden? Was war da passiert? Dann fiel mir wieder ein, was du über das Ende von Filmen erzählt hattest: dass sie das Schwierigste sind. Ich frage mich, wann du kapiert hast, dass dein vorgetäuschter Einbruch eine blöde Idee war. In dem Moment, als du ihr den Mund aufbrechen musstest, weil die Totenstarre schon eingesetzt hatte? War es da? Oder als du ihre steifen Arme gefesselt hast? Ist dir da klargeworden, dass du versucht hast, das Ende eines Films zu schreiben, dass das hier aber das echte Leben war? Als deine Panik mal einen Moment aussetzte, dämmerte dir, dass die Polizei das Haus nach Beweisen absuchen und dein vorgetäuschter Einbruch schnell als solcher entlarvt werden würde. Also hast du dich für die einfache Lösung entschieden. Nämlich sie ins Meer zu werfen und zu hoffen, dass sie hinausgetrieben wird. Zu hoffen, dass sie durch diese unterirdischen Kanäle gesogen wird und nie wieder auftaucht. Aber bedauerlicherweise, für dich, war das Meer ein schlechter Komplize. Es hatte andere Vorstellungen. Niemand sollte die Insel verlassen, nicht einmal Maura.

Und, wie sieht's aus? Hab ich was übersehen? Soll ich das Ganze zum Abschluss bringen?«

»Tu, was du nicht lassen kannst«, sagte Seamus, seine Lippen verzogen sich zu einem höhnischen Grinsen.

»Danke, ich bin gerade so schön in Fahrt. An diesem Abend, meinem ersten Abend hier, nachdem ich aus Galway zurückkam, hast du dich völlig normal verhalten, so als wäre nichts passiert. Dabei lag Mauras Leiche irgendwo in ihrem Haus, versteckt, flach auf dem Rücken, und wartete darauf, dass du zurückkommst und deine kleine Geschichte inszenierst. Hast du sie dir während des Essens ausgedacht, kam dir die Idee, als du uns mit Anekdoten aus Hollywood unterhalten hast? Als du uns erzählt hast, du würdest nichts trinken, weil du zu den Anonymen Alkoholikern gehst, während du nur bei klarem Verstand bleiben wolltest, um später, während wir alle schliefen, die Aufgabe erledigen zu können, die vor dir lag? Seitdem hast du ziemlich viel getrunken, diese Maske fiel, sobald du sie nicht mehr brauchtest.

Als ich dich in diesem Sessel vorfand, um sechs Uhr morgens ... da hab ich dich umarmt, und du warst unfassbar kalt. Du hast mir so leidgetan. Ich hab dich umarmt, als du geweint hast. Aber du warst nur deshalb so eiskalt, weil du gerade erst zurückgekehrt warst, nachdem du sie in die Serpent's Lair geworfen hattest, stimmt's? Das war auch der Grund, warum du geweint hast. Du hast dich selbst bemitleidet, weil du schon wieder Mist gebaut hattest.«

KAPITEL 50

»O Gott, Cara«, sagte Daithí, »bist du dir sicher?«

Cara nickte. »Ja, leider.«

»Von A bis Z zusammenphantasiert«, murmelte Seamus.

»Aber was hat es mit dem Notizbuch auf sich?«, fragte Daithí. »Das hast du noch nicht erklärt.«

»Ja, was ist so schlimm an Seamus' blöden Aufzeichnungen?«, fragte Sorcha. »Warum ist er dermaßen ausgeflippt, weil Maura es gelesen hat?«

»Ich bin nicht ›dermaßen ausgeflippt‹! Cara denkt sich das alles aus! Sie ist verzweifelt. Morgen kommen ihre Vorgesetzten, und sie möchte was vorweisen können. Aber du machst mich nicht zu deinem Sündenbock, Cara Folan!«, sagte Seamus. Er stand auf und stürzte sich auf das Notizbuch.

Daithí sprang auf und trat ein paar Schritte auf Seamus zu. Seamus wich zurück.

Cara behielt ihn im Blick, während sie durch das Büchlein blätterte.

»Was ist also so besonders an diesem ramponierten alten Notizbuch? Ich weiß, das hab ich mich auch sofort gefragt. Und dann fiel mein Blick auf die Seite, die mit einem Stiel Hirtentäschelkraut gekennzeichnet ist. Wie mit der Schneekugel hat Maura mich mit Dingen, die uns früher viel bedeutet haben, dort hingelotst. Als ich diese Seite aufschlug, sah ich ein Wort, das ich kannte. Nein, kein Wort, sondern einen Namen. *Cillian.* Den Namen meines liebsten Cillian.«

»Gib es mir!«, befahl Seamus aufgebracht. »Ich lese dir jede Seite vor, die sie markiert hat – weil du's nämlich nicht kannst –, und beweise dir, dass da absolut nichts Verfängliches drinsteht. Es sind einfach nur meine verdammten Erinnerungen!«

»Gut, in Ordnung, bitte, dann lies!« Cara hielt ihm das Notizbuch hin. Nach einem Seitenblick zu Daithí machte Seamus einen Schritt vor und nahm es.

Er überflog die Seite und schaute Cara an.

»Lies!«, wiederholte sie.

Seamus setzte sich und fing an vorzulesen.

»31. Dezember 2012. Wir sind wieder auf See. Heute ist Silvester. Cillian wollte fischen gehen. Er kennt alle Restaurants in Galway. Sie zahlen uns eine Prämie für unseren Fang – wegen all der Veranstaltungen am Neujahrstag. Mit Familien, die normal sind, nicht wie unsere. Familien, die zusammen ausgehen, auswärts essen. Wir sind an Neujahr nie schick essen gegangen. Und auch sonst nie. Wir saßen immer nur um denselben Holztisch. In der Küche mit den gelben Schränken. Wir haben versucht, uns nicht in die Augen zu sehen. Wir haben uns bemüht, nicht zu weinen. Mahlzeit für quälende Mahlzeit. In der Hoffnung, ihn nicht zu provozieren. Und nicht geschlagen zu werden ...«

Seamus machte eine Pause und schaute zu Cara hoch.

»Okay, lies weiter«, sagte sie.

Seamus las weiter.

»Cillian will dieses Silvester fischen gehen und nicht feiern. Er hat jetzt eine eigene Familie. Aber er ist nicht so vergiftet worden wie ich. Die Schläge haben ihn verletzt, aber sie haben keine Narben bei ihm hinterlassen. Er ist dazu in der Lage, seine Kinder zu lieben. Die Wut, die ich empfinde, ist immer da, egal, wie sehr ich sie zu verbergen versuche. Er scheint eine Möglichkeit gefunden zu haben, sie loszuwerden.

Übers Wasser hinweg sehe ich die funkelnden Lichter von Kilronan. Ich wünschte, ich säße jetzt mit Ferdy und Sorcha im Pub. Und vor allem mit Maura. Aber ich bin hier draußen. Mit meinem Bruder, den ich liebe. Und der mich liebt. Die See ist rau heute, das behagt mir nicht. Ich sage es Cillian, aber er lacht nur. Er sagt mir, dass ich in die Kabine gehen und die Anzeigen überprüfen soll. Also tue ich, was er mir sagt. Wie immer. Weil Cillian es am besten weiß. Schon immer alles am besten gewusst hat. Wenn unser Vater ausgerastet ist, wusste er, wo man sich am besten verstecken kann. Und wann man wieder rauskommen konnte. Ich gehe zurück in die Kabine und checke die Anzeigen. Dann trifft eine Riesenwelle seitlich auf unser Schiff, und ich werde fast umgeworfen. Und als ich wieder rauskomme, bin ich allein. Ich halte mich an der Reling fest, weil die nächste große Welle anrollt und das Schiff hin und her wirft. Ich suche, aber es ist ein kleines Schiff, und wir sind auf dem offenen Meer. Es gibt nur eine Erklärung. Ich schreie seinen Namen. Cillian! Ich renne zum Heck. Schaue überall nach. Schreie immer wieder seinen Namen. Cillian! Cillian! Aber die Nacht und das Meer sind schwarz und schweigen.«

»Cara, bitte, ich möchte das nicht weiterlesen.«

»In Ordnung, du kannst aufhören.«

Seamus seufzte und schlug das Notizbuch zu.

Cara, die in seiner Nähe stand, bückte sich plötzlich und entriss es ihm wieder.

»Hey«, rief der überrumpelte Seamus, »das gehört mir, gib es zurück!«

Cara ignorierte ihn und schlug die markierte Seite wieder auf.

»Das Komische ist, dass ich nicht glaube, dass du diese Stelle richtig übersetzt hast, Seamus. Nein, ganz und gar nicht. Du rostest offenbar langsam ein, weil du in Kalifornien die ganze Zeit Englisch sprichst. Ich glaube, hier steht nämlich was ganz anderes.«

KAPITEL 51

»Woher willst du das wissen?«

»Guter Einwand. Woher weiß ich das?« Cara sah Seamus an. »Für mich ist das ja alles ein Buch mit sieben Siegeln, nicht wahr?«

Sie richtete ihren Blick auf ihn in seinem Sessel und dann auf die Fiddle, die auf dem Couchtisch lag. Sie bückte sich kurz und ließ ihre Finger über die geharzten Saiten gleiten. Aus dem Augenwinkel sah sie die bleichen, fassungslosen Mienen von Daithí und Sorcha. Sie zupfte noch einmal an den Saiten und lauschte den Tönen, die sie angeschlagen hatte.

»Du warst doch beeindruckt, welche Fortschritte ich auf der Geige gemacht habe, oder, Seamus?«

»Was? Jetzt hast du wirklich den Verstand verloren.«

»Aber du warst doch beeindruckt, richtig?«

»Ja«, sagte er zögernd, argwöhnisch.

»Und ich hab dir erklärt, dass es daran liegt, dass ich so viel Zeit für mich habe. Jede Menge Zeit zum Üben.«

»Und was soll das? Warum kommst du jetzt damit an?«

»Warum? Weil ich mir nicht nur das Geigenspielen beigebracht habe.« Cara ging wieder auf und ab. Das Notizbuch lag noch in ihrer Hand. Sie berührte die Wildblume, die das Lesezeichen bildete. Dann schaute sie Seamus an und schlug die Seite wieder auf. Die Seite, auf der Seamus beschreibt, wie Cillian über Bord geht. Und ertrinkt. Der tragische Unfall, der sie um die Liebe ihres Lebens und ihre Kinder um den tollsten Vater überhaupt gebracht hat. »Abends, wenn ich meine Fiddle wieder weggepackt hatte, wenn ich genug geübt hatte, hab ich meine Bücher rausgeholt und meine Apps geöffnet. Ich hab mir noch was beigebracht. Ich hab endlich Daithís und Mauras Rat befolgt, denn ich sehe ein, dass sie recht haben. Vielleicht hat meine Sturheit zu meinen Problemen hier auf der Insel beigetragen. Vielleicht sollte ich den Insulanern auf halbem Weg entgegenkommen. Ich wollte sie alle überraschen ... Und hab mir Irisch beigebracht. Damit ich es sprechen kann und verstehen. Und weißt du, was noch? Damit ich es lesen kann.«

Seamus sprang auf. Er stürzte sich auf Cara und versuchte, an das Notizbuch heranzukommen. Cara wich nach links aus, kippte nach hinten und wäre um ein Haar im Kaminfeuer gelandet. Sorcha schrie auf. Daithí war nur Sekunden nach Seamus auf den Beinen, in der Hektik warf er den Couchtisch um, der auf die Geige fiel, die zerbrach. Er packte Seamus und zerrte ihn zurück.

»Gib es mir!«, schrie Seamus und versuchte Daithí abzuschütteln. »Gib es mir! Du hast kein Recht, es zu lesen! Kein Recht!«

»Recht hin oder her. Wollen wir die Seite noch mal lesen und schauen, wie gut ich geworden bin? Was meint ihr?«

Cara blickte auf den Text.

31. Dezember 2012.

Sie sah hoch. »Wir überspringen den Teil mit der schlimmen Familie. Ah, ja, hier ist es.

Wir sind wieder auf See. Übers Wasser hinweg sehe ich die funkelnden Lichter von Kilronan. Ich wünschte, ich säße mit Ferdy und Sorcha im Pub. Und vor allem mit Maura. Aber sie redet nicht mehr mit mir. Sie sagt, dass sie mir nie verzeihen wird. Und ich bin hier draußen. Mit meinem Bruder, den ich liebe. Und der mich liebt. Aber er ist sauer auf mich. Ich hab Cillian noch nie sauer erlebt. Ich bin der Hitzkopf von uns beiden.

Der, der sich nicht im Griff hat. Er weiß, was ich Maura angetan habe. Er hat gesehen, wie ich sie geschlagen habe. Er ist stinksauer auf mich. Er sagt, dass ich so enden werde wie unser Vater.

Die See ist rau heute, das behagt mir nicht. Ich sage es Cillian, aber er ignoriert mich. Ich sage ihm, dass er mich nicht mit unserem Vater vergleichen soll. Ich bin überhaupt nicht wie er. Er fragt mich, was mich denn von ihm unterscheidet. Warum ich glaube, dass es was anderes ist, wenn ich Maura ins Gesicht schlage, so wie Dad es bei Mam macht. Ich schreie Cillian an, dass es deshalb was anderes ist, weil ich es nicht wollte. Und mich entschuldigt habe. Und weil ich es nicht noch einmal tun werde. Aber er lacht. Du Idiot, sagt er, glaubst du nicht, dass Dad Mam das am Anfang auch gesagt hat? Natürlich hat er das. Und im Gegensatz zu Maura hat Mam ihm noch mal eine Chance gegeben. Und schau dir an, was ihr das gebracht hat. Cillian sagt, dass er Maura bewundert. Dafür, dass sie mir den Laufpass gegeben hat. Dafür, dass sie mir nicht verzeiht. Und ich spüre, wie es mich überkommt. Ich spüre, wie diese teuflische Energie in mich fährt, in meine Fäuste und meinen Kopf, und ich renne zu Cillian hin. Ich schlage zu. Genau wie Dad. Ich schlage ihn, und er versucht, mich zu bremsen. Ich lande einen Schwinger, und er ist wie benommen. Als er nach hinten taumelt, schwankt dieses verräterische Schiff, und er gerät noch mehr ins Taumeln. Er blutet. Sein Auge ist blutig. Er hebt die Hände und sagt, dass das nicht so sein muss, dass wir nicht wie Dad sein müssen. Aber ich höre ihn nicht mehr. Ich kann ihn nicht hören. Und ich schlage erneut zu. Ich versetze ihm einen kräftigen Fausthieb, in den ich all meinen Hass auf die Welt lege.

Dann drehe ich mich um und gehe zurück in die Kabine. Schwer atmend überprüfe ich die Anzeigen. Ich zittere, aber allmählich normalisiert sich meine Atmung, und ich checke die Anzeigen noch einmal. Dann trifft eine Riesenwelle seitlich auf das Schiff, und ich werde fast umgerissen. Mir wird klar, was ich getan habe. Wie schrecklich dumm ich gewesen bin. Ich muss das wieder in Ordnung bringen. Ich komme raus – und bin allein. Ich kann Cillian nirgends sehen. Ich halte mich an der Reling fest, als die nächste große Welle anrollt und das Schiff hin und her wirft. Ich bin allein. Ich suche, aber es ist ein kleines Schiff, und wir sind auf dem offenen Meer. An der Winde klebt Blut. Und am Rand des Hecks ist Blut, und an dem Stahlausleger sehe ich auch Blut, auf Kopfhöhe. Cillian muss bei meinem letzten Fausthieb dagegengeprallt sein. Er muss über Bord gegangen sein. Benommen und blutend. Nicht in der Lage, sich in Sicherheit zu bringen. Ich laufe ans Heck. Schaue überall. Schreie immer wieder seinen Namen. Cillian! Cillian! Aber die Nacht und das Meer sind schwarz und schweigen.«

Cara blickt Seamus an; er war still geworden.

»Oh, Seamus, wie konntest du nur?«, sagte Sorcha, die Hand vor den Mund geschlagen.

»Das sagt ja die Richtige«, gab er zurück.

»Ich bin noch nicht fertig«, sagte Cara.

»Das war noch nicht alles?«, fragte Daithí.

»Ich fürchte, nein«, sagte Cara. Sie schaute Seamus direkt an. Dann las sie weiter.

»Er ist verletzt. Ich hab ihn verletzt. Es ist meine Schuld, dass er in der Dunkelheit über Bord gegangen ist, mit einer Kopfwunde. Wenn ich jetzt die Küstenwache rufe und sie ihn lebend finden, werde ich angeklagt. Er wird ihnen sagen, was ich getan habe. Ich komme ganz bestimmt ins Gefängnis. Aber sie können ihn gar nicht mehr lebend finden, oder? Es ist eiskalt, und er ist verletzt. Wir lernen nicht schwimmen auf den Aran Islands, der Aberglaube hindert uns daran. Schwimmen zu lernen, das würde uns unsere Angst nehmen, uns unseres Respekts vor der gefährlichen See berauben. Wenn ich noch ein kleines bisschen länger warte, bevor ich die Küstenwache rufe, wird es keinen Zweifel mehr geben ...«

Alle starrten Seamus an.

»Du hast Cillian sterben lassen«, sagte Cara, ihre Stimme war ebenso ruhig wie die See rau. Sie war ganz ruhig, weil es für Cillian wichtig war, dass sie jetzt ruhig blieb. Sie musste das hier zu Ende bringen.

Daithí ließ Seamus los, als wäre er plötzlich zu heiß, um ihn anzufassen. Er starrte ihn an, als wäre ein Bann gebrochen und seine wahre, hässliche Fratze sichtbar geworden.

»Du hast gewartet, bevor du die Küstenwache gerufen hast?« Daithí schaffte es kaum, das über die Lippen zu bringen. »Dein eigener Bruder war verletzt über Bord gegangen, und du hast gewartet? Damit du keine Schwierigkeiten bekommst? Herrgott, Seamus, was ist denn das für eine perverse Art zu denken? Da ruft man die Küstenwache und springt hinterher! Man tut irgendwas! Er war mein bester Freund …« Daithís Stimme brach. Er weinte.

Seamus griff nach Daithís Hand.

»Aber er hätte doch ohnehin keine Chance mehr gehabt«, sagte er in einem flehentlichen Ton. »Er hätte es so oder so nicht geschafft, ob ich sie nun gerufen hätte oder nicht.«

»Du hast ihn sterben lassen«, sagte Daithí ganz langsam, seine Stimme bebte, er rang um Fassung. »Du hast daneben gestanden …«

Seamus ließ Daithís Hand los und wandte sich Cara zu.

»Du musst das verstehen, Cara. Du weißt, dass ich ihn geliebt habe. Er hätte nicht gewollt, dass ich mein Leben ruiniere …«

»Ich glaube, diesen Fausthieb hätte er auch nicht gewollt. Er hat nämlich dazu geführt, dass er im Wasser gelandet ist. Wenn du ihn nicht attackiert hättest, wäre er nicht gestorben«, sagte Cara.

Seamus schwieg.

»Du hast Cillian umgebracht. Deinen eigenen Bruder. Meinen Mann. Und das Schlimmste ist, dass du daraus nicht mal was gelernt hast. Du hast wieder die Beherrschung verloren, nicht wahr? Es ist dir erneut passiert. Als du Maura umgebracht hast.«

KAPITEL 52

Seamus schielte in den dunklen, hinteren Teil der Küche, und Daithí trat näher an ihn heran. Im schwachen Kerzenlicht sah Cara hinter Seamus die gerahmten Kinderfotos von ihm und Cillian. Unschuldig waren sie da noch gewesen, sie lächelten, nicht ahnend, was das Leben noch alles für sie bereithalten würde. Und das Leben war nicht zimperlich mit ihnen umgegangen. Den mit Sommersprossen übersäten, grinsenden jungen Seamus neben diesem gewissenlosen, verachtenswerten Seamus zu sehen, brach ihr das Herz.

Plötzlich sprang Seamus auf, kickte den umgekippten Couchtisch in Caras Richtung und versuchte, zur Hintertür zu gelangen.

»Stehen bleiben!«, rief Cara und stürmte hinterher.

Daithí sprang über das Sofa und stürzte sich auf ihn. Vor dem Mondlicht, das durch das mattierte Glas in der Tür fiel, waren die beiden miteinander ringenden Männer als Silhouetten zu erkennen. Sie gingen zu Boden. Cara hörte Daithí bei dem Aufprall stöhnen, dann einen Schmerzensschrei von Seamus, der unter ihm gelandet war.

Sorcha brach in lautes Geheul aus.

Cara wandte sich um. »Sei still, Sorcha! Kannst du bitte ...« Cara starrte an ihr vorbei nach hinten in den Raum. Auf die Vorhänge. Und die Kerze darunter auf dem Boden. Sie war von dem Couchtisch gekippt und dorthin gerollt.

»Feuer!«, schrie Cara.

Daithí und Seamus kamen wieder auf die Beine. Sorcha drehte sich um.

»O Gott!«

Mit einem Mal war das dunkle Zimmer hell erleuchtet. Die abblätternde Tapete, die verstaubten Regale, das altmodische Muster des uralten Sofabezugs – alles war plötzlich durch Flammen wie in Flutlicht getaucht. Und das Feuer fraß sich in Windeseile durch den Raum. Man hörte es knistern und prasseln, als die Kunstfasern des Vorhangstoffs sich widerstandslos ergaben, schmolzen und als lodernde Tropfen herabfielen. Eine brennende Stafette, die der Teppich mit Begeisterung weiterreichte. Kaum dreißig Sekunden, nachdem Seamus die Kerze umgeworfen hatte, stand diese Ecke des Zimmers lichterloh in Flammen.

»Raus! Raus!«, schrie Cara.

Daithí packte Seamus am Kragen und zerrte ihn zur Hintertür. Cara eilte nach hinten und nahm die wie gelähmt dastehende Sorcha an der Hand.

»Los, komm, Sorcha, wir müssen raus!« Die Luft füllte sich mit Rauch. Cara hustete. Sorcha starrte sie mit irrem Blick an.

»Ich wollte ihnen nur genauso wehtun, wie sie mir wehgetan haben. Ich wollte nicht, dass sie sterben.«

»Jetzt nicht!« Cara zog sie hinter sich her.

Als sie um den Küchentresen herumliefen, sprang das Feuer gerade auf das Sofa über. Cara warf einen letzten Blick zurück und sah, wie die Flammen die Kinderfotos von Cillian und Seamus verschlangen.

KAPITEL 53

Seamus saß, das Inferno draußen ignorierend, im verriegelten Streifenwagen und blickte starr geradeaus. In den Fenstern spiegelten sich wütende Flammen. Cara, Sorcha und Daithí standen vor dem Auto. Sie spürten zugleich die Kälte des Abendwindes und die Hitze des Feuers, während sie zusahen, wie das Haus abbrannte.

»Wir müssen zu einem der Nachbarn gehen und die Feuerwehr alarmieren!«, drängte Daithí.

»Lass es brennen!«, sagte Cara. Auf ihrem Gesicht lag der orangefarbene Lichtschein des Feuers.

»Später bereust du es, Cara! Ich kann verstehen, dass dir jetzt danach ist, es brennen zu sehen, aber ich glaub nicht, dass du das wirklich willst.«

Cara schaute Daithí an.

»Sicher?«

Er schüttelte den Kopf. Dann wandten sich alle um. In der Ferne war eine Sirene zu hören, und sie sahen das flackernde Blaulicht des kleinen Feuerwehrwagens der Insel. Vor dem Nachthimmel einer in völliger Dunkelheit liegenden Insel lösten Flammen schneller einen Alarm aus als jede Technik.

»Kommt!«, sagte sie. »Wir sollten hier Platz machen.« Sie stiegen ein und setzten rückwärts aus der Einfahrt. Ein paar Meter weiter die Straße hinauf hielt Cara an.

Sie beobachteten die hochschlagenden Flammen.

Wenn das Haus bis auf die Grundmauern abbrannte, wäre ihr das nur recht, dachte Cara. Es war ein Haus, an dem das Unglück klebte und mit dem sie viele schlechte Erinnerungen verband. Das einzig Gute, was aus ihm hervorgegangen war, Cillian, war schon lange nicht mehr da.

»Werden sie es retten können?«, fragte Seamus kleinlaut auf der Rückbank.

»Das bezweifle ich«, erwiderte Cara. Sie fragte sich, ob sie sich täuschte, aber im Rückspiegel wirkte Seamus sofort etwas entspannter. »Ich bezweifle, dass sie das Haus oder irgendwas, was sich jetzt noch darin befindet, retten können. Ich bin nur froh und dankbar, dass ich das hier nie aus der Hand gelegt habe.«

Cara hob das Notizbuch hoch, damit Seamus es sehen konnte. Diesmal war seine Reaktion unmissverständlich. Er sackte auf der Rückbank förmlich in sich zusammen. Sein letztes Fünkchen Hoffnung, ungeschoren davonzukommen, war erloschen.

»So dumm bin ich nicht, Seamus. Das hier ist der Schlüssel zu allem. Aber nicht nur die Wahrheit, die hier drinsteht, war ein Problem, sondern auch, wie Ferdy sie für sich ausgeschlachtet hat. Du hast vorhin drinnen gesagt, dass du das Büchlein seit Jahren suchst. Aber das stimmt nicht, oder? Ich glaube, du wusstest ganz genau, wo es war. Du wolltest es seit Jahren zurückhaben.

Das ist das letzte Teil dieses schrecklichen Puzzles ... Ferdy hat dich erpresst. Als ihr zwei euch draußen gestritten habt, hab ich gedacht, du hättest bitte gesagt: le do thoil. Aber das ergab irgendwie keinen Sinn. Wie ich jetzt weiß, gibt es ein Wort, das sehr ähnlich klingt wie le do thoil. Nämlich Dúmhál. Do thoil. Dúmhál. Ich bin immer noch Anfängerin, mein Hörverstehen lässt noch zu wünschen übrig. Aber ihr drei wisst alle, was dieses Wort bedeutet: erpressen. Er muss gewusst haben, was in dem Notizbuch steht. Hast du es ihm erzählt? Ihr zwei wart früher eng befreundet. Aber Beziehungen verändern sich. Und ich glaube nicht, dass ihr so dicke Freunde wart, wie du gedacht hast. Er hat sein Wissen gegen dich verwendet.

Als du Maura vor drei Tagen attackiert hast, um das Notizbuch zurückzubekommen, ging es dir nicht nur darum, deinen Ruf und deine Freiheit zu retten. Wenn du es zurückbekommen hättest, hätte Ferdy dich nicht mehr erpressen können. Darum hast du auch die Briefe geschrieben. Du wolltest rausfinden, wo es war, denn du konntest es nicht aufspüren. Und du musstest es in die Finger kriegen, bevor es Ferdy wieder in die Hände fällt. Hinter unserem Rücken habt ihr beide euch ein Rennen geliefert, wer es als Erster entdeckt. Und für euch beide stand viel auf dem Spiel. Du wolltest, dass dein Verbrechen ein Geheimnis bleibt, und du wolltest dich zugleich aus Ferdys Fängen befreien. Und Ferdy brauchte Geld, weil er Schulden bei seinen Drogendealern hatte. Und er wusste, dass du ihm nach allem, was er dir angetan hatte, keinen Cent mehr geben würdest, wenn du an das Büchlein herankommst.«

Seamus ließ den Kopf hängen und fuhr sich mit der Hand durchs Haar.

»Es wird Zeit, dass du es zugibst, Seamus.«

»Vielleicht«, begann er, leise seufzend. »Vielleicht hast du recht.«

Er drehte sich um und schaute auf sein brennendes Haus. Die Männer von der Freiwilligen Feuerwehr liefen um das Gebäude herum. Der erste Wasserstrahl schnellte in hohem Bogen durch die Luft wie die Peitsche eines Löwenbändigers und versuchte, die wütende Bestie zu bezwingen. Das Blaulicht des Feuerwehrwagens blinkte und flackerte wie das Stroboskoplicht bei dem Rave.

»Kurz nachdem es passiert ist ... nachdem Cillian gestorben

war ..., hab ich überlegt, mich zu stellen. Die Schuldgefühle haben mich fast erdrückt. Ich hab Ferdy um seinen Rat gebeten. Er war mein bester Freund. Ich hab ihn alles lesen lassen, was in dem Notizbuch stand, und er konnte meinen Impuls nicht nachvollziehen. Er hat mir geraten, nach vorn zu schauen und die Sache einfach zu vergessen. Ich hab auf ihn gehört und genau das versucht. Ich hab die Notizen in dem Büchlein überarbeitet und das Ende umgeschrieben. Als ob es dadurch wahr würde. Und zum Erstaunen aller wurde es ein Riesenerfolg. Damals wurde mir klar, dass ich das Original vernichten musste. Aber Ferdy brauchte Geld und erkannte, welches Potenzial darin steckte. Er hat es mir gestohlen, bevor ich es verbrennen konnte. Und dann begann ein qualvolles Jahrzehnt. Er verlangte Geld, viel Geld. Hast du wirklich geglaubt, er hätte sich die Miete für dieses Londoner Apartment leisten können, Sorcha? Hast du wirklich keinen Verdacht gehegt?«

»Ich hab angenommen, dass es Drogengeld war.«

»So gut war er nicht im Geschäft. Er war eher ein kleines Licht. Und er hat mich total ausgenommen. Ich hab diese ganzen furchtbaren Filmdrehbücher rausgehauen, an denen wirklich gar nichts seriös war, nur damit das Geld weiterfloss und er stillhielt. Er hat sogar noch so getan, als würde er sich mit wenig begnügen. Er behauptete immer, die Zeitungen würden ihm garantiert erheblich mehr für das Notizbuch zahlen. Aber er würde lieber von mir Geld nehmen und meinen Ruf und meine Freiheit retten. Er hat es genossen, mich zu quälen. Doch in diesem Jahr änderte sich alles. Er wurde verzweifelter. Diese Drogenleute haben ihn unter Druck gesetzt, sie wollten, dass er seine Schulden begleicht. Er hatte richtig Angst vor ihnen. Der coole Ferdy Hennessy war plötzlich eingeschüchtert. Er wollte aussteigen. Und er wollte hierher zurückkommen und mit Maura zusammen sein. Sein altes Leben hinter sich lassen. Tut mir leid, Sorcha.« Seamus schaute Sorcha an und schüttelte den Kopf.

»Mach dir nichts draus. Unsere Beziehung war eh im Arsch«, sagte Sorcha traurig. Tränen liefen ihr über die Wangen.

»Jedenfalls führte das alles vor ein paar Monaten zu einem Gespräch«, fuhr Seamus niedergeschlagen fort. »Ich sah eine Chance, die Sache zu beenden. Ich hab ihm gesagt, dass ich für seine Schulden aufkommen würde. Im Gegenzug sollte er mir das Notizbuch zurückgeben. Er war so verzweifelt, dass er darauf eingegangen ist. Wir haben vereinbart, alles hier auf der Insel zu erledigen, diese Woche. Er hat dafür gesorgt, dass Sorcha dich wegen des zehnten Todestages anschreibt, Cara. Ein paar Wochen später hab ich dann angerufen ... das war alles abgesprochen.«

»Was?«, rief Cara entgeistert. »Diese Woche, eure Rückkehr zum Gedenken an Cillian ... das habt ihr euch bloß ausgedacht, damit ihr euren schäbigen kleinen Deal machen konntet? Wie tief kann man eigentlich noch sinken?«

»Wir wollten, dass der Austausch auf neutralem Boden stattfindet. An einem Ort, von dem man nicht so ohne weiteres wegkommt. Wir hatten keinerlei Vertrauen zueinander. Jeder hat dem anderen zugetraut, dass er ihn übers Ohr haut. Das ist armselig, Cara, ich weiß. Ich war verzweifelt ... und so verloren ohne Cillian ... Was dann passiert ist, war nie meine Absicht ... Ich wollte Maura nur dazu bringen, mir zu sagen, wo sie es versteckt hatte. Wenn sie es doch bloß verraten hätte! Dann hätte alles wieder so sein können wie vor zehn Jahren. Aber Maura wollte meine Argumente nicht hören. Sie bestand darauf, dass ich die Wahrheit sagen muss. Da bin ich wütend geworden. Sie wollte einfach nicht hören ...«

Seamus fing an zu weinen. Cara hörte Glockengeläut in der Ferne. Ein disharmonisches Duett mit Seamus' Schluchzern. Sie schaute auf die Uhr am Armaturenbrett. Es war Mitternacht.

»Frohes neues Jahr, alle zusammen«, sagte Cara. »Nun, wie's aussieht, ist wirklich was dran an dem Aberglauben. Zumindest was dich angeht. Diese rothaarige Frau hier wird dir ein sehr unfrohes neues Jahr bescheren.«

EPILOG

Cara reckte das Gesicht in die Wintersonne, schloss die Augen und ließ sich von ihr liebkosen. Dann spürte sie, wie sich ein warmer Arm um ihre Schulter legte. Sie drehte sich nach links und schlug die Augen wieder auf. Daithí lächelte sie an und küsste sie auf den Kopf.

»Geht's dir gut?«, fragte er.

»Ach, nein, eigentlich nicht. Aber das wird schon. Die beiden hätten es ganz bestimmt gewollt.«

Sie blickten auf das frische Grab zu ihren Füßen. Darauf stand ein kleines Holzkreuz mit einem Messingschild.

MAURA CONNEELY 1988–2022

»I NGRÁSTA AN GHRÁ GO DEO«

In der Gnade ewiger Liebe.

Cara seufzte. Sie schaute zur oberen Ecke des Friedhofs, in der sich Cillians Grab befand, und freute sich, dass zwischen all dem Granit jetzt auch ein bisschen Grün zu sehen war und nicht mehr nur weißer Schnee. Die Sonne hatte ihnen die Insel zurückgegeben. Die Straßen, die Mauern und die Ruinen waren wieder sichtbar. Die vertrauten Orte, die Wahrzeichen, die Stellen, die sie besonders liebten. Die Leute kamen wieder aus ihren Häusern, gingen durch die Straßen und grüßten einander. Begannen wieder die den normalen Sachen zu tun, die sie immer taten. Das Meer war reumütig und still in seiner Buße. Verlegen wegen seiner Exzesse während des Sturms.

Cara öffnete ihre Tasche und wühlte in den Innentaschen

herum. Schließlich zog sie etwas heraus, hielt es in die Sonne und sah zu, wie der Glitter darin herabsank und sich absetzte.

»Warum hast du sie mitgebracht?«, fragte Daithí.

»Als Erinnerung.«

Er schaute sie fragend an.

»Als Erinnerung an unsere guten Zeiten; daran, was wir uns bedeutet haben; daran, dass sie mir sogar nach ihrem Tod noch geholfen hat.« Cara kniete sich neben das Grab. Dann stellte sie die Schneekugel zwischen die eine Woche alten Blumen, drückte sie vorsichtig in die Erde und beobachtete, wie die künstlichen Flocken langsam um die beiden Miniatur-Freundinnen zu Boden schwebten, die für immer zusammen darin standen. Hab dich auch lieb, dachte Cara, als ihr Mauras letzte Worte wieder einfielen, die sie in der Videonachricht an sie gerichtet hatte. Eine letzte Liebesbotschaft. Wie bei Cillian. Auch er hatte ihr zum Abschied seine Liebe bekundet. Wie viel Glück hatte sie doch gehabt, solche wunderbaren Menschen in ihrem Leben zu haben. Auch wenn sie zu früh von ihr gegangen waren. Sie würde ihnen ein ehrendes Andenken bewahren, indem sie ein Leben voller Liebe führen würde. Nicht Hass.

Sie griff nach Daithís Hand, hob sie an ihre Lippen und küsste sie. Er lächelte wieder und küsste Caras Hand. Dann gingen sie zum Friedhofstor.

»Bist du sicher, dass Courtney mich nicht hasst?«, fragte Cara.

Daithí lachte.

»Wenn sie jemanden hassen sollte, dann ja wohl mich. Aber es hat sich rausgestellt, dass sie zu Hause in New York eine Beziehung hat. Sie dachte, sie gönnt sich noch ein kleines Techtelmechtel, bevor sie wieder zurückfliegt. Sie behauptet, sie hätte gewusst, dass ich eigentlich schon vergeben war, auch wenn ich es noch so sehr dementiert hätte. Sie war sich sicher, dass keine Gefahr besteht, dass ich mich in sie verliebe. Ich war also nur eine Bettgeschichte.«

»Das ist aber nicht nett! Fühlst du dich benutzt?«, fragte Cara lachend.

»Ja, ich Armer!« Daithí lachte schallend.

Sie erreichten das Tor. Cara erspähte auf dem Weg dahinter einen Einheimischen. Er schaute streng drein. Nahm er es ihnen übel, dass sie auf dem Friedhof lachten? Er kam näher. Es war Tomás, ihr größer Kritiker. Cara wappnete sich innerlich.

»Sind Sie das, Sergeant Folan?« Tomás blinzelte in ihre Richtung. Er sah deshalb so verkniffen aus, weil ihm die Sonne in die Augen schien, nicht aus Missbilligung, stellte Cara überrascht fest.

»Bis auf weiteres *Inspector* Folan«, sagte Daithí zu Tomás.

»Ah, *Inspector*«, sagte Tomás und nickte anerkennend. Er hustete und räusperte sich dann.

»Ich wollte nur sagen ... dieser Flaherty-Flegel. Schlecht bis ins Mark, wie der Vater. Er hat uns allen was vorgemacht. Ein Insulaner!« Tomás schüttelte den Kopf und schnalzte mit der Zunge. »Aber diese traurige Geschichte war uns allen eine Lehre.« Tomás trat einen Schritt zurück und wandte sich zum Gehen. »Danke, Inspector!«

»Ich mache nur meine Arbeit«, sagte Cara. »Aber gern geschehen. Slán, Tomás!«

Er schaute sie eine Weile stumm an. Daithí drückte ihre Hand.

»Slán, Cara!«

BRIEF VON TRÍONA WALSH

Liebe Leser:innen,

ich möchte mich sehr herzlich bei Ihnen dafür bedanken, dass Sie *Schneesturm* gelesen haben. Das bedeutet mir wirklich sehr viel.

Dieses Buch zu schreiben hat mir riesengroßen Spaß gemacht. Es war mir eine Freude, über das faszinierende Inishmore und seine beeindruckende Landschaft und mystische Vergangenheit zu schreiben. Alle Locations gibt es wirklich – von dem atemberaubenden natürlichen Felsenbecken *Serpent's Lair* (*Pol na bPéist*) bis zu dem dramatisch am Klippenrand gelegenen Fort von *Dun Aengus*. Ich habe dort, auf dem Bauch liegend, über den Rand auf den knapp hundert Meter darunter wogenden Atlantik geguckt, was ebenso atemberaubend wie angsteinflößend ist. Inishmore ist wirklich eine beeindruckende Insel am Ende der Welt. Auch über Cara zu schreiben war mir eine Freude. Der Sturm, der um sie herum tobt, passt zu dem Sturm, der in ihrem Innern wütet, während ihr alles, woran sie bislang geglaubt und worauf sie vertraut hat, entrissen wird. Ich denke, wir haben alle diese Zeiten in unserem Leben, in denen das, was wir für wahr gehalten haben, sich als nicht real entpuppt. Nur sind sie hoffentlich weniger dramatisch. Und obwohl Cara sehr viel verliert, verlassen wir sie in einem hoffnungsvollen Moment, in dem sie sich ein neues Leben mit dem wunderbaren Daithí aufbaut. Ich glaube, sie werden sehr glücklich miteinander.

Ich hoffe, *Schneesturm* hat Ihnen gut gefallen, und wenn ja, würde ich mich riesig freuen, wenn Sie eine Rezension darüber schreiben würden. Ich würde gern wissen, was Sie denken, und außerdem hilft es auch neuen Lesern, eines meiner Bücher zu entdecken.

Ich liebe es, von meinen Leser:innen zu hören – Sie können online jederzeit Kontakt zu mir aufnehmen.

Danke,
Tríona Walsh

[Facebook] TrionaWalshAuthor
[Instagram] @trionawalsh
[Twitter] @TheTrionaWalsh
[Website] www.trionawalsh.com

Tríona Walsh
Nachtwald

Butler Hall, ein düsteres, etwas verfallenes Herrenhaus im Westen Irlands. Nach Monaten ohne Kontakt trifft Lizzie hier wieder auf ihre Familie, um die Hochzeit ihrer Mutter zu feiern. Das Haus liegt mitten in einem dunklen Wald, selbst die Straße dorthin ist so zugewachsen, dass das Haus nur zu Fuß erreicht werden kann. Doch dann findet noch jemand den Weg durch den Wald – und dieser Gast wird nicht einfach wieder weggehen. Ein albtraumhaftes Wochenende beginnt, während dem ein Geheimnis nach dem anderen ans Licht kommt. Und danach ist nichts mehr so, wie es vorher war.

Thriller
Aus dem Englischen von
Birgit Schmitz
384 Seiten, Klappenbroschur
978-3-596-70901-4

Weitere Informationen finden Sie auf
www.fischerverlage.de

Emily Rudolf
Die Auszeit

Es sollte die perfekte Auszeit werden: Die Influencerin Viktoria Kaplan und ihre fünf engsten Vertrauten wollen in einem Retreat in den Alpen das Leben feiern. Sie sind jung, schön und erfolgreich, und die ganze Welt soll an ihrem Glück teilhaben. Doch unter der Oberfläche brodeln Spannungen. Aus Freundschaft, Liebe und Sex wird Eifersucht, Neid und Hass. Jeder der Anwesenden macht sich verdächtig. Aber das Retreat liegt lange nicht so versteckt, wie alle dachten, und bald zieht ein mörderischer Sturm auf.

»Unheimlich brillant und packend – verpassen Sie Emily Rudolf nicht!« Arno Strobel

Thriller
480 Seiten, Klappenbroschur
978-3-651-00128-2

Weitere Informationen finden Sie auf
www.fischerverlage.de

Matthew Blake
Anna O.
Thriller

Wer ist Anna O.?
Kaltblütige Mörderin oder unschuldige Schlafwandlerin?

Seit vier Jahren hat Anna Ogilvy ihre Augen nicht mehr geöffnet. Nicht seit jener Nacht auf der Farm, wo man sie im
Tiefschlaf gefunden hat, ein Küchenmesser in der Hand, die
Kleidung blutverschmiert. Neben den Leichen ihrer beiden
besten Freunde. Die einen halten Anna O. für unschuldig,
die anderen für eine kaltblütige Mörderin. Aber nichts und
niemand hat sie aus ihrem Albtraum wecken können.
Bis jetzt.

Aus dem Englischen von Andrea Fischer
480 Seiten, Klappenbroschur
978-3-651-00126-8

Weitere Informationen finden Sie auf
www.fischerverlage.de